# A GAROTA DO CABELO VERMELHO

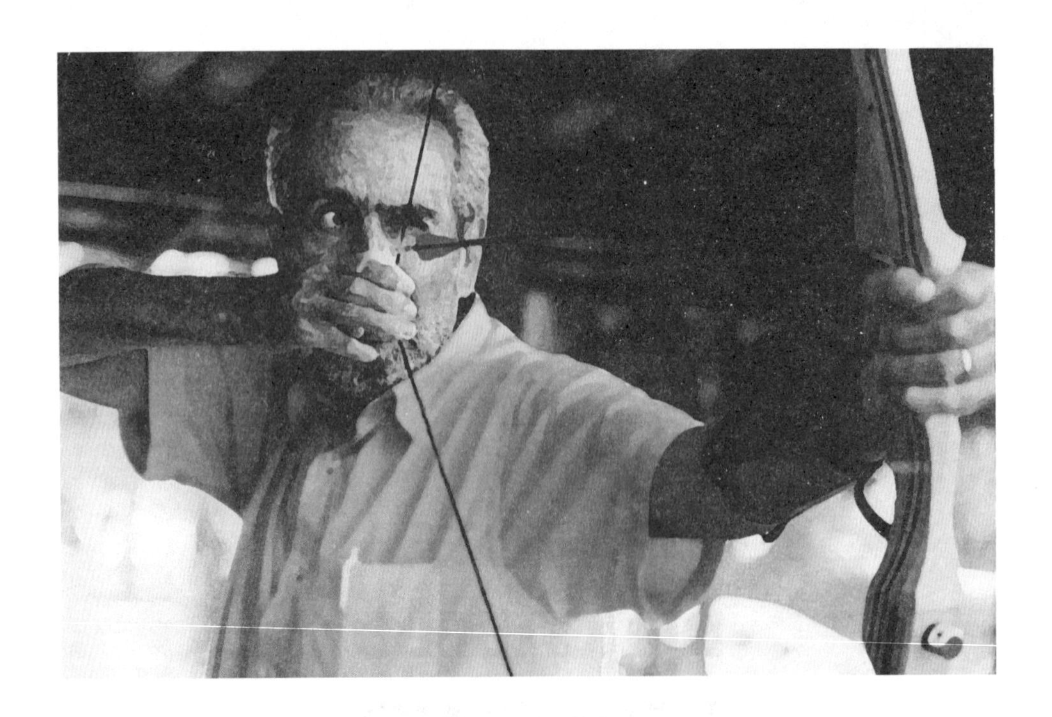

# O Arqueiro

Geraldo Jordão Pereira (1938-2008) começou sua carreira aos 17 anos, quando foi trabalhar com seu pai, o célebre editor José Olympio, publicando obras marcantes como *O menino do dedo verde*, de Maurice Druon, e *Minha vida*, de Charles Chaplin.

Em 1976, fundou a Editora Salamandra com o propósito de formar uma nova geração de leitores e acabou criando um dos catálogos infantis mais premiados do Brasil. Em 1992, fugindo de sua linha editorial, lançou *Muitas vidas, muitos mestres*, de Brian Weiss, livro que deu origem à Editora Sextante.

Fã de histórias de suspense, Geraldo descobriu *O Código Da Vinci* antes mesmo de ele ser lançado nos Estados Unidos. A aposta em ficção, que não era o foco da Sextante, foi certeira: o título se transformou em um dos maiores fenômenos editoriais de todos os tempos.

Mas não foi só aos livros que se dedicou. Com seu desejo de ajudar o próximo, Geraldo desenvolveu diversos projetos sociais que se tornaram sua grande paixão.

Com a missão de publicar histórias empolgantes, tornar os livros cada vez mais acessíveis e despertar o amor pela leitura, a Editora Arqueiro é uma homenagem a esta figura extraordinária, capaz de enxergar mais além, mirar nas coisas verdadeiramente importantes e não perder o idealismo e a esperança diante dos desafios e contratempos da vida.

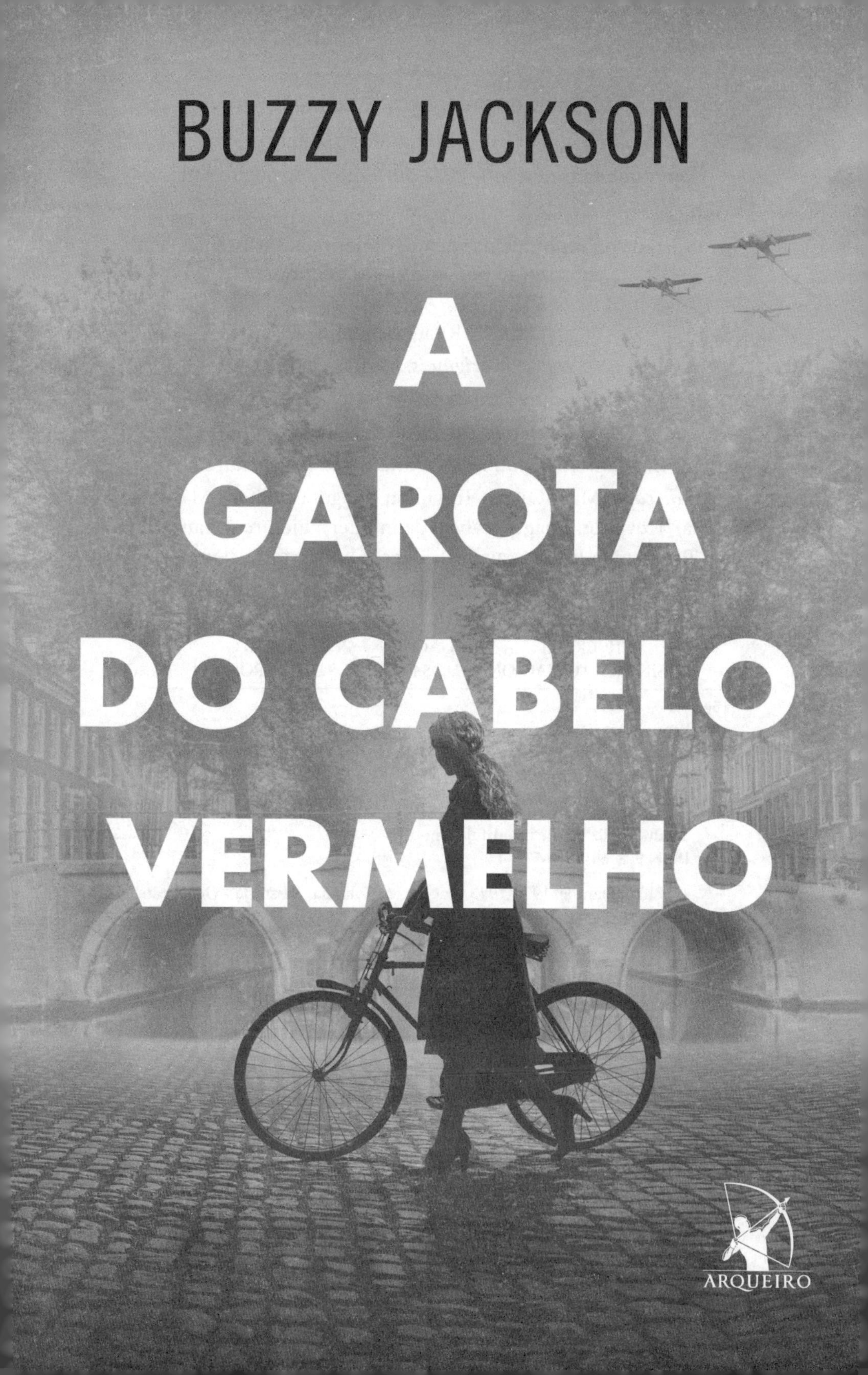
BUZZY JACKSON
A GAROTA DO CABELO VERMELHO
ARQUEIRO

Título original: *To Die Beautiful*



*tradução:* Rita Paschoalin
*preparo de originais:* Midori Hatai
*revisão:* Anna Beatriz Seilhe e Hermínia Totti
*adaptação de capa:* Natali Nabekura
*diagramação:* Guilherme Lima e Natali Nabekura
*imagens de capa:* Mark Owen/ Trevillion Images (mulher); Magdalena Russocka/ Trevillion Images (cabelo da mulher); Picture Alliance/DPA/ Bridgeman Images (aviões); Taiga/ Shutterstock (ponte)
*impressão e acabamento:* Cromosete Gráfica e Editora Ltda.

CIP-BRASIL. CATALOGAÇÃO NA PUBLICAÇÃO
SINDICATO NACIONAL DOS EDITORES DE LIVROS, RJ

J15g
Jackson, Buzzy
A garota do cabelo vermelho / Buzzy Jackson ; tradução Rita Paschoalin. - 1. ed. - São Paulo : Arqueiro, 2023.
432 p. ; 23 cm.

Tradução de: To die beautiful : a novel
ISBN 978-65-5565-570-4

1. Schaft, Hannie, 1920-1945 - Ficção. 2. Holanda - História - Ocupação alemã, 1940-1945 - Ficção. 3. Guerra Mundial, 1939-1945 - Ficção. 4. Ficção histórica americana. I. Paschoalin, Rita. II. Título.

CDD: 813
23-86178 CDU: 82-311.6(73)

Meri Gleice Rodrigues de Souza - Bibliotecária - CRB-7/6439


Editora Arqueiro Ltda.
Rua Artur de Azevedo, 1.767 – Conj. 177 – Pinheiros
5404-014 – São Paulo – SP
Tel.: (11) 2894-4987
E-mail: atendimento@editoraarqueiro.com.br
www.editoraarqueiro.com.br

*Para*

*Rhoda e Leon F. Litwack,*
*vidas dedicadas ao amor e à justiça*

*Passei cinco anos ao lado dela na sala de aula. Era muito calada, nunca se misturava e não participava das festinhas da escola. Nunca ria e raramente sorria. Até que, um dia, alguém a provocou. Ela reagiu furiosa. E foi aí que eu percebi: se for mexer com essa gatinha, é melhor usar luvas.*

— Cornelius Mol,
sobre a colega de sala Hannie Schaft

*Tenho muito respeito pelos pacifistas. Não estou me referindo às pessoas que se limitam a declarar que amam a paz. Refiro-me àquelas que de fato defendem suas crenças, porque o mundo atual está embriagado de guerra.*

— Hannie Schaft,
trecho da redação "Pessoas que admiro"

*Estávamos prestes a fundar uma espécie de exército secreto... e nós éramos as únicas mulheres.*

— Freddie Oversteegen,
sobre juntar-se à Resistência holandesa,
aos 14 anos, ao lado da irmã, Truus

# Sumário

# Nota historiográfica

Em 10 de maio de 1940, a Alemanha nazista invadiu os Países Baixos, destruindo boa parte da cidade histórica de Roterdã durante a *blitzkrieg*, e tomou o poder cinco dias depois. O austríaco Arthur Seyss-Inquart, fanático antissemita que havia se aliado a Adolf Hitler na época da anexação da Áustria e da Noite dos Cristais, em 1938, foi então nomeado *Reichskommissar* (comissário do Reich) dos Países Baixos, dando início ao terror que aconteceria ali.

Anne Frank é a vítima mais famosa do Holocausto holandês. Histórias como a dela – resistência, esconderijos, traição, assassinato – não eram raras. Mais judeus foram mortos nos Países Baixos do que em qualquer outro país europeu ocupado pelos nazistas: estima-se que 75% deles (cerca de 102 mil indivíduos) não sobreviveram à guerra. Para explicar esses números, sobreviventes e historiadores argumentam que a geografia plana e densamente populosa da região oferecia poucos lugares onde se esconder; não havia vastas florestas ou cadeias de montanhas nas quais alguém pudesse desaparecer. Outro fator pode ter sido a implementação relativamente lenta de medidas antissemitas pelos nazistas no país, o que atrasou a criação do movimento de Resistência.

Ainda assim, os Países Baixos foram também palco do notável movimento grevista de fevereiro de 1941, o primeiro e único protesto em massa conduzido por não judeus contra as políticas antissemitas nazistas na Europa. Organizados pelo Partido Comunista Holandês, cerca de 300 mil cidadãos holandeses embarcaram numa gigantesca greve geral nacional e fizeram manifestações ao longo de três dias, até sofrerem uma violenta desmobilização por parte dos invasores nazistas e dezenas de organizadores serem assassinados.

À medida que a guerra avançava, os cidadãos holandeses se engajavam em diversas formas de resistência pacífica, tais como exibir a cor nacional, o laranja, ler os jornais contrabandeados pela Resistência e ouvir a *Rádio Oranje*, o programa de rádio transmitido pelo governo holandês exilado em Londres. Entre a população geral, estima-se que cerca de 5% colaboraram com os nazistas; outros 5% teriam lutado mais ativamente, abrigando judeus, espionando os alemães para os Aliados ou pegando em armas em confrontos diretos. Entre os resistentes armados, havia poucas mulheres.

# Prólogo

1945
Casa de Detenção de Amstelveenseweg, Amsterdã

Uma pessoa pode passar a vida inteira esbarrando no destino sem se dar conta, mas as prisões são feitas para serem discretas. A Casa de Detenção de Amstelveenseweg ocupa um quarteirão inteiro e foi talhada em pedra rústica cinzenta, como se tivesse sido construída para abrigar um faraó. Devo ter passado por esse prédio milhares de vezes a caminho da universidade. Ainda assim, nada ali me parece familiar.

À medida que sou conduzida rumo ao pátio central, o ar resfria e a acústica se torna mais aguçada. Sussurros ecoam por entre as altíssimas barras de aço. Se há homens aqui, não os vejo. Mas há mulheres de todas as idades, de adolescentes magricelas a senhoras, reunidas em duplas ou trios no interior das celas, conversando, rezando ou tentando dormir.

Algumas cabeças se erguem quando eu passo, e sinto os olhares às minhas costas. É nesse momento que os murmúrios começam. Os guardas que me conduzem cravam mais fundo os dedos em meus braços, feito garras.

– *Mach* – diz o guarda. Siga em frente.

Nós seguimos, mas os sussurros se esgueiram feito um nevoeiro que se aproxima, espalhando-se depressa e invadindo as centenas de celas minúsculas e frias empilhadas pelos quatro andares. A cada passo, o som se torna mais forte, mais espesso, mais alto.

Ouço o farfalhar das mulheres que se aproximam das barras das celas para observar. Ouço o clangor de uma porta sendo sacudida, metal contra metal. Alguma coisa está se avolumando. Vindos de algum ponto acima de nossa cabeça, ouço aplausos...

– *Ruhe!* – grita um guarda num andar superior. Silêncio!

Durante alguns instantes, faz-se silêncio. Então, no lado oposto do pátio de outro andar, duas almas inspiradas soltam um grito. O nevoeiro se espalha, rodopiando ao nosso redor no mais silencioso dos tumultos, uma neblina crescente de justiça. O som da esperança. Até aqui, neste lugar.

Quando chego ao fim do corredor, as mulheres me saúdam citando meu nome.

*Hannie, Hannie. Het meisje met het rode haar. Hannie Schaft.*

*Hannie, Hannie. A Garota do Cabelo Vermelho. Hannie Schaft.*

Não sei quem elas são.

Ao passar pela última cela, paro para olhar lá dentro. Uma mulher mais velha, de olhos fundos e cabelos longos e despenteados, está encostada na parede fria, o ombro magro à mostra. Sua pele é acinzentada, e, de olhos fechados, ela parece morta. Devagar, ela os abre.

Ela me vê. Eu a vejo. De alguma maneira, esse cadáver ergue a mão trêmula, que mais parece uma garra. Eu nunca a vi, mas sei quem é.

Fraca demais para se mover, ela ergue o punho ossudo em cumprimento.

– *Verzet!* – sussurra ela. Resista!

É o que pretendo fazer.

Parte Um

# OZO

1940–1943
Amsterdã

# Capítulo 1

Outono de 1940

NEM SEMPRE FUI FILHA ÚNICA.

Pousado na velha pia descascada diante de mim, o pássaro de prata aguarda, congelado em pleno voo. Com as asas esticadas e a cauda aberta numa espiral galante, ele tem a silhueta de um avião bombardeiro. É um pardal. Eu o usei na última vez em que fui a um concerto. Meses atrás.

O broche pertencia a Annie, obviamente. Papai lhe deu de presente depois que o pardal de verdade fugiu. Eu era bem pequena, na época devia ter uns 4 anos, então Annie tinha 9. Já passava da meia-noite, e eu estava dormindo quando ela tocou meu braço.

– JOHANNA, OLHA.

Com uma das mãos, Annie segurava uma vela. Com a outra, apontava para o chão ao lado da cama que compartilhávamos. Lá estava um pequeno pássaro marrom e cinza, a cabeça inclinada para nos observar, como se estivesse prestando atenção no que ela dizia. Ele deu um pio. Soltei um arquejo, e Annie me segurou.

– Shh!

– Deixe-o sair pela janela – sugeri.

– Eu tentei – respondeu ela. – Mas ele voou para dentro de novo.

Não acreditei. Por cima dos ombros da minha irmã, observei aquela bolinha altiva de penugem macia, as garras minúsculas fazendo barulhinhos no assoalho. De repente, a pequena ave levantou voo até a janela aberta e partiu.

– Viu? – falei. – Foi embora.

No entanto, meio segundo depois, o pássaro estava de volta, batendo as asas contra a vidraça, desesperado, antes de entrar, aterrissar e se acomodar naquele ponto do chão, ao lado de nossa cama. E piou outra vez.

– O que vamos fazer? – perguntei.

– Vamos ficar com ele – disse Annie.

Annie sempre tinha resposta para tudo.

Ficamos mesmo com ele, pelo menos durante algum tempo. Quando o passarinho foi embora para sempre, papai deu a Annie o broche prateado do pássaro, que tinha sido de nossa avó. Senti inveja, mas fazia sentido: Annie tinha a mesma energia de um pardal, o mesmo ímpeto, a mesma curiosidade. Nos contaram que vovó também fora assim. Alguns meses depois, papai me deu meu próprio broche de prata: uma pequena raposa. Era novinho em folha.

– *Mijn kleine vos* – disse ele. – Para você.

Minha pequena raposa.

– Mas eu não encontrei nenhuma raposa – argumentei, confusa. – Annie encontrou um passarinho.

Ele riu.

– É por causa do seu cabelo vermelho, bobinha.

Papai me pegou no colo e afundou o rosto no meu cabelo.

Foi a primeira vez que percebi a diferença entre quem eu sabia que era, por dentro, e quem as outras pessoas achavam que eu era.

*Coloque essa coisa logo de uma vez*. Peguei o pardal na borda da pia e enfiei o pino na dupla camada de lã da lapela do casaco. Na mesma hora, espetei o dedo.

– Droga!

– É por isso que as pessoas advertem as mocinhas inocentes sobre a cidade grande e malvada – disse Nellie. – Ela já está até xingando.

Rindo, Nellie e Eva passaram tropeçando pela porta do sótão convertido em apartamento onde morávamos.

– Droga, droga!

Tentei tirar o broche com o dedo sangrando e manchei o tecido de lã bege. Enfiei a gola do casaco embaixo da torneira.

– Deixe-me ajudar – falou Eva, a mãezona do grupo.

Nós três tínhamos frequentado a mesma escola, em Haarlem, embora não fôssemos muito próximas. Elas me escolheram como colega de quarto porque sabiam como eu era: a moça tímida que cumpria qualquer tarefa extra que a professora pedisse e que usava dois suéteres num dia de primavera porque a mãe achava que ela morreria se pegasse um resfriado. Eu não era do tipo que criava problemas.

– Caramba, de onde veio isso? – Nellie segurou o broche, que brilhava sob a luz fraca. – É lindo.

– Era da minha irmã – respondi, pegando o broche de volta. – Obrigada, tenho que ir, já estou atrasada.

– Desculpe – comentou Nellie.

– Está tudo bem, só estou atrasada – repeti, já no patamar a caminho da escadaria estreita.

Minhas bochechas estavam pegando fogo, e meus cílios, úmidos. Já fazia treze anos que Annie havia morrido. Pardal idiota.

Eu era especialista em ser invisível. Pratiquei durante anos. Assim, naquela noite, assumi meu lugar no grande salão da universidade, no cantinho onde eu me sentia mais segura: lá no fundo. Fiz questão de pegar um copo de água com gás apenas para manter as mãos ocupadas. Dei um gole enquanto o salão se enchia de universitários, as conversas zumbindo ao meu redor. As moças do comitê de entretenimento da AEFA, a Associação de Estudantes Femininas de Amsterdã, se aglomeravam na entrada com seus vestidos brilhantes e suas vozes melódicas. Elas recepcionavam os convidados, em especial os rapazes, cujos braços e ombros tocavam durante os cumprimentos. Às vezes até mesmo os abraçavam e os beijavam no rosto. Como seria se sentir assim tão à vontade com os garotos? Ou eu deveria me referir a eles como homens? Pareciam tão infantis.

– Com licença – disse um estudante, me empurrando com as costas à procura dos companheiros.

– Licença concedida – concordei.

Pareciam bebês gigantes, esses jovens, pisoteando o mundo ao redor.

– Você tem isqueiro?

Hesitei por um momento, irritada. Era uma moça mais ou menos da minha idade.

– Não era minha intenção assustá-la – disse ela.

Ela era bem mais alta do que eu, o que a deixava com cerca de 1,70 metro, mas tinha uma presença tão imponente que parecia ser ainda maior. O cabelo castanho quase preto caía em ondas sobre os ombros nus, e suas mechas escuras contrastavam com o azul-claro de seu vestido com crinolina. Os olhos cor de âmbar exibiam cílios longos e curvos e um olhar surpreendentemente ingênuo. Os lábios estavam pintados com um rosa-coral tropical. Parecia uma estrela de cinema. Com minha saia bege e blusa branca lisa, fiquei surpresa por ela ter me notado. A moça ainda estava sorrindo. De repente piscou.

– Sinto muito – respondi. – Não tenho.

Eu sentia muito de verdade, porque não queria que ela se afastasse. Eu já havia tentado fumar, mas o cigarro me fazia tossir. Contudo, prometi a mim mesma tentar outra vez; talvez tornasse mais fácil lidar com momentos como aquele.

– Não tem o quê, um isqueiro? – perguntou ela. – Ou um cigarro?

– Qualquer um – falei, mas rapidamente me corrigi: – Nenhum dos dois.

Ela riu, uma risadinha sonora que soou amigável, não maliciosa.

– Philine! Venha cá!

Ela acenou para uma moça de cabelos escuros que abria caminho pela multidão. Essa outra, Philine, era um pouco mais alta do que eu e só um pouco menos espetacular do que a amiga. Era bonita, mas de uma beleza mais comum. Cabelos castanhos, olhos castanhos, um sorriso tranquilo. A bainha do vestido parecia ter sido ajustada algumas vezes, de acordo com a moda. A minha saia também tinha sido ajeitada. Philine circulava com a mesma confiança natural da amiga. Era fácil imaginar as duas na tela do cinema. Eu, por outro lado, talvez pudesse me candidatar ao papel da amiga sem graça e inteligente da heroína. A sensível.

– Por que você está se escondendo aqui atrás, Sonja? – perguntou Philine. – Tentando fugir dos pretendentes?

– Mais ou menos – respondeu Sonja. – Eu achava que as participantes da AEFA deveriam cuidar umas das outras, mas essa daqui não quer nem me emprestar um isqueiro.

Ela piscou para mim.

Fiquei vermelha de vergonha. Eu tinha 20 anos, já devia ter aprendido a fumar.

A moça sorriu para mim.

– Eu sou Philine. Qual o seu nome?

– Hannie – falei, chocada comigo mesma.

Todos sempre me chamaram de Johanna ou Jo, mas considerei assumir uma nova identidade ao começar a cursar a Universidade de Amsterdã, um ano antes. Eu ainda não tinha experimentado o novo nome, até aquele momento. Parecia pretensioso. Muito audacioso. E eu não sabia se tinha o direito de pensar em mim como uma pessoa diferente.

– Hannie – repetiu ela, aceitando meu nome sem pestanejar.

Assim como fariam todos. Mamãe sempre dizia que eu pensava demais.

Philine apertou minha mão.

– Vejo que você já conheceu a Princesa Sonja.

Meus olhos se arregalaram.

– Ela não é uma princesa de verdade – acrescentou Philine, sorrindo e ainda segurando a minha mão.

– Bom, eu tenho parentesco do lado materno com os Habsburgos – esclareceu Sonja, com uma pontinha de orgulho.

– Quando você se casar com um príncipe, eu acredito – retrucou Philine. – E você, é uma princesa? Ou é só uma aluna de Direito normal e sem graça como nós?

Abri um sorriso. Elas eram inteligentes, bonitas e cheias de energia, e eu estava desesperada para manter a conversa. Queria fazer mais amigos na universidade do que tivera no ensino médio, mas continuava cometendo os mesmos erros, recusando convites para um café com a desculpa de ter que estudar. Eu não precisava estudar mais do que ninguém ali. Contudo, a ideia de socializar com estranhos deixava as palmas das minhas mãos molhadas de suor. Naquele momento, estavam úmidas. Eu só estava ali na festa porque prometera a mim mesma, no início da semana, que ficaria por pelo menos trinta minutos. Faltavam oito para ir embora.

– Só uma aluna de Direito sem graça mesmo – afirmei, me sentindo um pouco mais relaxada diante da presença luminosa daquelas duas. Que novidade. – Sou de Haarlem.

– Legal – comentou Philine.

– Nunca fui lá – acrescentou Sonja.

– Sonja! – exclamou Philine.

– O quê?

– Você já foi a Paris e a Roma, mas nunca esteve em Haarlem? Fica a 15 quilômetros daqui.

– Bom, Paris tem o Louvre e Roma tem o Coliseu. O que há em Haarlem?

– Sonja!

Philine deu um tapa na mão da amiga.

– Desculpe, desculpe – disse Sonja, se virando para mim. – Com certeza é um lugar legal. Vou visitar a cidade no fim de semana.

– Não, não vai. – Philine se virou para me dizer: – Entendeu por que a chamamos de Princesa?

– Princesa? – soou uma voz grave, interrompendo a conversa.

Um jovem alto e louro num terno azul-marinho bem passado se aproximou.

– Sonja? Aqui está você. Eu estava te procurando.

Com o cabelo bem-arrumado e um sorriso confiante, ele ostentava aquele tipo de beleza que me deixava nervosa. Bonito demais. Autoconfiante demais. Eu costumava evitar homens assim, porque... como eu poderia conversar com eles? Para minha sorte, na presença de Sonja, Philine e eu parecíamos invisíveis.

– Piet! – exclamou Sonja, envolvendo-o com seus braços elegantes, o mesmo abraço sugestivo que as moças do comitê de entretenimento haviam aprimorado. Parecia tão natural. – Como você está?

A mandíbula quadrada de Piet se suavizou num largo sorriso, relaxado e feliz, como um garoto diante do bolo de aniversário.

– Fiquei esperando por você na biblioteca ontem.

– Ficou?

Sonja sussurrou alguma coisa no ouvido dele, e os olhos do rapaz se arregalaram de satisfação. Tentei imaginar o que alguém poderia dizer para conseguir aquele efeito, mas nada me veio à mente. Ela se livrou do abraço e nos apresentou.

– Piet, você já conhece Philine.

Ele assentiu e tomou a mão de Philine, beijando-a com uma formalidade exagerada. Ela fez uma mesura, entrando na brincadeira.

– E esta é nossa amiga Hannah.

– Hannie – corrigiu Philine.

– Hannie.

Piet fez menção de pegar a minha mão, mas eu a recolhi, com medo de que ele a beijasse. Ele pareceu confuso com o gesto.

– Desculpe – pediu, tentando perceber se tinha ofendido Sonja.

– Não, eu que peço desculpas – falei, constrangida e irritada comigo mesma.

– O que você fez com a coitadinha? – perguntou Sonja, provocando-o.

Eu sabia que era tudo brincadeira, mas, mesmo assim, senti uma pontada de gratidão ao vê-la me defender.

– Sabe, Piet, já estávamos indo embora – comentou Sonja. – Fiquei muito feliz por tê-lo encontrado antes de sair.

Ela lhe deu um beijo na bochecha, deixando uma perfeita marca de batom rosa e, então, deu as mãos a Philine e a mim.

– Precisamos deixar Hannie em casa – disse ela, nos conduzindo até a saída. – Amanhã será um grande dia, ela será homenageada pela rainha.

A autoconfiança de Piet murchou.

– Mas o baile nem bem começou... – argumentou ele.

– Eu sei, mas...

Sonja se afastou mais rápido, como se estivesse sendo atraída, rumo à porta, contra sua vontade.

– É a rainha.

Ela mandou um beijo para ele e nos arrastou por entre as moças da AEFA na entrada, que a observaram ir embora sem exatamente lamentar a saída da estrela.

– Os casacos! – lembrou Philine, voltando e nos puxando com ela de um jeito autoritário.

Sonja soltou um gritinho, e eu deslizei pelo ladrilho até o balcão dos casacos. Saímos correndo porta afora em direção ao pátio, então finalmente paramos, rindo da nossa aventura boba.

– Quem era aquele? – indagou Philine.

Sonja revirou os olhos.

– Pieter Hauer. Venho fugindo dele há semanas.

– Ele parece legal – disse Philine. – E bonito.

Sonja olhou para mim.

– O que você achou?

Tentei pensar em algo inteligente para dizer sobre o pretendente, mas não consegui. Era mais fácil falar logo a verdade.

– Eu não gostei muito dele.

– Rá! – Sonja me abraçou. – Eu sabia que você era uma das boas. Mesmo que não tenha me emprestado um isqueiro.

– O que é isso?

Philine me observou mexendo no casaco. O broche de Annie estava preso na parte de cima.

– Que lindo – elogiou ela, se aproximando. – É um estorninho?

– Um pardal – respondi.

– Como você – disse Sonja, com um sorriso generoso. – Doce e destemido. Viu, era disso que eu estava falando naquele dia – comentou ela, voltando-se para Philine. – Esses eventos me deixam entediada. Precisamos expandir nosso círculo social. Eu estava justamente comentando sobre isso, quando Hannie apareceu. Feito um pardalzinho.

Eu fiquei no meio das duas, muda de surpresa, mas encorajada. Sonja passou a mão com carinho num cacho de meu cabelo.

– Eu queria tanto ter um cabelo assim...

– Assim?

Levei a mão à cabeça e estiquei um cacho do meu cabelo brilhoso e vermelho. A mecha encolheu de novo quando a soltei. A *kleine vos* do meu pai – e minha maldição. Bastava perguntar a qualquer uma das crianças que me atormentavam por causa da cor.

– Lembra quando você pintou o cabelo? – perguntou Philine a Sonja, com uma careta.

– Eca, marrom-barata. Mas isso... – disse Sonja, rearrumando um dos meus cachos de modo que caísse sobre o olho. – Você tem que nascer com ele. Seu cabelo é seu ponto forte.

Recebi mais elogios naqueles dez minutos do que nos vinte anos anteriores – ou, pelo menos, era como eu me sentia. Eu sempre corava por qualquer coisa, e naquele momento meu rosto estava enrubescido de vergonha. E de felicidade.

– Vamos para sua casa ouvir música – sugeriu Philine a Sonja.

– Não acredite nela – aconselhou Sonja, com um tom de sussurro conspiratório. – Vamos lá para casa ouvir a *Rádio Oranje* e tomar vinho.

Aquelas duas jovens glamorosas da cidade grande estavam me convidando para ir com elas ouvir o programa da Resistência transmitido de Londres? Eu achava que Nellie e eu éramos as únicas alunas que se interessavam pelas atualizações diárias da nossa rainha exilada. E beber vinho?

Eu não entendia bem como aquilo havia acontecido, mas as duas pareciam gostar de mim. Elas não sabiam que eu era uma raposinha tímida que passava as noites sozinha, perdida em devaneios. Pensavam que eu era um pardal, doce e "destemido". E o melhor de tudo é que, para elas, eu era apenas Hannie.

Graças a Sonja e Philine, todas essas coisas se tornaram realidade.

# Capítulo 2

Inverno de 1941

TALVEZ EU NUNCA TIVESSE INGRESSADO na Resistência se não tivesse menstruado naquela manhã de terça-feira. Quando acordei, havia uma mancha cor de ferrugem no lençol.

Eu tinha meu próprio cantinho no apartamento minúsculo do sótão, que não passava de um cômodo bem organizado, com teto inclinado, como no meu quarto da infância, em Haarlem. As camas de Nellie e Eva ocupavam os dois cantos mais reservados do ambiente; a minha ficava espremida num nicho perto da lareira. O que nosso país não tinha em montanhas, nós compensávamos com edifícios altos e estreitos. Era comum transformarmos um quarto em dois ou três, criando espaço livre onde, tecnicamente, não cabia mais nada. Sentíamos orgulho das soluções práticas; éramos uma pequena mas resistente nação, cujas pessoas sabiam que o sucesso de um reino minúsculo e populoso dependia das boas maneiras e do respeito pelas regras.

– Bom dia – disse Nellie, inclinando-se sobre a pia de água fria para contemplar o rosto no espelho.

Com seus cabelos louros e olhos azuis, Nellie era de uma beleza holandesa clássica, assim como Eva. O tipo de beleza que eu sempre quisera ter.

– Argh – resmunguei. – Maldito cinto!

Torci a cintura para ajustar o cinto higiênico com os alfinetes de metal. Assim como a maioria das moças que eu conhecia, eu usava um cinto que minha mãe fizera para mim, e agora, sem ela por perto para consertá-lo, o artefato estava se desmanchando. Eu me recusei a aprender a costurar, uma rara manifestação de rebeldia de minha parte. Não queria ficar presa consertando coisas no tempo livre, como acontecia com minha mãe.

– Você pode pegar um melhor lá onde minha tia faz trabalho voluntário – aconselhou Nellie. – Eles têm os melhores produtos. Cintos higiênicos, absorventes, todas essas coisas modernas.

– Sério? – Eu me levantei e conferi os lençóis. Parecia uma cena de assassinato. – E eles deixam qualquer um pegar?

– Acho que sim – respondeu ela. – Eles têm um monte de coisas.

Ela pegou a bolsa e o casaco, preparando-se para sair.

Senti o velho cinto higiênico descendo pelos quadris por baixo da camisola manchada.

– Posso anotar o endereço?

EMBORA EU ESTIVESSE NA FACULDADE DE Direito, nada do que ensinavam sobre justiça parecia se aplicar ao mundo em rápida transformação. Nasci em 1920, dois anos depois da Guerra para Acabar com Todas as Guerras. Ninguém imaginava que haveria uma segunda. E quando a Alemanha invadiu os Países Baixos, eu quis lutar ou, pelo menos, fazer alguma coisa para ajudar. Mas o que eu podia fazer? O pequeno exército holandês debandou depois da invasão e, de qualquer forma, não havia soldados do sexo feminino. Fugir do país? Eu não abandonaria meu lar. Eu queria ficar e fazer... alguma coisa. Fui até o escritório da aliança dos refugiados em busca de um cinto higiênico melhor e acabei me juntando ao trabalho voluntário, duas vezes por semana.

A aliança era mantida por algumas mulheres mais velhas e politicamente ativas, com idades próximas à da minha mãe, sob a liderança de nossa formidável supervisora, a enfermeira Dekker, que nos garantia acesso a itens médico-hospitalares. Essas mulheres vinham trabalhando como voluntárias para ajudar refugiados – na maioria, judeus poloneses e alemães fugindo dos nazistas – desde o início da Guerra Civil Espanhola. O serviço não tinha nada de dramático, apenas dobrar lençóis e montar kits de emergência para famílias carentes, mas já ajudava. Era um trabalho gratificante.

Foi também um jeito de ajudar minhas novas amigas Sonja e Philine. Poucas semanas depois de eu conhecê-las, todos os estudantes, funcionários e professores judeus foram expulsos dos estabelecimentos públicos de ensino, inclusive a Universidade de Amsterdã. Eu assistia às aulas pela manhã e repassava o que aprendia para as duas durante a tarde. Apareci em uma das nossas sessões de estudo com uma caixa cheia de itens femininos de higiene pessoal, inclusive para Sonja e Philine, e isso bastava. Nada consolida mais a amizade feminina do que a solidariedade no quesito manchas de sangue.

– A enfermeira Dekker disse que vamos precisar de duas vezes mais pacotes de suprimentos a partir de agora – falei, certa tarde, durante um passeio pelo bairro de Sonja.

Já tinham se passado oito meses do início da invasão alemã e dois meses desde que eu conhecera as duas.

– Eles têm sorte por contar com você – comentou Sonja.

Quando comecei, o trabalho voluntário parecia peculiar. Eu me sentava diante de mesas de madeira compridas e embalava artigos de higiene, kits de barbear e carne enlatada em pacotes bem organizados. Era o tipo de coisa que eu costumava fazer com minha mãe nos projetos da igreja durante a infância. Contudo, nos últimos tempos, surgira uma sensação de urgência, e o ritmo do trabalho se intensificava a cada dia.

– Para onde eles enviam todos esses pacotes? – perguntou Philine enquanto caminhávamos pela calçada à tarde, em meio a outros pedestres.

– A maioria vai para Westerbork – respondi.

Westerbork era uma espécie de acampamento com barracas e uma estação de trem, situado a cerca de 160 quilômetros a nordeste de Amsterdã e montado antes da guerra para abrigar refugiados judeus vindos da Alemanha. Eu tinha ouvido rumores de que os nazistas iriam transformá-lo numa prisão para judeus holandeses, mas isso parecia dramático demais. Circulavam todos os tipos de rumores sobre o que poderia acontecer a judeus, ciganos ou qualquer um que os ajudasse, mas estávamos na terra de Erasmo e de Spinoza e de séculos de tolerância religiosa. Eu tentava não me preocupar muito. Da mesma forma que não tinha me preocupado com a possibilidade de outra guerra mundial.

– Por que está tudo tão cheio? – perguntou Sonja.

Tínhamos marcado de tomar um café, mas Sonja tinha razão: todos os cafés pelos quais passávamos estavam lotados. Estávamos habituadas a ver as ruas cheias de soldados alemães. Os jovens com quepes pontudos e jaquetas curtas eram os mais simpáticos, sem dúvida felizes por terem conseguido um posto na agradável e inofensiva Amsterdã.

– Que nojento – disse Philine, falando baixo, ao avistarmos uma aglomeração de soldados do outro lado da rua.

Eles estavam jogando balinhas alemãs embaladas em papel brilhante para um grupo de crianças de uniforme escolar. Elas davam gritinhos, agitadas e desconfiadas, enquanto recolhiam as guloseimas, uma raridade na época.

– Tão gentis, com esses uniformes horrorosos – comentou Sonja.

– *Feldgrau* – cuspi a palavra, como se o termo deixasse um gosto ruim na boca, o que era verdade.

Campo cinzento. A cor padrão da maioria das tropas alemães, um cinza-esverdeado nauseante que silenciosamente se tornara parte da paisagem de Amsterdã, cobrindo corpos, caminhões, barreiras militares.

– Isso nem é uma cor – comentou Philine. – Parece sola de sapato.

– Forro de sofá – acrescentou Sonja.

– Ou aquele linóleo que usam nos asilos – completei.

– Isso! – exclamou Sonja, rindo.

– *Hallo!* – gritou um soldado, acenando para Sonja.

– Ignore-os – aconselhou Philine.

– Vamos procurar um lugar para nos sentarmos – disse Sonja, sempre hábil em escapar da atenção masculina indesejada.

Dobramos a esquina na esperança de conseguir entrar num dos vários cafés da praça, mas, de repente, paramos. Na pracinha havia um coreto móvel, um palco elevado com cobertura de lona sob a qual uma banda de instrumentos de sopro se acomodava. Estavam todos uniformizados, sentados diante de suportes de partitura pretos, segurando seus instrumentos. Um maestro, também de uniforme, agitava uma batuta para chamar a atenção dos músicos. Uma faixa na frente do palco anunciava: *Musikkorps der Ordnungspolizei*.

– A Orpo tem uma banda?

– Onde você aprende essas coisas? – perguntou Philine, tentando decifrar todas as letras da faixa.

– Na aliança dos refugiados – respondi.

As mulheres sabiam de tudo.

Ficamos nas imediações da praça, observando a preparação dos músicos. A banda se apertava no pequeno palco, mas o resto da praça estava quase vazio. Um grupo de soldados e comandantes alemães, em seus vistosos uniformes, estava reunido na frente da praça e, dispersos mais ao fundo, havia alguns cidadãos holandeses curiosos, em grande parte adolescentes e crianças. Os cafés do entorno tinham sido evacuados.

Então era por isso que as ruas laterais estavam tão cheias. O espetáculo me ofendia até a medula: era repugnante a ideia de que os alemães podiam dedicar tempo e recursos a uma coisa tão inútil quanto a banda da polícia, trazendo de Berlim todos aqueles instrumentos, suportes e partituras, nos empurrando sua cultura envenenada enquanto roubavam nosso país. Eles podiam ao menos trazer comida. As prateleiras nos mercados já estavam ficando vazias.

– Pelo menos a cor deles é mais bonita – comentou Sonja.

A Orpo usava uniforme de um verde-cinza mais claro, mas era também uma das cores oficiais nazistas.

– Não se deixe enganar – adverti. – Eles também são da SS.

Bastaram poucas semanas após a invasão para aprendermos as abreviações dos regimentos nazistas, mesmo dos mais complicados. A *Ordnungspolizei* era a Orpo, os policiais comuns; a temida *Schutzstaffel* era a SS, uma mistura de polícia ostensiva com bandidos de rua; e os *Sicherheitsdienst des Reichsführers-SS* eram a SD, o serviço de inteligência da SS, ou seja, os espiões. Ter estudado alemão na escola ajudou um pouco. Enquanto eu falava, o maestro fez um pronunciamento em alemão, e os músicos começaram a tocar. O som metálico de uma marcha militar encheu a praça, numa batida animada que parecia uma provocação.

– Nojento... – murmurou Sonja, que preferia ouvir jazz no fonógrafo de casa.

– O que mais você ouviu sobre Westerbork? – perguntou Philine em voz baixa, inclinando-se na minha direção para que eu pudesse escutá-la apesar da música.

– Dekker disse que agora tudo está sendo direcionado para lá. Os alemães apareceram no hospital dela e confiscaram todos os arquivos de pacientes, médicos, funcionários, todo mundo. Argumentaram que precisavam deles para reorganizar os esforços de ajuda humanitária.

– Arquivos? – indagou Philine. – Que arquivos?

– Apenas os formulários de identificação, eu acho. Nome, endereço, lugar de trabalho... Como se os alemães precisassem de um sistema próprio para substituir o nosso.

Ninguém superava os holandeses no quesito organização e eficiência dos funcionários públicos. Nos Países Baixos, o serviço público era mais poderoso do que o Exército.

– É uma senhora invasão de privacidade – sussurrei para Philine, confiante na análise legalista. – Tenho certeza de que é ilegal, segundo a Convenção de Genebra de 1929.

– Eles estão segregando os judeus – concluiu Philine, baixando os olhos para os paralelepípedos da rua.

Eu mal conseguia ouvi-la.

– O quê? – perguntei. – Não, eles pegaram todos os arquivos. Não apenas os dos judeus.

Sonja e Philine me encararam, incrédulas. Demorei um segundo para perceber o abismo que se abriu entre nós pela primeira vez. Era visível no rosto delas que, se os alemães um dia quisessem segregar os funcionários e os pacientes do hospital pela religião ou pela identidade étnica, os formulários facilitariam tudo. Foi assim que eles começaram na Alemanha, antes mesmo do início da guerra. Eu sabia disso. Fiquei com vergonha da minha burrice, e tive dificuldade em encarar as duas.

– Ah – murmurei.

No palco, a música se intensificou num crescendo, e o humor dos oficiais alemães presentes se elevou junto. Nós ficamos quietas, olhando para o nada, enquanto a banda tocava.

Quando conheci Sonja e Philine, poucos meses antes, eu as considerei apenas duas típicas garotas holandesas, assim como eu. Descobrir que eram judias foi como descobrir que eram católicas, não importava. Minha mãe era a filha devota de um pastor protestante, enquanto meu pai era um socialista laico; isso nunca foi um problema para os dois como casal. Ninguém que eu conhecia era muito religioso; as pessoas se limitavam a ir à igreja nos feriados importantes. Não me lembro de ter convivido com muitos judeus na minha infância de classe média em Haarlem, embora com certeza existissem. Sem dúvida, como Philine e Sonja, eles deviam ter sido criados em famílias tradicionalmente judias, mas não muito praticantes. As famílias de Sonja e de Philine estavam nos Países Baixos havia séculos, o que era comum entre os judeus holandeses. A principal razão para os refugiados do fascismo buscarem nosso país como abrigo era o fato de sermos conhecidos tanto pela tolerância religiosa quanto pelos moinhos de vento e tamancos de madeira.

Logo após a invasão, os nazistas declararam calorosamente quanto também amavam os irmãos holandeses do *Tausendjähriges Reich*, o devaneio do "Reich de mil anos" sob domínio nazista tão prometido por Adolf Hitler. Os alemães não queriam destruir os Países Baixos, insistiam eles; queriam salvar o país. Queriam se juntar a nós. Pura propaganda. No entanto, com exceção do bombardeio que reduziu Roterdã a pó no primeiro dia da invasão, eles tinham, de maneira geral, deixado a população em paz, inclusive os judeus. Os alemães estavam no país, mas não estavam construindo guetos nem bombardeando a zona rural. Parecia que as coisas tomariam um rumo diferente do que tinha acontecido na Alemanha e na Áustria. De qualquer forma, com o passar dos dias, o gosto amargo do nazismo começou a se espalhar pelos meandros da vida diária. Não éramos "irmãos" dos nazistas, e eles não pretendiam tornar as coisas mais fáceis.

Eu tinha presenciado inúmeras discussões em casa ao longo da última década, tinha ouvido os temores de meus pais acerca da ascensão de Mussolini, Franco e Hitler. Mais velha, a destemida Annie gostava de participar das conversas dos adultos. Eu apenas prestava atenção em silêncio. Torcia para que eles mudassem de assunto e falassem sobre coisas que as famílias normais conversavam, como o clima. Agora eu me sentia grata por ter presenciado aqueles debates noturnos; ao menos tinha alguma ideia do que poderíamos enfrentar. Meus pais discutiam sobre a oposição e os bravos sacrifícios dos guerrilheiros na Itália e na Espanha. Todos nós sabíamos como aqueles conflitos acabavam. Mussolini e Franco ainda estavam no poder, dessa vez aliados a Hitler, formando o Eixo.

Eu era menos ingênua do que meus colegas da mesma idade, aqueles cujas famílias conversavam sobre o clima. No entanto, bastou prestar um pouco mais de atenção naquelas duas jovens – que, de repente, haviam se tornado minhas melhores amigas, as primeiras que tive desde a morte de Annie – para eu perceber que ainda tinha muito que aprender.

Ficamos juntas no canto da praça mais afastado da banda, ouvindo a finalização da melodia num floreio até o ribombar da tuba. Sonja se retraiu. Por mais horrível que fosse para mim, a Ocupação era mil vezes pior para Sonja e Philine. Elas tinham medos que eu nem conseguia imaginar.

Os alemães lá na frente aplaudiram e gritaram. O restante da multidão permaneceu em silêncio. Sonja observou a cena.

– As coisas estão piorando – sussurrou ela.

Não consegui discernir se ela pretendera falar em voz alta.

– Vamos embora – convocou Philine, pegando a mão de Sonja.

Atravessamos o lado posterior da praça e entramos numa rua mais estreita, também lotada de gente que, num dia comum, estaria na praça.

– Tenho tentado convencer meu pai a ir embora, mas ele é tão teimoso – comentou Philine, enquanto andávamos. – Ele diz que, se seguirmos a lei, não teremos problemas. E como ele nunca desrespeitou uma lei na vida...

Ela franziu a testa.

– Dez anos atrás, papai persuadiu meus tios e tias alemães a virem para Amsterdã por questões de segurança – disse Sonja, balançando a cabeça. – E agora eles não sabem o que fazer. Meus pais e os amigos deles conversam sobre o assunto, mas, até então, apenas os Baums de fato foram embora. Mamãe achou um exagero.

Philine e Sonja raramente falavam com tanta franqueza na minha presença, embora talvez pensassem o tempo todo no assunto. Comecei a sentir muita vergonha. Queria que elas confiassem em mim. De repente, isso me pareceu a coisa mais importante do mundo.

– Para onde eles foram? – perguntei. – Os Baums?

– Para os Estados Unidos – respondeu Sonja. – Aparentemente eles têm primos em... Detroit? Seja lá onde for.

O tom da conversa mudou. Tive a sensação de que não iríamos mais tomar um café.

– Vamos virar aqui – indicou Philine.

Entramos numa rua mais tranquila, e a música toda ficou para trás, exceto a batida longínqua de um bumbo.

– Detroit é onde Henry Ford produz os carros – explicou ela.

É claro que Philine sabia disso. Ainda bem que eu nunca tive que competir com ela na escola e pude usufruir meu status de primeira da classe.

– Como eles conseguiram sair? – indaguei a Sonja.

Assim que os alemães tomaram o poder, os judeus foram proibidos de deixar o país.

– É como meu pai diz: "Com dinheiro, tudo é possível" – replicou Philine. E, então, ela olhou para Sonja. – Eu só quis dizer que...

– Não, é verdade. – Sonja deu de ombros. – Os Baums eram muito ricos. Eles venderam tudo, levaram o que podiam carregar e sacaram o dinheiro do banco. Bom, a parte que conseguiram. Mamãe disse que o banco não permitiu que eles sacassem tudo. Ela contou que a Sra. Baum saiu do país com pelo menos um anel em cada dedo das mãos e dos pés, incluindo os polegares.

Sonja balançou os dedos com as lindas unhas pintadas para demonstrar o que dizia.

– Mesmo que a gente tivesse dinheiro suficiente para ir embora – afirmou Philine –, meu pai se recusaria a sair. Ele diz: "Eu sou um professor de francês. O que eu vou fazer nos Estados Unidos? Engraxar sapatos?" – Ela revirou os olhos. – Todo mundo sabe como é fácil arrumar emprego nos Estados Unidos.

Sim, era isso que as pessoas diziam. Também diziam que, no dia da invasão alemã, dezenas de judeus holandeses cometeram suicídio, convencidos de que a morte estava próxima. Contudo, não aconteceu muita coisa na sequência, e parecia – pelo menos para mim – que essas histórias eram exageradas. Agora eu estava em dúvida. E quanto às minhas outras suposições, por exemplo, sobre essa guerra durar apenas quatro anos, como a Grande Guerra? O conflito poderia durar para sempre. Ninguém sabia ao certo.

– Você realmente iria embora? – perguntei a Philine.

– Se fosse preciso – respondeu ela. Estávamos diante do prédio dela. – Vocês deveriam subir – convidou.

Fiquei aliviada por ainda ser incluída.

– Eu vou embora – anunciou Sonja.

– É melhor ficar um pouco – insistiu Philine.

– Não – prosseguiu Sonja. – Estou falando dos Estados Unidos. Já me decidi.

– Você vai para os Estados Unidos? – perguntei. – Quando?

– Algum dia – disse ela, subindo as escadas atrás de mim. – Não agora, mas no momento certo. Eu vou com ou sem os meus pais. Não vou ficar aqui sentada, esperando... – Ela parou e baixou a voz no corredor. – Se eles não estiverem prontos quando eu estiver, irei sozinha. – Ela assentiu brevemente, como se fizesse uma promessa a si mesma.

– Não, Sonja – protestou Philine, virando a cabeça, segurando firme no corrimão, com ar de preocupação –, não é seguro, você não pode ir sozinha.

Sonja revirou os olhos e riu.

– Olhem só vocês duas, cacarejando feito galinhas! Relaxem, meninas. Ainda não reservei a cabine.

Fiquei calada. Achei que não deveria opinar. Philine soltou um suspiro.

– Ah, Sonja.

– *Ah* o quê? – rebateu ela, cansada daquela conversa. – Vamos entrar ou não?

– Nada – respondeu Philine. – Nada.

# Capítulo 3

– *Ah, ma chérie*.

A voz suave do pai flutuou pelo corredor como um fantasma francês, assim que Philine surgiu na porta aberta do apartamento.

– *Bonjour, Papa* – cumprimentou ela, e, quando se dirigiu a ele, o rosto dela logo abandonou o ar de preocupação e recobrou a doçura costumeira. – Sonja e Hannie estão aqui.

Eu já conhecia o Sr. Polak. Entramos na sala, e lá estava ele, como sempre, com uma manta sobre os joelhos e um livro nas mãos. Tinha 40 e poucos anos, mas o semblante era o de alguém que nunca fora jovem, com o cabelo prateado e o olhar de soslaio. Sua expressão era amável como a da filha. Ele era o pai gentil de Philine, o professor de francês. O vínculo entre os dois era óbvio, e ele nutria por ela um amor afetuoso, semelhante à conexão entre mim e meu pai, também professor. Com a diferença de que papai não corria os mesmos riscos que o Sr. Polak. Senti um nó na garganta. Afinal, o que tinha de tão ruim em engraxar sapatos?

– Preciso ir – anunciei.

– Mas nem estudamos ainda – protestou Philine.

Marie, a empregada de muitos anos da família Polak, entrou na sala com uma xícara de chá fumegante e a colocou ao lado do Sr. Polak. Tinha no mínimo 60 anos e era uma refugiada alemã. Não era judia, apenas uma cidadã pobre que deixou a terra natal durante a Depressão da década de 1920 e imigrou para Amsterdã em busca de trabalho. Estava com a família Polak havia vinte anos e era como uma mãe para Philine, cuja verdadeira mãe tinha morrido de febre quando a filha ainda era bebê.

Embora fosse uma funcionária dos Polaks, Marie tinha começado a atuar como a face pública da família, fazendo as compras e interagindo com estranhos, uma vez que era a única pessoa não judia da casa. Ela podia entrar nas melhores lojas, onde os judeus eram cada vez mais indesejados. Com os cabelos brancos presos num coque e a coluna curvada por anos de trabalho doméstico, ela podia se passar pela mãe do Sr. Polak. Não que ter pai ou mãe gentio fosse fazer diferença para o Sr. Polak: para os nazistas, uma pessoa seria considerada *Mischling*, mestiça, mesmo se apenas um de seus avós fosse judeu.

Tecnicamente, o fato de um gentio trabalhar para judeus havia se tornado ilegal. Mas Marie seguia em frente, invisível como só as mulheres mais velhas conseguem ser.

– Você acha que algum dia Marie vai embora? – perguntei a Philine, certa vez.

Na ocasião, ela me encarou, espantada.

– É claro que não – respondeu. E, então, parou, tentando explicar o raciocínio: – Ela ama a mim e ao papai. E não teria para onde ir.

– *Merci*, Marie – agradeceu o Sr. Polak.

Marie aquiesceu e desapareceu rumo à cozinha.

– Hannie – disse o Sr. Polak –, *la petite dernière*.

A pequena seguidora. Era o apelido pelo qual ele me chamava: eu estava sempre atrás dos dois cisnes. Ganhei um sorriso solidário.

– Para onde você vai numa noite fria dessas? Para casa, eu espero.

Ele vivia aflito pelo fato de eu morar longe da família e quase sempre jantar sopa de feijão.

– Vou fazer um rápido desvio e depois vou para casa, prometo.

– Tenha cuidado lá fora.

Ele afastou a cortina e olhou para as ruas que já escureciam. O sol se punha cedo naquela época do ano, e o calor desaparecia junto com a claridade. Desde que a *Luftwaffe*, a força aérea nazista, passara a cruzar o Canal da Mancha para bombardear a Inglaterra alguns meses antes, as luzes da rua haviam sido removidas ou apagadas. Todo mundo precisou aprender a se movimentar nas sombras.

– Terei – respondi.

– É... – continuou ele, soltando a cortina. – Pelo menos não temos que nos preocupar com bombardeios alemães, *n'est-ce pas*? – Ele riu. – Talvez essa seja a única vantagem de tê-los como vizinhos.

– Pode ser – concordei, incomodada com a determinação do Sr. Polak de encontrar um lado bom naquela situação.

Devia ser assim que Philine e Sonja se sentiam quando conversavam comigo.

– Temos sorte de não estar em Londres – comentou ele, apontando para o jornal sobre a mesa. – Agora eles estão bombardeando as igrejas, dá para imaginar?

Ele pareceu pensativo.

– O Rebbe de Hond diz: "A sinagoga é o nosso abrigo, e os tefilin são nossa artilharia antiaérea." Certo? – Ele deu um leve sorriso e suspirou. – É terrível o que os britânicos estão enfrentando.

Eu não sabia o que responder. As caixinhas pretas dos tefilin continham os pergaminhos da Torá... e, até onde eu sabia, ninguém na família Polak sequer frequentava a sinagoga. Ele buscava esperança onde quer que fosse. Não dava para culpá-lo. Eu mesma fazia isso o tempo todo.

– Eu temo pela nossa rainha – continuou ele, alisando o cravo branco e murcho enfiado na lapela.

Usar a flor favorita do príncipe Bernardo era uma manifestação de lealdade à família real holandesa. No início da guerra, a rainha Guilhermina, o príncipe Bernardo e o resto da Corte fugiram para Londres, de onde passaram a operar o governo exilado. Nós ouvíamos os discursos inspiradores nas transmissões da *Rádio Oranje*, mesmo que fosse proibido.

– Ela não pode estar segura no meio disso tudo.

– Uhum – murmurei.

Pensei na banda da Orpo que tínhamos acabado de ver na praça e no modo como as tropas alemãs cruzavam nossa cidade, tomando-a para si. Ainda conseguia ver as expressões de Sonja e Philine observando a banda. A apreensão. A repulsa.

– Tenho certeza de que a rainha também está preocupada conosco – afirmei.

– Claro que está – concordou ele. – Mas ela tem fé em nosso povo. Na transmissão de ontem à noite, ela elogiou "a coragem da Resistência e a força do caráter nacional".

O Sr. Polak sorriu, tranquilizado pela presença espectral da rainha.

Eu não estava tão esperançosa. Eram coisas que se falavam para uma criança, embora a rainha tivesse boa intenção. O que me interessou, entretanto, foi a menção explícita à Resistência. Nos primeiros dias da guerra, o assunto permeou inúmeras conversas, mas o termo logo desapareceu e só era sugerido de maneira clara por pessoas como a rainha, que era livre para dizer o que quisesse lá de Londres. Ainda assim, de certa forma o sumiço da palavra parecia um presságio de algo poderoso. Tudo que poderia fazer diferença na guerra estava sumindo de vista, desde o idioma até os equipamentos, como armas e impressoras. Mas, depois que os alemães baniram os rádios caseiros, os resistentes se adaptaram: reduziam os aparelhos a fios e peças de metal e escondiam as partes desmontadas embaixo do assoalho, montando tudo de volta apenas para ouvir as transmissões noturnas da rainha. Enquanto isso, alguém vigiava a porta da frente. Terminada a transmissão, desmontavam tudo outra vez. A Resistência não havia desaparecido; estava apenas esperando, como os rádios.

– É bom ouvir isso – comentei.

Imitando a voz da rainha, o Sr. Polak a citou mais uma vez:

– "Aqueles que querem o bem não serão impedidos de consegui-lo", foi o que ela disse.

E então voltou a se recostar na cadeira, satisfeito.

Ele não tinha lido o restante do jornal? Não viu as fotos que todo mundo viu, dos milhares de soldados alemães de uniforme e capacete, ostentando a Águia Imperial brilhante e marchando sob o Arco do Triunfo? E as repugnantes fotos turísticas de Adolf Hitler na Torre Eiffel? Paris ficava a pouco mais de 450 quilômetros de distância. Além disso, os jornais editados pelos nazistas, que inundavam a cidade, estavam cheios de atualizações sobre o sucesso crescente da Wehrmacht na Europa Oriental. Ele não percebia que aqueles que queriam o bem estavam, na verdade, impossibilitados de alcançá-lo em quase todos os lugares? Estremeci e engoli minhas emoções. Cada um precisava enfrentar a guerra à sua maneira.

– Boa noite, Sr. Polak – despedi-me. – Foi muito bom revê-lo.

– Você é uma boa menina, Hannie – disse ele, como se quisesse se convencer disso. – *À bientôt, mademoiselle.*

Enquanto eu me dirigia à saída, o Sr. Polak ficou arrumando o cravo na lapela. Com certeza ele já sabia que seria perigoso usar aquilo em público. Marie, esperava eu, faria alguma advertência.

– Vamos nos ver amanhã?

Sonja me beijou no rosto, com Philine sorridente ao seu lado.

– Meu pai adora você – disse ela.

Eu sorri.

– É um hábito dos pais.

Nós nos abraçamos. Desci correndo as escadas e voltei para as ruas já escuras. Pensei em quanto as coisas haviam mudado desde que eu tinha conhecido Sonja e Philine. Eu me sentia muito mais conectada à cidade e às pessoas ao meu redor. Depois da noite do baile, torci para reencontrá-las no campus, mas nunca esperei que nós três nos tornássemos amigas. Apesar disso, foi o que aconteceu. Elas gostavam de mim. Eu também suspeitava que eu destravava alguma coisa entre as duas. Na maior parte do tempo, minha presença as impedia de repetir o velho diálogo sombrio a cada semana de Ocupação. Em vez de se atormentarem mutuamente sobre o estado deplorável de tudo, elas podiam se concentrar em me explicar sobre a grande Amsterdã, como ser autoconfiante em relação aos rapazes, qual a cor que mais combinava com as ruivas. Coisas sobre as quais eu nada sabia. Assuntos que nos distraíam de ter que lidar com o óbvio.

Naquele dia, porém, de repente, tudo parecia diferente. O que sempre fora óbvio para elas estava, enfim, se tornando óbvio para mim.

O TREM DE PASSAGEIROS FEZ uma parada brusca no setor oeste de Amsterdã. Mais adiante, pairavam as torres de tijolos da fábrica Westergas e os imensos tanques cilíndricos de aço erguidos às margens do canal que atravessava os bairros operários daquele lado da cidade. Desci na plataforma quase vazia. O ar estava gelado no breu noturno.

A enfermeira Dekker havia me pedido que entregasse um envelope numa casa de refugiados nos arredores da cidade.

– Você me parece uma garota sensata – disse ela, de manhã. – Pode fazer uma coisa para mim?

Ela me passou um envelope e um papelzinho com um endereço anotado.

– É só entregar o envelope neste endereço, ok? Mas mantenha o endereço em segredo.

Assenti. Eu sempre fazia o que ela me pedia. O modo brusco de quem está sempre ocupada me lembrava mamãe, a força discreta, porém poderosa, que mantinha tudo funcionando em casa quando eu era criança. E, assim como acontecia com minha mãe, eu quase nunca fazia perguntas, algo que a enfermeira Dekker apreciava.

Depois de perambular por alguns quarteirões desconhecidos, com prédios em más condições, encontrei o número e bati à porta, convicta de que estava no lugar errado: uma fortaleza de cinco andares de gélidos tijolos vermelhos. Estava silencioso e deserto no térreo. O Apartamento 6 não tinha nenhuma identificação; parecia que alguém a removera de propósito. Mas havia uma campainha rachada ao lado do número, então apertei o botão.

– *Ja?* – veio uma voz rouca do alto.

Olhei para cima.

– *Ja?* – repetiu ele.

Um velho enrugado de boné azul-marinho estava debruçado na janela do segundo andar.

– A aliança? – mencionei.

Mostrei o envelope. Eu presumi que estava apenas entregando a papelada para outro grupo de assistência a refugiados. Naquele momento, contudo, não tinha mais tanta certeza. Ele apontou para a porta, e eu a empurrei. O interior do prédio era ainda mais escuro do que as ruas iluminadas apenas pelas estrelas. As lâmpadas do corredor ou tinham se queimado ou inexistiam. Arrastei os pés até a escada e segui um retângulo oblíquo de luz projetado por uma porta aberta.

– Quem te enviou? – perguntou o homem, olhando pela fresta da porta.

– A enfermeira Dekker.

Ele piscou.

– Você é a novata?

– Não sei – respondi. – Acho que sim.

Olhei para trás dele.

– A aliança é aqui?

Ele deu de ombros.

– Acho que sim.

O homem estendeu a mão para o envelope, e eu o entreguei pela fresta. Ele deu uma risadinha, um sorriso com três dentes a menos. Abriu um pouco mais a porta. Luz e calor vieram de dentro do apartamento, mas também o ar abafado de um lugar com muita gente, além do cheiro de comida, madeira queimada e corpos humanos. Atrás dele, pude ver dois adultos e três crianças encolhidos debaixo de um cobertor costurado à mão, num velho colchão no chão. A aliança não funcionava ali. Aqueles eram os próprios refugiados.

– Agradeça à enfermeira Dekker por mim – disse o homem. – E obrigado, senhorita.

Um pouco antes de fechar a porta, ele me deu uma piscadela.

– *Oranje zal overwinnen* – disse o homem.

A porta se fechou e, antes que eu pudesse responder, ouvi a fechadura sendo trancada.

Os laranjas vencerão.

Fiquei parada na escuridão. Vozes sussurravam do outro lado da porta, nada que pudesse ser ouvido da rua. Todas aquelas pessoas num ambiente tão apertado. Refugiados. Da Alemanha, da Polônia? Dos Países Baixos? O prédio inteiro fedia a tristeza. E, embora eu não fosse judia nem refugiada, conhecia o horror de perder alguém da família.

Annie.

Retornei à estação de trem sob as sombras dos prédios. Eu adorava Annie. Todo mundo adorava. Mas ela morreu de difteria aos 12 anos, quando eu tinha apenas 7. Depois que Annie partiu, meus pais se despedaçaram, e cada um se recolheu à própria existência. O refúgio de papai era o Sindicato dos Professores; o de mamãe eram as preocupações; o meu, as tarefas da escola. Eu já era estudiosa antes da morte de Annie, mas depois fiquei possuída. A vida se transformou numa sequência ininterrupta de leituras, escritos, estudos e provas. Eu tentava não chamar a atenção, esperando que alguma coisa mudasse.

Não ser Annie definiu a minha vida até o momento em que conheci Sonja e Philine. Depois disso, descobri que eu era o tipo de garota que de repente se vê circulando à noite pelos arredores da cidade, batendo à porta de estranhos e trocando senhas secretas como se fosse uma espiã audaciosa: *Oranje zal overwinnen*. Para Philine, para Sonja e até para a enfermeira Dekker, eu era Hannie.

– Rá!

Ri alto de mim mesma por ser tão idiota. Annie... Hannie. Eu nunca tinha percebido. Annie ainda estava comigo – dentro de mim, na verdade. E eu ainda tinha muito que aprender com ela.

Dei uma corridinha em meio ao ar gelado de novembro até chegar à estação de trem. A plataforma estava vazia, exceto por dois soldados alemães encostados numa coluna, fumando e conversando. Uma bandeira com a suástica tremulava no mastro quando peguei a bicicleta e pedalei para casa o mais rápido possível, em parte para me aquecer, mas principalmente para me distrair de meus próprios pensamentos. Deixei a bicicleta no corredor entre meu prédio e o vizinho e, nesse momento, percebi uma série de cartazes, todos colados no intervalo de horas em que eu passara fora de casa.

Os seis cartazes enfileirados exibiam a mesma imagem. Os alemães gostavam de colá-los daquela maneira, repetindo a mensagem como uma melodia que você odeia, mas que gruda na sua cabeça. Era um mapa da Europa com uma onda de sangue vermelho-vivo invadindo o continente a partir da União Soviética e sendo contida por duas bandeiras: a suástica do Terceiro Reich e os dois raios da desprezível SS.

*Storm tegen het Bolsjewisme!*

Tempestade contra o Bolchevismo. Os nazistas detestavam os comunistas, é claro. Mas aquilo era um código. Eu só sabia disso porque Philine havia me contado alguns dias antes, quando nos deparamos com outro cartaz com mensagem semelhante. Quando os nazistas mencionavam os bolcheviques, geralmente era um código para se referir aos judeus. O constrangimento, a confusão, a tristeza e o medo que eu havia sentido durante o dia se converteram numa sensação quente e pesada no fundo do estômago. Minha respiração ficou mais curta diante da onda de sangue que pretendia me fazer odiar Sonja, Philine e o doce Sr. Polak. Olhei ao redor para a rua silenciosa e, como se eu estivesse me observando de outro ponto de vista, segurei a ponta de um dos cartazes e o rasguei, jogando os pedaços no chão e passando ao cartaz seguinte e ao seguinte e ao seguinte, pisoteando as tiras de papel vermelho e preto com meus sapatos surrados.

Em seguida, subi correndo as escadas com o coração martelando no peito e um sorriso no rosto, pela primeira vez no dia. Talvez o Sr. Polak e a rainha Guilhermina tivessem razão, afinal: aqueles que quisessem o bem não seriam impedidos de consegui-lo.

# Capítulo 4

Primavera de 1942

Eu pretendia ir até a casa de Sonja pelos jardins do Vondelpark, o imenso parque de campos, lagos e passarelas no centro da cidade. Ao me aproximar dos portões de ferro ornamentados, vi dois soldados alemães a postos. Ao lado deles, via-se a placa em letras góticas com a já familiar e ainda chocante frase que gritava em silêncio: *Voor Joden Verboden.*

Proibido para judeus.

Os soldados me viram lendo a placa.

– Você é judia? – indagou um deles.

Ninguém nunca tinha me perguntado isso.

– O quê? – repliquei, tentando controlar o tremor nas pernas.

De repente percebi que aquilo era tanto uma pergunta quanto uma ameaça. Recuei um passo, e eles se aproximaram para barrar a passagem.

– Não! – soltei, com a voz aguda em tom alto.

Mostrei a identidade, e eles acharam graça do pânico que eu senti. Examinei aqueles rostos jovens e me perguntei o que aconteceria se eles não acreditassem em mim.

– Pode ir, *Mädchen* – disse um deles, dando um leve empurrãozinho na traseira da minha bicicleta.

– *Danke* – falei, aliviada, num tom mais suave. – *Danke schön.*

Os soldados sorriram e acabei sorrindo também. Dei algumas pedaladas antes de voltar para a realidade.

Segui em direção à trilha central que levava ao meu campo favorito, visível logo à frente, depois das árvores. Ao passar por lá, tomei um susto, então me lembrei: os alemães estavam escavando o Vondelpark para impossibilitar o pouso de aeronaves estrangeiras. O gramado, antes uma manta verde perfeita para piqueniques e crianças, tinha sido convertido numa sequência de sulcos profundos que mais pareciam valas. O ar cheirava a terra e pedras, e todas as flores haviam desaparecido.

Inicialmente, o *Reichskommissar* Arthur Seyss-Inquart fez um pronunciamento por rádio assegurando ao povo holandês que a Alemanha preferiria chegar ao país "com a mão direita estendida para nos cumprimentar, não com o punho cerrado". Eu tinha torcido, assim como o Sr. Polak, para que Seyss-Inquart fosse mais razoável do que Hitler. Não houve Noite dos Cristais em Amsterdã nem construção de guetos ou valas comuns nos arredores da cidade. O *Reichskommissar* tinha admiração genuína pelo caráter nacional holandês e pelos "laços de sangue" que uniam os dois países, então como algo assim poderia acontecer nos Países Baixos? Não aconteceu. Não de início. A arma de Seyss-Inquart era a sutileza. Em vez de decretos dramáticos, ele adotou iniciativas fragmentadas. O confisco dos arquivos pessoais, por exemplo. Os holandeses estavam indignados e preocupados, mas nada pareceu resultar daquilo. Quando parques, bibliotecas e transporte público foram proibidos aos judeus um ano antes, houve protestos imensos por todo o país, liderados tanto por judeus quanto por gentios. Contudo, como as proibições não interferiam de fato na rotina da maior parte da população, a vida seguiu em frente.

Com o passar do tempo, os judeus foram obrigados a registrar seus nomes junto às autoridades. Viram-se forçados a declarar bens de valor e coleções de arte. Tiveram que transferir seu dinheiro para os bancos nazistas. Caso tudo isso tivesse ocorrido ao mesmo tempo, talvez tivesse havido um levante. Seyss-Inquart sabia disso – a greve geral em Amsterdã, em fevereiro de 1941, irrompeu depois que judeus em massa foram impedidos de atuar em determinadas profissões. Por isso, ele deu passos lentos, sem querer atiçar o temperamento do povo holandês. E tinha funcionado. Ali estava eu, separada de Sonja e Philine. Minhas duas lindas amigas que, por acaso, eram judias.

– Eu não sabia que era judia até Hitler me contar – disse Philine, certa vez.

É claro que ela sabia. Só que, antes da invasão alemã, sua religião não fazia diferença. Continuei pedalando. Passei a infância inteira louca para crescer logo, para ver se minha vida mudaria. Mas não daquela forma.

– Bom dia, Ruiva.

Em algum momento do inverno, seis meses antes, o sargento Becker, membro da Wehrmacht, assumiu um posto no fim da elegante rua em que Sonja morava. Ele parecia ter pouco mais de 30 anos e era o soldado alemão mais preguiçoso que eu já tinha visto. De alguma forma, ele deu um jeito de conseguir a atribuição perfeita para si: na esquina da casa de Sonja, não fazia nada além de fumar, ler livros e, de vez em quando, dar ordens aos poucos soldados mais jovens sob sua supervisão. Tinha sardas e cabelos meio ruivos, e foi por isso que passamos a conversar.

– Olá, Ruiva – dissera ele, no primeiro dia.

Eu o ignorei. Acontece que Becker era sempre educado, e eu tinha a impressão de que ele havia instruído seus subordinados a não incomodar a mim, Philine ou Sonja, porque todos ficavam em silêncio sempre que chegávamos ou saíamos da casa. Com o passar do tempo, Becker e eu estabelecemos uma trégua amigável. Naquele dia, quando eu estava me aproximando, ele foi logo dobrando a cadeira e enfiando o livro no bolso interno da jaqueta do uniforme.

– Está acontecendo alguma coisa? – perguntei.

Becker arqueou uma sobrancelha. Permaneci com a cara fechada. Não queria que ele achasse que éramos amigos.

– Não sei – respondeu ele. – Mas acabo de ser convocado para a Dam Platz.

– Um desfile? – indaguei.

Em dias de sol, os alemães gostavam de polir os coturnos e as estrelas prateadas e de marchar sobre os paralelepípedos, recitando seus *Heil Hitler!* durante horas, com a luz realçando seus uniformes. Por que não em Dam Platz, em frente ao Palácio Real? Eles tinham até os próprios fotógrafos empenhados em documentar a glória da disciplina ou o que quer que eles estivessem celebrando. Eu tentava evitar a Dam Platz sempre que possível; ainda sentia náuseas toda vez que via a suástica tremulando no alto do edifício.

Becker balançou a cabeça.

– Não sei – comentou. – Eles não contam muita coisa.

Ele deu de ombros, como se estivéssemos juntos naquela bagunça.

Não estávamos. Continuei andando.

– A família Frenk na casa branca com faixa preta – começou ele. – São seus amigos?

Parei e olhei para trás.

– Por quê?

Nossos olhares se encontraram, mas ele não sorriu. Deu uma última tragada no cigarro e o jogou no canal.

– Só perguntando.

Continuei caminhando. Uma semente de pavor se enterrou em meu peito. Enquanto eu passava pelas casas altas à margem do canal, tentava imaginar quais delas já haviam sido "requisitadas" pelos alemães. Oficiais nazistas agora moravam naqueles imóveis. Os novos vizinhos de Sonja.

Uma empregada uniformizada me recebeu no saguão da casa de cinco andares dos Frenks. Assim que a porta se abriu, a luz vinda do canal iluminou a mansão. Eu só tinha visto casas assim em antigas pinturas de Hals e Rembrandt, feitas no Século de Ouro. Amplos degraus de mármore subiam pelos cinco andares, ladeados por um corrimão de ébano entalhado à mão, como uma longa frase escrita em caligrafia rebuscada – era a escadaria mais elaborada que eu já tinha visto na vida. Eu ia à casa de Sonja toda hora, mas nunca me aventurava além do terceiro andar, onde ficava seu quarto. Os aposentos acima eram um mistério, habitados pelos parentes alemães de Sonja que aguardavam o desenrolar da catástrofe em andamento.

– Esse não. Vou morrer de calor.

Sonja deixou de lado o cardigã mostarda. Philine estava inclinada para fora da porta do closet adjacente ao quarto, um cômodo maior do que o quarto de infância que eu compartilhara com minha irmã. A luz do sol entrava pelas janelas altas.

Desabotoei meu velho casaco sem graça e o apoiei no encosto de uma espreguiçadeira de veludo verde.

– Desculpa pelo atraso.

– Não vamos demorar – comentou Sonja, me dando uma beijoca no rosto. – Estamos nos arrumando.

– Vamos demorar, sim – replicou Philine, com um tom irritado em sua voz calma. – Se Sonja não conseguir se decidir logo.

– Que tal esse? – perguntou Sonja, envolvendo os ombros numa echarpe de seda florida.

– Ficou bom – falei.

Philine deu de ombros.

– Pode ser.

Fui até as janelas altas para dar uma olhada no pátio interno. Lá embaixo, havia quintais retangulares bem cuidados, cada um oferecendo um pequeno retalho verde à mansão diante deles. Era um refúgio diminuto bem no meio da área mais movimentada do centro da cidade, escondido dos transeuntes, mas intimamente conhecido por quem morava naquelas residências. Mais lugares escondidos. Como de costume, os jardins lá embaixo estavam vazios.

– Vocês falam com Becker? – perguntei. – O soldado do fim da rua?

– Aquele que vive com sono? – retrucou Sonja. – De vez em quando. Ele é mais educado do que os outros.

– Nunca – disse Philine, com repulsa. – Por que eu faria isso?

Eu não soube o que responder. Eu não tinha nenhuma informação para passar a Sonja, então por que assustá-la com as insinuações vagas de um simples soldado? Já havia rumores suficientes acabando com a nossa paz.

– Só fiquei curiosa – respondi.

Sonja se virou para mim.

– Isso tem a ver com as andanças que você anda fazendo para a enfermeira?

O rosto de Sonja se iluminou de esperança. Percebi que o assunto deixou Philine nervosa.

– Não devo falar sobre isso – cortei, tentando soar séria e misteriosa.

– Ah – lamentou Sonja.

Esperei pela provocação de praxe de Philine, mas não houve nenhuma. A energia no quarto havia mudado, como se uma tempestade tivesse desabado. Por um longo momento, ninguém disse uma palavra.

– Eu trouxe umas questões novas para estudarmos – comentei.

Nos últimos tempos, eu encarava como uma função nos manter concentradas nos assuntos da faculdade. Eu tinha conseguido entusiasmar

Philine na área do Direito que escolhi, justiça internacional, porém Sonja não se importava muito. Ela cursava a universidade para satisfazer os pais, mas sonhava com um futuro mais glamoroso do que o de uma advogada. Eu conseguia visualizá-la num filme de Hollywood, com longos vestidos elegantes, cachorros minúsculos e taças de martíni por todos os lados. Mas não tinha certeza se era isso que ela ainda imaginava.

– Não posso estudar agora – avisou Sonja.

– Estou tentando fazê-la sair para respirar um pouco de ar puro – explicou Philine.

Sonja tentou resgatar o ânimo de sempre.

– Só não consigo decidir o que vestir.

– Não importa a roupa – argumentou Philine. – Nós vamos apenas até a varanda.

Os dias em que costumávamos passear pela cidade para sentar em um café tinham ficado para trás. Como a maioria dos estabelecimentos exigia identificação, os judeus foram excluídos de grande parte da vida pública, por causa da enorme letra *J* preta carimbada em seus documentos. Os Frenks tinham a sorte de ter o próprio jardim privativo, mas raramente o frequentavam. O pequeno quadrado verde no meio do quarteirão era bastante agradável, mas era o equivalente a tentar relaxar numa prisão, uma vez que os prédios ao redor estavam cheios de guardas observando pelas janelas. Não era um assunto sobre o qual conversávamos; era só uma coisa que todos sabíamos.

– Hannie chegou atrasada, de qualquer forma – disse Sonja.

– Me desculpe – pedi outra vez.

Eu andava me desculpando demais naqueles dias.

Sonja jogou outro suéter no chão e examinou o closet.

– Talvez uma blusa listrada?

– Chega, Sonja – disse Philine, com irritação na voz.

– Está tudo bem? – perguntei.

– Tudo.

Philine começou a dobrar os itens descartados, recolhendo-os do chão, da cama e da poltrona. Sonja vasculhou um armário de mogno e examinou outra blusa, branca com flores amarelas, então se virou para nós duas. Antes mesmo de abrir a boca, Philine explodiu.

– Essa não. Por favor!

Ela encarou Sonja, que devolveu o olhar sério.

– Calma, Philine.

Philine costumava tecer apenas elogios sobre as roupas de Sonja. Naquele momento, ela respirou fundo, como se fosse iniciar um discurso, e engoliu em seco, sem falar nada.

– O que foi? – provocou Sonja, em tom de desafio.

Philine andou até a porta e, dali de trás, puxou um tecido de algodão grosseiro, num tom de amarelo tão feio que eu não conseguia imaginá-las usando algo feito daquilo. Ela o desdobrou, e eu pude ver o padrão impresso no pano. O tipo idêntico da letra preta inscrita na placa no Vondelpark, uma palavra que se repetia ao longo de toda a peça: *Jood*.

Judeu.

Philine pegou um recorte de 10 centímetros do tecido, isolando apenas uma das estrelas judaicas de seis pontas que circunscreviam a palavra *Jood*. Ela o posicionou na lapela de um casaco imaginário.

– Essas flores amarelas vão esconder a estrela.

– Esse é o objetivo – disse Sonja.

– Você vai se meter em encrenca – comentou baixinho Philine, a voz trêmula de preocupação.

– Você acha mesmo que eles vão manter soldados nas ruas para conferir as estrelas?

– É claro que vão! – exclamou Philine, os olhos arregalados de incredulidade. – Por que você acha que aquele soldado ruivo vive plantado ali no fim da rua?

– Meu pai conhece os líderes do Conselho Judaico – argumentou Sonja –, e são eles que decidem quem fica e quem vai embora. Ele deu a eles o nome de sua família também, Philine, para ser incluído na lista. Vai dar tudo certo.

– E você acredita nisso? – indagou Philine.

– O Conselho Judaico tem um plano – explicou Sonja. – Eles estão entre os comerciantes mais importantes da cidade, pelo amor de Deus!

Todo mundo sabia quem eram eles. Líderes da comunidade judaica que estavam negociando com os alemães o futuro das políticas voltadas aos judeus. Mas eu achava difícil acreditar que eles teriam qualquer poder efetivo num estado de ocupação.

– Sim, o Conselho Judaico tem um plano – repetiu Philine, exasperada. – O plano de enviar todos os judeus de Amsterdã para Westerbork.

Ela cuspiu a última palavra, como se quisesse se livrar do mau agouro.

– É temporário – disse Sonja. – Seja como for, deve ser melhor do que ficar aqui, com tanto lixo na rua e esses sacos de areia por todo lado.

– Sonja! – exclamou Philine, atônita. – Westerbork é um campo de trabalhos forçados.

– Papai diz que é um campo de trânsito.

– E você acha que eles estão em trânsito para onde? Para uma linda viagem pelo litoral?

Sonja esgotara as refutações baseadas nas palavras do pai.

– Daqui a pouco vai ser ilegal ser judeu – disse ela, em tom de piada.

Philine encarou a amiga, incrédula.

– Ah, Sonja. Já é ilegal.

Permanecemos em silêncio por um longo tempo.

– Não quero mais sair – falou Sonja, largando a blusa.

Ela se sentou em meio a uma pilha de tecidos e babados, de todas as cores do arco-íris, floridos, xadrezes, listrados e de bolinhas, e se enterrou entre as roupas, como um cisne que afofa as próprias penas e depois esconde a cabeça para dormir.

– Cedo ou tarde, você vai ter que sair – replicou Philine, voltando a examinar o tecido amarelo. – O que é isso?

Uma carta que parecia um documento oficial estava grampeada à parte inferior do rolo.

– É claro – disse ela, com uma risada amarga.

– O quê? – perguntei, desesperada por qualquer informação.

– Instruções – respondeu Philine, lendo o memorando escrito num papel timbrado com a suástica. – "Lave antes de usar para evitar que o tecido desbote ou encolha." Alguém se deu ao trabalho de incluir isso.

Ela ergueu o tecido e estreitou os olhos para ler alguma coisa impressa em letra miúda.

– "*Hergestellt in Deutschland*" – leu ela. – Feito na Alemanha.

– Que idiota – rebateu Sonja, com amargura.

– Não – interveio Philine. – Alguém se deu ao trabalho de escrever essas instruções cheias de detalhes. Isso não é um capricho da SS holandesa. É parte de um plano maior. Um plano maior e muito mais organizado.

Ela olhou para Sonja, à espera de um protesto. No entanto, pela primeira vez Sonja se manteve calada, o rosto jovial estampando uma emoção que parecia ser medo. Eu queria muito tranquilizá-las, mas não fazia ideia do que dizer.

– Já volto – sussurrei.

Saí do quarto, fechei a porta atrás de mim e fiquei no patamar da escada, tentando segurar o choro. Se elas não estavam chorando, eu também não iria chorar. Eu não tinha nenhuma informação com que contribuir nem meios de aliviar o peso que elas carregavam. Meu estômago doía. Eu tinha a impressão de que deveria transmitir o aviso que Becker me dera, mas do que ele me alertara, afinal? Por que piorar as coisas? Fiquei ali, entre os painéis de madeira do corredor iluminado e olhei para o andar de cima, onde moravam os parentes mais velhos de Sonja. Tudo que vi foram portas fechadas. De algum recanto do quarto andar, ouvi os acordes suaves de uma valsa vienense tocando num gramofone.

SAÍ DA CASA DE SONJA pouco tempo depois. Nenhuma de nós estava com ânimo para bater papo.

Foi quando comecei a perceber.

As insígnias com a estrela amarela. As pessoas que as usavam tinham o rosto duro feito pedra, como o do homem que passou por mim com a estrela presa no ombro do paletó e o chapéu rebaixado sobre a testa. Seu semblante sombrio me fez lembrar as estátuas da Ilha de Páscoa, os olhos fixos no nada, impenetráveis. Segui pelas ruas ensolaradas, pensando em Sonja e Philine cercadas de roupas como se estivessem afundando em areia movediça, sem saber direito como se salvar. Então, mais adiante, eu o vi. Enfim, um alvo para a minha ira.

– Becker! – gritei com os punhos cerrados. – Becker!

O homem se virou, mas não era Becker, e sim outro soldado alemão de cabelo ruivo, que sorriu para mim. Ninguém gritava com os soldados, a não ser que quisesse ser preso, por isso ele ficou curioso.

– *Guten Tag, Fräulein* – cumprimentou, a voz gentil.

Ele e outros três soldados formavam um círculo em torno de uma garota judia, o olhar aterrorizado em seu rosto de adolescente. Na gola de sua blusa havia uma estrela amarela como um buquê envenenado enquanto os bárbaros a cercavam.

– Afastem-se dela! – bradei, andando na direção deles.

Eu não era eu mesma e aquele não era Becker, mas não importava. O efeito cumulativo dos avisos, de Sonja e das estrelas amarelas me cegou.

– Deixem a menina em paz!

Minha voz vacilou com tamanha fúria. Não me importei.

O sósia de Becker riu de mim, acompanhado de seus amigos, e isso serviu de distração para a menina sair correndo e desaparecer em meio à multidão. Não era esse o plano, mas fiquei aliviada. Na verdade, eu não tinha plano algum. Me senti como um cão raivoso acorrentado a um poste, selvagem, perigoso e frustrado. Os soldados perceberam. Antes que eu os alcançasse, eles recuaram fingindo medo, erguendo as mãos como quem se rende.

– Calma, calma – disse um deles, se afastando.

Aliviada, passei por eles como um raio.

Segui em frente com o passo firme, a cabeça a mil. Alguns metros mais adiante, ouvi um deles gritar na minha direção:

– Amiguinha de judeus!

Algumas pessoas se viraram para olhar, mas continuei andando, como se não tivesse sido comigo. Caminhei sem pensar em nada, tentando esquecer a imagem de Philine com o tecido amarelo, tentando apagar o horror no rosto da menina judia anônima. Segui até o fim da calçada, onde meus pés tocaram os trilhos dos bondes. As sinetas me trouxeram de volta à realidade. Multidões circulavam, consumidores, estudantes, soldados alemães armados e crianças brincando de pega-pega na rua de paralelepípedos.

E então eu o vi. Becker. De pé, alguns metros adiante, com um grupo de soldados, as mãos no quadril e o corpo inclinado para trás tentando olhar para o alto do Palácio Real. Olhei para cima também.

No meio do imenso palácio erguia-se a cúpula gigante, o domo esverdeado com um pináculo no topo e um navio que representava os dias de glória do país do século XVII. Aquela era a Amsterdã dos Frenks, o palácio construído por homens de gola rufo. Logo abaixo da cúpula, havia um relógio de ouro e um carrilhão. O som dos sinos era familiar a todos os habitantes da cidade, marcando o tempo com seus badalos a cada meia hora. Mas, ao seguir o olhar de Becker, vi alguns homens lá no alto, ao lado do relógio. Soldados. Eles se projetavam para fora da sacada como aranhas escalando a fachada do prédio.

– Becker! – chamei.

Ele se virou, me viu e deu um de seus sorrisos ambivalentes.

– Olá, Ruiva.

– O que eles estão fazendo?

Imaginei que estivessem retirando o relógio para derreter o ouro.

– Alterando a hora – respondeu ele.

E, diante de nossos olhos, o grande ponteiro dourado dos minutos avançou. Fiquei tonta.

– Por quê? – indaguei.

Becker deu de ombros.

– Seyss-Inquart ordenou – replicou ele, pronunciando o nome do *Reichskommissar* nazista com um falso sotaque austríaco, como todo mundo fazia. Até os soldados pareciam desprezar o comandante nomeado por Hitler, com sua voz lenta e sibilante.

– Seyss-Inquart? – insisti.

– Eles estão adiantando a hora, *Fräulein* – explicou Becker, se virando para me encarar. – A partir de agora, estamos no horário de Berlim.

# Capítulo 5

## Primavera-verão de 1942

Eu sentia a presença do relógio em todos os lugares, como se os nazistas também controlassem o tempo. Todo mundo teve que ajustar sua vida ao horário de Berlim se quisesse sincronizar com a tabela dos trens. Recusei-me a acertar o meu, e uma pequena semente de ressentimento começou a crescer dentro de mim. Uma nova camada dura se formava cada vez que eu me adaptava ao horário de Berlim.

Como o mal se espalha? Como uma doença, passando de uma pessoa para outra? Ou como as novas medidas antissemitas penetravam na vida privada do cidadão holandês feito pó num quarto fechado, feito poeira invisível? Um dia, giraríamos a chave na fechadura e nos descobriríamos presos em nosso quartinho tão soterrado pela sujeira que não nos serviria mais para morar. A imposição do horário de Berlim me despertou para uma nova realidade: não estávamos à espera de uma tragédia; estávamos vivendo uma. Cada vez que eu olhava para o despertador na mesinha de cabeceira e, em seguida, ajustava o relógio, sentia aquela sementinha amarga crescer. A partir de então, quando eu andava pela cidade, as estrelas amarelas gritavam para mim: *Faça alguma coisa.*

Seis e meia: hora de ir. O sol já aquecia os tijolos dos prédios enquanto eu examinava meu reflexo no espelho, lavando o rosto para espantar o sono. Cabelos escovados, blusa amarelo-clara e saia azul de lã. Uma típica estudante holandesa de 21 anos, nada de incomum, exceto pelo cabelo vermelho.

– Ninguém vai me confundir com uma camponesa – brincara Philine, certa vez, e, como eu também não era loura, entendi o comentário.

Conferi o cabelo outra vez. Ninguém iria me confundir com uma judia, mas a cabeleira vermelha ainda poderia chamar a atenção. Peguei um chapéu. Estava ansiosa para ir à piscina pública de Zuiderbad durante as horas agitadas da manhã, quando as senhoras praticavam seus exercícios. Quanto mais gente, melhor. Cheguei à porta e ouvi a voz de minha mãe: "Não esqueça o casaco, você vai ficar resfriada." Peguei o agasalho e, então, parei. Quando saí da casa dos meus pais, eu pegava o trem para Haarlem várias vezes por semana, só para vê-los. Agora, eu os visitava duas vezes por mês. Deixei o casaco no cabide. Não precisava dele. Fechei a porta sem fazer barulho e desci correndo as escadas.

Naqueles dois anos, eu achava que tinha feito o máximo possível para ajudar os refugiados judeus e dar apoio a Sonja e Philine.

Só que isso não era exatamente verdade.

Comecei a perceber um novo padrão de comportamento. Duas pessoas se olhavam. Uma delas usava a estrela amarela. A outra notava a estrela, abaixava o olhar e seguia em frente. Talvez porque se sentissem constrangidas, envergonhadas ou enojadas, não fazia diferença, pois o resultado era sempre o mesmo: as pessoas pararam de olhar para os judeus. O que significava que elas não os viam mais. E se você não vê mais alguma coisa, ela deixa de existir.

E não eram só os estranhos. Eu também estava fazendo a mesma coisa.

Era por isso que eu precisava ir à piscina.

Minha bicicleta estava enroscada com todas as outras na frente do meu prédio. Dobrei a esquina e dei de cara com um policial, que desviou para o lado a fim de evitar o encontrão.

– Perdão – pedi, mas não parei.

Ele tocou no chapéu em sinal de cumprimento. Minhas mãos e dedos começaram a formigar, como sempre acontecia quando eu ficava assustada, então os esfreguei contra o guidão para espantar o medo.

Naquela manhã, em qualquer esquina da cidade, homens e mulheres, moças e rapazes, pedalavam suas bicicletas, subiam nos bondes, caminhavam ao longo das ruas pavimentadas rumo ao trabalho, ao mercado ou à escola. Alarmes soavam nas pontes levadiças, que se erguiam feito asas, permitindo a passagem de cargueiros nos canais. Os habitantes de Amsterdã se aglomeravam nas margens esperando para atravessar, organizados, ainda que tensos. Aprender a viver numa cidade ocupada era aprender a viver fora do tempo, sem ousar fazer planos de longo prazo.

Derrapei e parei perto demais de um grupo de pessoas, tentando recuperar o fôlego.

– Espere sua vez, mocinha – repreendeu-me um vendedor de flores, arrastando a bota surrada no pneu de minha bicicleta.

Examinei a multidão que se movimentava, procurando uma brecha por onde pudesse passar e acabei seguindo em frente em meio a campainhas e xingamentos.

– Desculpe, desculpe! – repeti, com a voz alta e trêmula.

Campainhas tilintaram, o vendedor de flores embrulhou em jornal um ramalhete de narcisos amarelos e dois aviões de combate da Luftwaffe cruzaram o céu rumo ao canal da Mancha numa incursão à luz do dia. O ronco das poderosas turbinas vibrou até os ossos, e quase parei de sentir medo do que estava prestes a fazer.

Avistei a fortaleza do Rijksmuseum. Num dos extremos da praça, suas torres eram semelhantes aos torreões de um castelo. Senti um alívio inesperado: não havia nenhuma suástica tremulando, pelo menos não ainda. E lá, do lado oposto ao museu, estava o que eu procurava: o grande prédio de tijolos vermelhos que abrigava a piscina de Zuiderbad. Amsterdã tinha várias piscinas públicas, mas poucas eram tão bonitas.

Eu imaginara essa parte mil vezes. Atravessei a rua, e cada detalhe era do jeito que eu esperava: o telhado alto e inclinado, os grandes caixilhos brancos das janelas, o pórtico curvo na entrada com seus ladrilhos verdes e ondas azuis pintadas. Tudo parecia igual, exceto pela placa na entrada: *Voor Joden Verboden*. Proibido para judeus.

Eu precisava estacionar num lugar que fosse fácil de encontrar depois, mas as paredes externas do edifício estavam apinhadas de bicicletas. De certa forma, era bom: a piscina estava cheia. Encostei a minha nas outras, respirei fundo e tentei manter a calma.

Como se eu fizesse aquilo o tempo todo.

Eu nunca tinha feito nada parecido.

Adotei uma expressão entediada e caminhei até a entrada. Um idoso pegou meu ingresso, seu cabelo branco grosso puxado para trás, para longe do rosto enrugado. O homem me analisou, do chapéu azul aos sapatos pretos de cadarços, e deu uma piscadela amigável.

– *Goedemorgen* – disse ele, com a voz rouca. Bom dia.

Sorri e continuei andando.

Lá dentro, as paredes eram cobertas por ladrilhos verdes e amarelos, as cores do verão, leves e cheias de vida. O mesmo lugar que eu visitara uma vez antes da guerra, quando fora nadar com Nellie e Eva. A imensa piscina central brilhava com um azul cintilante, os trampolins numa das extremidades e as grandes janelas ao redor para permitir a entrada da luz fraca do inverno. Os sons ecoavam nas superfícies azulejadas e no teto de metal, e, embora os frequentadores não fossem barulhentos, ouvia-se no ambiente o burburinho das conversas e dos respingos de água.

O ingresso de papel estava se desmanchando no meu punho, então estiquei os dedos e sequei a palma da mão enquanto caminhava em direção ao vestiário feminino. Havia algumas maneiras diferentes de fazer aquilo – eu tinha considerado todas. Decidi, enfim, me ater ao plano mais simples. Ouvi a voz de Annie: "Quanto mais rápido, melhor." Ela havia mesmo dito aquilo? Talvez.

– *Goedemorgen* – cumprimentou uma mulher grisalha quando nos cruzamos na porta.

Assenti em resposta. Ninguém precisava ouvir minha voz, a não ser que fosse necessário.

Dentro do vestiário, outras três mulheres estavam se despindo e se vestindo, alisando as saias ou guardando roupas nos cubículos que cobriam as paredes. Larguei minha mochila num banco de onde eu conseguia ver as outras e peguei minha roupa de banho. Enrolei, fingindo retirar fiapos inexistentes do tecido. À esquerda, uma mulher de cabelos castanhos colocava suas roupas dobradas numa prateleira e, num movimento rápido, enfiou uma bolsinha no meio da pilha, escondida feito um rato na toca. Ela se afastou e andou em direção à piscina.

Eu deveria me preocupar em ganhar tempo, aguardando uma boa oportunidade, mas esse não era o problema. O problema eram os nervos. Minhas mãos tremiam, e um calafrio de ansiedade arrepiava meus braços. Cruzei-os e abracei meu próprio corpo, tentando me acalmar. Quando olhei para baixo, vi uma fita que havia caído do cabelo de alguma garotinha e ficado no chão. A estampa branca e amarela lembrava uma flor amassada. Como uma estrela amarela.

Respirei fundo.

Avancei alguns centímetros, me aproximando do cubículo da mulher. As outras duas estavam de pé diante do espelho, penteando os cabelos e se preparando para sair, enquanto falavam amenidades: o clima frio, a água gelada da piscina. Cada palavra soava como ameaça aos meus ouvidos, mas obviamente elas ignoravam meus pensamentos. Juntaram seus pertences e saíram do vestiário, ainda conversando.

Eu tinha dado dois passos rápidos até as roupas dobradas na prateleira quando ouvi um eco às minhas costas. Congelei. Mas não era a mulher de cabelos castanhos que regressara para pegar um item esquecido, e sim outra nadadora que queria usar o vestiário. Relaxei e me acalmei, alongando os braços como se estivesse me preparando para começar a nadar.

A mulher desapareceu em uma das divisórias de toaletes.

Enfiei a mão no meio das roupas dobradas e puxei a bolsinha com um movimento preciso. Como se eu tivesse muita experiência em bater carteiras. Passos outra vez: mais uma nadadora. Eu tinha esperança de conseguir mais de um documento de identidade, mas o vestiário parecia movimentado demais para correr o risco.

Passei pela mulher que estava chegando sem encará-la, mexendo no fecho da mochila. A bolsinha roubada estava lá dentro. Dei uma última conferida na pilha de roupas: parecia intocada. Saí do vestiário, atravessei a piscina e percebi que estava examinando a água em busca da mulher que eu acabara de roubar. Eu lamentava ter levado a bolsa inteira. Todas as cabeças que oscilavam na piscina pareciam idênticas, então pedi desculpas silenciosas a todas elas. Meu calcanhar escorregou numa poça, e eu caminhei mais devagar, embora tivesse vontade de sair correndo do prédio.

O homem que conferia os ingressos foi a única pessoa que prestou atenção em mim.

– Já está indo, jovem?

– A água está fria demais para mim – falei, sorrindo, como se fosse uma piada interna, o que foi surpreendente, considerando que nunca fui boa em jogar charme.

A barra de metal da porta da frente estava quente por causa do vapor quando a empurrei e saí no ar gelado. O homem mencionou alguma coisa, mas não parei para ouvir. Montei na bicicleta e fui pedalando de pé na direção da multidão diante do Rijksmuseum. Avancei cortando a trilha que atravessava o que restara do gramado verde da Museumplein, a Praça dos Museus. Era um ótimo lugar para piqueniques. Agora, não passava de um campo de terra e areia, com o gramado escavado para abrigar bunkers de concreto. Do outro lado do muro feio e cinzento, ouvi vozes masculinas. Os alemães estavam realizando exercícios militares ali.

O ar estava fresco e seco se comparado com a úmida Zuiderbad, e respirei fundo. A cada pedalada, eu me afastava mais da cena do crime e me aproximava mais do sucesso. Em meio ao fluxo de ciclistas, examinei cada rosto com uma intensidade feroz. Os óculos pretos de um homem, o broche vermelho esmaltado de uma mulher, todas as coisas me saltavam aos olhos, animadas e vivas. Eu me juntei ao turbilhão do tráfego de bicicletas e, por fim, soltei a respiração. Era só mais um dia útil, e eu era só mais uma pessoa na massa de habitantes locais, rumo ao trabalho ou à escola, anônima e despercebida.

– Ei!

Levei uma cotovelada na lateral do corpo e quase fui derrubada por um entregador cabeludo. Por um segundo, achei que tivesse sido seguida e desmascarada, e o terror me atravessou feito um raio. O fluxo de ciclistas me obrigou a continuar pedalando. De repente eu estava no parque, flutuando ao lado dos olmeiros imensos e pelos lindos laguinhos e suas pontes de madeira que mais pareciam saídas de um conto de fadas. O vale se alargava num amplo gramado, todo sulcado pelos alemães para desencorajar o pouso de aeronaves. Apesar de tudo, os pássaros ainda cantavam no alto das copas dos olmeiros. Mais à frente, a coluna móvel de ciclistas se dividiu para desviar de uma lata de lixo.

Uma lata de lixo. Objetos triviais pareciam ter adquirido um novo sentido, e coisas banais pareciam novinhas em folha. Nada havia mudado, mas eu, sim. Ainda nem eram nove da manhã, e eu já cometera um crime. Melhor aluna da turma da escola, estudante de Direito cheia de honrarias, observadora discreta durante as aulas, ciclista desastrada, ruiva relutante. Não uma ladra. Naquele dia, uma lata de lixo se tornara uma oportunidade para me livrar das evidências. Tudo no mundo pode mudar.

Fui para o lado direito da pista, encontrei uma brecha na coluna de ciclistas, atravessei entre eles e derrapei na grama. Desci e deitei a bicicleta num pequeno bosque de árvores recém-brotadas, cuja folhagem clara e espessa era perfeita para abrigar uma criminosa. No frescor da sombra, escancarei a mochila e puxei a bolsinha de tecido. Abri o fecho com dedos trêmulos e estupidamente espalhei o conteúdo no chão úmido e sujo.

– Idiota – xinguei a mim mesma, recolhendo tudo.

– Posso ajudar, senhorita?

Era um policial, alto e magro feito uma grua. Na altura dos meus olhos, pingos de lama salpicavam a parte inferior de sua calça azul-marinho. Olhei para cima. Suas sobrancelhas estavam arqueadas e a cabeça pendia para o lado, me observando, da mesma forma que os pássaros nos arredores de Haarlem inclinavam o longo pescoço com curiosidade, tentando enxergar melhor os peixes no pântano. O policial dobrou o corpo esguio e, antes que eu pudesse evitar, recolheu o conteúdo da bolsa roubada: algumas moedas, pedaços de papel e o que de fato importava. O documento de identidade.

Ele o ergueu com toda a prática que os policiais tinham naqueles dias, uma vez que suas funções se resumiam a uma tarefa fundamental: organizar as pessoas em categorias. Ele examinou a fotografia, depois baixou os olhos para mim.

– Essa é você?

Eu nem tinha visto o documento ainda. Mas a mulher de quem o roubei de fato não se parecia muito comigo. O problema não era esse. Ela precisava se parecer pelo menos um pouquinho com Sonja ou Philine.

Então, aquela era eu?

Não.

O policial pigarreou.

– Senhor... – comecei, os olhos arregalados como se tivesse sido pega de surpresa.

Meus pensamentos flutuaram e rodopiaram como papel lançado ao vento e, de repente, estacionaram numa lembrança em que Annie estava com meio corpo para fora da janela do quarto no segundo andar, prestes a fugir noite adentro. Eu estava apavorada, não só por Annie, mas também por mim. O que eu diria aos nossos pais, se eles me perguntassem?

– Diga qualquer coisa – sussurrara Annie com sabedoria, uma rebelde de óculos de 11 anos de idade. – Se você não souber responder o que eles perguntarem, responda outra pergunta.

E ela estava certa.

Mordi o lábio e comecei a falar. Minha voz nem vacilou.

– Senhor, eu fui empurrada da bicicleta, e minhas coisas se espalharam todas.

Ele franziu o cenho, observando a bicicleta jogada na grama, ainda com o documento entre os dedos. A fotografia do tamanho de um selo não passava de um borrão, um semblante de cabelos escuros. Para a mulher da piscina, seria um transtorno ter que tirar outro documento. Para Sonja ou Philine, ter uma identidade falsa poderia significar mais comida, acesso a atendimento médico ou até a vida.

O policial fixou os olhos nos meus e manteve o rosto impassível. Em seguida, observou por sobre os ombros os ciclistas que cruzavam a trilha a poucos metros dali. Esperei que ele falasse. O músculo de sua mandíbula se retesou e relaxou. O uniforme azul com respingos de lama era o mesmo de antes da guerra. Impossível saber a quem ele era leal. Teria jurado fidelidade ao Partido Nazista? Ou era apenas um holandês honesto tentando salvar o emprego para sustentar a família? Eu não confiava nas aparências.

Como eu estava ajoelhada no chão lamacento, senti a umidade da grama, o cheiro das folhas de carvalho apodrecidas, do rico húmus da terra semicongelada. O policial me encarou novamente, estreitando os olhos, enquanto segurava o pequeno documento na mão gigantesca.

Eu não tinha contado a Philine ou a Sonja o que estava fazendo. Elas teriam tentado me deter. Ninguém sabia onde eu estava. Engoli em seco. Meus dedos apertavam com força a bolsinha como se fosse encantada, o talismã de um conto de fadas. Mas eu não estava vivendo um conto de fadas. Magia nenhuma iria me salvar.

Respirei fundo, ergui os olhos para o policial e sorri.

– Senhor – falei, com a voz tão suave quanto uma pétala. – Posso pegar minha carteira de identidade?

# Capítulo 6

Uma mistura de emoções atravessou o rosto do policial. Ele me lembrou do meu pai, um homem alto com a presença silenciosa de uma montanha.

– *Sta op* – disse ele, estendendo a mão. Levante-se.

Tentei respirar, mas senti o peito pesado. O policial estendeu o longo braço para me ajudar a sair da grama e, em vez de fugir, peguei na mão dele. Obedeci ao seu comando. Talvez porque ele se parecesse com meu pai.

Ele me ajudou a ficar de pé e logo soltou minha mão. Mas deixou uma coisa nela.

O documento de identidade. Ele o devolveu para mim.

– Tenha cuidado, senhorita – disse, e então, num sussurro, prosseguiu: – *Oranje zal overwinnen.*

Os laranjas vencerão. O lema da Resistência, rabiscado nas paredes da cidade antes de ser apagado pelos alemães: *OZO*. Será que ele achava que eu fazia parte da Resistência? Será que ele fazia?

Eram perguntas que ninguém jamais podia fazer.

Ele me devolveu os demais objetos e eu enfiei tudo de volta na bolsinha.

– *Bedankt.* – Obrigada.

– Tenha um bom dia, senhorita.

Ele tocou o quepe com as pontas dos dedos e se afastou, observando a multidão do alto de suas pernas de garça. Nada o distinguia de qualquer outro policial na rua.

Naquela manhã, aprendi várias lições: nunca olhe para trás a fim de verificar se alguém está olhando. E não faça nada que possa sugerir que algo importante está prestes a acontecer, está acontecendo ou aconteceu entre você e outra pessoa.

O ato em si já é suficiente.

Limpei a saia e as mãos sujas de lama. Meu corpo tremia, eu me sentia atordoada. A gola da camisa grudava na nuca por causa do suor. O burburinho de vozes vinha dos ciclistas do outro lado do bosque, como se fossem transmitidas de um novo mundo, e o azul deslumbrante do céu, o marrom dos galhos e o verde da grama encheram meus olhos. Meu coração saltava, minha cabeça borbulhava. Eu me sentia estranha, diferente.

Empurrei a bicicleta para fora do bosque. Um menino de calça de veludo marrom me encarou. Quando a mãe dele me viu, puxou o menino para longe. Se minha aparência estava refletindo o modo como eu me sentia, não poderia culpá-la. O documento de identidade queimava através do couro da mochila, pulsando com a força da justiça. Era a primeira vez que eu experimentava o poder do crime. Antes da guerra, eu tinha pedalado por aquele parque centenas de vezes, mas agora, com o objeto roubado na mochila, o que era familiar parecia desconhecido. Era como se o ar tivesse um frescor novo e cada inspiração fluísse até as profundezas do meu ser, das narinas à ponta dos pés, que impulsionavam os pedais com vontade. Pedalei com o vigor sem limites dos fora da lei, sem culpa e cheia de coragem.

Foi a enfermeira Dekker que sutilmente me encorajou a ingressar no mundo dos batedores de carteira. Uma vez, ela demonstrou como pegar a bolsinha de moedas do bolso de um casaco: circulou pelo escritório e roubou a de uma voluntária bem diante dos meus olhos. Papeando sobre banalidades, pôs a bolsa de volta, e a dona nunca percebeu nada. É claro que Dekker argumentou que tudo não passava de uma brincadeira. Mas, na verdade, era um treinamento.

– Cuidado! – bradou um homem mais velho quando o ultrapassei.

Não olhei para trás. Não pedi desculpas.

Nós três pensamos bem e decidimos que a pessoa na fotografia se parecia mais com Sonja. Eu achei que ia me sentir péssima por não ter conseguido um documento para Philine, mas não foi o que aconteceu. Porque eu sabia que poderia roubar outro. Alguns dias depois, espremida no meio da multidão que tentava embarcar no bonde, baixei os olhos e vi a borda arredondada de uma carteira de couro para fora do bolso do casaco de um homem. Parecia um convite. Mais tarde, no mesmo dia, passei pelo escritório da enfermeira Dekker e joguei a carteira sobre a mesa. Ela ergueu a sobrancelha.

– Há dois documentos de identidade aí dentro – informei. – Uma do trabalho, outra da organização à qual ele pertence.

Marquei dois pontos de uma só vez.

– Consegue pegar mais?

Nenhum elogio, nenhuma demonstração de surpresa, mas o sorriso de Mona Lisa deixava transparecer que ela estava impressionada. Assenti.

Foi assim que me transformei numa batedora de carteiras profissional, esbarrando nas pessoas na rua e me afastando com seus documentos ou surrupiando a bolsa da ciclista na cestinha enquanto ela olhava para o lado. Vinte e dois anos agindo como uma jovem educada me treinaram bem para o trabalho, já que minha aparência e postura não eram ameaçadoras. Eu era só mais uma garota desastrada trombando nos pedestres na hora do rush. Nos meses seguintes, roubei tantos documentos de identidade que considerei incluir a habilidade no currículo depois da guerra, ao lado de falar espanhol básico ou entender álgebra avançada. Até que enfim eu me sentia útil.

Depois de roubar a primeira carteira de identidade, houve outras coisinhas.

Parei de enviar os pacotes de mantimentos aos refugiados fora do país e passei a distribuí-los entre os judeus de Amsterdã, que precisavam deles desesperadamente. De uma hora para outra, os judeus só tinham permissão para fazer compras entre as três e as cinco horas da tarde, quando as prateleiras do mercado já estavam praticamente vazias.

Ouvi Philine e Sonja conversando sobre amigos judeus que, de repente, haviam desaparecido.

Entreguei comida e roupas de bebê a uma família de cinco pessoas que morava num estábulo, na periferia leste da cidade, escondida até que conseguissem encontrar uma forma de atravessar o canal da Mancha.

Eu dava informações erradas quando os soldados alemães, perdidos na cidade, me perguntavam localizações. Qualquer coisa que dificultasse um pouquinho o trabalho deles estava valendo.

Vi quando as deportações começaram. "Para Westerbork, apenas por um tempo", explicavam os oficiais da SS. Os trens partiam toda terça-feira. Ninguém voltava.

Achei que não poderia piorar.

# Capítulo 7

Início de 1943

Àquela altura, já tínhamos nos acostumado com as estrelas amarelas. Digo "nós", mas é claro que era diferente para Sonja e Philine. Mesmo depois que roubei os documentos de identidade, todo dia elas precisavam decidir se sairiam com o documento falso e sem a estrela amarela ou se usariam a estrela e levariam a identidade verdadeira. Era um risco, de qualquer forma. Um judeu flagrado com um documento falso poderia ser preso na hora e deportado para Westerbork, provavelmente antes de ser enviado aos chamados campos de trabalho forçado: Sobibor e Auschwitz eram alguns dos nomes que eu ouvia. Eu não sabia nada sobre esses lugares; os próprios nomes se tornaram armas do terror nazista. Cumprir a lei e sair com a estrela amarela era um convite ao assédio dos soldados alemães, e reagir a eles era uma forma de resistência. Nem todas as mulheres, judias ou não, se sentiam seguras para fazer isso, por isso passaram a andar em duplas ou trios.

– Há tantas estrelas no bairro da minha prima agora – comentou Sonja – que elas estão começando a chamar o lugar de Hollywood.

Philine resmungou, com desgosto.

– De vez em quando, as pessoas sorriem para mim e sussurram "Seja forte" – mencionou ela, grata por esses gestos diários vindos dos cidadãos holandeses.

– Outro dia estava chovendo, e o condutor do bonde parou e praticamente ordenou que eu embarcasse, para sair da chuva – contou Sonja. Ela hesitou, pois os judeus não tinham mais permissão para usar o sistema de bondes da cidade. – O condutor gritou "Bobagem!", com o rosto vermelho de raiva. Os outros passageiros ficaram me olhando. Uma mulher sentada na frente disse "Tire essa coisa idiota", referindo-se à estrela. Mas eu só fiquei ali parada – continuou Sonja, emocionada. – Eu não podia tirar, fiquei com medo de algum soldado estar me observando. Só que a coisa toda gerou uma comoção. Eu sei que eles tiveram boa intenção, mas balancei a cabeça, agradeci ao condutor e saí correndo na chuva.

Fiquei aliviada por ela ter agido assim. Melhor ficar com frio e molhada do que ser presa.

Philine e Sonja finalmente resolveram a questão de usar a estrela ou o documento falso apelando para uma solução óbvia: pararam de sair. As duas se limitavam às idas indispensáveis ao mercado ou à padaria. Sonja fez uma obturação com um dentista judeu que transferira o consultório para a própria cozinha, onde só atendia pacientes judeus. E Philine passava a maior parte do tempo na casa de Sonja. O bairro dos Polaks recebera oficialmente a designação de bairro judeu, e as famílias judias de outras partes da cidade foram forçadas a se "reinstalar" lá. O clima era tenso, assim como os soldados postados do lado de fora. Era melhor evitar aquela área.

Ainda assim, apesar de toda a propaganda nazista que nos enfiavam goela abaixo, sabíamos que os soviéticos haviam massacrado os alemães em Stalingrado e em outras partes da União Soviética. Os jornais editados pelos nazistas nunca mencionavam as derrotas, é claro, mas o conteúdo estava mudando. *TOTALER KRIEG*, estampavam as manchetes após um discurso do desprezível ministro da Propaganda, Joseph Goebbels. GUERRA TOTAL. A intenção era motivar o povo alemão e aterrorizar o restante da população, e funcionou. Eu não conseguia imaginar uma guerra mais "total" do que a que já estávamos vivenciando.

Eu estava a caminho do escritório da aliança dos refugiados. Apesar de sermos amigas, Nellie e Eva tinham seu próprio círculo social, e eu havia parado de confidenciar a elas meus receios em relação a Sonja e Philine. As duas me viam correr a cidade de cima a baixo, resolvendo coisas para a aliança, mas nunca se metiam ou faziam muitas perguntas. Elas eram boas amigas, sempre me oferecendo um prato de comida e me ajudando a carregar sacolas escada acima. Nellie e Eva eram gentis, mas não podiam me ajudar. Eu precisava da enfermeira Dekker e da distração do trabalho.

As instalações humildes, quase sem mobília, do escritório da aliança sempre renovavam meu ânimo; pelo menos alguém estava fazendo alguma coisa útil por ali. E a presença austera e comprometida da enfermeira Dekker me garantia que ainda havia gente naquele país que não tinha perdido os princípios morais. Cheguei no meio da manhã, que costumava ser o período mais agitado do escritório. Empurrei a porta da frente e parei. A primeira coisa que percebi foi o silêncio. O elenco habitual de voluntárias tinha sumido. Então, olhei ao redor. Uma catástrofe. As prateleiras bem organizadas com suprimentos que Dekker e as voluntárias arrecadavam com diligência, incluindo instrumentos médicos, cobertores de emergência e caixas de bicos de mamadeira, tudo parecia ter sido revirado por animais selvagens. O chão de ladrilho sempre impecável estava sujo de terra e manchado com as solas das botas. Apenas Lottie, uma das assistentes da enfermeira Dekker, estava lá. Começou a falar assim que me viu:

– Eles invadiram ontem à noite e levaram tudo, Hannie – contou ela. – Caixas e caixas de suprimentos, tudo.

O rosto normalmente rosado de Lottie estava lívido. Ela se abaixou e continuou organizando os itens que sobraram dentro das caixas.

– Onde está Dekker? – perguntei.

– Hannie. Venha aqui.

Dekker estava sentada à grande mesa de carvalho, como a capitã de um navio-tanque que atravessava um oceano furioso de papéis espalhados pela sala. Arquivos médicos particulares, memorandos de rotina, todas as evidências de nosso duro trabalho estavam destruídas aos pés dela. Dekker apoiava seus braços fortes na cadeira, com uma expressão de repulsa. Assim como todas as organizações voluntárias de auxílio emergencial, a aliança dos refugiados era oficialmente neutra. Se bem que o próprio país também era.

– Não estou entendendo.

– Eles vieram por causa dos arquivos – esclareceu Dekker. – Aí, quando viram os suprimentos, decidiram levar tudo.

– Como posso ajudar? – indaguei.

Ela balançou a cabeça.

– Mandei todo mundo para casa, menos Lottie. É melhor você ir também.

Uma explosão de raiva me atravessou.

– Precisamos retomar o trabalho – argumentei.

– O escritório foi extinto, Hannie – respondeu ela. – E eu fui convenientemente transferida para um hospital em Haia.

Ela balançou a cabeça, achando graça da transferência tão estratégica. Era um jeito fácil de eles se livrarem dela em Amsterdã, onde estava fazendo um trabalho importante, enviando-a para outra cidade, onde provavelmente manteria menos contato com a Resistência.

– Você ajudou muito, Hannie. Sua família está em Haarlem, certo? Vá para lá. Espere as coisas se acalmarem.

– Acalmarem?

Eu só conseguia imaginar a escalada da guerra.

– Entramos em outra fase. O trabalho que você andou fazendo para mim – ela abaixou a voz de modo que Lottie não conseguisse ouvir – foi muito útil.

Dekker se levantou e, pela primeira vez desde que nos conhecemos, me deu um abraço maternal, me acolhendo no calor de seu corpo. Senti o cheiro da goma e do alvejante usado no uniforme branco, além de um leve odor ácido de suor. Ela vivia impecável, nunca pensei que pudesse transpirar.

– Não vou voltar a Haarlem – afirmei. – Preciso terminar a faculdade.

Dito em voz alta, o plano pareceu tolo, uma preocupação infantil. Só que eu nunca pensei em fazer outra coisa, mesmo antes da guerra. E agora? Por mais que eu amasse meus pais, me esconder na casa deles não resolveria nada.

Dekker assentiu. Ela nunca tentara me convencer de nada, não seria diferente agora.

– Muito bem, então. Tenho uma coisa para você. Venha comigo.

Ela começou a andar e eu a segui até o depósito dos fundos. A maior parte das caixas de suprimentos de emergência tinha sido surrupiada, mas alguns itens ainda estavam espalhados pelas prateleiras. Dekker pegou uma caixa de papelão e me entregou. Olhei a etiqueta: ATADURAS.

– Isso?

Eu não tinha nenhum treinamento médico, como ela sabia muito bem.

– Lamento informar... – Ela procurou as palavras certas. – Os soldados roubaram tudo que tínhamos, até os absorventes e cintos higiênicos, acredita? Mas sobraram algumas ataduras, e são melhores do que os velhos trapos de algodão, não acha? – Ela deu um sorriso melancólico. – As mulheres são as verdadeiras especialistas em sangue. Vamos, pode pegar, Hannie, um presente de agradecimento de minha parte.

Enquanto falava, o olhar dela se fixou em mim, comunicando algo que eu não compreendia direito. Eu ainda estava desconcertada diante da destruição daquele lugar que costumava ser sagrado.

– Vá – disse Dekker, me acompanhando até a porta.

Quando chegamos lá, ela retirou um pedaço de papel do bolso superior do uniforme branco e o enfiou por uma fresta na tampa da caixa.

– Caso você precise me encontrar um dia.

– Ok – respondi, confusa.

– Hannie, olhe para mim. – Dekker me segurou pelos ombros. – Você é boa nisso. Você trabalha duro. Você é forte e tem muito mais astúcia do que esse rosto sardento demonstra.

Eu era forte? Corei, honrada.

– Quem sabe por quanto tempo essa guerra vai durar? – continuou ela. – Ou quanto vai piorar? Eu não faço ideia. Ninguém faz. Mas, enquanto estiver acontecendo, você pode continuar ajudando, Hannie. Sempre há o que fazer.

– Sim – respondi, sem saber exatamente com o que eu estava concordando.

Senti um nó na garganta, mas me recusei a ceder ali, diante dela.

– Você sabe como manter contato, certo?

Ela deu um tapinha na tampa da caixa.

– O que eles vão fazer com os arquivos? – perguntei.

Alguns voluntários da aliança eram judeus. Só de pensar que informações privadas dessas pessoas – nomes, endereços, contatos de emergência – tinham caído nas mãos dos nazistas me deixava mal.

Ela sorriu.

– Nada. Eu queimei todos os arquivos há algumas semanas.

– Enfermeira Dekker! – exclamei, rindo.

Ela deu de ombros.

– Deus me deu uma missão, Hannie. Ele não se importa como devemos cumpri-la.

Dekker me puxou para um abraço e me apertou contra o peito outra vez. Ela me olhou com carinho da cabeça aos pés, como minha mãe fez no primeiro dia de escola, conferindo se o casaco estava todo abotoado.

– Seja uma boa pessoa, Hannie – disse ela, com os olhos marejados de emoção. – *Goed zijn, goed doen.*

Seja boa, faça o bem.

Assenti e saí do escritório da aliança dos refugiados pela última vez. Enquanto me afastava, tive a forte e desconfortável sensação de que nunca mais veria a enfermeira Dekker.

NUM DIA ENSOLARADO NAS RUAS de Amsterdã, era possível esquecer o horror por um momento. A luz dourada do sol, os canais cintilantes, o céu azul, o rosto das crianças, tudo isso ainda era bonito. Era o que eu estava dizendo a mim mesma enquanto caminhava até a bicicleta. Era o que eu estava dizendo a mim mesma enquanto acomodava a caixa de ataduras na cestinha, de modo que não caísse. E era nisso que eu estava pensando quando me choquei, a cestinha primeiro, contra a traseira de um carro que se movia tão devagar que eu pensei que estava parado. Minha velha bicicleta desengonçada se sacudiu, caindo sobre os paralelepípedos, mas o motorista do carro nem pareceu notar. Que se dane tudo – o carro, a bicicleta, a cestinha, essa guerra. Tudo. Ergui a bicicleta e chutei o para-lamas antes de contornar o que, eu via agora, algum dia fora um carro – não era mais. A coisa se movia aos solavancos, então parava, depois, com muito esforço, avançava um pouco mais, pois não havia motor. O velho sedã preto estava sendo puxado por um cavalo ofegante preso ao carro por um antigo arreio de arado, e o dono do veículo caminhava ao lado com um chicote, como se estivesse passeando calmamente pelo campo. O interior do automóvel estava repleto de roupas, panelas e outros utensílios domésticos, e o carro seguia devagar, rua abaixo, sobre rodas de metal desprovidas de pneus. O espaço que um dia abrigara o motor continha um engradado de madeira cheio de sucata. O velho estava vendendo ou comprando? Provavelmente as duas coisas. O veículo fora convertido em casa e carroça. Eu sabia que estava sendo indiscreta; dei um sorriso de desculpas ao passar pelo homem, mas ele nem me viu. Tanto ele quanto o cavalo estavam atados ao arreio, concentrados no passo seguinte, no minuto seguinte, na refeição seguinte. A campainha do meu guidão tilintou quando passei pelo quebra-molas, e o cavalo relinchou. Um som bem-vindo. A maior parte dos animais de estimação de Amsterdã, de canários a gatos ou cães, já havia desaparecido. As pessoas estavam passando fome.

Ainda tentando decifrar o carro movido a cavalo, comecei a reparar na nova cidade ao meu redor. A Amsterdã ocupada. Uma cidade mergulhada na sujeira e na poeira. Um soldado solitário com o uniforme verde da Wehrmacht estava diante de uma parede de tijolos, aplicando amplas pinceladas de uma tinta cinzenta e opaca, a fim de encobrir um *V* dos Aliados e da palavra *VERZET*, grafitada às pressas na noite anterior, em vermelho vibrante, por algum integrante da Resistência. *V* de vitória. *V* de *verzet*: resistir. As letras foram desaparecendo à medida que eu avançava. Olhando para o alto, vi que a parede se estendia apenas alguns metros acima da cabeça do soldado antes de se transformar numa pilha de tijolos em ruínas. A lateral do prédio de apartamentos estava parcialmente demolida, e o que restava do segundo andar estava rachado e revelava uma casa de bonecas em tamanho real, o papel de parede verde da sala de estar exposto ao tempo, manchado e danificado pela chuva. Retângulos cor de esmeralda marcavam a área antes ocupada por quadros. Quando os judeus eram encaminhados a Westerbork, à prisão ou... sabe-se lá aonde, suas residências eram vasculhadas. Os soldados alemães recolhiam os itens de valor e tudo que fosse fácil de carregar: joias, pratarias, objetos de arte. Depois dos alemães, vinham os vizinhos. Alguns tentavam salvar as posses dos velhos amigos, outros procuravam alguma coisa útil, desde comida até sabão ou móveis de madeira que pudessem queimar para se aquecer. Aquele prédio em particular já havia sido saqueado; dava para saber, porque não havia nenhum soldado a postos. Não sobrara mais nada para proteger. Philine tinha me contado sobre prédios assim no bairro onde ela morava, mas ver com meus próprios olhos foi um choque. Eu sempre quis morar em Amsterdã, na imponente cidade cosmopolita, cheia de arte e história, terra de filósofos e aventureiros. Uma cidade erguida no Século de Ouro. O que a guerra, ou melhor, o que os nazistas fizeram era perverso. E eu fechara meus olhos por tempo demais. Era hora de conversar com Sonja e Philine.

– Ela não está, senhorita.

A empregada dos Frenks parecia nervosa. Todo mundo ficava assim naqueles dias, quando ouviam uma batida à porta.

– Elas foram para a casa de Philine?

Ela balançou a cabeça.

– Mas então onde...?

Ela percebeu meu medo e se aproximou para me tranquilizar, tocando meu braço com gentileza.

– A Srta. Sonja e a Srta. Philine foram fazer uma visita – comentou ela. – A Sra. Frenk pediu que elas deixassem o endereço.

Ela me mostrou um pedaço de papel com a caligrafia arredondada de Sonja. Não reconheci o endereço.

– Perto do Wertheim Park – disse ela, franzindo a testa. – Em Plantage.

Eu não ia a Plantage havia meses. Era um distrito bonito e exuberante na área central da cidade, perto do zoológico, do jardim botânico e de outras atrações agradáveis que não funcionavam mais. E perto do Hollandsche Schouwburg, o Teatro Holandês. Ou, como eu acabara de me lembrar, do rebatizado Joodse Schouwburg, o Teatro Judeu. O jornal da Resistência, *De Waarheid*, informara que os alemães tinham transformado o prédio numa espécie de centro cultural judaico. Assim como acontecia com a maioria dos lugares reservados aos judeus, a área estava repleta de soldados alemães e de barreiras policiais, desencorajando visitantes indesejados. Era certo supor que nenhum judeu tinha vontade de visitar o lugar, independentemente do que os nazistas dissessem sobre preservar a cultura judaica. Então, por que cargas-d'água Sonja iria lá?

– Elas foram sozinhas? – perguntei.

– Srta. Sonja disse que iria visitar uma amiga. Madame... – Ela mordeu o lábio, tentando se lembrar do nome. – Rajah?

– Ceija! – exclamei, aliviada.

Levemente aliviada. Sonja vinha falando dela por semanas a fio. Madame Ceija, uma cigana que sabia ler o futuro. Ou era o que Sonja dizia. Ela havia implorado para vê-la, ansiosa por uma visão além do horizonte sombrio da Ocupação. Eu não tinha percebido o tamanho de seu desespero.

– Obrigada – falei, me despedindo, então me virei para descer a escada.

– Não vai precisar do endereço? – perguntou ela, acenando com o pedaço de papel.

– Já decorei – respondi.

A empregada me lançou um olhar divertido, mas a enfermeira Dekker tinha me ensinado a memorizar endereços.

# Capítulo 8

Embora o lugar não fosse muito longe, apenas uns quinze minutos de distância, a diferença entre o bairro de Philine e Plantage era gritante. A outrora pequena ilha verde de jardins botânicos e parques públicos havia desaparecido. Assim que atravessei a ponte, a pressão pareceu despencar; o ar se tornou pesado. Agrupamentos de soldados ocupavam as esquinas de olho em mim e nos poucos transeuntes, observando-nos com desconfiança, em busca de uma estrela amarela presa no ombro esquerdo do meu casaco. A um quarteirão de distância, reconheci a entrada abobadada e familiar do grande teatro. Alguns cartazes anunciando um concerto – executado somente por e para judeus – ainda estavam expostos na bilheteria. Soldados alemães guardavam a entrada. Dei a volta com a bicicleta, pegando o caminho mais longo rumo ao endereço situado no quarteirão oposto ao do teatro.

Madame Ceija morava no quarto andar de um prédio alto que, até aquele momento, parecia relativamente intocado. A fachada de calcário continuava lisa e branca, e os degraus da entrada tinham sido varridos com esmero. Entrei e esperei um minuto pelo elevador, ouvindo o esforço dos cabos barulhentos em algum ponto acima de mim. Decidi seguir pelas escadas. A cada patamar, uma janela estreita e comprida permitia a entrada da luz; do pátio interno mais adiante, eu conseguia ouvir as pessoas do lado de fora, mas não parei para prestar atenção. Subi de dois em dois degraus, à procura de minhas amigas. Ofegante, escancarei a porta do quarto andar.

– Hannie! – a voz vibrante de Sonja soou do final do corredor, e ela bateu palmas. – Como nos encontrou?

Philine também me abraçou. Com força. Eu sabia que, nos últimos tempos, ela ficava nervosa se passasse muito tempo fora de casa.

– Vocês já se consultaram? – perguntei, torcendo para que elas já fossem voltar para casa.

– Ela está se preparando para nos receber – disse Sonja, me conduzindo até o apartamento de Madame Ceija.

Era uma porta de madeira como todas as outras, exceto pelo fato de que a de Madame Ceija tinha um pequeno totem, um ornamento de vidro que se parecia com um olho, fixado no canto superior do vão de entrada.

– Afasta o mal – informou Philine. – Supostamente.

– É melhor irmos embora – sugeri. – Precisamos conversar.

O olho vigiando o mal serviu apenas para confirmar as suspeitas acerca do estado geral de segurança.

– Ainda não é proibido passear pela cidade, Hannie. Meu Deus – protestou Sonja.

Bati o pé, e a porta de Madame Ceija balançou no batente.

– Houve uma batida policial no escritório da aliança – sibilei, mas minha vontade era de gritar.

As duas me encararam, boquiabertas.

– Está tudo bem com você? – perguntou Philine.

– Estou bem – respondi. – Agora me ouçam.

– Você estava lá? – interveio Sonja.

– Eu não estava lá quando aconteceu, e eles não prenderam ninguém – expliquei, atropelando as palavras –, mas...

Encarei as duas com um olhar de súplica. Philine parecia assustada; Sonja, desafiadora.

– Tive uma ideia – sussurrei.

A porta do apartamento de Madame Ceija se abriu, e nós três nos viramos. Uma lufada de incenso invadiu o corredor. Ela não era uma bruxa das histórias dos Irmãos Grimm como eu havia imaginado. A pele de Madame Ceija tinha cor de chá forte, os olhos eram de uma impressionante cor de avelã. As linhas finas de uma vida de intensas emoções circundavam olhos e boca. Sonja começou a nos apresentar, mas Madame Ceija ergueu uma das mãos, que se moviam com graça e elegância, a despeito do peso das joias de cobre e prata que adornavam dedos e pulsos, e apontou para mim.

– Você. De cabelo vermelho. – O sotaque remetia a algum lugar ao leste. – Venha.

– Eu? – perguntei, dando um passo para trás.

Sonja se virou e me agarrou pelos ombros.

– Podemos conversar depois, eu prometo. Vai ser divertido. Precisamos nos divertir um pouco, Hannie.

Sonja estava corada de tanta expectativa; tínhamos enfim saído de casa, feito o que ela queria, e ela estava tão animada que parecia um pássaro libertado da gaiola. Meu coração derreteu.

– Tudo bem – concordei.

Conversaríamos depois.

Sonja abriu um largo sorriso e me empurrou na direção da cigana. Madame Ceija dedicou a Sonja e Philine uma polida indiferença.

– Vocês, esperem. Aqui fora.

Olhei para elas mais uma vez.

– Não saiam daqui – falei.

A porta se fechou atrás de mim.

Uma cortina de veludo azul marcava a passagem para a sala de estar, iluminada por reluzentes abajures de tecido. Uma névoa aromática mesclando incenso, cera de vela e fumaça de cigarro pairava no ar, e o chão estava coberto por um mosaico de tapetes orientais multicoloridos e desgastados. Madame Ceija se posicionou diante de uma mesinha coberta por um xale de seda cor-de-rosa que fazia as vezes de toalha de mesa. À sua direita, um toco instável de vela pingava e formava uma poça num pires de porcelana. Ao lado da vela, vi o que supus serem cartas de tarô, além de uma concha grande e exótica cheia de pontas de cigarros enrolados à mão, dezenas deles, além de papel para cigarros e tabaco. A concha não se parecia com nenhuma que eu já tivesse visto.

– Eu...

Madame Ceija ergueu a mão e me fez parar. Cruzei os braços e recostei na cadeira de madeira curvada. Tudo bem. Veríamos o que a mulher inventaria. Em matéria de espiritualidade, eu tendia a ser mais cética do que a sempre sensata Philine.

– Isso vai demorar? – perguntei.

– Você não queria ter vindo.

Eu me arrependi de ter sido grosseira, mas também tive a impressão de que Madame Ceija não se ofendia com facilidade.

– Não foi ideia minha – admiti.

Madame assentiu. Em vez de partir as cartas do tarô, pegou um finíssimo pedaço de papel e uma pitada de tabaco e começou a enrolar um cigarro.

– Diga-me seu nome – pediu ela.

Limpei a garganta.

– Hannie.

Ela alisou o papel e salpicou uma linha estreita de folhas de tabaco no meio. Seus dedos tinham manchas de anos dedicados ao ritual.

– Seu verdadeiro nome.

– Rá!

Eu dei uma risadinha e vi o canto da boca de Madame se contorcer numa sombra de sorriso.

– Meus pais me chamam de Johanna – expliquei. – Jo.

Eu não usava mais aquele nome desde que conhecera Sonja e Philine.

Toda a atenção da mulher estava voltada para o cigarro diante dela. Ela o rolou entre os dedos, alisou-o e, em seguida, lambeu o papel e o selou. Quando terminou, deixou o cigarro de lado e ergueu o olhar.

– Então – começou – houve uma morte?

– Perdão?

Madame Ceija inclinou a cabeça, dando a entender que era eu quem estava fazendo confusão.

– Eu não sei...

– É claro – interrompeu ela. – E essa morte foi muito difícil. Para todo mundo. – As palavras soavam suaves e quase melódicas. – Mas e agora? Já faz muitos anos desde que aconteceu.

Ela pegou o cigarro e o girou entre os dedos nodosos. Olhou fundo nos meus olhos, então depositou o cigarro sobre o pano de seda cor-de-rosa.

– A morte é real. Todos nós morremos. Você, como todo mundo, sabe disso.

Tinha acontecido havia 16 anos, mas ainda parecia recente. A morte não era um conceito abstrato. Podia chegar a qualquer momento, para qualquer pessoa, merecedora ou não. Até para alguém tão cheia de vida como minha irmã mais velha. A morte não deixava nada para trás. Apenas ausência. Os olhos fundos de Madame Ceija se voltaram para os meus e, pela primeira vez em anos, senti novamente a dor daquela perda. O bálsamo da passagem do tempo desapareceu com a simples menção daquela mulher. Meus ombros se curvaram sob o peso do luto.

– É – concordei. – Eu sei.

Madame Ceija assentiu, como se não acreditasse totalmente em mim.

– Mas isso foi a morte dela. Eu estou falando da sua.

– Da minha?

Embora o ambiente estivesse frio, senti a blusa de algodão grudar nas minhas costas suadas. Madame Ceija se inclinou e me ofereceu uma delicada taça feita à mão, ornada com filigrana de ouro e contendo uma bebida que, aos meus olhos, parecia vinho. Hesitei. Eu não tinha certeza se deveria beber qualquer coisa oferecida por ela. No entanto, estava com sede e queria acabar logo com aquilo. Peguei a taça e virei o conteúdo em um só gole. O vinho era meloso, e a doçura atingiu alguma coisa em meu cérebro. Em meu coração.

– Madame Ceija, eu... – comecei, sem saber muito bem o que queria dizer.

Fechei os olhos, e os músculos tensos de meu pescoço relaxaram. Raramente bebia álcool.

– Não tenho nada mais a lhe dizer, minha flor – anunciou Madame Ceija, com uma expressão suave e o olhar gentil. Ela sorriu. – Exceto que você também vai morrer.

Senti um aperto no peito e, instintivamente, inspirei fundo.

– Não hoje. E não em breve – completou ela de modo casual, como se estivesse me informando que eu tinha perdido o bonde para casa. – Hoje, minha pequena, você está viva.

Eu sorri.

– O que é engraçado?

– É só que... achei que você fosse falar sobre meu futuro marido, meus filhos...

Ela estreitou os olhos.

– Era isso que você queria ouvir?

– Não – respondi. – De jeito nenhum. Eu só...

De onde eu estava sentada, conseguia ver o pátio interno do bloco de apartamentos, e, mais uma vez, ouvi vozes vindas lá de baixo. Estreitei os olhos, tentando enxergar melhor.

– O que está acontecendo lá embaixo?

O semblante de Madame Ceija ficou sombrio. Mesmo assim, ela puxou a cortina de modo que eu pudesse ver melhor.

No térreo, o espaço vazio no meio do bloco estava dividido em quadrantes. Dos quatro, três apresentavam a disposição costumeira de pequenos jardins e varais de roupas, elementos domésticos de uma cidade populosa; apesar de mais humilde, era um cenário semelhante aos fundos da casa de Sonja. Mas alguma coisa estava acontecendo no quarto quadrante.

O espaço era cinza e desprovido de plantas ou de qualquer decoração, apenas um quadrado de cimento onde várias pessoas – homens e mulheres – reuniam-se em pequenos grupos. Elas conversavam, algumas discutiam, outras mal se mexiam, encostadas nas paredes. O lugar estava superlotado. A tensão pairava no ambiente feito eletricidade.

– Isso fica atrás do... – Vi o telhado branco e alto do prédio. – Do teatro? – perguntei.

Ela assentiu, observando a multidão lá embaixo. Algumas pessoas olhavam para cima, para as janelas dos apartamentos, mas eu duvidava que elas conseguissem ver o interior.

– Eles estão mudando o nome outra vez – disse ela, contemplando a cena ao meu lado. – Uns soldados entregaram as placas alguns dias atrás, mas ainda não as instalaram: *Overslagpunt*. Não vão mais fingir que é um teatro.

*Overslagpunt*: depósito temporário.

– São judeus – afirmei, olhando para as pessoas lá embaixo.

A cigana assentiu.

– Estão sendo deportados? – indaguei, feito uma idiota. Senti as palavras se arrastarem na garganta.

– É o que parece – respondeu ela.

Ficamos olhando aquela prisão a céu aberto como crianças observando formigas presas num pote, acompanhando seus movimentos enquanto as pessoas circulavam dentro da área restrita, visivelmente nervosas, ainda que tentassem manter a calma. O teatro tinha sido palco não apenas para músicos, mas também para orgulhosos cidadãos de Amsterdã, que frequentavam o local em seus vestidos e casacos mais refinados, as mulheres com suas joias, os homens e seus sapatos reluzentes. Naquele momento, eles usavam camadas de roupas que não combinavam, qualquer coisa que os aquecesse no pátio sombreado; seus cabelos estavam despenteados, expostos ao frio, e suas feições contorcidas com a ansiedade.

– Não podemos fazer nada? – perguntei, perscrutando os prédios em busca de saídas de incêndio ou qualquer coisa que alguém pudesse usar como escada para descer e ir ao encontro daquelas pessoas. Ou para que elas pudessem subir.

No entanto, todos os equipamentos tinham sido removidos das paredes voltadas para o pátio. Além disso, qualquer pessoa que jogasse uma corda lá para baixo estaria vulnerável a diversas janelas de escritórios e apartamentos e à onipresença invisível de dezenas de estranhos que poderiam muito bem ser recompensados ao contar o que tinham visto. As pessoas presas lá embaixo se aglomeravam como se fossem as últimas gotas d'água de um poço abandonado.

– Há meses eles trazem e levam judeus daqui – comentou Madame Ceija. – Há outras centenas de pessoas dentro do teatro; elas se revezam entrando e saindo.

Ela apontou para as outras janelas em torno do pátio.

– Às vezes, os vizinhos jogam alguma coisa – contou –, mas só à noite, quando os guardas não estão olhando. Caso contrário...

Só então eu vi os guardas. Eles se organizavam em pequenos grupos nos cantos dos quadrantes de concreto, com armas penduradas nos ombros e na cintura.

– Eles prendem qualquer um que tente interferir.

Segui o olhar de Madame Ceija até uma janela do outro lado do pátio, o vidro quebrado em pontas irregulares, o apartamento provavelmente vazio.

Talvez tenha sido o vinho. Talvez tenham sido as pessoas circulando no purgatório lá embaixo. Ou o escritório da aliança dos refugiados destruído, o carro puxado pelo cavalo, a expressão no rosto da empregada, as vozes aflitas e esperançosas de minhas amigas no corredor. A morte. A morte era aterrorizante. Demais. E muito real.

Eu me inclinei por cima da mesa e agarrei a mão da cigana, fina como papel.

– Elas precisam sair daqui.

Madame Ceija ergueu uma sobrancelha, apreensiva.

– Elas estão presas – esclareceu, prestes a admitir que nem seus talentos, fossem quais fossem, eram capazes de ajudar as pessoas lá embaixo.

– Não elas – sussurrei, apontando para a entrada do apartamento, onde se encontravam Sonja e Philine.

A expressão de Madame Ceija mudou.

– São suas... irmãs?

– Sim – respondi. – São como irmãs. São minhas amigas.

Olhando no fundo daqueles olhos cor de avelã, senti a compreensão dela.

– Quantos anos você tem, Johanna?

– Vinte e dois.

Ela sorriu.

– Você nasceu em tempos difíceis – comentou. – Há somente uma coisa que você pode fazer.

– O quê? – perguntei num sussurro, esperando que ela pudesse lançar algum feitiço ou tivesse um amuleto mágico. Eu estava disposta a acreditar em qualquer coisa.

Ela se inclinou para a frente e colocou o cigarro que tinha enrolado na palma da minha mão, fechando meus dedos sobre ele.

– Seja corajosa.

Ficamos nos encarando por um instante; em seguida, a mulher recuou e fez um gesto com a cabeça na direção da porta.

– Diga a elas que podem entrar.

Philine e Sonja estavam sentadas no chão do corredor.

– E então? – perguntou Sonja, se levantando. – O que ela disse? Ele vai ser alto ou rico ou...

– Espere – interrompeu Philine, inclinando-se na minha direção. – Hannie, você andou bebendo?

– Ela me ofereceu um pouco de vinho – respondi, fugindo da pergunta de Sonja. – Vocês podem entrar.

– Você não ficou muito tempo lá dentro – observou Sonja. – Ela leu o seu futuro mesmo?

– Entrem – insisti. – As duas. Juntas.

Sonja franziu o cenho.

– O que ela disse?

Madame Ceija surgiu na porta com uma expressão tão serena que chegou a me tranquilizar por alguns instantes.

– Que lindas – disse, sorrindo e convidando-as para entrar, acenando com os braços cobertos de pulseiras.

Sonja olhou para mim, ainda curiosa. Por fim, as duas obedeceram e entraram.

Eu me apoiei na parede e deslizei até me sentar no chão, tentando controlar a respiração. Se Madame Ceija era capaz de prever o futuro, eu não sabia. Contudo, eu entendia que seu conselho era pertinente. Na verdade, não era muito diferente do que aquele que eu recebera da enfermeira Dekker: Seja boa, faça o bem.

Seja corajosa.

– Hannie.

Ouvi o barulho da porta se fechando. Eu tinha caminhado de um lado para outro no corredor e, enfim, depois de cinco excruciantes minutos, Philine e Sonja saíam do apartamento de Madame Ceija com o rosto pálido.

– O que ela...? – comecei a perguntar, mas Philine ergueu a mão para que eu parasse de falar.

O rosto de Sonja estava manchado, os olhos, cheios de lágrimas.

– O Dr. Bern – disse ela, com os lábios trêmulos. – Eu o vi lá embaixo.

Ela enfiou o rosto num lenço, soluçando e abafando o choro.

– Ele deveria estar em Leiden.

A voz voltou a embargar.

– É o médico da família – disse Philine, baixinho. – Faz uma semana que ele desapareceu; a Gestapo disse que precisavam dele num hospital em Leiden, mas...

– Ele está aqui – completei.

Ela assentiu. Eu tinha ouvido rumores sobre as diferentes manobras adotadas pela SS no cerco aos judeus, desde esvaziar prédios residenciais inteiros ou prender jovens em plena calçada até solicitar com muita educação a presença de indivíduos em diversos tipos de serviços de assistência temporária ao Reich. Tudo contribuía para a sensação de que, se você fosse judeu, podia simplesmente desaparecer de uma hora para outra. A cena no pátio do teatro era, enfim, a evidência de que até os piores rumores eram verdadeiros.

– Madame Ceija contou que todos eles estão indo para Westerbork – disse Philine, olhando para mim à espera de confirmação.

Assenti. Ela pôs a mão no coração num gesto instintivo, como se para protegê-lo, e balançou a cabeça.

– Ah, Philine! Sonja! – murmurei.

Nós três nos abraçamos. Sonja pousou a cabeça em meu ombro; os soluços sacudiam seu corpo. Ouvimos o som de passos atrás da porta de um dos vizinhos.

– É hora de ir embora – anunciou Philine, dirigindo-se às escadas.

Sim, até que enfim. Fiz um agradecimento silencioso a Madame Ceija. Estava na hora.

# Capítulo 9

Saímos do apartamento de Madame Ceija e nos deparamos com um mundo mais sombrio. A julgar pelo silêncio de Philine e de Sonja, elas entendiam, assim como eu, que a cidade onde elas e suas famílias tinham nascido não era mais seu lar. As duas seguiram de mãos dadas e com os olhos baixos até chegarmos à ponte e nos afastarmos dos arredores de Plantage e do Teatro Judeu. Tecnicamente, eu não corria tanto perigo quanto elas, mas mesmo assim, todos os dias, líamos nos jornais sobre "simpatizantes" sendo presos pelos motivos mais banais e deportados para campos de trabalhos forçados.

– Vamos por aqui – falei, empurrando a bicicleta, enquanto nos desviávamos da rua principal e seguíamos em direção a uma rua lateral.

Embora fosse fim de tarde, muito antes do toque de recolher das oito da noite, era mais seguro manter a discrição. Conhecíamos a propaganda que fora vendida aos soldados da Wehrmacht antes da Ocupação: multidões de lindas louras com boinas brancas e tamancos de madeira atirando tulipas aos pés do exército alemão. Não foi o que encontraram. Não os recebemos como se fossem irmãos. Nós nos recolhemos, como fazem as flores no crepúsculo, escondendo nossos rostos da sombra invasora. Os holandeses decepcionaram os invasores, e a consequência veio na forma de uma crescente vigilância alemã. Caminhamos o mais rápido que conseguimos sem chamar a atenção. As vitrines nos intimidavam, exibindo cartazes com a suástica, que tinham se tornado obrigatórios: *PROIBIDO PARA JUDEUS, PERMITIDA A ENTRADA DE JUDEUS SOMENTE ENTRE 15:00 E 17:00.* Uma das lojas havia posicionado a máquina registradora e o balcão na porta da frente de modo que fosse possível atender os clientes judeus sem que eles precisassem entrar, numa tentativa de continuar a servi-los sem violar a lei. É claro que a lei poderia ser alterada no dia seguinte.

Alguns minutos depois, chegamos à rua de Sonja, onde pude ver Becker fumando em seu posto de costume. Só que não era Becker. Era um sujeito mais alto, com cabelos castanhos, mais um soldado anônimo caminhando entediado de um lado para outro. Ele ainda não tinha olhado em nossa direção. Virei de repente e empurrei a bicicleta para Philine.

– Pegue – sibilei.

Ela me encarou e franziu a testa.

– Pegue! – insisti.

Ela pegou a bicicleta, ainda confusa. Eu não soube explicar. Estava agindo por instinto. Meus documentos eram legítimos; se Philine estivesse com a bicicleta, talvez eles não a importunassem. Sonja talvez conseguisse se safar por conta da aparência e do charme. Se fosse necessário.

– *Guten Tag*! – cumprimentei o soldado ao nos aproximarmos, torcendo para merecer o benefício da dúvida por me dirigir a ele em seu idioma nativo.

O soldado ergueu os olhos e sorriu. Então franziu a testa. Três garotas, uma bicicleta.

– *Guten Tag* – respondeu, nos inspecionando com o olhar.

Eu costumava interagir com os soldados alemães puxando conversa sobre o clima, mas daquela vez fiquei quieta. Tive medo do que poderia dizer depois de ver o horror do teatro.

– *Zigarette?*

O soldado deu um passo à frente com um raro maço dos cigarros racionados da Wehrmacht e nos ofereceu alguns. Generoso. Suspeito. Eu estava prestes a recusar quando Philine estendeu a mão e aceitou um.

– *Bedankt* – disse ela, em holandês. Obrigada.

O soldado sorriu. Talvez ele fosse um dos bons. Não fazia diferença. Eu não confiava nele. Philine foi esperta – e corajosa – ao aceitar a oferta. Qualquer coisa para evitar conflito com um soldado. Sonja também pegou um.

– Já tenho um – falei, vasculhando dentro do bolso do casaco o cigarro enrolado à mão que Madame Ceija tinha me dado.

Fiquei com ele à mostra, esperando a vez de acender. Com a escassez de fósforos, recorríamos à brasa de outra pessoa. Observei como Philine, primeiro, e depois Sonja se inclinaram para a frente, a centímetros do rosto tranquilo do jovem alemão, compartilhando o fogo numa intimidade que me deu nos nervos. Notei que as mãos de Sonja tremiam. Assim que a ponta do cigarro dela exibiu um brilho vermelho, avancei com o intuito de afastá-la, na esperança de que minhas próprias mãos estivessem mais firmes. Ao erguer o cigarro de Madame Ceija e aproximá-lo da brasa vermelha do cigarro do soldado, congelei. Madame Ceija havia escrito alguma coisa no papel de seda. Quando cheguei mais perto do rosto do soldado, li as letras bem ali, escritas em azul-claro: *OZO*.

OZO? "*Oranje zal overwinnen*", dissera o policial no parque ao me devolver a identidade roubada. Os laranjas vencerão. O lema da Resistência, dessa vez vindo de Madame Ceija.

Era estranho e óbvio, mas não havia tempo para sutilezas, então apertei os dedos no meio do cigarro, escondendo as letras ao tragar, deixando meu rosto ainda mais próximo ao do soldado. Ele deu um sorrisinho diante da própria grandeza e relaxou.

– *Bedankt* – disse Philine, e seguiu empurrando a bicicleta.

Ela a largou com estrondo diante dos degraus dos Frenks, e subimos voando, ofegantes, direto para o quarto de Sonja. Sonja e Philine terminaram de fumar os cigarros alemães perto da janela aberta. Eu apaguei o meu e o destruí em mil pedaços antes de jogar fora, só por garantia. Fiquei chocada com a ousadia de Madame Ceija, assim como eu me surpreendera pela empatia do policial no parque. Grata, inspirada, porém alarmada. O que os fez achar que eu era digna da confiança deles? Madame Ceija fazia parte da Resistência? Ela achou que eu fizesse?

Nada mudara desde aquela manhã. O *Reichskommissar* Seyss-Inquart não expedira nenhum novo decreto; nenhum oficial da SS com uniforme cinzento batera à porta. No entanto, tínhamos visto o que tínhamos visto. Sentadas no quarto de Sonja, um oásis de beleza onde nos sentíamos protegidas das forças da feiura que reinavam lá fora, estávamos com medo. O horror estampado no rosto das duas, nas rugas de preocupação em torno dos profundos olhos castanhos de Philine, no jeito como Sonja mordiscava o lábio inferior.

Sonja nos serviu água da garrafa que ela mantinha ao lado da cama, e esvaziamos os copos como se fôssemos atletas que tinham acabado de participar de uma corrida. Philine ficou mexendo na barra da saia, perdida em pensamentos. Preocupada.

– Vocês ouviram falar – comecei, tentando calibrar a voz para que tremesse menos – nos *onderduikers*, certo?

Philine soltou um leve suspiro, mantendo o olhar fixo no vestido. Sonja se virou para nos encarar.

– Não – disse ela. – Eu não consigo.

– Sonja... – murmurou Philine, erguendo os olhos, que brilhavam com as lágrimas.

– Não – repetiu Sonja. – Já disse, eu vou para os Estados Unidos. Não vou morar numa gaiola.

– Não é disso que estou falando.

Todos já tínhamos ouvido a palavra: *onderduikers*. Mergulhadores, um eufemismo para o que os judeus precisavam fazer para sobreviver: mergulhar fundo, a fim de se esconder. Os Países Baixos eram do tamanho da Suíça, mas só tínhamos terras planas e água. Por isso, os judeus estavam se escondendo em abrigos subterrâneos, como porões, celeiros, armários, estábulos... Na aliança dos refugiados, eu tinha ouvido a história de uma família inteira de judeus que fora viver dentro de um monte de feno numa fazenda. Eu não entendia como aquilo sequer era possível.

– Há pessoas que querem ajudar – falei, pensando na enfermeira Dekker. – Elas podem encontrar um lugar para vocês se instalarem. Talvez uma casa, com uma família.

– Não – refutou Sonja, com o rosto cada vez mais vermelho. – Não podemos sair agora. Os alemães estão perdendo na Rússia, não estão? Minha tia disse isso no jantar, ontem à noite. As coisas podem melhorar em breve.

– Se isso é uma pergunta – retrucou Philine, baixinho, balançando a cabeça –, a resposta é não. As coisas não estão melhorando, Sonja. Estão piorando. Você viu o teatro.

– Mas... – recomeçou Sonja, virando-se para a janela outra vez.

Percebi que eu estava testemunhando uma conversa que já havia acontecido dezenas de vezes antes, sem a minha presença.

– Como é possível morar com estranhos num porão? E nunca sair, nunca respirar ar puro? – Ela estava quase chorando. – Tente imaginar, Philine.

Philine se levantou, com raiva.

– Você sabe o que estão falando da Polônia, da Lituânia? Judeus sendo assassinados nas ruas? Meu Deus, Sonja – disse ela, suavizando a voz –, você viu aquilo hoje.

– Aqui é diferente – balbuciou Sonja, com a voz trêmula.

– É por isso que o Dr. Bern está trancado no teatro? – indagou Philine, em um tom gentil, mas firme. – Porque "aqui é diferente"?

Sonja ficou em silêncio. Estava ofegante, tentando controlar a respiração.

– Eu vou ajudar vocês.

As palavras saltaram dos meus lábios, tão surpreendentes quanto lágrimas inesperadas.

As duas me encararam como se tivessem se esquecido de que eu estava ali, com um misto de amor e pena. Meu coração martelava no peito. Eu não tinha planejado aquilo, na verdade não tinha nada a oferecer, mas eu precisava fazer alguma coisa.

– Você é um doce, Hannie – disse Sonja.

– Estou falando sério – insisti. – Tenho alguns contatos e... eles devem saber o que fazer.

Meu único contato era a enfermeira Dekker. E ela era o tipo de pessoa que poderia abrigar um *onderduiker*. Ou, pelo menos, encontrar alguém que abrigasse. Com certeza, Dekker mantinha contatos na Resistência, embora nunca tivesse revelado isso claramente.

– Sonja? – A voz da mãe de Sonja veio de algum lugar no andar de baixo.

Sonja e Philine arregalaram os olhos e se encararam.

– Meus pais juraram que jamais se esconderiam – sussurrou Sonja, a voz se desmanchando num soluço. – E... eu não posso ir para os Estados Unidos agora. Não providenciei nada.

Philine assentiu e pôs os braços em torno dos ombros trêmulos da amiga.

– É tarde demais.

Ao ouvir essas palavras, Sonja relaxou no colo de Philine e chorou.

– Eu sei – murmurou ela, em lágrimas e tentando respirar. – Eu sei... mas, mesmo que eu fosse com vocês, o que aconteceria com a minha família?

Philine e eu trocamos um olhar: Sonja tinha parado de resistir. Parecia um misto de vitória e derrota.

– Eles conhecem o pessoal do Conselho Judaico, como você mesma falou – argumentou Philine, alisando o cabelo de Sonja.

– Sim.

A respiração de Sonja começou a se acalmar.

– Sim – repetiu ela, tentando se convencer. – Provavelmente é mais seguro nos separarmos, de qualquer forma. Não podemos nos esconder juntos.

Eu e Philine assentimos, olhando para ela.

– Eles vão conseguir fugir – disse ela, com um fio de voz. – Vão encontrar uma maneira.

Sonja fechou os olhos, e um tremor atravessou seu corpo. Philine a abraçou com mais força e me encarou com expectativa.

– Hannie? – disse Philine.

Sonja também olhou para mim. Comecei a me dar conta da enormidade do que eu tinha acabado de prometer. Senti medo.

– Fiquem aqui. Eu volto logo.

Pedalei direto para o escritório da aliança dos refugiados.

– Enfermeira Dekker? Sou eu, Hannie.

Lottie não estava mais lá. A sala principal estava vazia, os papéis ainda espalhados no chão. Fui até os fundos e irrompi no escritório, a sensação de urgência suprimindo o decoro costumeiro.

– Enfermeira Dekker?

Ela também tinha ido embora. O lugar estava vazio, exceto pela mesa limpa e pelas estantes desocupadas. Será que ela havia sido presa? Detida? Será que já tinha ido para Haia? Fiquei ali, em meio aos ecos, perdida. Era mais provável que ela já tivesse ido para casa. Mas eu não fazia ideia de onde ela morava e, se eu saísse por aí perguntando por ela, poderia colocá-la em perigo. Só o fato de voltar àquele prédio já me parecia tolo, como cair numa armadilha. Deixei o edifício, com os sentidos em alerta. Sem saber aonde ir, pedalei de volta para a casa de Sonja para ver se as duas estavam bem. Philine desceu as escadas e me recebeu no saguão.

– Vou passar a noite aqui – disse ela, falando baixo.

Desde que o toque de recolher entrara em vigor, era comum Philine dormir na casa de Sonja.

– Vou tentar convencê-la a usar a razão. Amanhã volto para a casa de papai. Pode me encontrar lá, à tarde?

– Claro que sim – respondi. – Até amanhã.

Nós nos abraçamos. Eu detestei me despedir de Philine, e apertei as mãos dela. Então me virei para sair.

– Espere, Hannie – pediu ela, me alcançando antes que eu fechasse a porta. – O que a enfermeira Dekker falou?

Prendi a respiração. Philine tinha o rosto pálido, mas também esperançoso, os olhos arregalados.

– Ela está trabalhando nisso – respondi. – Amanhã vou saber mais detalhes.

– Obrigada, Hannie – disse Philine, a voz embargada. – E, por favor, agradeça a ela também.

– Pode deixar – menti. – Vejo você amanhã.

Desejei que pelo menos essa parte fosse verdade.

# Capítulo 10

Nellie e Eva voltaram para o apartamento tarde da noite. Os sussurros das duas penetraram em meu estado de semiconsciência, obscuros e misteriosos. Conspiratórios. Em meus sonhos, elas tramavam contra Sonja e Philine. Iriam, de alguma forma, me impedir de ajudar minhas amigas. Despertei de repente, com o coração aos pulos. A angústia me dominava até nos sonhos.

– Hannie?

Nellie me observava. As duas estavam tomando chá, sentadas na cama de Eva.

– Desculpe – falei. – Foi só um sonho.

– Você está com febre? – perguntou ela.

A camisola de algodão úmida estava grudada no meu peito, e eu puxei o tecido, respirando fundo.

– Não, só estou com calor – respondi, mas, na verdade, eu sentia frio.

– Você deixou essa caixa na escada – disse Eva, me entregando o volume.

Era a caixa de papelão da enfermeira Dekker; eu tinha deixado o embrulho lá fora enquanto lutava com a chave na fechadura. Que descuido esquecê-la no corredor, onde poderia ter sido furtada. Culpávamos os soldados alemães por boa parte dos pequenos furtos, mas eu não criticaria minhas vizinhas se surrupiassem as ataduras. Empurrei a caixa para debaixo da cama.

– Obrigada – agradeci, constrangida.

Às três da manhã, acordei outra vez e ouvi apenas o ruído suave de Nelly e Eva se remexendo na cama. Ainda me impressionava o fato de a cidade ser tão silenciosa em meio a uma guerra. Fixei o olhar num canto da janela onde uma rachadura no vidro deixava entrar o ar noturno congelante e onde milhares de minúsculos cristais de gelo começavam a se formar. Meia hora se passou enquanto eu observava as flores de gelo se abrirem e se espalharem, feito o temor que se instalara na mente de meus conterrâneos nos três anos anteriores. As ruas estavam cheias de pessoas dignas tentando levar a vida em meio à constante ameaça de violência. Homens armados ocupavam todas as esquinas. Com o passar do tempo, a agressividade se voltou para dentro, contra nós mesmos. Todos os dias, eu travava milhares de diálogos silenciosos comigo mesma, debates acerca da melhor maneira de viver durante a Ocupação e sobre as melhores e as piores estratégias para lidar com o novo normal representado pelo governo nazista. Não havia nenhuma frente militar nos Países Baixos, então as batalhas eram travadas na mente das pessoas. Era esse o lugar onde enfrentávamos a guerra.

Pela segunda vez naquela noite, eu me sentei na cama.

A caixa.

Da forma mais silenciosa possível, puxei a caixa de papelão e a coloquei em cima da cama, tentando não acordar Nellie ou Eva. Posicionei-a sobre uma área iluminada pelo luar, de modo que eu pudesse enxergar melhor. O presente me pareceu estranho, mais ainda naquele momento. A enfermeira Dekker era sempre atenciosa, mas separar um lote intacto de ataduras no meio do caos daquela manhã fora bastante inusitado, até para ela. Deslizei as pontas dos dedos sob as abas da embalagem e abri a caixa o mais vagarosa e silenciosamente possível, sentindo por baixo a textura trançada dos rolos firmes das ataduras de algodão macio. Então, encostei em algo diferente. Liso.

Puxei o objeto para fora da caixa – na verdade, um pequeno fragmento de papel branco – e o examinei à luz da lua.

*Jan*
*Hals Tabak & Sigaren*
*Lange Begijnestraat 9*
*Haarlem*

Não era o endereço da enfermeira Dekker. Era o endereço de uma tabacaria em Haarlem. E quem era Jan? Examinei a caixa outra vez, em busca de outras pistas. Os rolos perfeitos de ataduras pareciam pãezinhos arrumados com esmero. Com exceção de um, meio malfeito, no canto. Era um absorvente. Talvez o último? Eu o virei, inspecionando-o, mas parecia tudo normal. Até que meu dedo passou por um corte invisível na embalagem, então olhei do outro lado.

Ali, na superfície acolchoada do absorvente, alguém havia rabiscado três letras.

*OZO*.

Prendi a respiração. Nellie murmurou alguma coisa durante o sono. Fixei os olhos no absorvente como se fosse uma relíquia religiosa, resplandecente de poder.

A cama de Nellie rangeu outra vez com seus movimentos, e, sem pensar duas vezes, me aproximei da lareira nas pontas dos pés. Atiçando as últimas brasas restantes, queimei o absorvente e o papel numa erupção incandescente de chamas que desabrocharam e logo morreram, desaparecendo entre as cinzas. Eu sabia exatamente onde ficava a tabacaria.

Sempre me considerei uma pessoa bastante discreta. Quieta. Obediente. Um pouco esperta, talvez. Eu cumpria minhas obrigações com disciplina. Até pouco tempo, isso significava concluir o dever de casa e escovar os dentes todos os dias. Dadas as circunstâncias, pela primeira vez, diligência significava algo mais profundo. Alguém precisava garantir que Sonja e Philine não fossem parar no pátio do teatro, e ninguém mais seria capaz de fazer isso. Teria que ser eu.

COCHILEI ATÉ O DIA CLAREAR e as meninas começarem a se mexer. Ao abrir os olhos, vi Eva saindo pela porta da frente. Nellie parecia ansiosa.

– O que houve? – perguntei.

– Hannie... – começou ela, sentando-se com os joelhos juntos. Ela passava os dedos na lã do suéter, as unhas roídas até o sabugo. Seu rosto estava tenso de preocupação. – Você não ficou sabendo?

– Sabendo de quê?

Passei as pernas para fora da cama e, com os calcanhares, empurrei a caixa para debaixo do colchão.

– Há uns rumores circulando na universidade, Hannie – comentou Nellie.

– O quê? Que rumores?

Senti o estômago revirar. Eu meio que esperava que o soldado dos cigarros saltasse de dentro do armário a qualquer momento. Minha boca estava seca. Nellie olhou através da janela, como se novos boatos pudessem chegar voando lá da rua.

– Estão dizendo que os nazistas vão fechar todos os estabelecimentos de ensino ou então que vão colocar oficiais da SS dentro das salas de aula. Eu não sei. Eva está indo com o namorado até lá para tentar descobrir.

– É seguro? – perguntei.

Enquanto eu a ouvia, Nellie se vestia como se não conseguisse mais suportar o suspense e tivesse que descobrir tudo por conta própria.

– Eu não sei – respondeu ela. – Venha comigo.

Percorremos de bicicleta o trajeto de dez minutos até a Universidade de Amsterdã. Alguma coisa estava errada mesmo antes de chegarmos ao campus. Pequenos grupos de estudantes conversavam e liam um papel, observando por sobre os ombros. Algumas garotas choravam. Alguns rapazes gritavam. Saltamos das bicicletas e as empurramos até a beira do amplo gramado. Os alunos ocupavam as escadarias da faculdade de Direito, com semblante aflito e confuso. Tudo no entorno, da entrada às calçadas, estava coberto por um mar de papéis de cor bege, uns jogados no gramado, outros amassados, outros intocados. No cabeçalho de cada um via-se a estampa aracnídea da suástica. Quando olhei para Nellie, ela já tinha um em mãos. Me aproximei para ler.

Eu, aluno da Universidade de Amsterdã e do Reich alemão, juro lealdade à Constituição do Reich e me comprometo a:

Como bravo cidadão alemão, sempre proteger o Reich e suas instituições legais;

Ser fiel e obediente ao líder do Reich e do povo alemão, Adolf Hitler;

Renovar minha lealdade ao Reich depois de me graduar, jurando fidelidade à Wehrmacht, para que eu possa servir ao Reich e ao Partido Nazista, na guerra ou na paz.

> Caso eu não assuma o presente compromisso, serei imediatamente afastado da universidade e impedido de frequentar outra instituição de ensino ou de ser empregado nos domínios do Reich.

Sempre atentos aos detalhes, os nazistas delimitaram um espaço para a assinatura do aluno.

Eu ri. Uma risada fúnebre, uma terrível e autêntica reação que alguém demonstra ao encarar o horror que vai além do absurdo. Eu ri porque aquilo parecia tão óbvio: se tínhamos adotado o horário de Berlim, também nos tornaríamos cidadãos alemães.

– Então vamos ter que ingressar no Partido Nazista para continuar na faculdade?

Nellie balançava a cabeça, incrédula.

– Que loucura – murmurou ela, examinando o verso do papel para ver se havia mais alguma informação.

Não havia. Era só aquilo. Uma declaração de lealdade. Depois de duas greves gerais, milhares de litros de tinta derramados sobre os cartazes de recrutamento e um movimento de Resistência que parecia estar se fortalecendo, os alemães finalmente perceberam: não gostávamos deles. Exigir que fingíssemos gostar – por meio de uma declaração de lealdade – era a reação lógica.

– Acho que é isso mesmo – disse Nelli, balançando a cabeça. – "*De kogel is door de kerk.*"

As pessoas usavam essa expressão durante a Grande Guerra: a bala atingiu a igreja. Passamos do ponto sem retorno, ou seja, uma decisão fora tomada. Quando uma guerra tem início, a maioria das pessoas compartilha alguma noção básica de decência, tecendo acordos tácitos acerca do que é e do que não é permitido. Mas então elas ficam desesperadas e acabam atacando justamente o que juraram proteger: mulheres, crianças, lugares sagrados. Imaginei um soldado da Wehrmacht atirando para todos os lados na vasta nave da igreja gótica de Haarlem, a Catedral de São Bavão. Era fácil imaginar uma coisa assim.

– Acho que você tem razão – respondi.

*De kogel is door de kerk.*

Os universitários circulavam pelas imediações do campus, mas ninguém entrava nos prédios. Não havia sinal dos funcionários ou professores; apenas soldados alemães empunhando suas armas nos observavam.

– Bom, eu não vou assinar isso – concluiu Nellie, jogando o papel no gramado.

A discreta e modesta Nellie. Eu nunca a considerara uma rebelde, mas ela sabia o que era certo.

– Nem eu – concordei.

Não falamos mais nada. Não era necessário.

Ao me afastar do centro, passei por pilhas de sacos de areia dispostas na esquina da cafeteria onde uma pequena confusão havia se instalado na semana anterior; tábuas grosseiras de pinho tapavam a janela quebrada. Os quiosques circulares que antes exibiam cartazes da orquestra sinfônica de Amsterdã agora estavam cobertos com a repetitiva propaganda nazista: homens e mulheres louros e sorridentes, com o rosto voltado para o céu, e "judeus" com aparência de ratos e olhar lascivo, conspirando e assustando crianças. Do outro lado do canal, paralelo ao ponto onde eu me encontrava, vi estacionado diante de uma casa um grande caminhão da Wehrmacht com uma lona cobrindo a parte traseira da carga. Soldados alemães armados com rifles empurravam duas pessoas, um homem e uma mulher, para dentro da carroceria. Seriam judeus? Membros da Resistência? Algum outro tipo de fora da lei? Segui pedalando. Batidas policiais e prisões desse tipo aconteciam em todo lugar. *Devíamos ter lutado contra isso antes*, eu repetia para mim mesma mentalmente, enquanto passava pelas lojas cobertas por tapumes e pelos prédios saqueados. *Elas precisam sair daqui.* Pedalei mais rápido. Quando cheguei ao edifício de Philine, eu já havia ensaiado o que iria falar dezenas de vezes. *Está na hora de ir embora.*

– Sou eu, Hannie – anunciei ao me aproximar do apartamento dos Polaks, tentando aliviar o susto diante de uma inesperada batida à porta.

A porta se abriu, e Marie, a empregada alemã, me recebeu.

– Está tudo bem? – indagou ela.

Eu ainda estava ofegante por causa da pedalada.

– Sim – respondi.

Olhei para trás dela, mas não havia ninguém na sala, então segui para o corredor.

– Philine está? – perguntei, olhando em volta.

Os olhos da empregada estavam vermelhos. Era a primeira vez que eu via Marie emocionada.

– Marie?

Esperei.

Ela secou os olhos com um lencinho.

– Eles estão no fim do corredor – disse ela.

A última porta levava ao que devia ser o quarto do Sr. Polak. Eu nunca tinha entrado ali. Bati à porta.

– Philine? Sou eu, Hannie – falei, abaixando a voz.

Ouvi sussurros e então a porta se abriu. Era o Sr. Polak.

– *Et voilà, la petite dernière* – disse ele, com seu sorriso gentil de sempre. - Pode entrar.

Ele não parecia muito bem. Seu rosto, que já era magro, agora estava abatido e meio esverdeado; as sobrancelhas pareciam grandes demais. Os profundos olhos castanhos estavam sombrios de preocupação.

– Hannie – disse Philine, me abraçando com força.

Ela também havia chorado. Seu corpo tremia de emoção enquanto nos abraçávamos. Então, de repente, outra pessoa se juntou a nós.

– Sonja? – falei, mas ela enterrou o rosto nas minhas costas e não disse nada.

Depois de algum tempo, o Sr. Polak gentilmente nos separou e ficou segurando a mão da filha.

– Estamos prontas, Hannie – declarou Sonja, olhando para Philine. – Só nós duas.

Ela apontou para uma mala volumosa no chão.

– Philine disse que eu deveria levar só uma.

Congelei. Sonja tinha mesmo arrumado a mala. Eu mal podia imaginar como devia ter sido doloroso para ela deixar para trás os pais, os tios e tias do quarto andar, todos os seus lindos pertences, sua vida inteira. Ao lado da mala de Sonja, havia outra: a de Philine.

– *De kogel is door de kerk.*

– Temo que sim – concordou o Sr. Polak.

Eu nem tinha me dado conta de que estava falando em voz alta.

– Ah, Sr. Polak – murmurei, sufocada pela emoção que me subia à garganta.

Ele deu um tapinha na minha mão, como um bom professor, me consolando.

– Não há tempo a perder – disse ele, com a voz gentil. Estávamos todos tentando manter a compostura. – Obrigado por vir, Hannie.

Ele olhou fundo nos meus olhos, e, pela primeira vez, percebi no Sr. Polak uma trêmula centelha de medo.

– Philine disse que você tem um... plano?

Quase fui derrubada pela onda de náusea, e talvez eu tenha ficado um pouco ofegante.

– Hannie? – chamou ele, preocupado.

Todos pareciam abatidos, envergonhados por terem que pedir uma coisa dessas a mim ou a quem quer que fosse.

Apoiei uma das mãos sobre a cômoda para me equilibrar. Notei uma velha fotografia presa à moldura do espelho pendurado na parede sobre o móvel: o Sr. e a Sra. Polak; um garotinho, o irmão de Philine; e um bebê, que devia ser Philine, nos braços da mulher. Eu não tinha visto a mãe dela antes, mas era muito parecida com a filha. Ela já havia morrido, é claro, assim como o irmãozinho. E agora eu estava levando Philine embora. Em breve, restaria apenas o Sr. Polak, sozinho. Fiquei pensando em Marie: será que continuaria trabalhando como empregada? Teria permissão para isso?

Com delicadeza, o pai de Philine puxou um fio solto do ombro do suéter azul da filha. Sua mão tremia, e ele logo a enfiou de volta no bolso. Por quanto tempo mais o Sr. Polak ficaria ali? Naquele apartamento? Em Amsterdã? Não havia respostas. Ao seguir a trilha das perguntas e obter a conclusão lógica, senti meus joelhos vacilarem. Tossi, senti a garganta seca. Então olhei para Philine, Sonja e o Sr. Polak, que, em silêncio, observavam cada um dos meus movimentos e expressões. Todos eles tinham as mesmas perguntas e esperavam que eu as respondesse. Prestes a sucumbir à histeria, senti vontade de desabar no chão e cair no choro... mas eu não poderia desapontá-los. Respirei fundo.

– Sim, tenho – falei, tentando reunir coragem. Percebi que minha voz tinha oscilado, mas ignorei. – Eu tenho um plano.

Era tudo meio abstrato: a declaração de lealdade, o soldado com os cigarros, Madame Ceija, os judeus no pátio do teatro e o papel com o endereço que a enfermeira Dekker deixou na caixa. *OZO*, e apenas uma vaga instrução de como tudo isso poderia se conectar. Mas de uma coisa eu sabia.

– Elas vão comigo para Haarlem, passar um tempo num lugar seguro – informei, controlando a voz à medida que pronunciava as palavras.

– Haarlem? – indagou Sonja, que nunca havia estado lá.

Philine também ficou surpresa. Sem dúvida, eles achavam que procuraríamos um esconderijo em Amsterdã. Diante do olhar das duas, senti pela primeira vez o peso da decisão. Minhas melhores amigas, aquelas garotas lindas, inteligentes, educadas, amáveis, gentis e engraçadas estavam confiando a vida delas a mim. O Sr. Polak me fez mil perguntas silenciosas, nenhuma das quais eu podia responder, exceto com sorrisos e lágrimas. Ele apertou minha mão com tanta força que chegou a me machucar.

– Eu tenho um contato lá – esclareci.

Os olhos de Sonja se iluminaram. Ela parecia ter voltado a si.

– Quem? – perguntou.

– Shh! – interveio Philine. – Não fale nada, Hannie.

Olhamos em volta, apesar de estarmos sozinhos. Philine tinha razão. Precisávamos tomar cuidado.

– Estamos prontas – sussurrou ela. – Sonja já se despediu da família.

– Então vamos – falei.

Era meio-dia, o momento menos suspeito do dia.

– Confiram se removeram as estrelas – sugeri, inspecionando a gola da blusa como demonstração. – A partir de agora, usem apenas os documentos falsos. Nem levem os verdadeiros com vocês.

– E a faculdade? – perguntou o Sr. Polak, acompanhando-nos até a porta do apartamento.

Sempre o professor de francês.

– Larguei o curso – respondi.

Philine e Sonja ficaram boquiabertas.

– Hannie? – murmurou Philine, como se achasse que eu estava de brincadeira.

Tirei do bolso um papel com a declaração de lealdade e observei enquanto liam.

– Depois da guerra, eu volto – afirmei com uma indiferença em que nem eu mesma acreditava.

A cada minuto, eu sentia minha carreira se dissolvendo, como uma nuvem de fumaça, e isso me magoava. Mas não era nada em comparação ao que Sonja e Philine estavam enfrentando.

– Vou esperar na sala – falei, dando um abraço e um beijo no rosto do Sr. Polak, um carinho que ele aceitou com os olhos semicerrados, como se estivesse rezando.

– Cuide bem delas, Hannie. – Lágrimas começaram a escorrer pelas bochechas cavadas do Sr. Polak, mas a voz dele nunca oscilou. – Talvez, algum dia, eu visite vocês em Haarlem. Podemos fazer uma caminhada pelo parque, o Haarlemmerhout é tão bonito. Fui lá uma vez, com a mãe de Philine.

– Sim – concordei, sabendo que isso não iria acontecer. – Eu adoraria.

– Tudo bem, então – disse ele. – Obrigado, Hannie.

Assenti, sem jeito, incapaz de aceitar o agradecimento. Eu não tinha certeza de ser merecedora.

– Por favor, cuide-se, Sr. Polak.

– Temos que fazer nossa parte, certo? – disse ele. – Sou grato por estar aqui, em casa, onde ainda tenho a oportunidade de fazer todo o esforço possível. Seja como for, eu não conseguiria sobreviver dentro de um armário. – Ele riu... ou tentou. – Mas vocês, meninas, têm umas às outras e serão felizes juntas. Eu ficarei aqui, lutando por vocês e vocês lutarão por mim aqui. Lutar contra o destino, *n'est-ce pas*? É um objetivo que vale a pena.

A voz mantinha-se firme, mas as lágrimas rolavam pelas rugas das faces e umedeciam a gola de sua camisa. Ele abriu os braços, e Sonja e Philine se aninharam ali, os três unidos no sofrimento. Percebi que aquela era a segunda despedida penosa que Sonja enfrentava no mesmo dia, e seus olhos estavam inchados e vermelhos de tanta dor. Eu me afastei em direção ao corredor para permitir alguma privacidade. Sonja abraçou o Sr. Polak, e ele sussurrou alguma coisa em seu ouvido. Ela assentiu, soluçando, e ele lhe deu um último abraço. Enquanto Sonja se dirigia à porta da frente, Philine se virou para o pai.

– Me escreva – pediu ele, como se a filha estivesse viajando de férias – e me lembre qual foi o livro que você me indicou.

Os braços de Philine enlaçaram o pescoço do pai. Os soluços convulsionavam o corpo dela, e ele levou uma das mãos às costas da filha para ajudá-la a se manter de pé.

– Vou mantê-la informada sobre o que estiver acontecendo por aqui, e Marie também vai lhe escrever. E quando terminar de tricotar aquelas luvas, mande-as para mim, combinado?

Philine não conseguia falar; chorava sem parar, com a cabeça no ombro do pai. Ele passava os dedos pelo cabelo dela, alisando-o com a mão enrugada. Marie apareceu ao seu lado, e as duas se abraçaram como mãe e filha, soluçando em silêncio.

– Agora vão – disse ele, por fim, segurando a filha preciosa diante de si, de modo que conseguisse ver seu rosto pela última vez.

Sonja e eu ficamos sem ação. Ela e Philine talvez nunca mais reencontrassem suas famílias. Então, Sonja falou:

– Mamãe me disse uma coisa antes de irmos embora – começou ela, com a voz trêmula. Sonja não era muito dada a discursos, mas naquele momento não conseguira evitar. – Uma pessoa, um ser humano, não se resume ao que vemos aqui, mas também a nossa alma. – Ela fungava e se esforçava para conter as lágrimas, tentando se lembrar das palavras exatas da mãe. – A alma, ou a memória das pessoas que amamos, nunca nos abandona. O sofrimento passa, a dor passa, até a vida passa, mas o amor não.

Sonja caiu no choro, e todos nós a cercamos.

– Ela disse que se tivermos alguém de quem nos lembrar somos os *mazldik*. – Sonja sorriu para mim e traduziu: – Os sortudos.

Era a primeira vez que eu a ouvia falando iídiche. Ela secou o rosto com o lenço do Sr. Polak e, então, o devolveu, balançando a cabeça.

– Não tenho mais lágrimas – afirmou, em meio a um suspiro de exaustão.

– Meninas, vão com Hannie – recomendou o Sr. Polak, conduzindo-a com gentileza na minha direção. – Eu gostaria de ter um conselho para dar, mas... – Ele fez uma breve pausa e, com certa reverência, declarou: – Nenhum de nós percorreu essa estrada antes, certo?

O Sr. Polak olhou para mim.

– Talvez eu devesse pedir conselhos a você.

A mim? Eu não sabia de nada, não tinha experiência alguma. Mesmo assim, estendi as mãos para Sonja e Philine, porque era a única coisa que eu podia fazer. Fiquei emocionada ao me lembrar de como as duas me incluíram no mundo delas, como haviam sido carinhosas e generosas comigo. Talvez Deus, se Ele existisse mesmo, soubesse que seriam necessários dois corações para substituir o de Annie no meu. Sonja enlaçou o braço no meu, e Philine se manteve entre mim e o pai, cada uma segurando uma de suas mãos.

– Eu te amo – disse ele. – Mais do que tudo. Você sabe disso.

Estávamos na entrada do apartamento de Philine, já com a porta aberta; de repente, a porta do outro lado do corredor se abriu.

– *Hallo!*

Um casal com idade próxima à do Sr. Polak nos cumprimentou com um aceno simpático, mas os semblantes amigáveis desapareceram quando notaram nossas expressões.

– Sr. e Sra. Barend – disse o Sr. Polak, num tom animado, forçando um sorriso e se virando para a filha: – Agora, lembrem-se, meninas: quando voltarem amanhã, não se esqueçam de devolver o livro que pegaram emprestado.

Sem piscar, nós três assentimos. Os dois vizinhos anuíram com sorrisos nervosos e se apressaram rumo à escadaria. Sabiam que era melhor não bancar os curiosos.

O Sr. Polak voltou a se virar para Philine e, com um dedo magro, ergueu o queixo da filha a fim de lhe falar olho no olho:

– Logo nos veremos outra vez. *Je t'aime. À bientôt.*

De costas para os vizinhos, ele permitiu que um rio de lágrimas escorresse pelo seu rosto. Marie se manteve atrás dele, em silêncio, com o olhar fixo no carpete gasto, incapaz de nos encarar.

Com o queixo tremendo, Philine assentiu.

– *À bientôt* – sussurrou ela, com a voz carregada de dor. – *Je t'aime.*

Marie lhe entregou uma maleta. Eu a carreguei para ela, e juntas descemos devagar as escadas, com medo de imaginar o futuro à nossa frente.

A caminho da estação de trem Amsterdam Centraal, passamos pela Universidade de Amsterdã, seus amplos gramados agora sem ninguém. As garotas não tiraram os olhos do lugar. Havia pequenos grupos de soldados na rua, mas tudo estava muito quieto. Nenhuma de nós disse nada. Ao sair do apartamento, Philine e Sonja se transformaram em outras pessoas. Nada de estrela amarela na roupa; na carteira, documentos de identidade falsos, com nomes de não judias. Compramos nossas passagens para Haarlem em silêncio e pegamos o trem seguinte. Depois de encontrar três assentos juntos e de alojar as malas, cada uma se virou para a janela, sem dar uma palavra. Eu apenas podia imaginar o que se passava pela cabeça delas. As duas estavam deixando suas casas, e eu, voltando para a minha. Naquele instante, tive a forte sensação de estar avançando, não de estar fugindo. Os nazistas não me expulsaram da faculdade, fui eu que desisti.

Eu sempre fui apegada às coisas. Como descobri naquele dia, porém, havia poder na desistência. Você só precisa desistir uma vez para entender que a lição servirá para a vida inteira. Os que desistem são perigosos porque conhecem um segredo: sempre é possível recomeçar.

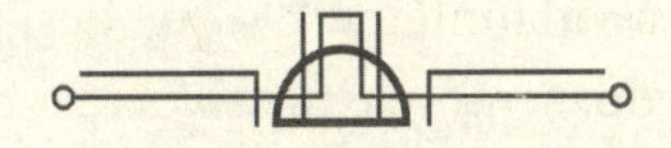

Parte Dois

# O RVV

1943-1944
Haarlem

# Capítulo 11

Primavera de 1943

Era noite. Era melhor que ninguém visse Sonja e Philine. No início da guerra, os alemães desativaram toda a iluminação pública com o intuito de dificultar bombardeios britânicos, por isso à noite as ruas eram escuras como as florestas. Atravessamos Haarlem sem dar uma palavra. E o que havia para falar?

Percebi que estava nervosa diante da perspectiva de ver a casa da minha infância pelos olhos de Sonja e Philine. Eu a descrevera como sempre a enxergara:

– É uma casa de tijolos amarelos, de dois andares, com dois quartos no andar de cima e uma horta nos fundos. No outro lado da rua, há um parque com um grande gramado.

Tudo isso ainda era verdade. Mas, conforme nos aproximávamos a pé, no meio da escuridão, o lugar pareceu diferente. Mais detonado. Mais um fim de mundo sem graça do que um farol da esperança. Eu não conseguia pensar em nada tão emocionante quanto *onderduikers* escondidos no pequeno e feioso número 60 da Van Dortstraat.

– É bem ali – anunciei. – Quatro casas depois da esquina.

Tentei decifrar a expressão no rosto delas. Sempre que os habitantes de Amsterdã se referiam a Haarlem, pensavam na Catedral de São Bavão, localizada na praça central da cidade, com o órgão tocado por Handel e Mozart, e na cripta do pintor Frans Hals, do Século de Ouro. Era uma cidade antiga, e eu me perguntei se as duas tinham imaginado que a casa dos

Schafts era uma cabana tradicional holandesa, com cumeeira e uma vaca leiteira no quintal, e não uma casa de tijolos amarelos com floreiras bem cuidadas num quarteirão burguês. Tudo me parecia pequeno e banal.

– Lá está o parque – disse Philine.

Olhei para a frente e, pela primeira vez, me dei conta de que o que mais chamava a atenção no parque não era o lago de pesca, como no majestoso Vondelpark de Amsterdã, mas um velho moinho de vento – um moinho de vento de verdade, com telhado de palha no topo da torre – que mais parecia o cenário pastoril de uma pintura de Pieter Brueghel. Estávamos a anos-luz da elegância do centro de Amsterdã.

– Bonito – comentou Sonja, sempre muito educada.

– É melhor entrarmos logo – avisei. – Minha mãe deve estar esperando.

É claro que estava. Eu tinha pedido que Nellie e Eva, que também estavam voltando para Haarlem, informassem meus pais sobre a declaração de lealdade e sobre meus planos de voltar. Sozinha. Era uma atitude covarde, mas adequada para o momento. Àquela altura, os dois deviam estar me esperando, desesperados para saber meus planos para o futuro. Eu também estava.

– Mal posso esperar para conhecer sua mãe – disse Sonja.

Depois de ver o moinho de vento, provavelmente ela estava imaginando que uma matrona de rosto corado, tranças e tamancos de madeira abrisse a porta. Na verdade, a única coisa errada eram os tamancos.

– Ela vai amar vocês – afirmei.

Eu não contei que meus pais não sabiam que elas iriam comigo. Sonja e Philine já tinham o bastante com que se preocupar.

– Foi dela que você herdou o cabelo vermelho? – perguntou Philine.

Estávamos quase chegando.

– Eu sou a única ruiva da família – respondi. – Embora meu pai já tenha comentado sobre um antigo ancestral viking...

– É seu lado selvagem – interrompeu Sonja.

Philine assentiu.

– Ela tem o coração de um guerreiro nórdico.

Eu ri, aliviada por elas serem capazes de fazer piada naquelas circunstâncias. Sério ou não, recebi o comentário como um elogio. Ainda mais porque eu logo seria tratada como uma figura frágil. A partir do momento em que Annie ficou doente, quando ainda éramos crianças, mamãe passou a se preocupar com a saúde da família – a do meu pai e, em particular, a minha. E não só com a saúde, mas com qualquer coisa que pudesse ser considerada minimamente perigosa. Andar de barco, de patins ou até atravessar a rua eram motivo de preocupação.

Parei nos degraus da entrada, com as duas atrás de mim. Ergui a mão e hesitei. Ainda é sua casa se você precisa bater? Então, a porta se abriu.

– Johanna! – exclamou meu pai, me puxando para si, me esmagando contra o peito firme como um tronco de árvore, e eu me senti como se tivesse 6 anos outra vez, uma coisinha miúda num mundo gigantesco.

Eu me afastei e vi mamãe por trás dele, com os olhos enrugados numa mistura de amor e ansiedade. Com ela, sempre havia as duas coisas.

– Jo – disse ela, abrindo os braços para me receber.

Quando me virei para abraçá-la, ela percebeu Philine e Sonja sob a penumbra atrás de mim, e sua boca se tornou uma linha reta. Então, me segurou pela mão, adiando o abraço.

– Você trouxe amigas – comentou.

– Sim, vamos entrar – sugeri, animada, tentando estabelecer o tom da conversa.

– Entrem – disse meu pai, mantendo a porta aberta.

Mamãe deu dois passos para trás e levou as mãos à barra do cardigã caseiro num gesto que eu conhecia muito bem: os dedos cavoucando a trama fina de algodão, torcendo e fazendo dobras no tecido, retorcendo as mãos, apreensiva. Paramos no espaço apertado do hall de entrada, meus ombros roçando os de Sonja, que, por sua vez, roçavam os de Philine.

– É um prazer conhecê-los, Sr. e Sra. Schaft – disseram as duas, em uníssono, com graça e doçura.

– Me chamem de Pieter, por favor – disse papai, inclinando o corpo por causa de sua altura, como uma velha árvore que se curva ao vento.

Elas sorriram. Ele era uma presença tranquilizadora.

– Eu já falei de Sonja e Philine, minhas amigas da faculdade? Elas também estudam Direito. – Peguei a maleta de Philine com uma das mãos e a de Sonja com a outra e segui em direção à escada. – Quer dizer, estudavam. Vamos – falei, olhando para as duas.

– Aonde você vai? – perguntou minha mãe.

Os olhos dela estavam arregalados, em pânico. Ela sabia. Pela milésima vez, questionei a estratégia. Eu imaginava que a situação a deixaria em pânico, que seu senso natural de caridade cristã entraria em conflito com o medo muito real de ser presa, deportada, morta. Era melhor aparecer de surpresa.

– Ah! Philine e Sonja vão passar um tempo aqui. – Eu me virei para as duas, que sorriram, nervosas. – Vamos, vou mostrar onde fica o quarto. É meio sem graça, mas vai servir, por enquanto.

Pálida, Philine lançou um olhar para meus pais.

– Obrigada – disse ela.

Sonja sussurrou a mesma coisa, e as duas me seguiram pela escada estreita. Quando cheguei ao topo, parei e olhei para trás. Com o rosto sem cor, minha mãe encarava meu pai. Ela abriu a boca, mas não disse nada. Meu pai pôs a mão no seu ombro, e ela se desvencilhou. Os dois desapareceram rumo à sala de estar.

– Você não os consultou antes? – perguntou Philine, de olhos arregalados.

– Eu sabia que eles iriam aceitar – respondi –, então não fazia diferença.

Em parte, era verdade. Eu tinha a impressão de que eles permitiriam que as duas permanecessem conosco até que eu fizesse contato com a Resistência e encontrasse um lugar mais definitivo. As garotas não estavam satisfeitas com a situação, mas nada era mais importante do que escondê-las.

– Cuidado com a cabeça – avisei, quando Philine bateu no teto inclinado do meu quarto no sótão.

Ela levou a mão à testa, mas não reclamou. As duas se mantiveram em silêncio, observando o novo lar. Será que eu conseguiria imaginá-las sentadas na cama, juntas, passando o tempo ocupadas com costuras e leituras, além de ajudar minha mãe na cozinha? Talvez. Philine, pelo menos, sabia cozinhar. Deveria haver alguma coisa que Sonja pudesse fazer. Bordar, quem sabe. Será que isso funcionaria?

Tinha que funcionar. E eu não pedi a aprovação dos meus pais porque não era o tipo de favor que se poderia pedir.

A cama de casal que um dia eu compartilhara com Annie tomava quase todo o quarto, mesmo encostada na parede para ganhar espaço. Havia uma cômoda comprida com quatro gavetas para guardar roupas e um baú aos pés da cama, além de uma fileira de ganchos na parede ao lado da porta. Num canto, havia uma cadeira dobrável de madeira; aberta, ocupava a maior parte do espaço livre que restara. A única janela era voltada para o jardim dos fundos. Não que alguém fosse se debruçar nela. No dia seguinte eu iria cobrir o vidro com um tecido escuro, a fim de evitar que vizinhos enxeridos pudessem espiar. Caso elas fossem ajudar minha mãe, teriam que fazer isso escondidas no andar de cima. Tentei imaginar Philine e Sonja animadas, cerzindo meias para passar o tempo, mas não consegui me convencer. A imagem logo se converteu em algo mais realista: duas moças magras e ansiosas, encolhidas num quarto, aflitas.

– Hannie – disse Sonja.

Philine tocou o pulso da amiga.

– Sim? – encorajei.

Sonja olhou para Philine como se pedisse permissão. Philine permaneceu em silêncio.

– É só... Onde vamos dormir? – perguntou Sonja.

– Vocês vão dormir na cama, eu vou buscar uma cama de armar. Meu pai tem uma no galpão.

– Você não contou nada aos seus pais? – sussurrou Sonja.

– Está tudo bem – respondi. – Eles entendem.

Sonja parecia prestes a cair no choro.

– Eu já volto – falei.

Desci as escadas pulando, girando no fim do corrimão, como se o fato de agir como uma criança livre de qualquer preocupação pudesse nos levar de volta a tempos mais tranquilos.

– Onde guardamos os cobertores extras? – perguntei, entrando sem avisar na sala de estar.

Meus pais estavam ao lado da pequena lareira a lenha, observando as chamas pela portinhola aberta. Papai se virou e sorriu, mas mamãe continuou de costas para mim.

– Suas amigas – mencionou ele.

– Eu sei, me desculpem! – Eu ri, como se estivéssemos compartilhando uma piada. – Tudo aconteceu nos últimos dias, e eu não tive tempo de avisar vocês. Depois de todo aquele papo da declaração de lealdade, as coisas se sucederam muito rápido. Nellie contou sobre isso, certo?

Meu pai assentia enquanto as palavras jorravam de minha boca como se fossem bolas de gude caindo no chão.

– Pareceu óbvio que elas deveriam vir para Haarlem, ficar conosco. Eu sei que já faz um tempo desde que vocês foram a Amsterdã pela última vez, por isso não iam acreditar em quanto as coisas mudaram. O bairro de Philine está todo cercado com arame farpado, e ninguém consegue atravessar. E os toques de recolher só pioram a situação, além das restrições nas lojas...

– Do que você está falando? – perguntou meu pai.

– Elas são judias? – sussurrou minha mãe, confirmando algo que já sabia. Ela parecia prestes a desmaiar, o rosto branco. – É que... é que eu não vi nenhuma estrela amarela – comentou, por fim. – Eles precisam usar uma estrela, não é? Digo, os judeus.

Sua voz tremia.

Uma parte de mim queria gritar. Mas respirei fundo. Minha mãe tinha o direito de sentir medo. Eu tinha colocado os dois em risco. Um risco enorme.

– Sim, precisam – respondi, com calma, embora mantivesse a voz baixa por segurança. – Mas eu consegui documentos falsos para Sonja e Philine, assim elas poderiam tirar as estrelas. É mais seguro.

– Como? – perguntou meu pai. – Conseguiu onde?

– Eu roubei.

– O quê? – rebateu meu pai, de queixo caído.

– As pessoas de quem peguei os documentos podem tirar outra via. Não estão correndo perigo. Mas Philine e Sonja estão.

– As pessoas de quem você "pegou" os documentos?

– Elas pediram que você fizesse isso? – indagou minha mãe. – As garotas?

– Por Deus, não.

Eu ri e vi o desconforto dela por usar o nome do Senhor em vão.

– Sonja e Philine me desencorajaram. Mas existe todo um grupo de... – Parei no meio da frase. – Muitas pessoas estão fazendo coisas assim. Ajudando. Como nós.

– Nós? – repetiu meu pai.

– *Onderduikers* – sussurrou minha mãe, como se a palavra em si já fosse perigosa.

E era.

– Exatamente. Se não temos como tirá-las do país, ao menos podemos encontrar um lugar para escondê-las.

– Elas não têm família? – quis saber ela.

– Aafje... – murmurou meu pai, com voz suave, chamando-a pelo nome a fim de conseguir sua atenção.

– Eu tenho o direito de perguntar. – Ela ergueu a voz. – Nós temos o direito de saber, Piet. Esta é a nossa casa. O restante da família delas vem se juntar a elas ou...?

– O pai de Philine se recusa a deixar o apartamento em Amsterdã, está convencido de que tudo isso irá acabar logo. Mas ele está errado – sussurrei. – A família de Sonja ainda está decidindo o que fazer. Só que o tempo está se esgotando, e acho que eles não perceberam...

Meu pai nos puxou pelo braço e nos conduziu até a cozinha para ter mais privacidade. Olhei para as prateleiras onde guardávamos a louça. Ao longo dos três anos anteriores, à medida que pratos e copos de uso diário sofriam uma avaria ou se quebravam, minha mãe cedeu e passou a servir as refeições na louça que ela costumava reservar para o Natal e a Páscoa. Era o presente de casamento mais chique que eles ganharam. Por isso a louça fina estava junto com as demais.

– Não temos louça suficiente para servi-las – argumentou ela, apontando para as prateleiras. – Dizem que os judeus usam pratos diferentes em certos dias... e eles comem uma comida especial, não é? Mal temos conseguido nos alimentar esses dias, não há quase nada no mercado.

– Elas não são religiosas, mãe. Não precisam de nada especial. Comem as mesmas coisas que todos nós.

Minha mãe manteve a mão sobre a boca como se temesse o que poderia dizer.

– É que... – Ela começou a falar, mas parou. Então, tentou outra vez, impulsionada por alguma ideia louca que fazia sua voz oscilar. – E se uma delas morrer em nossa casa? O que faríamos com o corpo?

– Aafje! – gritou meu pai, sem gritar de fato.

Ele a encarou como se ela fosse uma estranha.

– Ah, você ficou chocado comigo? – retrucou ela, o rosto contorcido pelo medo. – E com a ladra aqui? – completou, apontando para mim.

– Pare com isso – disse ele.

– Não. – Ela fixou os olhos em mim. – Quero saber outra coisa: o que vamos dizer sobre as roupas a mais no varal? A Sra. Snel aí do lado conhece a horta melhor do que eu, de tanto tempo que passa observando nosso quintal. Você acha que ela não vai notar as roupas diferentes? E como vamos alimentar cinco adultos com três cartões de racionamento? – Ela esperou que eu respondesse, furiosa. – Bom, não são perguntas agradáveis, eu sei, mas seu pai e eu temos responsabilidade.

– É exatamente isso que estou dizendo – falei. – Que nós temos uma responsabilidade.

Ela balançou a cabeça, perplexa diante da minha falta de compreensão.

– Temos a responsabilidade de proteger nossas filhas... nossa filha – corrigiu ela.

Em seguida, virou-se para meu pai e começou a chorar, enterrando a cabeça loura no surrado colete de lã como eu mesma fizera ao chegar em casa. Os soluços sacudiam seu corpo.

– Vá para o quarto – disse meu pai.

Não falou com raiva, exatamente. Falou sério.

Saí da cozinha pisando firme, mantendo a coluna ereta e a postura altiva. Mas, assim que comecei a subir a escada, fui abatida por uma onda de emoção, como um bebê que mal conseguia andar e fosse atingido por uma marola na beira da praia. Eu estava a meio caminho do quarto, dividida entre minha família e minhas amigas, quando ouvi um som espantoso vindo da cozinha: o lamento reprimido de dor e medo de minha mãe. Um som que eu não ouvia desde a morte de Annie. Ela tentava respirar, e meu pai a consolava. Eles seguiram para a sala de estar, perto da lareira, e começaram a murmurar baixinho, como passarinhos. Espiei através do corrimão da escada e vi papai pegar um cacho dourado e prendê-lo atrás da orelha dela.

Meus pais se conheceram poucos meses antes de se casarem, mais de trinta anos antes. O que eu sabia sobre a vida do casal antes de ter filho fora coletado aqui e ali em encontros familiares e em conversas alheias ouvidas por acaso, uma vez que era raro eles contarem alguma coisa. Ela era filha de um pastor cristão, uma boa menina, devota e bonita. Meu pai era mundano, se comparado a ela. Cheio de ideias filosóficas e convicções políticas, sempre falava dos meios de produção e da iminente revolução do homem. Ao longo dos anos, ele se tornou mais quieto do que ela. No início, essa mudança a preocupou, como ela me contou uma vez. Ficava imaginando no que ele estaria pensando, se o marido estava feliz ou triste. Mas passou a apreciar o silêncio. Dizia que lhe dava espaço para pensar.

– Aafje – sussurrou meu pai, beijando sua pequena mão.

Fiquei na escada, ouvindo a conversa.

– Deveríamos conversar com o padre Josephus – sugeriu ela, baixinho.

Meu pai tomou o rosto dela entre as mãos e a encarou, os olhos repletos de amor.

– Ninguém pode saber – sussurrou, deixando transparecer um leve tremor na voz.

Eles olharam nos olhos um do outro por um longo tempo enquanto lágrimas rolavam pelas bochechas rosadas de minha mãe.

– Você viu...? – começou ela, por fim, a voz rouca por causa do choro. – Você viu o que elas trouxeram? – perguntou, depois de limpar a garganta.

Meu pai balançou a cabeça.

– Apenas uma mala, Piet. Cada uma trouxe só uma mala.

Ele assentiu.

– Imagine todos os seus pertences, tudo, em apenas uma mala pequena.

Meu pai não respondeu, olhando fixamente as labaredas da lareira, como se fossem uma bola de cristal. Os dois observaram o fogo em silêncio. De repente, minha mãe secou os olhos com a borda do avental, alisando-o em seguida sobre o colo.

– Talvez seja melhor assim – concluiu. – Até porque o quarto é muito pequeno.

Ela se levantou da cadeira e caminhou até o baú de carvalho ao lado do sofá. O baú também fora um presente de casamento de meus avós maternos, que esperavam que a filha fosse ter uma grande família, com três ou quatro filhos, talvez mais. A tampa entalhada rangeu quando ela a ergueu sobre as dobradiças de metal e pegou dois de seus cobertores bordados à mão, entregando-os a papai.

– O inverno pode já ter passado, mas ainda faz frio – comentou ela.

E então direcionou o olhar para o corredor arqueado e me viu na escada. Ela estivera ciente de minha presença ali o tempo todo.

– Leve isso para as meninas – disse, com um sorriso gentil e cansado.

Levantei-me num movimento brusco. De pé, percebi que, assim como minha mãe, eu precisava alisar a saia e secar o rosto. De alguma forma, estava todo molhado.

# Capítulo 12

– Ainda está frio lá fora? – perguntou Sonja, enquanto eu me vestia.

As duas estavam sentadas juntas na cama, segurando as xícaras de chá com ambas as mãos como se fossem pequenas caldeiras; o vapor subia feito fumaça. Elas não saíam de casa fazia dois dias.

– Boa sorte – disse Philine, como se eu estivesse indo a uma entrevista de emprego.

De certa maneira, era verdade.

– Poderia trazer algumas revistas? – pediu Sonja. – Ou balas?

A despeito da situação, as duas estavam fazendo um enorme esforço para parecerem animadas. Percebi certo alívio por terem tomado a decisão de enfim deixar Amsterdã. Estávamos cientes de que, em algum momento, a novidade iria perder o brilho, mas não parecia boa ideia tocar no assunto, algo capaz de abalar os ânimos.

– Mantenha a cabeça erguida – aconselhou Philine. – É o que papai sempre diz.

– Vou tentar.

Pensei no Sr. Polak de pé na entrada do apartamento e, na mesma hora, afastei a imagem.

– Até mais tarde – me despedi com um aceno, tentando não pensar no fato de que eu não fazia ideia de quanto tempo as duas teriam que ficar naquele quarto minúsculo. Meses? Anos? Elas deviam estar se perguntando a mesma coisa.

A tabacaria Hals Tabak ficava localizada numa rua lateral estreita e movimentada não muito longe da praça Grote Markt, no centro da cidade. Era o tipo de rua que, antes da guerra, fervilhava de gente aos sábados, quando os habitantes de Haarlem saíam para comprar todo tipo de coisas, algumas necessárias, outras nem tanto, em diversos estabelecimentos: lojas de ferragens, padarias, bancas de jornal, açougues, queijarias, lojas de brinquedos, tabacarias. E era numa tabacaria que eu deveria esperar meu contato da Resistência. O tal Jan.

Três anos após o início da guerra, o distrito comercial do centro da cidade estava bem mais silencioso. Pelo menos metade das lojas estava fechada, e as demais operavam à base dos cartões de racionamento. Cidadãos exaustos aguardavam do lado de fora das lojas, em filas que serpenteavam pelas calçadas. Avós, pais ou a filha mais velha da casa assumiam seus postos diante das vitrines da loja de brinquedos e da butique de roupas masculinas, ambas forradas com papelão e fechadas havia muito tempo. As pessoas se mantinham em silêncio, entediadas, já adaptadas à rotina de esperar por coisas a que antes não davam o devido valor, muitas vezes aceitando itens que nem queriam. Não havia mais como escolher entre pão de centeio e pão francês na padaria; agora havia apenas um pedaço de alguma coisa que chamavam de pão, embora todo mundo suspeitasse que o tal pão era feito basicamente de serragem. Assim que tentávamos fatiá-lo, a coisa toda se desmanchava em farelos arenosos e sem gosto que grudavam no céu da boca. Detestávamos aquilo. As pessoas mal olharam para mim quando passei por elas empurrando a bicicleta. Nada despertava o interesse delas.

A tabacaria estava fechada e, a julgar pelas vitrines cobertas de poeira, fazia tempo. Espiei através da camada de poeira e vi armários de vidro, recipientes de cerâmica e uma robusta caixa registradora de metal pronta para funcionar, desde que houvesse produtos para vender e clientes com dinheiro para comprar. A balança permanecia equilibrada, sem nenhum item nas bandejas de latão enferrujadas.

Parei diante da porta da loja e esperei. Tentei parecer entediada, transferindo o peso do corpo de uma perna para a outra e pegando um cigarro da mochila. Decidi não acender, pois era tão raro eu fumar que a coisa costumava me fazer tossir. Comecei a chutar paralelepípedos, raspando o sapato no chão, então lembrei que deveria parar com aquilo. Eu não comprava um par de sapatos havia cinco anos.

Algumas pessoas passaram por mim, outras entraram em uma das filas ao longo da rua. Eu não fazia ideia de como poderia encontrar esse contato. Nem mesmo se Jan era o verdadeiro nome.

Embora a loja estivesse fechada, o entorno tinha um aroma reconfortante, que me lembrava meu pai: cheiro de cigarro e tabaco para cachimbo. Todas as tabacarias exalavam o mesmo cheiro. Quando eu era criança, costumava passar muito tempo nelas, esperando papai comprar tabaco, examinar um ou dois cachimbos ou conversar com o proprietário, que sempre me dava alguns pedaços de alcaçuz para me agradar. Fiquei com água na boca ao me lembrar disso.

Vi um sujeito caminhando sozinho do outro lado do quarteirão. O homem tinha os ombros curvados de um jovem que envelhecera antes do tempo de tanta preocupação. Aparentava uns 35 anos, era magro, mas forte, como um condutor de barco nas docas. De vez em quando erguia a vista para observar quem ou o que estava passando.

Eu soube de imediato que era ele. Sem querer encará-lo, desviei o olhar, como se estivesse procurando por um amigo.

Olhando para outra direção, percebi três adolescentes, não muito mais jovens do que eu, dando risadinhas, meio envergonhadas, o único sinal de alegria na rua. As garotas estavam diante de um rapaz na casa dos 20 anos. Com olhos azuis e ombros largos, o rapaz tinha estatura mediana, mas parecia mais alto, atraindo a atenção das garotas com um ar jovial e risadas cheias de energia. Eu ficava nervosa perto de homens assim. Eles andavam por aí como se o mundo fosse deles, até porque, na verdade, era. Falavam alto demais, eram audaciosos demais. Confiantes demais. Felizmente, eu era invisível aos olhos de tipos como ele.

Voltei-me para o suposto Jan. Ele caminhava com determinação na minha direção, sem fazer qualquer contato visual. Em vez disso, mantinha os olhos baixos, um pé diante do outro. Tentei ser paciente. À direita, um coro de risadas femininas ressoou. O Homem Louro contou uma piada, e as garotas de bochechas coradas riram, maravilhadas. Tentei ignorar a distração.

– Bom, seja como for, obrigado – disse o Homem Louro, em voz alta.

As jovens se alvoroçaram mais uma vez. Então, ele ergueu os olhos azuis e penetrantes na minha direção. E lá estavam o maxilar, a barba por fazer nas faces rosadas, o porte orgulhoso mas relaxado de um jovem combatente que aprecia a própria força, consciente de si mesmo e, ainda assim, completamente natural. Desviei o olhar, morta de vergonha por causa do rubor que subira ao meu rosto.

À esquerda, o homem curvado se aproximou. Pigarreei para chamar sua atenção, mas ele não deu sinais de ter me notado. Pigarreei outra vez. Ele continuou a andar, apertando mais o casaco e resmungando por entre os lábios fechados. Àquela altura, eu estava bem no caminho dele, era impossível não me ver. Ainda assim, continuou murmurando sem erguer os olhos, roçando a ponta dos dedos nas paredes e vitrines das lojas pelas quais passava. Provavelmente era uma estratégia. Ele aprendera a estar ciente de tudo que o cercava mesmo que parecesse absorto em seu próprio universo. Esses integrantes da Resistência eram muito bons.

– Ei! – chamou uma voz, vinda da direita.

Como um tufão, o Homem Louro investiu contra mim – contra mim? –, me agarrou pelo braço e me puxou para longe da tabacaria, enquanto o homem curvado avançava como um navio em alto-mar, indiferente a qualquer coisa que estivesse em seu caminho. O Homem Louro me puxou até a rua, e minha mochila saiu voando. Tentei respirar, em choque, quando o outro homem passou a toda por mim, pelo Homem Louro e pelas três adolescentes alvoroçadas, que a tudo assistiam. O homem curvado percorreu o quarteirão sem me notar. O Homem Louro continuava segurando meu pulso com firmeza, mas também com gentileza.

– Suco de torpedo – disse ele.

– O quê?

– Aquele álcool de grãos que o pessoal anda misturando com suco de abacaxi. Mais parece álcool puro. É uma pena ver como as pessoas ficam depois de entornar a bebida, não é?

Ele passou a mão no cabelo, observou o bêbado se afastar e, em seguida, sorriu para mim. Ainda segurava meu pulso. Olhou fundo nos meus olhos.

– Você deixou cair isso – disse, dando um passo para pegar a mochila.

No final do quarteirão, o homem bêbado virou a esquina e desapareceu. Olhei na direção contrária, procurando seu substituto, a pessoa com quem eu deveria me encontrar. Duas mulheres do outro lado da rua me encaravam, curiosas diante da confusão ao meu redor. Talvez o nome Jan fosse um disfarce; era razoável supor que uma delas pudesse conhecer a enfermeira Dekker.

– Obrigada – falei.

Tentei não olhar para o Homem Louro outra vez. Minhas bochechas continuavam enrubescidas. E era bem possível que eu já tivesse estragado tudo. Respirei fundo e contive o nó que se avolumava na garganta. Nada de choro.

O Homem Louro continuava na minha frente.

– Muito prazer – disse ele.

Mexi na mochila, tentando ganhar tempo.

– Você tem outro?

Eu ainda estava segurando o cigarro entre os dedos, mas, com toda aquela confusão, acabei o amassando e entortando.

– Aqui – respondi, sacando o último cigarro intacto da mochila.

Ele me agradeceu e o levou aos lábios. Com as mãos em concha, acendeu-o com um isqueiro, deu uma boa tragada e me devolveu.

– Aqui – repetiu ele, entregando-me o cigarro bom e pegando o torto da minha outra mão.

Ele o rolou entre as palmas das mãos, lambeu a emenda do papel, e o cigarro ficou novinho em folha. Ele o acendeu e sorriu.

– Assim é melhor – disse, soprando círculos de fumaça acima de nossa cabeça. – Eu lhe dei o cigarro bom. O mínimo que você poderia fazer era fumar.

As cinzas na ponta do meu cigarro oscilavam com o próprio peso. Dei uma tragada e no mesmo instante comecei a tossir. Ele riu.

– Está tudo bem, querida?

Meus olhos lacrimejaram e meu rosto parecia queimar.

– Na verdade – respondi, dando uma tragada curta, então funguei e mantive a cabeça erguida –, fui eu quem lhe deu o cigarro. Lembra?

– Rá!

Ele riu, e todo mundo que ouviu se virou na nossa direção.

A risada dele era alta e descontraída. Até as três adolescentes, já quase fora de nosso campo de visão, se viraram para olhar. Suspirei. Pronto, acabou. Qualquer chance de estabelecer uma conexão com a Resistência estava perdida. Eu havia chamado atenção demais; ninguém se aproximaria de mim. As duas mulheres do outro lado da rua não estavam mais prestando atenção. A culpa era dele. O Homem Louro. Dei outra tragada, mais profunda, ansiosa para sentir o calor maléfico do cigarro no fundo da garganta. Eu teria que descobrir outra maneira de estabelecer contato.

– Onde você conseguiu esses? – perguntou ele, admirando os cigarros belgas.

– Com uma amiga – respondi.

Sonja era a única das três que tinha condições de comprar cigarros. A empregada da família Frenk os adquiria no mercado clandestino, e ela havia trazido duas caixas para Haarlem.

– Muito bom – disse ele. – Fazia séculos que eu não fumava um.

Olhei em volta, procurando a bicicleta.

– Já vai embora? Não estava esperando esse lugar abrir? – indagou ele, indicando a tabacaria atrás de nós.

– Bem, está fechado – falei, torcendo para ter soado indiferente. O que eu queria mesmo era sair dali.

– Você está com sorte, então.

Ele passou por mim, puxou um chaveiro gigantesco de uma correia presa ao cinto, destrancou a porta e entrou. Um pequeno tornado de poeira invadiu o lugar com ares de mausoléu.

– Pode entrar – disse, segurando a porta.

– Essa loja é sua?

– Mais ou menos. Quer dizer, eu tenho as chaves.

– Então por que me pediu um cigarro?

Ele deu de ombros.

– Nunca recuso um cigarro de graça.

Ele olhou em volta, para as prateleiras vazias.

– De qualquer forma, acabaram os cigarros.

– Obrigada – falei, sem saber muito bem por que eu estava agradecendo. Eu só queria ir embora. Dei um passo para trás em direção à saída. Quem quer que fosse aquele Homem Louro, eu não queria ficar presa com ele numa tabacaria abandonada.

Ele estendeu uma das mãos.

– Jan Bonekamp.

*Jan?* Apertei a mão dele, e ele quase esmagou a minha.

– Muito prazer. Eu sou Hannie Sch...

– Basta o primeiro nome.

– Mas você...?

– Eu sou burro demais para me lembrar das regras – explicou ele, batendo com os nós dos dedos na lateral da cabeça provocando um baque audível. – Não sou como vocês, universitárias.

Eu já estava a meio caminho da saída, mas o saltinho do meu sapato ficou preso na borda do primeiro degrau, e quase caí. Apoiando-me no batente da porta para recuperar o equilíbrio, examinei-o de cima a baixo. Ele riu e fez o mesmo comigo.

– Perdão – falei.

– O quê?

– Você é... – Tentei recomeçar. – Quer dizer, você não é...

– Um amigo de Bettine? Sim, sou.

Agora fiquei confusa de vez, e minha expressão devia ter me traído.

– Bettine Dekker? – esclareceu ele. – Alta, meio assustadora? Que gosta de branco?

Antes que meu cérebro processasse a informação, ele continuou falando:

– Heroína de guerra. Sabia? Dekker é uma lenda.

Assenti. Nunca na minha vida eu teria considerado a possibilidade de tratar a enfermeira Dekker pelo primeiro nome. Bettine, ainda por cima.

– Seja como for, conseguimos nos encontrar – disse ele, me conduzindo pelo cotovelo de volta ao interior da loja. – Precisamos tomar certos cuidados.

Ele estreitou os olhos, examinou o ambiente feito um espião de desenho animado e voltou a me encarar.

– É assim que agimos na... você sabe onde – esclareceu ele, num falso sussurro.

Na Resistência? Ali estava eu no meio de uma loja vazia enquanto uma sensação perturbadora vagarosamente começou a me subir pelos pés, passando pelos tornozelos, até os joelhos. Eu tinha caído numa armadilha. Não havia a menor chance de esse palhaço ser meu contato real. Comecei a me virar lentamente em direção à rua, arrastando os pés no carpete de poeira que cobria o piso de madeira.

Jan me observava com curiosidade genuína.

– O que foi que eu falei?

– Eu entrei no lugar errado – inventei, sorrindo. – Desculpe.

– Ah! – exclamou ele, rindo alto demais outra vez. – Você a conhece como enfermeira Dekker. Eu a conheço como Bettine, e se ela disse que podemos confiar em você, a palavra dela basta. – Ele olhou por cima dos ombros. – Infelizmente ela não está aqui para convencer você.

Franzi o cenho. Será que Dekker foi presa e por isso aquele homem estranho tinha essas informações? Ou talvez Jan fosse mesmo meu contato da Resistência, só que muito mais bonito e rebelde do que eu esperava?

Ou talvez ele não passasse de um policial colaboracionista.

– Como posso ter certeza de que você não é da polícia? – perguntei.

– Que se foda a polícia! – xingou ele, de modo tão casual que ficou evidente que não era a primeira vez que ele dizia isso.

Hesitei.

– A maioria dessas víboras mal pôde esperar para jurar lealdade a *Herr* Hitler quando a Ocupação começou – argumentou ele. – Eu não sou da polícia.

O tom antes suave havia se tornado afiado. Ele devolveu a pergunta:

– Como posso ter certeza de que você não é da polícia?

– Eu? – Quase caí na gargalhada. – Eu pareço uma policial?

– Não – respondeu. – É bonita demais. Além disso, a polícia não contrata ruivas. São muito... – murmurou ele, girando o dedo ao lado da cabeça. *Loucas.*

Abri a boca, mas nada saiu. Eu estava horrorizada e lisonjeada na mesma medida.

– Veja – disse ele, desabotoando a jaqueta e a abrindo para os lados. – Não estou armado. Você está?

Revirei os olhos e voltei a me dirigir para a porta. Não estava conseguindo pensar direito. Mas não cheguei a sair: ele me pegou pelo pulso e me puxou para perto, mantendo minhas costas contra o peito e envolvendo meu corpo com um dos braços, enquanto sua outra mão, firme mas respeitosa, revistava minhas costelas e cintura.

– Você acha mesmo que eu tenho uma arma?

Jan me soltou e gentilmente me virou de frente para ele.

– Não mais – disse, sorrindo. – Bettine tem muitos contatos e poderia ter mandado você para qualquer lugar. Mas ela a enviou para mim. Você confia nela, certo?

– Acho que sim – respondi, sem saber aonde ele queria chegar.

– Bom – começou Jan, dessa vez falando sério –, eu também confio nela. E estou disposto a treinar você, caso esteja disposta a tentar.

– Me treinar? – Imaginei os voluntários sentados ao redor da mesa na aliança dos refugiados, envelopando papéis e empacotando artigos de emergência. – Eu já fui treinada – afirmei.

Jan balançou a cabeça.

– Se você anda desarmada por aí, não foi, não.

# Capítulo 13

NAQUELA NOITE, AO VOLTAR PARA CASA, Philine e Sonja tinham uma enxurrada de perguntas acerca de onde eu estivera o dia inteiro.

– Não posso falar sobre isso – respondi, me desculpando, sem fazer ideia de como lidar com a situação.

– Somos as únicas pessoas com quem você pode conversar – insistiu Sonja, que corajosamente estava tentando um novo hobby: tricô. – Passamos o dia inteiro presas aqui, a quem poderíamos contar?

– Eu sei, mas... – hesitei, sem parar de pensar nos piores cenários: e se a Gestapo invadisse a casa no dia seguinte e interrogasse todo mundo?

– É mais seguro não contar nada a ninguém – afirmou Philine.

Sonja revirou os olhos, mas se conformou. Felizmente, meus pais não me perguntaram nada. Quando cheguei em casa, eles me deram um abraço apertado, me seguraram pelos ombros, me examinaram de cima a baixo para ver se eu estava ferida e ficaram de boca fechada. O olhar deles era semelhante ao que o Sr. Polak dera a Philine na despedida: tão carregado de emoção que era impossível traduzir em palavras.

Jantei com as meninas no quarto do andar de cima, com a cama coberta por uma toalha de mesa, numa espécie de piquenique dentro de casa. Falamos só de coisas boas, como não ter que estudar para as provas finais. A noite estava agradável. Só fiquei triste quando me vi na pequena cama de campanha, com a casa silenciosa e o quarto escuro. Ver a silhueta das duas dormindo na minha cama de infância foi como assistir a um filme antigo: Annie e eu, anos antes, aquecendo uma à outra. Pensar em Annie me deu coragem.

No dia seguinte, cheguei ao Grote Market por volta das três e meia da tarde e caminhei entre as longas filas de cidadãos exaustos. Se existe algo pior do que o tédio, é o tédio envolto em paranoia, fúria e medo. Assumi meu lugar no fim de uma fila. Mas eu não pretendia pegar o alho-poró que minha mãe tinha pedido. Estava esperando Jan Bonekamp.

– Os primeiros aspargos da estação, *mevrouw*? – perguntou um fazendeiro que conduzia um carrinho de mão ao longo da fila, vendendo seus produtos a qualquer um que, naquelas circunstâncias, ainda tivesse dinheiro.

– Não, obrigada – respondi.

– O que eu consigo comprar com isso aqui? – perguntou um homem atrás de mim, roçando no meu ombro enquanto deixava algumas moedas na mão do fazendeiro. – Fique com o troco.

– *Dank u, meneer* – respondeu o fazendeiro, grato por aquelas poucas moedas.

Ninguém mais dizia "fique com o troco". Eu me virei, esperando ver um oficial nazista, mas não era um alemão de uniforme. Era Jan Bonekamp. O Homem Louro.

– Você chegou cedo – falei.

Ele manteve o corpo próximo ao meu, como se fosse meu marido se juntando a mim para comprar os ingredientes do jantar. O fazendeiro sorriu para nós, o jovem casal.

– Você também – replicou ele.

– Foi aqui que combinamos de nos encontrar – comentei.

– Sei – concordou, sorrindo. – É que nem todo mundo aparece de fato. – Ele aceitou o pequeno maço de aspargos do fazendeiro. – Obrigado.

Então ele pegou minha mão e me guiou pelas barraquinhas do mercado em direção à rua lotada de gente, sem olhar para trás. Jan usava uma boina e uma jaqueta azul-marinho e seguiu gentilmente abrindo caminho pela multidão, enquanto eu tentava acompanhá-lo. Chegamos ao outro lado da rua, onde sua bicicleta estava estacionada.

– Suba.

– O quê?

– Monte aí atrás – ordenou ele, apontando para o bagageiro improvisado.

– Eu vim com a minha própria bicicleta – argumentei.

– É melhor irmos juntos. Vamos logo.

Hesitei um instante. Eu já tinha tomado a decisão de ir encontrá-lo. Agora não dava mais para recuar. Jan olhou ao redor, então tocou no ombro de uma velha senhora, que estava na fila do lado de fora de uma padaria. A mulher se virou, intrigada.

– *Solidariteit, mevrouw* – disse Jan, tocando o boné. Solidariedade, senhora.

Ele enfiou os aspargos na sacola de compras vazia que ela segurava e se virou para mim. O rosto da mulher se iluminou num sorriso enrugado.

– Você vem? – perguntou ele para mim.

Qualquer dúvida que eu tivesse desapareceu. Questionar minhas próprias decisões era algo instintivo para mim, mas talvez os instintos nem sempre estivessem corretos. Nunca me ocorrera que bastava decidir não duvidar das coisas. Era emocionante! Subi na garupa da bicicleta e, em busca de estabilidade, apoiei as mãos nos ombros de Jan.

– Coloque seus braços ao redor da minha cintura – disse ele.

– Acho que já está bom assim – respondi, num tom um pouco rude.

Tocá-lo daquela forma já era enervante o suficiente.

Ele pegou minha mão esquerda e a puxou em torno da própria cintura.

– Você vai cair se não se segurar assim.

Envergonhada, cedi, e ele começou a pedalar. Ele tinha razão. Jan pedalava tão rápido e fazia tantas manobras bruscas que, mesmo me segurando firme, quase caí; fui obrigada a me inclinar e me encostar nele. A cada esquina, eu sentia os músculos das costas e do estômago dele se contraindo e se alongando. O calor do corpo de Jan atravessava a jaqueta dele e o meu casaco. Teria sido mais fácil se eu tivesse descansado a cabeça em seus ombros, mas não tive coragem para tanto.

Se aquilo era a Resistência, eu devia ter largado a faculdade anos antes.

– Aonde vamos? – gritei por sobre seus ombros.

– Haarlemmerhout – respondeu Jan.

O Haarlemmerhout – o Bosque de Haarlem – já existia antes da cidade propriamente dita, uma paisagem familiar aos romanos nos tempos em que o lugar pertencia ao império. Quando Annie ainda era viva, nossa família fazia piqueniques por lá. Assim que mamãe escolhia um bom lugar para estender a toalha, Annie e eu corríamos em disparada a fim de explorar o parque, ouvindo gritos de "Não se afastem muito!", pois Haarlemmerhout não era um parque urbano qualquer. Se saíssemos dos limites das trilhas de cascalho, o que havia era a floresta intocada e selvagem, sem trilhas, fontes ou parquinhos infantis, o que atraía caravanas de ciganos e outros "grupos barra-pesada". Ou pelo menos era isso que a mamãe dizia.

– As tropas de Napoleão marcharam por aqui – informei, seguindo Jan por entre os arbustos e desviando de raízes salientes. – Meu pai nos ensinou a encontrar as iniciais dos soldados entalhadas nos troncos das árvores – comentei, apontando para uma.

– Imperialista maldito – murmurou Jan.

– Como?

– Napoleão – disse ele, removendo uma camada de folhas da sola das botas.

Eu não fazia ideia de como conversar com aquele homem. Resmunguei ao tropeçar numa pedra, mas fiz com que parecesse um suspiro gracioso.

– Tudo bem aí atrás? – indagou ele, olhando por cima do ombro com um meio sorriso nos lábios.

– Sim – respondi.

Minhas unhas estavam deixando marcas nas palmas das mãos.

– Chegamos.

Ele parou num ponto sem qualquer referência, próximo a uma mata de amieiros que nos deixava fora do alcance da visão de quem passasse por ali, mas nos permitia ouvir qualquer um que se aproximasse.

– Bettine achou que você estava pronta para um treinamento mais intenso. Você concorda?

Dekker botava mais fé em mim do que eu mesma. Eu não sabia o que "treinamento intenso" significava exatamente, mas me surpreendi ao perceber que queria aquilo. Ainda mais porque a enfermeira Dekker acreditava que eu estava pronta.

– Sim – afirmei, tentando imaginar o que viria na sequência.

Aprender códigos? Memorizar endereços secretos? Pelo menos isso eu sabia que conseguiria fazer.

– Onde estão os outros?

– Outros? – Jan ergueu uma sobrancelha.

– Não vamos encontrar ninguém para o treinamento?

Eu imaginara meia dúzia de sujeitos durões se reunindo para aprender novas técnicas de guerrilha. E estava ansiosa para conhecê-los.

Jan sorriu.

– Sim, claro... Tem cinquenta homens do outro lado daqueles arbustos – comentou, rindo. – Somos só você e eu hoje, querida. Quantas pessoas você achava que haveria?

– Desculpe – respondi, constrangida.

Embora eu tivesse a impressão de ser a última pessoa a se juntar à Resistência àquela altura da guerra, é claro que isso não era verdade. Se todo mundo fizesse parte da Resistência... bom, as coisas já estariam bem diferentes.

– Não precisa se desculpar – disse ele. – É bom você estar aqui. Vamos praticar um pouco de tiro ao alvo.

Ele enfiou a mão no bolso da jaqueta e me estendeu uma pequena arma preta. Congelei.

– O que houve? – perguntou ele.

– Eu nunca...

Eu estava me sentindo uma idiota. Por outro lado, não fazia sentido fingir que já havia empunhado uma arma, ou sequer encostado em uma.

– Vá em frente, ela não morde – provocou ele.

Com um movimento brusco, tirei a arma da mão dele.

– Nada disso – advertiu ele, virando minha mão para baixo com um tapa. – Lição número um: não aponte a arma para seu instrutor.

– Ah!

Morta de vergonha, tirei o dedo do gatilho e mantive o cano voltado para a terra. Toda a minha autoconfiança de araque desapareceu, e segurei o cabo da arma com as pontas dos dedos, como se fosse uma lagartixa que poderia escalar o meu braço a qualquer momento. Era uma arma de verdade. Desde que os alemães chegaram, eu via muitas delas nas paradas militares, de pistolas a rifles e peças antiquadas com baionetas, mas sempre nas mãos deles. Empunhar uma era algo completamente diferente, ao mesmo tempo empolgante e incômodo. Eu nunca tinha me imaginado com uma arma na mão, muito menos usando uma.

– Vamos começar com as armas? – perguntei.

– E por que não? – retrucou ele, todo animado. – Há outras coisas para aprender, mas essa é a que demora mais. Imagino que você já saiba fazer entregas, bater carteiras, vigilância? Ou é o que Bettine diz.

– Diz? – indaguei, chocada e aliviada. – Você mantém contato com ela? – questionei, tentando soar casual, quando na verdade eu tinha até medo de pensar no que poderia ter acontecido com a enfermeira Dekker desde a última vez que a encontrei.

Jan me observou, tentando decifrar o que eu estava perguntando de fato.

– Não se preocupe com Bettine. Ela sabe cuidar de si mesma – disse. – E ela está bem. Pelo menos estava, até uns dias atrás.

Eu sabia que ele tinha razão. Não que Dekker não estivesse em perigo, pois todos nós estávamos. Mas eu não deveria me preocupar com ela. Já tinha o bastante com que me preocupar.

Jan prosseguiu com a lição:

– A sabotagem é uma parte muito relevante do trabalho da Resistência – explicou, me reposicionando diante do alvo. – Freddie, por exemplo, tem muito talento para esse tipo de coisa: instalar explosivos, descarrilar trens e até pequenas tarefas como roubar gasolina dos veículos nazistas. É um trabalho importante, e provavelmente você vai fazer alguma coisa desse tipo.

Descarrilar trens? Fiquei calada, apenas ouvindo.

– Só que você também deve ganhar confiança com uma arma, ok?

– Claro – respondi, esperando que minha voz não tivesse soado tão trêmula.

– Vamos lá, posicione as mãos em torno do cabo – instruiu ele, me observando empunhar a arma de um jeito esquisito. – Não está carregada.

Ele retirou o carregador para que eu mesma pudesse ver: não havia balas.

– Há quanto tempo você tem essa coisa?

Dezenas de arranhões marcavam o cano e o cabo. Era uma arma bastante usada.

– Se você quiser uma Mauser novinha, vai precisar se juntar à Wehrmacht, professora.

– Só estou perguntando.

– Só estou respondendo.

Ele pegou a arma e a examinou.

– Essa é uma boa FN Browning 1922 que tomamos de um policial nazista em Heemstede na semana passada. – Ele me entregou de volta. – Está em perfeito estado. Pequena mas poderosa. Igual a você.

Senti o rosto corar.

– Vamos lá – disse ele. – Você não vai se machucar.

A arma era mais fria e mais pesada do que eu estava esperando, parecia uma coisa morta. Eu a virei. O aço preto fosco tinha uma aparência grosseira. Como alguém "toma" a arma de um policial? Melhor nem perguntar.

– Para que serve isto? – perguntei, apontando para um aro de metal preso à ponta do cabo.

– Para prender as chaves de casa. Você nunca mais perde.

– Sério?

– Não – respondeu. – É um prendedor de segurança usado pelos soldados no campo de batalha. Eles prendem o aro no pulso para não perder a arma na lama ou no meio da correria. Mas vamos tirar isso. Você não vai precisar, e ele pode fazer barulho se você estiver se esgueirando em algum lugar à noite.

Jan sacudiu a minha mão, e o aro tilintou quando bateu na arma, como se fosse a sineta de uma carruagem. Senti uma onda de prazer e não soube distinguir se a sensação vinha da ideia de fazer o que ele dizia ou da crença dele no meu potencial.

– Me lembre de retirar o aro quando voltarmos para o apartamento – disse ele, entrando ainda mais na floresta.

Achei que deveria segui-lo, e foi o que fiz. Foi a primeira vez que ouvi falar em um apartamento. Naquele momento, era bobagem ficar preocupada com algo tão banal quanto segurança. Não havia um jeito seguro de se aliar à Resistência armada. Como poderia?

Penetramos mais fundo no Bosque de Haarlem do que eu jamais tinha me aventurado. O crepúsculo se aproximava e, com ele, o toque de recolher.

– Tem certeza de que estamos seguros aqui? – sussurrei.

Jan pareceu não me ouvir, então tentei outra vez:

– Não tem problema vir aqui tão tarde?

Ele riu e continuou caminhando firme através dos arbustos, brandindo alguma coisa acima da própria cabeça. Sua pistola.

– Quem vai nos parar?

Verdade. As armas eram usadas para intimidar as pessoas. E nós tínhamos armas.

– A segurança é ilusória – prosseguiu ele, sempre o camarada patriota, sem se importar em falar baixo. – De qualquer forma, aqui dentro estamos muito bem escondidos. Os Chucrutes da patrulha da noite são preguiçosos demais para entrar na floresta, ficam só fumando nos limites do bosque. E mesmo se entrassem...

Ouvi as batidinhas dos dedos de Jan contra o metal da pistola e tive a impressão de vê-lo sorrindo sob as sombras.

– Essa é a única e verdadeira segurança.

Jan girou a arma no dedo indicador como um caubói americano e guardou a arma no coldre.

Chegamos a uma pequena clareira iluminada pelo luar.

– Primeiro passo: inspecionar e desmuniciar.

Jan sacou a arma e fez um clique. Puxei o ferrolho da minha para trás. Pareceu fazer o mesmo barulho.

– O que você disse? – perguntei. – "Desmuniciar"?

Ele posicionou a mão com a qual eu segurava a arma num ponto mais iluminado pela pálida luz da lua de modo que ambos conseguíssemos ver.

– Você deve abrir a arma para inspecioná-la. O que vê lá dentro?

– Nada.

– Ótimo. É essa a informação que estamos procurando: a arma está carregada ou não?

– Não está.

– Correto. Está desmuniciada.

– Desmuniciada – repeti, como sempre a aluna aplicada. – A sua está carregada?

Ele fez cara de insultado.

– Qual o sentido de andar com uma arma descarregada?

Era uma pergunta retórica.

– Vamos arrumar a sua, que está descarregada: não tem carregador nem munição na câmara – alertou, apontando para o compartimento onde as balas deveriam estar. – Agora vamos carregar.

– Eu sei como se faz – afirmei.

Eu não tinha a menor ideia, mas estava ansiosa para mostrar que eu era capaz. Já tinha visto isso mil vezes nos filmes. Ele me entregou seis munições. Deixei duas caírem no meio do mato aos nossos pés.

– Droga!

Eu me agachei, tateando a terra, onde qualquer coisinha parecia uma bala.

– Segundo passo: não deixar a munição cair.

– Desculpa. Eu sou uma idiota.

Ele me entregou algumas balas a mais.

– Não tem problema. Você está aprendendo.

Fiquei radiante e senti os músculos do pescoço e dos ombros relaxarem. Ali estava eu, no meio da floresta, treinando de verdade para integrar a Resistência. Eu estava aprendendo. E aprender era uma coisa que eu fazia bem.

– Bom. Fique de pé como eu, com as pernas abertas. Estável. Ótimo. Incline-se um pouco para a frente, não para trás.

Ele se posicionou atrás de mim e estendeu o braço direito junto ao meu de modo que apontássemos para um alvo imaginário.

– É isso. Muito bom, firme e forte. Olhe como eu seguro a arma. Está vendo como ela se encaixa entre o polegar e o indicador?

Alinhei meu braço estendido ao dele. Os dois braços se esbarraram.

Ele tirou a arma da minha mão e então lentamente a deslizou de volta.

– É para ficar confortável – explicou. – Como se a arma preenchesse o lugar dela.

Àquela altura, a boca de Jan estava rente ao meu pescoço, e eu sentia o hálito quente na orelha toda vez que ele se inclinava para sussurrar alguma instrução. Me arrepiei. Com certeza ele percebeu, mas não ficou quieto. Nossos corpos oscilavam juntos, como os galhos das árvores.

– Muito bom – comentou ele, a voz um pouco mais baixa. – Agora faça uma tentativa. Prepare-se para o coice, mas não tenha medo.

Ele se afastou para observar.

Estreitei os olhos para a escuridão da floresta.

– Em que devo atirar?

Diante de mim não havia nada além de uma confusão de sombras de troncos e arbustos que se tornavam cada vez mais escuros quanto mais longe eu mirava.

– Em nada especificamente. É só para você experimentar a sensação. Mas quem sabe? Talvez você tenha a sorte de acertar um nazista perdido. Agora, atire.

Tentei manter o foco na pequena protuberância da mira localizada na ponta do cano, mas, por causa da escuridão, eu não conseguia vê-la muito bem. Ah, enfim. Respirei fundo, prendi o fôlego e apertei o gatilho.

BAM!

A força da descarga se propagou pelo meu braço estendido e por todo o meu corpo. Por um instante, achei que tinha atirado em mim mesma, só que eu não sentia dor. Nem ouvia nada. Um zumbido agudo emergiu das profundezas da cabeça e ficou cada vez mais alto. Eu me virei, e Jan segurou meu braço, apontando-o para o chão. Eu não conseguia escutar o que ele dizia, mas tive a impressão de que sorria; então, por fim, soltei o ar.

– O quê? – perguntei.

Ele levou o dedo indicador aos lábios: aparentemente, eu estava gritando.

Jan se inclinou e falou ao pé do meu ouvido:

– Eu disse: "Não mire em nada nem em ninguém, você ainda não está pronta para matar."

– Ah.

Baixei os olhos. A arma estava apontada para o meu pé. Meu braço estava tão tenso que era mais fácil mover o pé.

– E então, o que achou? – perguntou ele.

– Alto. – Meus ouvidos ainda zumbiam, mas a audição retornava aos poucos. – O impacto não foi tão ruim – acrescentei, sacudindo os braços. – Mas o barulho é muito alto, será que alguém nos ouviu?

Ele deu de ombros.

– Provavelmente. Mas sempre há muitos disparos à noite.

Ele tinha razão. Nos últimos tempos, as noites eram uma estranha mistura de silêncio, por conta do toque de recolher, e estrondos e gritos estranhos, graças a atividades criminosas que os nazistas estivessem praticando. Naquele momento, porém, tudo era silêncio. Não havia sinal de soldados correndo pela floresta para nos prender. Talvez eles até estivessem fugindo.

– Hannie? – chamou Jan, falando baixinho.

Ao ouvi-lo, meu coração começou a golpear o peito como um ferreiro numa bigorna, e torci para que o som parecesse tão alto por causa do zumbido contínuo em meus ouvidos.

– Sim? – falei, esforçando-me para não gritar.

– Ainda há cinco balas na arma.

– Claro. Ok.

Voltei a me posicionar, afastando as pernas. Parecia imprudente atirar ao léu. Mas, outra vez, a imprudência passou a fazer parte da nossa vida desde o início da guerra. Eu só não encarara as coisas daquela forma até então.

– Não vou acertar ninguém, certo?

– Se fosse atingir alguém, ou você conseguiu no primeiro tiro ou espantou a pessoa. Agora, vá em frente.

Atirei mais rápido na segunda vez, pois já sabia o que esperar. A sensação de poder era emocionante, e o barulho e o coice da arma me pareciam menos intensos a cada tiro disparado. Quanto à precisão, eu não tinha ideia. Apesar disso, me senti orgulhosa. Jan e eu passamos um tempo ali, um ao lado do outro, atirando no meio da noite. Eu achei o ato de atirar hipnótico – o processo de mirar e de controlar a respiração foi uma mudança bem-vinda que me afastou um pouco das preocupações com Sonja e Philine, com meus pais, com a guerra e com esse tal de Jan Bonekamp, que, de alguma forma, tinha entrado na minha vida. O estampido violento silenciava todo o resto.

– Gostou? – perguntou Jan, depois de vários disparos.

– De atirar? – retruquei.

Ele assentiu.

Eu estava gostando de usar uma arma? Sim, estava. Mais do que esperava. Talvez um pouco demais.

– É legal.

– Ah, vamos lá, é divertido. Admita, professora.

– Qual o seu problema com as professoras? – indaguei.

A pergunta soou um pouco mais ríspida do que eu pretendera.

Ele deu de ombros.

– Nunca me dei bem com os professores na escola.

Acreditei nele. Quando eu estava na escola, meninos impetuosos como Jan viviam sendo expulsos da sala de aula. Percebi que estava morrendo de vontade de saber mais sobre a vida dele, mas não podia perguntar detalhes que colocariam em risco seus amigos ou a própria família, fossem eles quem fossem. De calça e jaqueta de sarja rústicas, ele parecia um membro da classe trabalhadora, mas isso poderia significar qualquer coisa: estivador, carpinteiro, encanador. O que quer que tivesse sido a atividade dele, Jan estava mais bem preparado para integrar a Resistência do que uma estudante de Direito ambiciosa. Ainda assim, tínhamos algo em comum: o desejo de resistir.

– É um tipo de diversão assustadora – admiti.

Ele sorriu.

– O problema é que nem sabemos se eu acertei alguma coisa.

– Acertou, sim. E vai acertar mais. Percebi no momento em que você apertou o gatilho. Calma. Firme. Sem impulso ou nervosismo. É isso que importa. É claro que você tem uma vantagem.

– Sério? – retruquei, me preparando para mais uma piada sobre professoras.

– As mulheres atiram melhor do que os homens.

– Ah, ok – repliquei.

– É verdade – insistiu Jan, sentando-se num tronco de árvore caído para limpar a arma. – Até onde eu sei, as mulheres se saem melhor se a situação envolve armas e exige calma. Bettine Dekker, por exemplo.

Essa era fácil de imaginar. Eu nunca tinha visto a enfermeira Dekker irritada. Pensar nela com uma arma na mão me fez sorrir.

– Suas mãos estão doendo? – perguntou ele.

– Um pouco.

– Você deve estar segurando o cabo com muita força... É um erro comum de principiante. Fora isso, você... ahn...

Ele acendeu um cigarro.

Esperei. Ele continuou a fumar. Sem pressa.

– Eu o quê? – provoquei-o, na esperança de receber sua aprovação.

– Você nasceu para isso.

Nasci para isso! Extasiada, me sentei ao lado dele. Jan pegou minha arma e passou a limpá-la também.

– Quanto tempo leva até poder... – Eu não sabia muito bem como falar sobre o trabalho da Resistência. – Até poder usar a arma para valer?

– Você já pode ir para a rua hoje à noite – respondeu ele, enfiando a arma no bolso do meu casaco e dando um tapinha nela por fora.

– Não – insisti. – Sério.

– Estou falando sério – retrucou ele, me encarando.

Corei, sentindo nossas pernas se tocarem mesmo através das roupas.

– Tudo depende da sua vontade. E se você vai conseguir se aproximar o suficiente do alvo.

Será que ele estava brincando?

– Bom, onde você vai passar a noite? – indagou ele, sem rodeios.

– Em casa – disparei. – Quer dizer, eu já devia estar em casa. Minha mãe vai ficar preocupada, mas...

– Mas?

Eu só me dei conta depois que falei. O toque de recolher das oito da noite imposto pelos nazistas pairava sobre mim como uma nuvem, influenciando todos os planos do dia. A partir do momento em que montei na bicicleta e abracei a cintura de Jan, pus minha segurança nas mãos dele.

– Não posso voltar agora – afirmei. – Está muito tarde.

Detestei ter soado como uma gatinha perdida. Mas, se eu fosse pega, eles me prenderiam ou me escoltariam até em casa, até o esconderijo de Sonja e Philine, e eu não poderia correr esse risco.

– Onde você mora? – perguntou Jan.

– No norte da cidade, na Van Dortstraat.

– Eu levo você – anunciou ele.

– E o toque de recolher?

Ele se levantou e estendeu a mão, me erguendo também.

– Isso não é problema. Quase todo nosso trabalho é feito à noite.

Finalmente chegamos à entrada do parque, e Jan tirou a bicicleta dos arbustos, onde ele a havia enfiado mais cedo. Com um aceno de cabeça, apontou para três soldados alemães que fumavam a um quarteirão e meio de distância. Levou o dedo aos lábios, pedindo silêncio, e me conduziu ao longo do muro de pedra da entrada do parque. O paredão estava protegido pela sombra das árvores projetada pelo luar. Caminhamos na escuridão e nos afastamos dos soldados. Em seguida, apertamos o passo e atravessamos a via rumo a uma rua residencial, escura e silenciosa.

Momentos mais tarde, eu estava outra vez na garupa da bicicleta de Jan, que pedalava inclinado sobre o guidão como se fosse a carranca da proa de um navio. Juntos, atravessamos becos, seguimos por passarelas, sob pontes e por ruelas marginais pelas quais eu nunca tinha passado durante todos os anos que morei em Haarlem, dando uma volta imensa antes de chegar ao meu bairro. Percorremos áreas industriais e bairros de classe média onde não havia tantos nazistas. A cada pedalada, os quadris de Jan oscilavam. Eu sentia no rosto o ar úmido da noite e, nas costas, as batidas do cabelo emaranhado.

No início, eu estava apreensiva, sempre alerta ao som de gritos em alemão e ao ruído de pneus derrapando em nosso encalço. Logo me senti livre. Livre das preocupações, livre do medo, livre da constante sensação de insegurança. Tudo porque estava em movimento no meio da escuridão da noite, com ele. Jan Bonekamp. Nunca conheci alguém como ele – nem na universidade, muito menos antes dela. Ele estava sempre avançando, sem olhar para trás. Todas as vezes que de alguma forma ele me ofendia, logo contornava a situação e transformava a ofensa em elogio. Mesmo assim, me tratava com respeito e honestidade. Ele enxergava Hannie, a mulher que aparecera de repente para se juntar à Resistência. Talvez a nova Hannie significasse isto: liberdade.

– Entro aqui, à esquerda? – perguntou ele.

Eu me inclinei para a frente e apontei.

– Um pouco mais ali na frente.

Jan parou bem na frente da minha casa, à sombra do beiral. A ruazinha estava vazia e silenciosa, como o cenário de uma peça que já acabara. Ele apoiou os pés no chão para equilibrar a bicicleta e se virou para mim. Gotas de suor brilhavam em sua testa e suas bochechas estavam rosadas. Ele parecia feliz.

– Viu? É fácil escapar do toque de recolher – disse. – Agora, mamãe pode dormir em paz.

Ele acenou com a cabeça para a janela da cozinha, onde a chama de uma vela iluminava as frestas da cortina. Sem dúvida, ela estava me esperando.

– Obrigada.

Peguei a arma no bolso do casaco e a entreguei a ele.

– Lá vem você outra vez – murmurou Jan, balançando a cabeça e virando o cano da arma para o chão.

– Está vazia – argumentei.

– Está "desmuniciada" – corrigiu ele. – De qualquer forma, você precisa parar de apontar a arma para mim.

Ele a enfiou de volta no meu bolso.

– É sua, professora.

Senti um aperto no peito ao ouvi-lo me chamar pelo apelido, mas pelo menos ele estava sorrindo.

– Ok.

– Você leva jeito, mas não atire em ninguém ainda, ok? Exceto os nazistas. Atire em quantos nazistas quiser.

– Claro – respondi, sem saber se Jan estava brincando. Provavelmente não.

Jan me acompanhou até a porta da cozinha, com uma das mãos nas minhas costas. Percebi de repente que nenhum de nós mencionara a palavra *Resistência* em voz alta. Ele não me contou nada sobre as pessoas com quem trabalhava ou sobre o que propriamente eles faziam.

– Você se saiu muito bem para um primeiro dia – elogiou ele, diante da porta.

– Até onde sabemos... – comentei. – Algumas daquelas balas ainda podem estar voando por aí.

Jan riu.

– Ah, com certeza você acertou pelo menos um esquilo. Uma verdadeira atiradora de elite. Você se saiu muito bem mesmo. Vou apresentá-la ao resto do grupo em breve. Você não é a única mulher, sabe?

– Não? – retruquei, surpresa com a informação.

– Você vai conhecer todo mundo logo, logo. Boa noite, Hannie.

– Boa noite, Jan.

Ele se virou para ir embora, mas então voltou.

– Ei. Hannie.

Foi o jeito como ele pronunciou o meu nome. A felicidade se espalhou dentro de mim como mel em chá quente.

– Sim?

– Entregue isso à sua mãe.

Era um pequeno pacote embrulhado em jornal. Dei uma olhada no conteúdo: três cubinhos brancos de açúcar.

– Diga a ela que peço desculpas por fazer você chegar tão tarde. – Jan balançou a cabeça e suspirou. – A guerra é muito dura com as mães.

# Capítulo 14

DEI OS CUBOS DE AÇÚCAR A Philine e Sonja. Eu sabia que, se minha mãe os visse, iria ficar se perguntando como eu havia conseguido aquilo. Embora estivesse esperando por mim naquela noite, ela nunca me confrontou para saber por onde eu andava. Admirei sua atitude. Ela me amava, e aquilo era difícil para ela. Mas um luxo como cubos de açúcar era um sinal de que eu tivera acesso a outro nível de perigo.

– Meu Deus! – exclamou Sonja quando lhe dei um dos cubinhos na manhã seguinte.

Diante da bandeja de café, ela arregalou os olhos feito uma criança, admirando o quadradinho doce como se fosse um diamante. Philine tocou o dela com a ponta da língua, deliciando-se com o sabor.

– Depois que a guerra acabar, vou comer açúcar em todas as refeições – comentou. – Açúcar no peixe, açúcar nas batatas.

– Eu também.

Sonja mergulhou o cubinho de açúcar na xícara de chá e misturou.

– Vai comer tudo de uma vez? – perguntou Philine.

– Se eu dividir, não vai ficar tão docinho.

– Humm.

Dava para ver Philine tentando resolver o dilema na cabeça. Por fim, ela pegou uma faca e raspou alguns cristais no pires. Depois, colocou a porção no chá e, com cuidado, embalou num papel o que restou do cubo. Tomou um gole e sorriu.

– Foi você quem roubou o açúcar, Hannie?

Ela estava orgulhosa de mim.

– Não, foi um presente.
– Qual é o nome dele? – indagou Sonja, me provocando.
Suspirei.
– Então ele é bonito – concluiu ela.
– É só um rapaz que eu conheci – respondi. – Um cara.
– Qual é o nome dele? – perguntou Philine.
– Jan – respondi.
Era um nome tão comum que eu podia contar sem problemas.
– É um presente muito gentil – disse Sonja. – Ele parece ser um doce.
– Não exatamente – repliquei. – Ele é mais...
– Apimentado? – sugeriu Sonja.
Eu ainda podia sentir a intensidade das instruções de Jan, ao mesmo tempo ríspidas e íntimas, enquanto ele sussurrava ao pé do meu ouvido.
– Agridoce – respondi.
As duas arregalaram os olhos, fascinadas.
– Como ele é? – indagou Sonja.
– Bem... – comecei, tentando manter o controle da conversa.
Eu precisava ser discreta. Quando eu pensava nele, sentia o calor de suas costas quentes contra meu peito, na bicicleta, e os músculos de seus braços. O simples fato de me lembrar disso me perturbava.
– Ele é louro – falei.
– Você nem gosta de louros – ponderou Philine.
– Não é verdade – contestei.
– Concordo com Hannie – disse Sonja. – Ela é má com todos os garotos, inclusive os louros. E eles adoram.
– Não sou, não – protestei. Eu era?
– Você não pode falar sobre isso, não é? – perguntou Philine.
– Não.
Sonja suspirou.
– Hannie, olhe para nós. Estamos presas neste quarto. Não reclamamos de nada, aliás, somos muito gratas, mas nada de interessante acontece aqui. Por favor, conte alguma coisa para podermos fofocar um pouco. E por "fofocar" quero dizer que eu e Philine vamos conversar apenas uma com a outra, porque não temos oportunidade de falar com mais ninguém. Seus segredos estão mais seguros do que nunca.

Sorri. Sonja e Philine eram, é claro, meu maior segredo. Em toda decisão que eu tomava, eu me perguntava se as colocaria em risco. No entanto, elas também tinham uma tarefa: manter a sanidade dentro de um quartinho escuro. Se eu pudesse tornar essa tarefa mais fácil, certamente eu o faria. Estávamos naquilo juntas.

– Ele é meio bonito – informei.

Sonja soltou um gritinho.

– Oba! O que mais?

– Ele é alto – prossegui. – Vocês se lembram de Erik Timmermans, do grupo de estudos? Jan meio que se parece com ele.

Sonja arqueou as sobrancelhas perfeitas.

– Erik Timmermans... ele era bem bonito. Um pouco musculoso demais.

– Não musculoso – corrigi. – Apenas atlético.

– Ah – murmurou Philine. – E você chegou perto desses músculos?

– Bom, precisei me segurar nele enquanto estava na garupa da bicicleta – expliquei, corando.

Pela primeira vez em dias, o rosto de Sonja se iluminou.

– E então? – insistiu Philine. – Como ele é?

Era difícil descrever Jan sem descrever também meus sentimentos por ele. E eu não conseguia falar do assunto de forma racional.

– Ele é mal-humorado – falei. – Gosta de contar piadinhas, apesar de eu nunca saber quando ele está brincando ou não. Nunca relaxa, está sempre em movimento, apressado. Me provoca o tempo todo, mas é um bom professor. Paciente.

– O que ele ensinou? – indagou Philine, extasiada.

Eu precisaria melhorar essas respostas.

– Defesa pessoal.

Elas franziram a testa.

– Sabe como é, só por garantia – complementei.

Houve uma pausa na conversa. Sonja passou os dedos pelo fundo da xícara para resgatar os últimos grãos de açúcar. O breve momento de frivolidades femininas havia passado.

– E você gostou? – perguntou Philine, por fim. – Do trabalho?

– Eu adorei – respondi, sem nem precisar pensar.

Alguns dias depois, esperei por Jan na tabacaria outra vez, conforme havíamos combinado. Cheguei cedo, e ele também. Era o fim da manhã de um dia de primavera sem nuvens.

– Bom dia, Professora – cumprimentou ele. – Tenho algo especial para você.

– Vamos nos encontrar com os outros? – perguntei. – Com as outras mulheres?

Eu estava ansiosa para saber mais sobre elas, e Philine e Sonja com certeza iriam querer ouvir as histórias.

– Hoje não – respondeu, então me examinou da cabeça aos pés. – Você trouxe? – indagou ele, sussurrando.

Dei um tapinha na minha bolsa, onde estava guardada a arma.

– Boa menina.

Ele sorriu.

Duas jovens mães passaram por nós, puxando carrinhos com crianças e comida matinal racionada. As crianças brincavam umas com as outras, dando risadinhas; as mães seguiam em silêncio, o rosto pálido e o semblante tenso e apreensivo. Elas me lembraram Sonja e Philine.

– Quero que você conheça outra pessoa – disse Jan, inclinando-se para sussurrar em meu ouvido. – Um nazista ao vivo e em cores.

– O quê?

– Shh – advertiu ele. – Confie em mim.

Ele me levou até o beco escuro e frio atrás da tabacaria. Não havia nenhum nazista à vista.

– Ainda não, relaxe – disse ele.

– Ok.

Eu tinha que confiar nele.

– Pode pegar – ordenou ele, olhando para a bolsa.

Peguei a arma.

– Está carregada? – perguntou Jan.

– Não faz sentido andar com uma arma descarregada – respondi.

– Muito bem. – Ele sorriu. – Está pronta?

– Não pratiquei muito.

– Não tem problema. Não precisamos que você seja uma atiradora de elite.

Eu não fazia ideia do que ele estava falando.

– O trabalho que executamos... é tudo à queima-roupa – esclareceu Jan, falando baixinho. – Você não tem que ser uma atiradora perfeita a 10 metros... mas a 1 metro? Deve chegar bem perto do desgraçado e cumprir sua tarefa. Assim, não é necessário se preocupar em acertar o alvo. Acha que consegue fazer isso?

Eu tinha minhas dúvidas. E ele estava falando sério sobre matar um nazista? Já naquele dia?

– Sim – menti, pois parecia a única coisa a fazer.

– Ótimo. Vamos lá.

– Agora?

– Sim, agora. E guarde essa coisa no bolso – instruiu ele.

Tentei ignorar a sensação de que meus joelhos tinham virado gelatina. Duas bicicletas, não as nossas, estavam apoiadas nos latões de lixo. Como a maioria das bicicletas daqueles dias, elas não tinham câmaras de borracha nos pneus, apenas madeira curva presa aos aros de metal, no novo estilo caseiro dos tempos de guerra. A borracha fora reservada pelos alemães para fins militares.

– Pegue uma dessas – ordenou Jan.

Empurramos as bicicletas pelo beco, a madeira batendo contra os paralelepípedos. Não estávamos sendo particularmente furtivos, na minha opinião. Eu ainda não sabia direito o que iríamos fazer. Talvez eu tivesse que atirar num esquilo de verdade – embora a maior parte deles já tivesse virado comida.

– Um desgraçado da SS sempre passa por aqui mais ou menos no mesmo horário – disse Jan, com a voz se sobressaindo em meio ao matraquear dos pneus de madeira. – Vamos segui-lo de bicicleta. Quando estivermos perto o suficiente, você atira. Entendeu?

Jan não parecia estar brincando. Ele me esperou nos fundos do beco, examinando a ruela. Parei ao lado dele e descobri que não tinha nada a dizer. Então assenti. Ele anuiu de volta, desenterrou um cigarro de sua jaqueta e pôs as mãos em concha para riscar um fósforo. Me passou o cigarro aceso, que aceitei agradecida. Meus dedos estavam tremendo. Se ele percebeu, não mencionou. Ficamos na entrada do beco, passando o cigarro um para o outro pelo que pareceu uma hora, mas provavelmente foram cinco ou seis minutos. Até que, vindo do outro extremo da rua principal, ouvimos o barulho de pneus passando por poças. Era um homem de bicicleta, pedalando em nossa direção.

– Não o encare – sussurrou Jan.

Olhei para o chão e apaguei o cigarro, desesperada para me acalmar. Eu já conseguia fumar sem tossir. Pensei no periquito que a Sra. Snel mantinha na janela da frente da casa dela, em nosso quarteirão, no jeito como ele saltitava dentro da gaiola, inquieto e alvoroçado. Meu coração estava assim. Jan olhou para mim, e eu me perguntei se ele era capaz de ouvir as batidas em meu peito.

O rangido dos pedais enferrujados foi ficando mais alto enquanto ele se aproximava, metal raspando metal. Tentei seguir seus movimentos sem olhar diretamente para ele, algo difícil de fazer. Meus pensamentos se aceleraram, rápidos demais para acompanhá-los. Eu ouvia o homem chegando cada vez mais perto.

Então, quando ele estava passando por nós, Jan me agarrou pela cintura e me puxou contra ele, envolvendo meu corpo em seus braços. Soltei um arquejo.

– Fique quieta e faça de conta que somos um casal – sibilou ele.

Ele não estava de fato me beijando, apenas pressionando sua boca perto da minha. Vi de relance os sapatos vermelho-escuros e a calça de lã azul do homem pedalando.

– É ele – sussurrou Jan, afastando-se de mim e montando na bicicleta. – Ele não está de uniforme, mas esses bárbaros desgraçados costumam andar assim. À paisana.

Passei a mão pela boca, paralisada.

– Ele está dobrando à esquerda na banca de jornal.

Jan começou a pedalar e se virou para me encarar.

– Você vem?

Olhei para a rua pela última vez: será que tudo aquilo não passava de um teste? Em caso positivo, eu não tinha nenhuma estratégia. Eu poderia seguir Jan ou poderia ir para casa e nunca mais voltar. Por um momento, considerei a escolha. Havia muito a ser feito em casa, e minha mãe vivia me lembrando disso. Eu poderia ajudar na cozinha e na limpeza com Philine e Sonja. Talvez eu pudesse ajudar a Resistência de outra forma, algo menos louco do que pedalar pela cidade com uma arma carregada. Mamãe sempre dizia que precisavam de voluntários na igreja, e eu sabia que era verdade. Enquanto eu pensava nessas coisas, Jan desapareceu na esquina e eu me vi sozinha.

Eu poderia muito bem dar meia-volta. Voltar para casa, onde era seguro. A casa em que estávamos abrigando duas judias cuja presença por si só nos colocaria atrás das grades.

Nenhum lugar era seguro.

Montei na bicicleta e saí à procura de Jan.

ENTREI NA RUA MOVIMENTADA DO CENTRO da cidade com os pneus de madeira rangendo e escorregando nos paralelepípedos. Estava lotada de pessoas em filas diante das lojas, com seus cartões de racionamento em mãos, amontoando as calçadas e as ruas. Era horário de pico. Felizmente, com a falta de gasolina, poucos carros ocupavam as vias além dos veículos alemães. Vi o homem mais à frente e Jan alguns metros atrás dele. Eu nunca iria adivinhar que ele era um nazista pela sua aparência. Parti do pressuposto de que Jan tivesse informações privilegiadas.

O homem virou à direita de repente, quase derrubando a bicicleta, e desapareceu. Talvez tivesse percebido que estava sendo seguido... Jan se manteve em seu encalço. Eu continuei atrás de Jan, que também desapareceu. Quem iria fazer exatamente o que com esse nazista disfarçado? Eu não tinha certeza.

Derrapando, dobrei a esquina, e o atrito com as pedras da rua arrancou lascas dos pneus de madeira. Surgi atrás dos dois num beco sem saída, cheio de caçambas de metal vazias, sacos de lixo e um brilho oleoso no chão. Nos fundos do beco estava o alemão, que se virava para nos encarar. Jan olhou para trás, atraído pelos sons de minha chegada, o chiado dos freios e o ruído dos pneus, que ecoaram pelas paredes dos prédios.

– Atire nele – disse Jan.

Eu estava logo atrás dele. Ele me lançou um olhar penetrante.

– Agora.

Os olhos azuis de Jan se cruzaram com os meus e sustentaram a única pergunta que importava: eu estava disposta a fazer aquilo? Não era para responder; era para agir. Sabe-se lá como, a arma surgiu em minha mão; sabe-se lá como, deixei a bicicleta para trás. Ouvi quando ela caiu no chão. Sabe-se lá como, eu estava a poucos metros do nazista, com os braços estendidos, olhos fixos no ponto mais extenso do alvo: o peito do homem. Ele ergueu a mão – um gesto de defesa? De rendição? Tarde demais. Apavorada, direcionei cada átomo do meu medo para a ponta do dedo indicador e puxei o gatilho. Com firmeza. Para matar. Fechei os olhos. A arma emitiu um clique.

Clique.

Clique.

Minha boca ficou seca. O pássaro em meu peito bateu as asas violentamente, desesperado para escapar. Olhei de volta para Jan e outra vez para o nazista, que continuava lá, parado. Eu o tinha acertado?

Não dava para saber.

O nazista deu um passo em minha direção. E mais um.

Não.

Puxei o gatilho outra vez, com mais força.

Clique.

Clique.

Nenhuma bala.

O nazista sorriu e afastou uma mecha de cabelos castanhos de seus olhos semicerrados, como se nunca tivesse se sentido mais calmo na vida.

– Você já pode baixar a arma – disse.

Em holandês. Então, fiz a única coisa que poderia fazer. Dobrei o braço e dei uma coronhada na lateral da cabeça do alvo. Os olhos do homem ficaram brancos, e ele ergueu a mão para impedir um novo golpe, desviando a arma e arrancando-a das minhas mãos. A arma caiu nos escombros aos nossos pés. Droga. Nesse instante, senti mãos em meus ombros, na cintura, nos braços, me puxando para trás – devia haver outros escondidos no beco. Não. Não. Não.

Era uma armadilha.

– Calma, calma! – gritava o nazista, erguendo as mãos em sinal de rendição, com um olhar estranhamente gentil no rosto bonito.

Lutei para me desvencilhar de quem quer que estivesse me agarrando, mas de nada adiantou.

– Relaxe, Hannie – disse o nazista.

Como ele sabia meu nome?

– Eu sou o Hendrik – apresentou-se.

Hendrik, Fritz, que diferença fazia? Meus braços seguiam presos pelos outros. Eu iria morrer ali mesmo ou seria enviada para Westerbork antes?

Então entendi por que ele sabia meu nome. Girei a cabeça: onde estava Jan?

Era ele quem estava me segurando.

Novos pensamentos me dominaram. Jan era um colaboracionista. Em questão de dias, ele me vendera aos alemães. Muito eficiente. Dekker também estava envolvida naquilo?

Não era possível.

Qualquer coisa era possível.

Meus pensamentos fervilhavam num caldeirão de ódio e medo. Eu estava num beco sem saída. Eu tinha entrado – ou melhor, pedalado – naquele caos por conta própria.

Idiota.

– Tire as mãos de mim – falei, me contorcendo.

– Você se saiu bem – disse Jan, atrás de mim, enquanto eu me debatia sem parar, furiosa.

– *Muito* bem, eu diria – completou o nazista, em holandês de novo.

Ele e Jan deram uma risada.

Eu estava enjoada diante da minha própria burrice. Eu devia ter percebido. Como se a Resistência fosse admitir uma universitária sem experiência em táticas de guerrilha. Sonja reclamava que eu era paranoica, mas aparentemente não era paranoica o suficiente. Quanto aqueles dois receberiam por me delatar – 8 florins? Era essa a quantia que os policiais ganhavam por denunciar judeus. Tive vontade de cuspir na cara deles, mas a boca estava seca como areia. Além disso, é claro, Jan era muito mais forte do que eu.

O nazista voltou a estender a mão como se eu estivesse ansiosa para cumprimentá-lo. Era um demônio glamoroso, com olhos brilhantes, cílios longos e dentes brancos. Boa postura, relaxado, completamente à vontade. Jan me soltou e se manteve ao meu lado, tão calmo quanto o outro. Eu não tinha para onde correr. O nazista tocou meu braço, com gentileza. Afastei-

-o com um tapa. Senti um gosto amargo no fundo da garganta e achei que fosse desmaiar.

– Então você é a ruiva. – Seus olhos cor de avelã se fixaram nos meus. – Perdão – disse ele. – Meu nome é Hendrik Oostdijk. Sou comandante da Raad van Verzet de Haarlem. Pode me chamar de Hendrik.

Ele me examinou dos pés à cabeça.

Encostei no muro de tijolos imundos enquanto vários pensamentos atravessavam minha mente furiosos e confusos. Raad van Verzet?

Raad van Verzet. Conselho de Resistência.

Tive vontade de esbofetear o lindo rosto de Hendrik, mas não tive forças. Em vez disso, me inclinei para a frente e vomitei em seus sapatos.

# Capítulo 15

– Você se saiu muito bem. – Hendrik sorriu e usou um lenço branco para limpar os próprios cadarços. – Está se sentindo melhor?

Minha boca tinha um sabor ácido, e eu estava completamente suada.

– Estou bem – respondi.

Eu tremia da raiz do cabelo até a sola dos pés, tentando superar o horror daqueles últimos minutos. O homem na bicicleta, as pessoas na rua, o beco sombrio e sem saída, a confusão de caixas e lixo à nossa volta. A forma como ele me encarou no fundo do beco, sedutor, como se esperasse por mim – porque ele estava esperando por mim, afinal –, o barulho desagradável da bicicleta caindo sobre os paralelepípedos, o peso da pistola nas mãos. Até que o tempo desacelerou, e eu vi o brilho nos olhos dele, a ponta da língua rosada lambendo o canto da boca. E então eu fiz o que mandaram. Puxei o gatilho. Tentei matá-lo. Um estranho. Só porque Jan Bonekamp, quem quer que fosse, ordenou.

– Todo mundo precisa passar por isso – disse Hendrik, com um sorriso gentil.

Ele examinou o lenço manchado, segurando-o pelas pontas dos dedos, como se considerasse a ideia de dobrá-lo outra vez, mas, em vez disso, atirou-o sobre uma pilha de lixo.

– É a única maneira.

Jan acendeu um cigarro e o passou para mim.

– Foi um teste – explicou ele, como um pedido de desculpas esfarrapado. – Sinto muito, são as regras.

Um teste. E eu tinha... passado? O pavor que ecoava no fundo da minha mente pouco a pouco começava a perder a intensidade, mas eu ainda me sentia atordoada.

– Aceita uma bebida? – perguntou Hendrik. – Não diga não. Não há pequenas vitórias em tempos de guerra.

Com um sorrisinho, ele pegou um frasco prateado no bolso do casaco. Se ele fosse um gato, teria ronronado. Em seguida, sacou um segundo lenço limpíssimo e o estendeu para mim.

– Está tudo bem, querida. Você fez tudo certo. Somos amigos agora.

Jan parecia orgulhoso de mim. Peguei o lenço de Hendrik, sentindo as bordas engomadas, firmes. Fazia tanto tempo que eu não via um tecido engomado. Ao passar o lenço no rosto, senti o cheiro do mundo de antes da guerra: roupa limpa, engomada, ferro quente. Foi como se Hendrik tivesse saído de uma máquina do tempo vindo de um lugar onde a comida era abundante e as pessoas tinham tempo para coisas como engraxar os sapatos.

– *Sind Sie wirklich nicht Deutsch?* – perguntei, em alemão, numa última e patética tentativa de confirmar sua identidade. "Você não é mesmo alemão?"

Hendrik riu.

– *Ich bin ein Holländer*, querida. Juro.

Jan puxou alguns caixotes velhos para nos sentarmos e me ofereceu o menos imundo.

– Se fôssemos a um bar – disse Hendrik –, teríamos que comprar aquela lavagem aguada. Mas isso, camaradas, é produto de primeira. – Ele me passou o frasco. – Infelizmente não é uísque de verdade; na realidade, é da Bélgica. Mas serve. *À votre santé*!

Peguei o frasco.

– Saúde!

Bastou o aroma para me fazer tossir. Dei um pequeno gole e gostei da queimação que desceu pela garganta. Foi uma boa distração. Nós três ficamos ali sentados em silêncio, olhando a rua, observando as pessoas passarem, com suas vidas normais, ou tão normais quanto uma Ocupação permitia. Minha própria percepção do tempo mudou. Eu não estava mais registrando cada detalhe do entorno sob o efeito do terror alucinante que me dominara alguns momentos antes. Em minutos, o cigarro de Jan e o uísque de Hendrik apararam as arestas dos meus pensamentos.

"Somos todos amigos agora", dissera ele.

– Você convence bem como alemão – falei para Hendrik.

– Passei bastante tempo observando e aprendendo os hábitos deles, mas, sim, situações como esta compensam o esforço. Cigarro?

– Por favor.

Nunca fumei tantos cigarros em um dia. Ou uma semana. Ele enrolou um para mim, lambeu o papel para selar e o acendeu. Quando traguei, um véu de ansiedade flutuou para longe de mim como dentes-de-leão levados pela brisa. Eu quis fumar com mais frequência.

– Está se sentindo melhor? – perguntou Jan.

Assenti.

– Temos que ir andando – anunciou Hendrik. – Vamos.

Saímos do beco empurrando as bicicletas. Fiquei impressionada com o fato de que ninguém deu a menor atenção para a nossa presença. Eu tinha acabado de tentar matar um homem ali. Aquilo era, de longe, a pior coisa que eu já havia tentado fazer na vida. Ninguém notou ou se importou. A gaiola em meu peito suavizou um pouco, expandindo-se com o alívio.

– Estudei em Heidelberg por um ano – disse Hendrik, seguindo pela calçada. – Você fala bem. Alguma outra língua?

– Estudei latim e francês – respondi. – Mas falo bem alemão e um pouco de italiano. Aprendi todos os idiomas falados na Suíça, só por garantia.

Houve uma pausa, e então percebi que eles não entenderam.

– É que eu estava planejando morar em Genebra.

– Genebra? – retrucou Jan, franzindo a testa. – Por que diabos você se mudaria para Genebra?

Parecia que o lugar era uma masmorra do século XVIII. Para mim, a cidade era o nobre berço da Cruz Vermelha e da aura humanitária das Convenções de Genebra.

– É onde fica a Liga das Nações – respondi.

Jan soltou uma gargalhada.

– Você deve ter sido uma criança muito divertida.

Hendrik o ignorou.

– Liga das Nações?

Fiquei constrangida, mas logo me lembrei de que eu tinha acabado de vomitar nos sapatos dele. Comparado a isso, o sonho infantil de me tornar advogada da Liga das Nações pareceu idiota.

– Era por isso que eu estava na faculdade de Direito.

Hendrik refletiu por um momento. Tínhamos entrado numa transversal e podíamos conversar mais à vontade.

– E como foi que uma boa estudante de Direito de Haarlem foi parar num beco com uma... – ele acenou com a cabeça para o bolso onde eu guardara a arma – ... apontada para a minha cabeça?

Jan riu, e Hendrik apontou para ele.

– E, ainda por cima, na companhia desse demônio.

Tentei pensar numa resposta inteligente, mas não consegui.

– Também não faço ideia.

Nós três rimos do comentário.

– Ela foi enviada por Dekker – acrescentou Jan. – Então... – Os dois trocaram um olhar cúmplice. – Bettine diz que ela é boa.

– Você devia ter dito isso antes. – Hendrik estava impressionado. – Então, Hannie, como está se sentindo agora?

Como eu estava me sentindo? O pássaro em meu peito estava tremendo, encolhido num canto da gaiola. Mas eu também estava um pouco impressionada comigo mesma.

– É como... se eu tivesse feito a coisa certa.

– Boa menina.

Jan me deu um tapinha nas costas, como um bom camarada.

– E fez mesmo – concordou Hendrik.

– É assim mesmo que acontece? – perguntei, sussurrando. – Quando é um nazista de verdade? Só o abordam e... – Simulei uma arma com as mãos.

– Por que você acha que andamos armados? – disse Jan, indiferente.

O sol brilhava sobre nossa cabeça, ali no centro de Haarlem, enquanto conversávamos em uma dimensão totalmente diferente daquela que nos cercava. Era emocionalmente libertador não ter mais que fingir. Fingir que não me sentia arrasada pela Ocupação, fingir que não era tomada pela fúria toda vez que saía de casa. Uma semana antes, eu atravessava a rua para evitar os soldados alemães. Agora eu passaria a persegui-los. Os nazistas não eram apenas meus inimigos; eram alvos em potencial. Ao apertar o gatilho naquele beco, eu tinha conquistado meu lugar numa sociedade secreta. Todos aqueles civis estavam na guerra. Mas nós éramos a Resistência.

– Esperem um pouco – disse Hendrik ao nos aproximarmos de uma esquina mais movimentada do distrito comercial central. – Vamos esperar aqui um instante.

Encostamos as bicicletas num muro e observamos o cruzamento. Era hora do almoço, e as ruas estavam apinhadas. Havia pessoas andando de um lado para outro, velhas senhoras carregando cestas de pano, crianças brincando de pega-pega no meio da multidão, homens de terno e o ronco dos pesados caminhões da Wehrmacht e dos soldados marchando em todo canto.

– Jan, o que você está vendo?

– Aquele sujeito lendo o jornal do outro lado da rua – respondeu Jan. – Sentado na cadeira dobrável, fumando.

Hendrik assentiu.

Olhei na mesma direção. Até onde consegui reparar, não vi nada significativo ou ameaçador no homem. Era apenas um senhor de meia-idade pegando um solzinho.

– É um vigia – disse Jan. – OZO.

Estávamos falando em voz baixa, mantendo certa distância do fluxo de pedestres.

– É um sentinela. Se um comboio alemão aparecer, ele atravessa a passagem secreta e dá o alerta para o pessoal do porão fugir.

Tentei localizar a passagem secreta, mas a parede atrás do homem parecia feita de tijolos bem sólidos.

– Fica embaixo da cadeira – indicou Hendrik. – Um alçapão na calçada.

Os limites da calçada embaixo da cadeira eram desencontrados, não estavam cimentados. Provavelmente, o bloco de concreto poderia ser erguido e removido. E ninguém jamais suspeitaria.

– O que há no porão? – perguntei, num sussurro.

Imaginei famílias judias encolhidas no subsolo, ou, quem sabe, um arsenal de armas roubadas.

– Uma gráfica – respondeu Hendrik. – É de lá que vem o *Trouw*.

Eu conhecia o jornal da Resistência: *Lealdade*. Já tinha feito entregas do periódico a pedido da enfermeira Dekker, mas não sabia onde era impresso. Naquele momento, a alguns metros de sua sede secreta, fiquei ainda mais impressionada com a sagacidade da Resistência.

– É o trabalho mais arriscado de todos – comentou Hendrik. – As impressoras são tão grandes e pesadas que, uma vez instaladas, não podem ser desmontadas com facilidade. São alvos fixos. Não são como nós.

– Como vocês? – indaguei.

– Nosso grupo se movimenta o tempo todo. Se você fica em um lugar por muito tempo, os vizinhos começam a falar.

Pensei na Sra. Snel, vizinha de meus pais. Era o tipo de vizinha bisbilhoteira capaz de causar problemas. Senti uma acidez no fundo da garganta ao pensar na casinha de tijolos amarelos e em minha mãe, meu pai, Sonja e Philine enfiados lá dentro. Alvos fixos. Por que eu era a única que tinha uma arma? De repente, quis correr de volta para casa, só por garantia.

– Vamos – disse Hendrik. – Precisamos continuar andando.

Eu não podia ir embora. E nada tinha acontecido de fato em casa, lembrei a mim mesma. Era só minha imaginação.

– Vou levar você ao apartamento amanhã – avisou Jan, caminhando ao meu lado. – Nosso quartel-general atual. Vou lhe mostrar o lugar.

Caminhar sempre me acalmava. Enquanto me guiavam pela cidade, indicando os segredos à plena vista de todos, Hendrik e Jan me explicaram os princípios do trabalho da Resistência.

– A primeira coisa a considerar é o fato de que nenhuma ação é insignificante – disse Hendrik, nitidamente divertido. – Jan não gosta muito das pequenas ações, prefere as grandes façanhas, mas acredite: as pequenas coisas também fazem diferença. Aproveite qualquer oportunidade, por menor que seja, de desgastar os recursos e o moral do inimigo.

Jan deu alguns passos à nossa frente antes de parar diante das imensas portas de madeira do prédio dos correios. Ele e Hendrik trocaram um olhar.

– Ótimo, Jan – disse ele, nos fazendo seguir em frente.

– O que houve? – perguntei, perdida.

Jan se posicionou ao meu lado e abriu uma das mãos, me mostrando um novelo de arame fino.

– Enfie isso nas fechaduras de prédios estratégicos. Assim, vai ser difícil trancar o lugar à noite, o que significa que algum nazista filho da mãe precisará abandonar o posto para lidar com o problema.

Continuamos andando, e ele colocou o arame na minha mão. Jan sorriu.

– Nem precisa ser arame. Lascas de madeira, cera, até grampos de cabelo servem.

E me deu uma piscadela.

Passamos por uma fonte ao redor da qual soldados alemães marchavam. Vistos dali, entre Hendrik e Jan, os soldados nem pareciam tão intimidadores. Na verdade, eles me pareciam infelizes e patéticos. Meu humor melhorou.

– Nenhuma ação é insignificante – prosseguiu Hendrik, vendo que eu estava ansiosa para ouvir mais. – Aí entra o fator surpresa. Ao lado do nosso conhecimento do lugar, é a maior arma que temos. A chave é o controle de informações.

– O que ele está tentando dizer é "Não converse com ninguém" – disse Jan. – Nada de fofoca.

– Eu não faço fofoca – afirmei, em tom de zombaria.

– É claro que não – disse Hendrik. – E nem pense nisso. Seja como for, o planejamento é o que toma mais tempo.

Jan gemeu.

– Planejamentos eternos.

– Não temos um exército de milhares, então precisamos ser melhores do que eles – argumentou Hendrik. – Temos que planejar as coisas com muito cuidado, pensar em tudo. Não apenas na ação propriamente dita, mas na rota de fuga e em planos de contingência, caso algo dê errado.

Aquele era um assunto que ele e Jan já haviam debatido.

– Mas, como você disse, a surpresa é a nossa maior força. E se não houver tempo para planejar? – provocou Jan.

Hendrik suspirou.

– A improvisação também é importante, só que ela funciona melhor se a operação tiver sido bem planejada.

Ele nos conduziu à ponte que atravessava o rio Spaarne, onde alguns grupos de moradores locais estavam reunidos, observando o fluxo da água. Encontramos um lugar vazio rente ao parapeito quase no ponto mais alto da ponte; uma jovem família gentilmente se afastou um pouco para que eu conseguisse me encaixar.

– Se você olhar apenas para o rio – disse Hendrik –, pode fingir que não existe guerra.

Patos nadavam em círculos, mantendo-se perto da margem a fim de evitar as chalupas, as embarcações que distribuíam pequenas mercadorias pela cidade e as conduziam até os barcos maiores no Noordzeekanaal, o canal que conecta Amsterdã a Haarlem e Haarlem ao mar do Norte. Fechei os olhos, virei o rosto para o alto e senti o calor do sol. Eu estava me especializando em apreciar pequenos momentos de beleza. Por alguns instantes, nós três aproveitamos o hiato de paz, então seguimos em frente. Em nome da discrição, Jan e Hendrik falavam mais durante os deslocamentos.

– Você ainda não mencionou uma das coisas mais importantes – disse Jan. – Nunca ande com documentos que o incriminem. É diferente se estiver distribuindo jornais, pois faz parte de uma operação. Estou falando do que acontece no dia a dia.

– E uma identidade falsa? – perguntei.

– Vamos providenciar uma boa para você. Mas nada além disso: nada de listas, nomes, endereços. E nada que remeta ao Conselho de Resistência.

– Claro que não – confirmei.

– Na verdade – interveio Hendrik –, não deve sequer haver papéis do Conselho em circulação. Se for necessário anotar alguma coisa, anotamos. Depois, queimamos o mais rápido possível.

Ele lançou um olhar significativo para Jan.

– Você precisa conhecer Truus e Freddie Oversteegen – disse Hendrik para mim. – Posso perguntar quantos anos você tem?

– Vinte e dois.

– Truus e Freddie são um pouco mais jovens – comentou Hendrik. – Logo vão estar de volta.

– Ah – murmurei, tentando não fazer muitas perguntas, ainda que estivesse desesperada por mais informação.

– Só estão descansando um pouquinho – disse Jan. – Andaram tendo muito trabalho.

– Quer dizer que você estudava Direito, Hannie? – perguntou Hendrik.

Assenti.

– O que vocês fazem? – perguntei, olhando para os dois.

– O que fazemos? – repetiu Jan.

Hendrik suspirou. De vez em quando um clima de tensão se instalava entre os dois, disparado por um sinal que eu não conseguia perceber. Hendrik caminhava à minha esquerda, leve e bem-vestido. Elegante. À direita estava Jan, com os fios louros caindo o tempo todo sobre os olhos, uma barba ruiva de viking e mãos tão rudes que pareciam sujas, mesmo que eu tivesse quase certeza de que estavam limpas. Esses dois homens jamais teriam se aproximado em tempos de paz.

– Quero dizer, trabalham em quê? – insisti. – Ou estudaram o quê?

– Estudar? – Jan cuspiu na calçada. – Eu não entro numa sala de aula desde que era moleque – disse. – Nunca vi sentido naquilo.

– Qual era o seu trabalho, então?

– Eu trabalhava na Hoogovens, no chão de fábrica, como meu pai – disse ele, inflando o peito.

No fim das contas, Jan era sindicalista. Era metalúrgico na fábrica Hoogovens, em IJmuiden, e, como meu pai, comunista. Eles estavam por trás da maioria dos grandes atos da Resistência, desde as greves gerais até as recentes tentativas de sabotagem de transportes de mercadorias. Eu era simpatizante da causa, é claro, considerando as inclinações políticas de minha família, mas nunca tínhamos nos filiado a um partido.

– Você também? – voltei-me para Hendrik.

– Hoogovens? – Ele limpou uma sujeirinha invisível na lapela. – Não. Eu faço um pouco de tudo...

Ele sorriu de novo. Hendrik provavelmente era advogado. Ou professor. Alguma profissão intelectual, refinada. Com aquela aparência, poderia ter sido ator. Ele já se parecia um pouco com um irmão mais velho.

– Ensinam alguma coisa na universidade sobre a revolução que está prestes a acontecer, Hannie? – perguntou Jan.

Quando Jan pronunciou a palavra *revolução*, um transeunte nos encarou e logo desviou o olhar.

– Ouvi falar – respondi, com medo de onde a conversa nos levaria. Eu não queria discutir política com Jan.

– Nacionalismo – mencionou Jan. – Esse é o verdadeiro inimigo. Depois que a revolução chegar, vamos apagar as fronteiras nacionais do mapa e devolver a terra ao povo. A todas as pessoas. Aos trabalhadores.

– Meu Deus, Bonekamp – disse Hendrik, com uma risada bem-humorada. – Você está concorrendo a secretário do partido?

– Sim – disse Jan. – É difícil encontrar um bom líder.

Hendrik piscou para mim.

– Não ligue para o que ele diz.

Paramos diante de uma pequena praça de tijolos. Jan acendeu um cigarro, protegendo a chama com as mãos em concha. Antes da guerra, havia um parque ali no meio, mas agora, em vez de um círculo de grama e algumas árvores, restara apenas um anel de poeira e alguns tocos. A lenha se tornou escassa no inverno.

Jan deu um trago no cigarro como se fosse expelir fogo pela boca.

– O que me torna especial, minha querida, é que eu não dou a mínima. – Ele sorriu. – Se é para acabar com os fascistas, eu vou lá e faço. Sem perguntas, sem discussão. É por isso que Hendrik precisa de mim. Eu me importo menos do que qualquer pessoa que você já conheceu.

Hendrik deu uma risada.

– Isso eu não discuto.

– Está vendo todos aqueles postes ali? – perguntou Jan, apontando para os postes de ferro ladeando a praça. – Quando isso acabar, haverá um nazista pendurado em cada poste deste país.

Ele abriu um sorriso, imaginando a cena.

– Sim, bem... – Hendrik franziu a testa. – Isso nos leva à coisa mais importante acerca desse tipo de trabalho – comentou ele, em voz baixa e falando devagar. – Como você sabe muito bem, os alemães são absolutamente cruéis. Portanto, também devemos ser.

Ele baixou ainda mais a voz, apesar de não haver ninguém por perto.

– Informantes. Espiões. Agentes duplos. – Ele me olhou bem nos olhos, mais sério do que eu o tinha visto até então. – Se você se voltar contra nós, nós nos voltaremos contra você. Sem piedade. Se conseguirmos provar a culpa, executaremos a pessoa na mesma hora.

Ele abotoou e alisou o blazer.

– Depois, deixamos o traidor exposto em praça pública com um bilhete explicando o crime: traição – concluiu ele.

Jan fechou os olhos, como se estivesse rezando. Continuei calada.

– Infelizmente, camaradas, preciso me despedir – disse Hendrik, ao dobrarmos a esquina.

Ele pronunciou *camaradas* como se estivesse entre aspas, deu uma leve cutucada em Jan, então se virou para mim, tomando minha mão na dele.

– Obrigado por seu trabalho hoje. Você se saiu bem, Hannie. E, caso eu ainda não tenha dito: é um prazer recebê-la no Conselho de Resistência.

Apertamos as mãos. Nada de formulários assinados, nada de cerimônias. O ato em si era o suficiente.

– Obrigada.

– Não me agradeça – falou Hendrik, sério. – Não sou responsável por seu sucesso, seu fracasso ou sua segurança. Você, sim. Cada um cuida de si. Mas somos todos colegas soldados nesta luta. E ajudamos uns aos outros o máximo que podemos.

– Sim, senhor – respondi.

Ele riu daquilo também.

– Espere – falei, enfiando a mão no bolso que minha mãe tinha costurado na saia. – Você acha que isso pode ser útil?

Jan pegou o documento de identidade da minha mão.

– Parece verdadeiro.

– É verdadeiro – retruquei. – Roubei alguns minutos atrás.

Os dois se viraram para me encarar. Foi tão fácil pegar o documento da cesta de comida da jovem esposa ao meu lado na ponte.

– Ora, ora, Hannie! – exclamou Hendrik, pegando o documento da mão de Jan. – Com certeza podemos colocá-lo em circulação. Muito bom, de verdade.

– Obrigada – respondi, corando.

Era bom não me sentir uma completa novata, para variar.

– Tenho uma tarefa em mente para você depois que Truus voltar – mencionou Hendrik.

– Ótimo – falei. – Com o irmão dela, também?

– Com quem? – perguntou Hendrik.

– Freddie?

Os dois deram uma risada.

– As Oversteegens são duas irmãs – informou Hendrik. – Truus tem mais ou menos a sua idade, e Freddie ainda é adolescente.

– Ah! – exclamei, reajustando a imagem mental das irmãs.

As irmãs heroínas. Eu tinha sonhado com algo semelhante para mim e Annie. Meu coração bateu mais rápido, o passarinho agitado na gaiola.

– Vai ser bom conhecê-las – falei, animada com a perspectiva.

– Maravilha – disse Hendrik, beijando minha mão. – Traga sua amiguinha – continuou ele, indicando a bolsa onde eu guardava a arma – e tudo vai dar certo. Vamos nos ver em breve.

Ele montou na bicicleta e saiu pedalando em pé.

– Filho da mãe exibido – resmungou Jan.

– Ele parece tão profissional – comentei, observando Hendrik desaparecer rua abaixo.

– Existe uma fera escondida debaixo daquele terno, acredite. Essa fera só se revela de vez em quando, mas está lá. – Ele me passou um cigarro. – Você também foi bastante assustadora. Cheguei a pensar que precisaríamos substituir o Hendrik.

Antes, quando eu tentara assassinar Hendrik. O teste parecia ter acontecido num passado distante, algo vivido por outra pessoa.

– Nem me fale disso – pedi.

– Mas é verdade. Por um momento fiquei preocupado de ter esquecido alguma munição na câmara. Você teria mandado os miolos dele para a Dinamarca, sem dúvida. – Ele me deu uma piscadinha. – Nunca fez isso mesmo?

– Bom, eu só estava fazendo o que você mandou.

Hesitei.

– Mas é bem provável que eu tenha fechado os olhos depois de puxar o gatilho.

Jan deu uma risada.

– Você não estava de olhos fechados quando começou a dar coronhadas na cabeça dele. E também é verdade que logo recuperou o controle. No final, quero dizer.

– É gentileza da sua parte – retruquei. – Mas eu acabei vomitando.

Ele deu de ombros.

– Acontece. O importante é não pensar muito durante a ação em si. Apenas se concentre no passo seguinte, faça o que deve ser feito e, então, fuja. Você vai ter bastante tempo para refletir depois.

Os momentos que se seguiram após eu puxar o gatilho na cara de Hendrik foram uma confusão de imagens chocantes, ao mesmo tempo que o cérebro tentava processar uma coisa que eu nunca imaginei que iria fazer: tirar a vida de um ser humano. O dedo que aperta o gatilho formigou diante da lembrança.

– Você ainda está pensando no assunto – disse Jan.

– E daí?

– Tire isso da cabeça. Nada aconteceu.

– Nada aconteceu? – repeti.

– Nada aconteceu.

– Hum – resmunguei. – E...?

– Se nada aconteceu, não há o que pensar.

Ele tragou com tanta força que suas bochechas se contraíram.

– Sabe essa coisa de olhar para o teto quando você está sozinho no escuro? – Ele balançou a cabeça. – Tento evitar ao máximo.

– Que tal aprender com os erros? – indaguei.

Ele riu, melancólico.

– Se você aprende com seus erros é porque ainda está viva. Se ainda está viva, quaisquer erros que tenha cometido não foram importantes.

Ele deu uma olhada na praça.

– Vamos andando.

Concordei, mais porque estar perto dele me deixava constrangida. O sol da tarde conferia um tom de caramelo-dourado à sua pele. Já a minha ficava rosa e manchada.

– E agora? – perguntei.

– Isso que é coragem!

Jan me conduziu por uma rua que levava a um dos canais industriais onde não havia nenhuma família ou vendedor de flores. Ele me deu a mão para me ajudar a subir num bloco de cimento em ruínas para apreciar a vista. Estremeci com o toque dele e cocei o braço para disfarçar. Ficamos observando os barcos de transporte que os alemães tinham atracado, todos enfileirados na água. Em cada proa, uma suástica.

Dezenas de soldados uniformizados limpavam o convés, os mais velhos aparentando uns 25 anos.

– O que você enxerga nessa cena, Hannie? – perguntou Jan.

– Barcos? Soldados?

– Eu não – disse ele, com um sorriso estranho no rosto. – Eu vejo nossos próximos alvos.

– Eles? – indaguei, olhando para os barcos, chocada. – Agora?

– Não eles e não agora.

Jan riu, mas seu sorriso logo desapareceu. Ele semicerrou os olhos como um leão atrás de sua presa. Sem tirar a pistola do bolso do casaco, ele segurou o cabo da arma e imitou o gesto de atirar, mirando num trio de soldados alemães no píer mais próximo, um-dois-três.

– Nazistas abatidos – sibilou. – Ultimamente, quando olho em volta, tudo que vejo são nazistas mortos.

# Capítulo 16

Fim do verão de 1943

TIVE QUE ESPERAR QUASE TODO O verão para conhecer Truus e Freddie, pois as duas precisaram se esconder depois de uma operação bem-sucedida, porém perigosa, que permaneceu um mistério para mim. As semanas quentes passaram, e não fui chamada para nenhuma atividade emocionante, exceto os furtos de sempre. Eu ficava a maior parte do tempo no quartel-general do Conselho de Resistência, na época localizado num prédio de apartamentos malconservado, perto do parque Haarlemmerhout.

O apartamento de dois quartos era um caos absoluto. A principal sala de estar era mobiliada de forma tão aleatória, com mesas e cadeiras obviamente roubadas de um edifício comercial, que mais parecia um armazém do que uma residência, funcionando simultaneamente como quartel, escritório e depósito de armas. O ar pesado fedia a café, tinta, meias velhas e louça suja. Às vezes, quando eu estava sozinha e entediada, pensei em pegar uma vassoura e um esfregão para limpar tudo, mas me contive. Não queria abrir precedentes. O que eu queria mesmo era caçar um nazista – de verdade, dessa vez.

Eu permanecia no apartamento a maior parte do tempo, relutante em encarar meus pais, Sonja e Philine, no estado de espírito em que me encontrava. Eu sabia que eles fariam perguntas. Por onde eu andava? O que estava fazendo? Quando voltaria para casa? Eu não queria mentir; só queria contribuir para o trabalho na Resistência. Me convenci que era melhor ficar longe de casa, para dar mais espaço a eles e não atrapalhar a rotina. No entanto, também era verdade que Sonja e Philine ansiavam por um pouco de companhia, e talvez fosse bom para meus pais ter um lembrete diário de que eu ainda estava viva. Não era justo, mas eu me doava completamente para a Resistência. Por eles, eu dizia a mim mesma. Mas também por mim.

JAN ME LEVAVA PARA PRATICAR tiro ao alvo sempre que eu pedia. Ele adorava armas, então praticávamos bastante, na maioria das vezes nos confins da floresta. Só que Hendrik e Jan dedicaram boa parte daquele verão a operações de inteligência, pois eles tinham conexões com a rede nacional da Resistência. Uma expressão dominava as conversas: *Aktion Silbertanne*. Em alemão, significava Operação Abeto Prateado.

Informantes, entre os quais havia desde policiais holandeses simpatizantes até presidiários, nos mantinham atualizados. A *Aktion Silbertanne* seria o próximo ataque que o comandante Hanns Albin Rauter, o chefe austríaco da SS holandesa, estava planejando contra os membros ativos da Resistência por todo o país. Para cada nazista ou colaboracionista morto pela Resistência, a *Silbertanne* executaria três de nós. Esses assassinatos seriam cometidos por grupos especialmente treinados: os *Einsatzgruppen*, esquadrões da morte paramilitares. Os integrantes desses esquadrões circulavam como cidadãos civis, não uniformizados, e se passavam por membros da Resistência: vestiam roupas comuns, falavam holandês, matavam com armas dos Aliados. A *Aktion Silbertanne* deveria ser um teatro da morte, com nazistas fantasiados representando uma mentira para o cidadão comum, uma peça sobre o caos da Resistência holandesa, atacando a si própria de dentro para fora. Se a farsa funcionasse, a população suspeitaria da Resistência e uns dos outros. Num país já dilacerado após três anos e meio de Ocupação, era difícil manter a esperança. A *Aktion Silbertanne* pretendia estilhaçar os poucos fragmentos de otimismo que restavam.

– NÃO É O FIM DO MUNDO – disse Hendrik certa tarde, no apartamento. – Manteremos nossas operações cotidianas, distribuindo cartões de racionamento, documentos de identidade, jornais, armas, mas nada de ataques frontais, por enquanto.

– Durante quanto tempo? – quis saber Jan.

– Até as coisas se acalmarem.

Jan balançou a cabeça.

– Eu acho que deveríamos intensificar nossos ataques, não recuar. Eles vão continuar fazendo isso. Não faz sentido apenas esperarmos.

Jan, Hendrik e eu estávamos sentados à detonada mesa de madeira da sala de jantar, bebendo água fervida como se fosse chá. Até então, nem sinal das irmãs Oversteegen. Havia outros membros da célula, mas Hendrik explicou que nem todo mundo na Resistência precisava conhecer todos os outros. Era mais seguro assim.

Hendrik suspirou.

– Não é um recuo, Jan. É um reposicionamento estratégico. Espero que todos nós sigamos as instruções, apesar das nossas opiniões sobre o assunto. Pela segurança da Resistência como um todo.

– Como quiser, senhor – retrucou Jan.

Essa era uma forma de tratamento que Jan só utilizava com sarcasmo.

– Maravilha – disse Hendrik. Ele pigarreou. – Dito isso, os planos para a central elétrica estão de pé.

Jan ergueu os olhos, surpreso. Eu tinha ouvido Hendrik falar sobre aquilo no início da semana, um trabalho grande: explodir uma central elétrica importante perto de IJmuiden, a terra natal de Jan. Levaram meses para planejar tudo, e percebi que eu fora incluída na ação durante todo aquele tempo.

– Freddie fez a vigilância, está tudo pronto. Já podemos atacar.

– Assim é que se fala – disse Jan, endireitando a postura na cadeira bamba. – E eu vou sozinho ou...?

Hendrik franziu o cenho.

– Você não pode estar nessa, Jan. Você é muito conhecido naquela área.

– Está falando sério? – protestou ele. – À noite? Ninguém vai nos ver.

– Truus vai, e você pode ajudá-la a preparar o pacote – disse Hendrik.

– Mas eu conheço o lugar melhor do que ninguém.

– Então pode desenhar um mapa detalhado. Seria extremamente útil, Jan.

– Que coisa mais idiota.

Jan se levantou de repente e saiu da sala pisando duro.

Hendrik balançou a cabeça.

– Ele é um excelente soldado, por isso é difícil ficar de fora.

– Então as Oversteegens vão cuidar de tudo? – perguntei.

Hendrik sorriu.

– Sim – respondeu. – Com a sua ajuda.

– Claro – concordei, tentando manter a calma.

– Tudo certo, então. Truus, Freddie e Hannie. Só as garotas. – Ele bebeu o resto da xícara. – Você pode aprender muito com aquelas duas.

Hendrik revirou o bolso do casaco e eu me inclinei para a frente, ansiosa para saber o que ele ia me mostrar. Ele sacou um canivete, abrindo a lâmina prateada com uma das mãos. Recuei com um solavanco.

– Calma, calma!

Ele riu, segurando o canivete para que eu visse como era inofensivo. Em seguida, pegou uma correspondência sobre a mesa e deslizou a lâmina por um dos cantos do envelope.

– Essa arma mortal é utilizada para abrir cartas. – Ele deu um tapinha na minha mão. – Até a revolução demanda papelada.

Os dois dias seguintes foram uma mistura de medo e delírio. Eu repassava o plano mentalmente o tempo todo, testando a memória. Se a explosão desse certo, interromperíamos o fornecimento de energia para o que supostamente seria um posto de defesa dos submarinos alemães, os U-boats, na cidade portuária de IJmuiden, junto com a eletricidade que abastecia o sistema da rede ferroviária regional. Isso afetaria o moral nazista. A ideia me deixou muito empolgada.

Eu também estava muito empolgada em conhecer as irmãs Oversteegen. Além da enfermeira Dekker, elas eram as únicas mulheres que eu sabia que trabalhavam para a Resistência armada. Pela forma como Hendrik e Jan falavam das duas, eu já me sentia impressionada e intimidada. Tudo isso tornava mais fácil esquecer o terror de trabalhar com explosivos caseiros; Jan me contou que dava para reconhecer um membro da Resistência pelas sobrancelhas chamuscadas e pelas mãos sem dedos.

Na quinta-feira à tarde, Jan abriu a porta do apartamento para mim. Sem sorrir, apenas um leve aceno de cabeça.

– Hannie.

– Onde está todo mundo? – perguntei. Esperava ver as irmãs Oversteegen lá.

– Truus precisou sair cedo – disse Jan, andando até a sala. – Ela vai esperar você chegar com o pacote. Era para Hendrik ter lhe dito.

– Ah – murmurei.

Jan ainda estava irritado.

– Preciso lhe entregar uma coisa.

Ele foi até o aparador, se agachou e remexeu no interior do armário, lotado com todo tipo de bugiganga: fios de metal, folhas de papel, pedaços de lata. Tirou dali um embrulho do tamanho de um gatinho.

– Aqui está – anunciou ele, levantando-se com a bomba. – Truus vai começar por volta das onze e meia, em Velsen-Noord, no pátio ferroviário da central.

– Certo – respondi, tentando imaginar como era o pátio ferroviário de uma central elétrica.

Eu nunca tinha ido a um lugar assim, muito menos detonado uma bomba lá.

– Eu é que deveria fazer isso – falou Jan consigo mesmo.

– Como?

– *Festung* IJmuiden – disse ele.

A Fortaleza de IJmuiden era um ponto estratégico ao longo do chamado *Atlantikwall* de Hitler, uma tentativa da Alemanha de fortificar toda a costa noroeste da Europa e da Escandinávia, da França até a Finlândia, contra os ataques dos Aliados. Eles expulsaram milhares de residentes do litoral holandês para criar uma "terra de ninguém" desabitada no entorno de importantes operações militares e industriais. IJmuiden era um dos lugares mais relevantes no esforço de guerra nazista, estrategicamente localizada no encontro do mar do Norte com o canal que conduzia ao restante da Europa. Os penhascos da Inglaterra ficavam a apenas 160 quilômetros, do outro lado do canal da Mancha. Com os bunkers militares, a fábrica de aço Hoogovens e a central elétrica, a Fortaleza de IJmuiden era um bastião nazista.

– Posso ver o mapa?

Jan me entregou o mapa, um esboço simples, porém legível, da região costeira. Ele assinalou duas grandes torres do pátio da central.

– Esse alvo é muito mais significativo do que outros que costumamos atacar – informou Jan, deixando o ressentimento de lado por um instante. – Interromper o abastecimento de energia da cidade vai ser um belo golpe no esforço militar alemão, mesmo se durar apenas algumas semanas. Está pronta?

– Acho que sim – respondi.

Dobrei o mapa e o enfiei no sutiã. Isso fez Jan abrir um sorriso.

– É melhor você ir – avisou ele. – É a segunda torre de transformação da central. Procure Truus. Encontre-a na torre, e ela vai lhe explicar o resto.

Memorizei os poucos detalhes. Fiquei com vergonha de pedir que ele repetisse e sabia que não podia anotar nada. Jan me entregou o pacote. Era mais pesado do que eu esperava. Ele deu um sorrisinho ao me ver paralisada.

– Relaxe. Não vai explodir até ser acionada.

Durante os meses anteriores, eu havia transportado várias encomendas, tanto em Amsterdã, para Dekker, quanto em Haarlem, entregando armas, caixas de munição e sabe-se lá o que mais escondidas em cestas de frutas no bagageiro da bicicleta. Eu até empurrei um lançador de foguetes num carrinho de bebê, mas eram todos objetos inanimados. Uma bomba era a bala, o alvo, a explosão, tudo junto. Aquilo me assustava.

– Por que Truus não levou isso com ela? – perguntei, parecendo uma covarde.

– Porque ainda não estava pronta, professora. Tive que consertar uma parte.

A ideia de que Jan, que, até onde eu sabia, tinha pouca ou nenhuma experiência na fabricação de bombas, era o responsável pelo artefato fez os pelos em meus braços se arrepiarem.

– Onde eu guardo isso? – perguntei.

– Dentro da mochila. Eu embrulhei bem.

Enfiei o pacote na mochila de couro, de forma que um suéter macio ficasse embaixo. Eu nem sabia quais cuidados tomar com aquilo. Passei a ponta dos dedos pelo cabo frio da arma no bolso do casaco.

– Será que...

– O quê? – perguntou Jan.

– Nada.

É claro que eu deveria levar a arma. Deveria levar qualquer coisa que fosse útil. Precisava estar preparada.

– Mande-os para o inferno – disse ele.

Jan me mandou um beijo e fechou a porta.

Dei uma olhada para os dois lados da rua antes de tomar meu rumo, me perguntando, como sempre, o que os vizinhos achavam que acontecia naquele apartamento. Era só um grupo de jovens voluntários, foi a desculpa que Hendrik arranjou quando o Conselho de Resistência se mudara para lá, mencionando alguma coisa sobre a Cruz Vermelha. Os vizinhos nem mesmo nos encaravam. Na verdade, ninguém mais encarava ninguém.

Pedalei pelos contornos do Haarlemmerhout, passando por fazendeiros exaustos que vinham do campo vendendo pastinacas farinhentas e batatas cheias de olhos. Era uma vitória quando conseguíamos barganhar por aquilo que antes costumávamos dar aos porcos, e passávamos mais tempo removendo as partes estragadas dos legumes do que cozinhando e comendo. Apertei mais o casaco no corpo. Era cada vez mais fácil identificar quem era colaboracionista e quem não era, reparando apenas na cor das bochechas e no ajuste das roupas. Qualquer um com aparência de bem nutrido era suspeito. Mas o semblante corado parecia ser um aspecto indelével da constituição de algumas pessoas. Como Jan, cujos ombros largos estavam sempre prestes a romper a costura da jaqueta de lona. Afastei a imagem da cabeça e continuei pedalando.

Parei a certa distância da central elétrica para dar uma olhada. E para recuperar o fôlego. Era o tipo de zona industrial imensa e anônima que eu nunca notara antes da guerra. Abastecia vilas e cidades dos arredores, assim como linhas ferroviárias eletrificadas que transportavam o valioso aço holandês para suprir as operações dos submarinos nazistas onde quer que estivessem. Não havia muito para ver, apenas prédios de janelas altas e elaborados arranjos de fiação elétrica espalhados pela propriedade. Guardas também, mas não muitos. Vi alguns deles juntos, fumando, formando um grupinho verde. Era um trabalho chato.

Olhei em volta à procura de Truus, percebendo que não fazia ideia de como ela era. Eu tinha passado tanto tempo imaginando as irmãs Oversteegen que acabei não pedindo uma descrição detalhada. Felizmente, sem dúvida ela seria a única mulher além de mim na central elétrica nazista. Encontrei as duas torres de transformação exatamente como Jan dissera. Mas qual era a primeira e qual era a segunda? O plano parecera tão simples lá no apartamento. Deixei a bicicleta escondida entre os arbustos e me esgueirei até a cerca sudoeste, próximo a uma das torres. Então, ouvi um barulho.

Duas pedrinhas se chocando uma na outra.

Um pedaço de madeira se partindo sob o peso de alguma coisa.

O som estridente de vidro se espatifando no chão.

Dei um pulo e me estatelei contra a cerca de arame com um ruído alto, o mais chamativo de todos. Fechei os olhos com força, como uma criança torcendo para que o monstro já tivesse ido embora quando eu voltasse a abri-los.

Abri os olhos.

Um gato pulou do alto de uma pilha de caixas, aterrissou aos meus pés e esfregou o pescoço listrado laranja e branco no meu tornozelo, ronronando e pedindo carinho.

Meu Deus!

Estendi a mão para acariciá-lo, mas, como fazem os gatos, o bicho se esquivou do afago, balançou o rabo e desapareceu, fugindo por baixo das minhas pernas. Eu me virei, e ele atravessou a cerca atrás de mim, seguindo para o pátio ferroviário da central.

Atravessou a cerca.

Eu me agachei no chão. Alguém havia cortado a cerca de arame. Empurrei um pouco e vi uma abertura grande o suficiente para eu passar. A alguns metros, o gato me observava, lambendo as patas. Atravessei. Puxei a bomba empacotada; o papel agarrou no arame e se rasgou com um ruído audível. Olhei em volta do pátio, à procura dos guardas. Como eles ainda acendiam as luzes ali à noite, as sombras eram bem definidas. Apenas o gato notou minha presença.

Foi então que, abrigada à sombra da torre mais próxima, achei ter visto Truus. Uma pessoa que parecia ser mais ou menos do meu tamanho, talvez um pouco mais alta, estava encostada no muro de tijolos mais adiante, meio abaixada, usando botinas e uma boina masculina. Provavelmente disfarçada. Ninguém sugeriu que eu me disfarçasse. Olhei de esguelha. Podia ser um homem. Fiquei imóvel, repassando as possibilidades. Se fosse um soldado do esquadrão *Einsatzgruppen* à paisana, eu estava perdida. Olhei para os dois lados e espiei a silhueta outra vez. Então comecei a correr.

A pessoa se virou na minha direção quando meus passos fizeram barulho no cascalho. Eu já conseguia enxergar um pouco melhor. Uma das mãos cobria uma volumosa sacola de lona, no chão ao seu lado; a outra empunhava uma arma. Com o rosto sob a sombra, o vulto assentiu e gesticulou para que eu me aproximasse, abanando as duas mãos: *Fique abaixada.* A arma não estava apontada para mim, então segui em frente.

– Oi – disse ela.

Era uma voz feminina.

– Achei que você não chegaria a tempo – sussurrou, o alívio suavizando suas feições.

– Truus? – falei.

Ela assentiu.

– Fique escondida. O pátio pode parecer deserto, mas eles estão vigiando.

Olhando em volta, não vi ninguém. Os soldados fumantes haviam ido para outro lugar, e o único som eram os misteriosos trovões da maquinaria dentro da central, que mais pareciam um terremoto. Eu não sabia se deveria ficar com medo nem o que exatamente temer. Nada na minha vidinha insignificante havia me preparado para aquilo – mais um daqueles momentos em que eu me perguntava como tinha acabado naquela situação.

Truus acenou com a cabeça para um bunker de concreto perto da cerca de aço, na outra extremidade do pátio.

– Há pelo menos um guarda lá dentro.

Nós esperamos.

Vigiamos o bunker.

Observamos o gato.

O gato lambeu as patas.

Nada aconteceu.

Minutos se passaram. Meus pés começaram a formigar e a ficar dormentes.

– Truus.

– O quê?

Ela estava de olho no bunker, não se virou para mim.

– Eu não...

Eu não sabia direito o que queria dizer.

– Você não o quê?

– Eu não sei qual é o plano.

Truus se virou para me encarar.

– Então como chegou até aqui?

– Jan me disse onde encontrar você, mas...

Ela se abaixou de novo.

– Esse era o primeiro plano. Antes de mudar.

– Freddie está aqui?

Ela fez que não com a cabeça.

– Maldito Jan.

Truus mordeu o lábio inferior, pensando.

– Não importa. Você já está aqui agora.

Um ruído metálico soou do outro lado do pátio, a cerca de arame batendo. Ficamos paralisadas e esperamos. Nada.

– Ok – disse ela, afinal. – Você trouxe o pacote?

Empurrei o embrulho na direção dela. Truus arregalou os olhos enquanto o pegava com as duas mãos.

– Jesus, mulher, tenha cuidado – sibilou. – É preciso segurar uma bomba como quem segura um bebê. Com gentileza. Você vai acabar nos matando.

– Desculpa – falei, constrangida.

Ela me ignorou.

– Está vendo aquele trilho? É o que vamos explodir. Na realidade deveríamos ter dois desses – apontou o pacote com a cabeça –, mas parece que Jan ferrou com isso também. Então, vamos fazer só um mesmo. – Ela pensou um pouco, reconsiderando. – Precisamos deixar isso bem perto da central elétrica, para causar o maior estrago possível – explicou.

Ela parecia estar sozinha, até que, de repente, olhou para mim.

– Ele mostrou como prender a bomba nos trilhos?

Balancei a cabeça.

– Ok.

Truus enfiou o dedo na parte rasgada do pacote. Ela xingava à medida que desembrulhava e, na calada da noite, o barulho parecia ensurdecedor. O gato olhou na nossa direção.

– É um desastre completo – sussurrou ela. – Essa coisa devia ter sido embrulhada num lençol. Isso é...

Ela deu mais uma espiada no muro do bunker e arrancou o papel de uma vez, com um puxão rápido e ruidoso. O gato inclinou a cabeça e balançou o rabo. Eu estava encharcada de suor frio.

Nada aconteceu.

Voltamos a respirar.

– Vamos lá – disse Truus. – Eu vou correr até lá e prender isso no trilho, e você me dá cobertura. Você vigia, eu instalo. Entendeu?

Assenti, sacando a arma do bolso. Ela percebeu.

– Tente não me matar – pediu ela, com a expressão séria. – Mas, se for preciso, atire de qualquer jeito.

Eu não sabia o que dizer, então fiquei calada. Ela me lembrava Jan. A mesma confiança. A mesma atitude pragmática. Só que Truus não parecia ter gostado de mim tanto quanto ele.

– Não precisa mirar em ninguém – instruiu ela, tentando me ensinar o básico do fogo de supressão nos poucos segundos que restavam. – Apenas saia atirando na direção deles – continuou, gesticulando como quem opera uma metralhadora.

Eu tinha uma pistola com oito cartuchos. Ela apontou para a própria cabeça.

– Você não precisa matar ninguém. É só terror psicológico, ok? Mantenha os caras encurralados, com medo de levar bala.

– Ok – respondi, compreendendo apenas uma fração do que ela acabara de dizer.

Nós nos ajoelhamos ao pé da torre. Não havia ninguém por ali. Tive tempo suficiente para enfrentar mais um momento de dúvida: *Vou mesmo fazer isso?*

Sim, eu iria.

– É estranho não ter nenhum guarda por aqui? – comentei.

– Não. Esses idiotas fazem tudo malfeito. – Ela olhou para os dois lados. – Ok, estou indo. Se perceber algum movimento, não hesite, atire. Não em mim. Saia correndo, eu estarei logo atrás de você. Entendido?

Assenti.

E, então, ela se foi, uma figura embaçada avançando pelo pátio vazio, com o pacote por baixo do casaco desequilibrando-a de leve. Ela era magnífica. Tão corajosa. Perscrutei o pátio em busca de movimentos suspeitos. O gato saltitou para se afastar de Truus, e meu dedo estremeceu no gatilho. Quase matei o gato. Consegui me controlar e ouvi o clique reconfortante do cão da arma voltando para o lugar.

Truus se deitou entre os trilhos, o que a camuflou um pouco, até porque ninguém imaginaria que uma pessoa pudesse se esconder num lugar tão exposto. A bomba era composta por dois pequenos objetos e um monte de fios, e eu a vi prender os fios aos trilhos, fixando-os com algum tipo de fita brilhante. Com as mãos bem à frente do rosto, ela enroscou uma série de fios e os ajustou. A seguir, posicionou dois pequenos discos sobre os trilhos. Os detonadores, presumi. Eles ficariam visíveis, mas só para quem estivesse procurando por eles. Não parecia haver ninguém.

Minhas mãos estavam molhadas em torno do cabo da arma enquanto eu vasculhava o pátio atrás dos guardas. Nada. Truus tateou os trilhos para prender alguma coisa, um aro minúsculo. Ninguém percebeu, além de mim e do gato. Ela ergueu os olhos na minha direção: *Nenhum problema?*

Fiz uma última varredura e murmurei de volta: *Nenhum problema.* Ela se levantou depressa, correu em direção à torre e se enfiou de volta nas sombras, respirando aliviada.

– Está feito – anunciou Truus. – Agora só precisamos sair daqui antes que o trem chegue.

– Quando isso vai acontecer?

Ela verificou o relógio, grande demais para seu pulso fino. Percebi que era um relógio militar alemão. Provavelmente roubado de um soldado que ela mesma matara.

– Em dez minutos. Eu ia esperar pelo trem que vem depois, mas como você chegou cedo... Vai ser por pouco, mas vamos conseguir. Precisamos ir. Agora.

– Tem uma abertura na cerca por onde entrei – comentei.

– Ótimo. Vou seguindo você.

O mais ínfimo sinal de aprovação por parte dela me encheu de autoconfiança.

– Vamos lá – falei.

Corri até a cerca, enrolei a parte cortada e, de repente, já estava do outro lado. Fiquei agachada e me virei, procurando Truus. Mas ela não estava lá. Estreitei os olhos. Ela continuava atrás da torre, sem se mexer.

Foi quando eu o vi. O andar era tranquilo, sem pressa, mas ainda era um soldado com uma arma comprida pendurada no ombro e estava avançando na minha direção. Só que estava muito calmo. Ele não tinha me visto. Olhei em volta e vi um grande carretel de madeira. Eu poderia me esconder atrás daquilo, se conseguisse chegar até lá.

Voltei a olhar para Truus, mas estava tão escuro ali que não pude enxergar seu rosto. Apontei na direção de onde eu estava indo, mas não sabia se ela tinha entendido. Fiquei de pé, me preparando para correr.

Mas Truus também começou a se mexer. Vi que ela estava pegando alguma coisa, sua mãozinha saindo das sombras por um instante. De repente ouvi: PLAFT! Ela atirou uma pedra.

O soldado girou nos calcanhares, seguindo o barulho, e eu corri na direção oposta, rumo ao carretel, e desabei ofegante atrás dele. Torci para ter sido discreta.

Três guardas se materializaram de trás do muro de cimento e correram até a pedra, cutucando-a com os canos das armas. Eles vistoriaram um pouco a área, remexendo o material industrial empilhado ali. Um deles bateu com o rifle numa caixa de molas enferrujadas, e nosso velho amigo gato deu um salto, resmungando. O soldado pulou para trás.

– *Eine Katze!* – gritou outro soldado, e todos riram, apontando para o colega assombrado pelo gatinho.

Ele cuspiu para onde o animal havia corrido, e o grupo retornou para o outro lado da central, ainda rindo. Um pouco de agitação naquela noite entediante.

*Obrigada, Truus.* Inclinei a cabeça por trás do carretel e engoli em seco. Os outros soldados tinham ido embora. Mas não aquele, e ele estava olhando bem para mim. Para o carretel, pelo menos. Ouvi o soldado destrancar o portão de metal e seus passos se aproximarem. Não havia nada a fazer.

Eu me levantei.

– *Wer ist da?* – perguntou o guarda, a voz fina, rachada. – Quem está aí?

– Perdão, perdão! Eu me perdi! – falei, em alemão, para ter certeza de que ele me entenderia.

Eles mal notavam a diferença. Eu dei um sorriso, com os olhos marejados e a voz nervosa. Comecei a tremer de modo exagerado e mantinha as mãos enfiadas nos bolsos do casaco, enterrando a arma lá no fundo.

– *Papiere.*

Ele avançou a passos firmes e parou pouco antes de a boca do rifle encostar no meu rosto.

– Documentos – repetiu.

O guarda parecia assustado.

Entreguei a identidade falsa, e ele a inspecionou, erguendo-a sob um ângulo iluminado para conseguir ler. Depois, me devolveu o documento, me observando, desconfiado.

– Você não devia estar aqui. Já passou da hora do toque de recolher.

Como ambos sabíamos, aquela não era a única razão pela qual eu não devia estar ali.

– Eu sei, eu sei – respondi, tentando ganhar tempo.

Eu queria saber de Truus, mas não podia correr o risco de ele seguir meu olhar.

– Deixei uma coisa cair aqui hoje de manhã quando eu estava caminhando e...

A frase ficou em suspenso. E comecei a chorar. Bom, fingi chorar.

– Espere, não – disse o soldado, confuso. – Não faça isso.

A mira do rifle baixou, mas o soldado permanecia ali, aflito.

– O que a senhorita perdeu?

Continuei chorando. Ele olhou ao redor, procurando reforço. Não havia ninguém.

– A senhorita não deveria estar aqui – repetiu ele. – Poderia ser presa.

– Não me prenda! – solucei, com o rosto enterrado nas mãos, borrando o rímel com o dedo e um pouco de saliva.

Ergui o olhar, piscando, e o homem arregalou os olhos diante daquela mulher histérica.

– Por favor – implorei.

Quando as mulheres choram, os homens ficam assustados. Disso eu sabia.

– Pegue logo o que está procurando e vá embora – disse ele. – O que é, um brinco? Dinheiro?

– Acho que deixei cair por ali – falei, apontando para longe, na direção das casas e da bicicleta escondida. – Posso ir procurar?

– Sim, sim, vá de uma vez – ordenou ele, olhando por cima do ombro. E apontou o rifle para mim. – Vá.

Corri em direção à bicicleta enquanto ele me observava, seu rifle treinado seguindo cada passo que eu dava. Quando cheguei lá, me abaixei e passei as mãos pelo chão, xingando a miséria que deixava as ruas desprovidas de todo tipo de restos e de porcaria. Durante a guerra, guardávamos tudo, fosse uma colher torta ou um papel de bala. Por fim, agarrei um graveto minúsculo e o ergui, torcendo para que o soldado não decidisse inspecionar melhor.

– Achei! – gritei.

Ele começou a se aproximar, e meu coração quase parou. *Não. Por favor, não se aproxime*. Procurei a arma outra vez e então ouvimos: PLAFT!

Truus estava jogando pedras outra vez.

Um dos soldados atravessou o pátio, e o que estava me abordando empalideceu, como se soubesse que tinha feito besteira.

– Vá embora! – sibilou ele.

Corri até a bicicleta sem olhar para trás. Montei e saí pedalando. Cheguei a uma casa abandonada e parei, tentando ouvir. À medida que os soldados trotavam em direção à central, o som dos passos ia desaparecendo, quase abafado por outro estampido. Esperei mais alguns minutos e tentei controlar a respiração em pânico. Na ponta dos pés, fui até o canto da casa e olhei para as torres. O estampido estava alto agora: lá vinha o trem de carga. Estreitando os olhos, tentei localizar Truus a distância, mas estava muito escuro e muito longe.

Senti um toque no ombro.

– Vamos embora.

Truus tinha dado a volta na casa atrás de mim e já estava descendo a rua. Um segundo depois, entrou num beco, tirou a bicicleta de lá e começou a pedalar em direção a Haarlem. Eu me virei para montar na minha e, de repente, tudo parou.

Tudo ficou claro.

Tudo ficou ensurdecedor.

Tudo ficou em silêncio.

E, então, tudo era caos.

Com a explosão, eu caí no chão. Meu quadril doía, mas eu estava bem. A central elétrica nem tanto. Atrás de mim, o pátio era uma nuvem de fumaça, chamas e poeira se espalhando furiosamente. Havia vidro estilhaçado. Alvoroçados e desnorteados, trabalhadores e soldados saíam da torre feito formigas de uma cesta de piquenique. No meio do pátio, o trem estava entulhado sobre os trilhos retorcidos, com alguns vagões de cabeça para baixo e outros amontoados como numa pilha de brinquedos. O carvão transportado se espalhava pelos lados em dunas de fuligem preta.

Tínhamos feito aquilo. Truus e eu. O calor da explosão aqueceu meu rosto e me obrigou a manter os olhos quase fechados. Pedalei atrás de Truus, com o peito inflado de orgulho. Eu ri alto com a voz esganiçada, os olhos embaçados por lágrimas de alegria.

# Capítulo 17

Outono de 1943

– Você vai ficar famosa.

Jan apertou o gatilho e a arma disparou. Era fim de tarde, uma semana depois da bomba na central elétrica, e Jan sugeriu que nós dois praticássemos tiro antes do trabalho seguinte. Eu estava ansiosa para encontrar Truus depois de IJmuiden, mas as duas irmãs tinham desaparecido um dia depois. Hendrik mencionou que a família Oversteegen pertencia a uma rede muito maior da Resistência, da qual o Conselho era apenas um pequeno braço. Até onde pude compreender, elas nunca paravam de trabalhar.

Recarreguei a arma e esperei que ele terminasse.

– O pessoal anda comentando sobre IJmuiden – disse Jan. – Sobre o sucesso de vocês na central. Eles viraram a noite celebrando, vendo tudo queimar.

Ele parecia feliz por mim. Orgulhoso.

– Truus é que fez tudo – falei. Ao me lembrar dela deitada nos trilhos, ficava maravilhada outra vez. – Eu só ajudei.

– Tenho muitos informantes na região – retrucou ele –, e um deles me contou que poderia jurar ter visto da janela, na noite da explosão, uma linda ruiva pedalando a toda uma bicicleta barulhenta.

Ele deu um sorrisinho de satisfação. Dava para ver as covinhas.

– Portanto, é claro que eu a requisitei para minha próxima missão.

Ele mirou, atirou. Jan mordia o lábio inferior sempre que apertava o gatilho. Fiz duas anotações mentais: tentar ser mais discreta durante as fugas e providenciar graxa para lubrificar os pedais da bicicleta.

– Todo mundo achou vocês duas maravilhosas. E são mesmo. – Ele pigarreou. – Ainda mais sendo mulheres.

– Cale a boca – falei, dando um soco no ombro dele. – Onde está o alvo aqui?

Estávamos nos confins da floresta outra vez, numa pequena clareira.

Jan apontou para o bosque de cedros um pouco adiante.

– Tente acertar um dos três mais altos: Fritz, Karl ou Adolf.

Impossível. Os três troncos eram finos, estreitos, difíceis de mirar. E estavam longe demais. Apesar disso, mirei e disparei várias vezes seguidas, como Jan havia me instruído. Todos os tiros passaram voando pelas árvores, que se mantiveram imóveis no ar parado do crepúsculo.

– Sinto muito – murmurei, constrangida.

Mas Jan não se importava.

– Não tenha pressa.

– "Vamos devagar, pois eu tenho pressa."

Jan estreitou os olhos, intrigado.

– Continue.

– É só um velho ditado – falei, rindo. – Do seu velho canalha favorito.

– Quem? – perguntou ele, arregalando os olhos.

– Napoleão.

Ele revirou os olhos, e eu puxei o gatilho. O barulho das asas dos passarinhos anunciou mais um tiro perdido.

– Droga!

– Vá mais devagar, Hannie – provocou ele. – E não se preocupe. Continue praticando. Na sexta-feira, eu cuido dessa parte. Você só vai me dar cobertura. – Ele sorriu e completou: – Quer dizer, se você quiser.

O acordo tácito em relação às missões dizia que ninguém era obrigado a cumpri-las.

– O pagamento não é muito bom – explicara Hendrik.

Era uma piada: não havia pagamento; éramos todos voluntários. Mas a verdade era que ninguém recusava um trabalho. Pelo contrário, estávamos sempre ansiosos por mais um. Eu com certeza estava.

– É claro que quero – respondi, parecendo mais confiante do que me sentia. – Do que se trata?

– Um verdadeiro prêmio.

Jan praticamente lambeu os lábios.

– Freddie fez a vigilância e conseguiu informações seguras sobre os deslocamentos de um bando de nazistas do alto escalão. Na sexta à noite, vamos abater um deles: cabo Ernst Kohl, que foi enviado da Polônia para coordenar os planos da *Aktion Silbertanne*. Aparentemente, ele é especialista em executar membros da Resistência. Vamos pegá-lo na sexta.

Jan explicou que nos vestiríamos como se estivéssemos num encontro. Iríamos a um bar que tinha se tornado uma espécie de clube dos oficiais.

– Não vamos entrar, é muito arriscado. Não há rotas de fuga. Vamos esperá-lo do lado de fora. – Ele sorriu. – Você vai se sair bem.

Eu não tinha tanta certeza.

– Não vai parecer suspeito se ficarmos de plantão do lado de fora?

– Bom... – começou ele, se aproximando. – Eu tenho uma ideia.

Pela primeira vez na vida, ele pareceu meio tímido, o que me deixou um pouco aflita. Eu já me sentia aflita perto dele, para início de conversa.

– Há um beco perto do bar – explicou. – Podemos nos esconder lá enquanto esperamos. E se alguém nos vir ali...

Ele deu de ombros.

– O quê? – perguntei, confusa.

– Bom...

Eu estava consciente do cheiro dele. Suor fresco, tabaco, masculinidade. Inspirei como se fosse uma droga.

– Se alguém de fato aparecer, poderíamos apenas fingir que somos um casal.

– Um casal? – indaguei. – Como isso vai nos tornar menos suspeitos?

– Eu achei que... – O rosto de Jan estava bem próximo ao meu. – Se alguém se aproximasse, poderíamos... – Os olhos dele se desviaram dos meus olhos para a boca. – Poderíamos nos beijar.

– Ah – murmurei.

Estávamos a centímetros um do outro, tão perto que eu sentia o calor do corpo dele.

– Mas só se você concordar.

Molhei os lábios. Ele também. Ficamos ali feito dois ímãs tentando resistir à atração, até que ele se inclinou para a frente e me beijou com vontade, me segurando como se tivesse medo de soltar.

Eu já tinha beijado um rapaz uma vez. Foi na primeira festa da faculdade, um bando de estranhos perdidos fingindo se divertir. Fui parar na pista de dança junto com um garoto chamado Tom. Assim que a música parou, ele me beijou na boca e recuou, parecendo surpreso com a própria atitude.

– Eu sempre quis fazer isso – revelara ele.

Eu só fiquei parada lá, chocada e constrangida.

– Desculpa – dissera o sujeito, antes de sair correndo.

Depois daquele dia, eu nunca mais quis beijar ninguém. Era como se alguém tivesse esfregado um peixe morto na minha boca.

O beijo de Jan não foi nada parecido com aquilo.

Quando ele me beijou, eu quis puxá-lo para mais perto. *Ah.* Beijar não era só uma coisa que você fazia; era uma coisa que você sentia. Nós nos beijamos e continuamos nos beijando e, por fim, nos separamos.

Jan deu uma risada.

– Então é isso.

– O quê?

– Nada – disse ele, prendendo uma mecha de cabelo atrás da minha orelha. – Foi bom, só isso.

– Foi bom – repeti.

Então nos beijamos de novo. E algumas vezes mais.

– Para praticar – falei. – Por causa de sexta à noite.

– Sexta à noite – murmurou ele.

E nos beijamos outra vez. Foi quando ouvimos um farfalhar entre as árvores. Olhamos em volta e não vimos nada.

– Está escurecendo – disse ele. – Talvez seja melhor irmos embora.

– Não está tão escuro assim.

Eu não queria ir a lugar nenhum. Não queria mais parar de beijá-lo. Comecei a pensar que finalmente estava sentindo o que todo mundo sentia... talvez amor, talvez não, como eu poderia saber? Era viciante.

– Vamos praticar um pouco mais enquanto dá – disse ele. – Por causa de sexta à noite.

– Ok – concordei.

Ele pegou a arma, e eu percebi que ele se referia à prática de tiro.

– Tente acertar aquelas três árvores outra vez – instruiu Jan, apontando para os cedros que ele tinha batizado.

– Eu não vou acertar… – argumentei.

– Faça uma tentativa.

Seu tom de voz, depois dos beijos, estava mais suave.

Como eu não podia beijá-lo, queria ao menos impressioná-lo. Firmei os pés bem separados, alinhei o olhar ao longo do cano e apertei o gatilho. O grande cedro da direita estremeceu e perdeu uma porção de folhas.

– Adolf! Muito bem.

Jan deu um tapinha nas minhas costas e deixou a mão ali.

– Não tenho certeza se acertei de verdade – falei. – Acho que só passou de raspão em um dos galhos.

– Tenha fé em si mesma, mulher.

Eu ri.

– Tudo bem, eu acertei.

– Aposto cinco cigarros que você errou – retrucou ele.

Joguei um graveto na direção dele.

– Saia daqui.

Ele riu, e eu comecei a caminhar em direção às árvores.

– E aí? – perguntou ele atrás de mim.

– Pode apostar – respondi, sem olhar para trás –, mas não vou me conformar com sua palavra, quero conferir.

Ele riu.

– Estou esperando pelos meus cigarros.

Continuei avançando pela vegetação rasteira e pensei no toque da mão dele. Na sensação do beijo. Minha pele estava toda arrepiada. Quando me aproximei dos cedros, inspecionei Adolf em busca de buracos de balas, mas, no meio das árvores, era ainda mais difícil ver alguma coisa. Passei a mão pelo tronco fino como papel tentando encontrar alguma marca. Nada. Então, ao olhar para cima, vi um galho partido ao meio, pendurado como um dente mole. Bem como eu tinha imaginado. Fui verificar a outra árvore, um imenso carvalho atrás do cedro. Adentrei um pouco mais na floresta. Se eu tivesse acertado o carvalho ou qualquer uma das outras árvores, poderia ganhar a aposta.

Não era fácil andar por ali. Eu estava no coração da floresta e não havia trilhas. Apenas um frescor profundo e silencioso. Decidi passar por cima de uns troncos cobertos de musgo e cobri as mãos com as mangas do casaco para conseguir empurrar as amoreiras. Dei mais um passo em direção ao grande carvalho, e meu pé aterrissou em algo gelatinoso. Perdi o equilíbrio e, com medo de me ferir nos arbustos cheios de espinhos, caí no chão tentando proteger o rosto com os braços.

Mas o chão não estava molhado. Pelo menos não tanto quanto a coisa em que eu havia pisado. Fiquei de pé e afastei as folhas no chão. Cogumelos? Limo verde e espesso, talvez? Um peixe morto? Mas aquilo não fazia sentido.

Tateando o solo com os dedos como uma pessoa cega, retraí a mão num reflexo, antes que eu pudesse assimilar do que se tratava. Era tão pálida que parecia reluzir.

Uma mão humana.

– Jan! – gritei. – Jan!

Me levantei de uma vez e saí cambaleando, caindo de costas sobre um cepo. Fiquei lá, vendo tudo embaçado.

– Hannie?

Jan apareceu afobado.

– Estou aqui – respondi.

– O que houve? – perguntou ele, engatinhando por sobre um rochedo para me alcançar.

– Eu atirei em alguém.

– O quê?

– Ali, no chão – apontei. – A mão, a mão de uma mulher.

A imagem não me saía da cabeça. A mão estendida, com a palma virada para cima, os dedos curvados para dentro como se estivessem em repouso. As unhas pintadas de salmão. Jan deu alguns passos e logo parou.

– Hannie, venha cá.

Eu queria correr na direção contrária. Em vez disso, me forcei a ficar de pé e voltei para onde estavam a mão e o cadáver atrelado a ela. Jan removera parte dos entulhos que tinham caído sobre o corpo, e agora a mulher parecia um anjo de neve no chão da floresta. Iluminada pela luz do crepúsculo, ela vestia apenas uma camisola de cetim rasgada cor de pêssego, mesma cor da pele dela, e uma calcinha branca antiquada mas confortável, com o cós da cintura arrancado e o tecido rasgado para expor sua nudez. Jan manteve os galhos que a cobriam ali. O rosto dela estava coberto de terra, e os longos cabelos castanhos se confundiam com a folhagem e o solo.

Não vi nenhum ferimento a bala. Mas eu não queria examinar melhor. Eu mal conseguia entender o que via.

– Ela está aqui... há uma semana, pelo menos.

Ele tocou o cotovelo dela com a ponta da bota, e o braço rolou para o lado.

– Não faça isso.

– Eles só ficam rígidos nos primeiros dias.

– Argh.

Eu me virei e me afastei alguns passos, tentando apagar a imagem da cabeça. Então vi.

– Ah, meu Deus, Jan.

– Tudo bem.

– Não. – Fiquei parada, apontando para o chão. – É outro corpo.

Jan correu até lá.

– Meu Deus. Um casal.

O corpo do homem estava ao lado de um tronco, quase enterrado. Usava apenas um calção de algodão branco e meias pretas, com um furo no dedão direito. O rosto estava virado para cima. Ele tinha uma aparência comum, uns 35 ou 40 anos, assim como a mulher.

– Tente encontrar algum pertence – instruiu Jan, vasculhando o espaço entre os corpos como um cão farejador. – Talvez uma bolsa ou uma pasta. Eles parecem... – ele olhou para um e para outro – ... ter boas condições. Burgueses.

– Não é uma manifestação do Dia do Trabalho – repliquei.

Às vezes, ele conseguia ser bem impiedoso.

– Você entendeu o que eu quis dizer. Esses dois não tinham uma vida tão dura.

– Ela pintava as unhas, de fato – concordei.

Ele me encarou como se estivesse surpreso com a perspicácia.

– Exatamente.

Passamos bastante tempo procurando algum objeto, em vão, até que ficou escuro demais para enxergar o chão.

– Hannie, é melhor irmos embora.

Jan acendeu um cigarro, a única fonte de luz no meio da escuridão. Ele o compartilhou comigo.

– Obrigada.

Soltei um suspiro. Será que eles eram holandeses? Ela parecia ser, sim. Será que ele era um nazista? Talvez. Talvez não. Eu não sabia quem odiar.

– Bom, acho que você perdeu a aposta.

– Cale a boca.

Minha voz estava rouca. Eu tentava segurar as lágrimas.

– Ei – disse Jan, erguendo meu queixo para olhar nos meus olhos. – É provável que tudo não tenha passado de...

– De quê? Um pacto suicida?

– Pacto suicida? – repetiu ele. – Por Deus, garota. De onde você tira essas ideias?

– Bom, talvez eles fossem judeus, e estivesse muito difícil seguir em frente.

– E talvez eles fossem judeus, e os nazistas os pegaram, espancaram o sujeito até a morte, fizeram o que bem entenderam com a mulher e, depois, para ter certeza de que estavam mortos, desferiram um golpe rápido e certeiro na cabeça. Eu não vi nenhum buraco de tiro.

– Credo, Jan! – Eu me afastei dele. – Por favor.

– Desculpe – pediu ele, parecendo mesmo sincero. Ele analisou minha expressão, preocupado. – Sinto muito, Hannie. Venha cá.

Ele me puxou e me tomou em seus braços. Eu conseguia sentir o calor dele através de seu suéter de lã e ouvir as batidas do seu coração.

– Está tudo bem – garantiu ele. – É porque você nunca viu um cadáver.

– Vi, sim.

– Na noite da explosão?

Hesitei. Não tinha pensado muito naquilo.

– Não, minha irmã.

– Ah, meu Deus. Sinto muito.

– Foi há muito tempo. Antes da guerra.

– Então não está aborrecida – concluiu ele, alisando meu cabelo.

– Eu só não penso no assunto.

– Uhum – murmurou ele. – E como você faz?

– Eu simplesmente evito o pensamento – comentei, respirando fundo.

E então comecei a chorar. Enterrei o rosto no suéter dele para abafar o som dos soluços que me sufocavam. Eu não estava exatamente triste.

Era mais confuso do que isso. Deixei a emoção me dominar e chorei nos braços dele. De alguma forma ele me acalmou. Com os olhos fechados, eu via a mulher estendida no chão. Havia hematomas no rosto, nos ombros, nas pernas.

– Não é fácil – disse Jan, ainda me abraçando. – Mas acabamos nos acostumando com o tempo.

– Mas isso é justo? – sussurrei. – Deveria ser assim? As pessoas que morreram na central elétrica...

– Escute aqui – interrompeu ele, erguendo meu queixo para que eu o encarasse. – Eu sinto muito pela morte de sua irmã. Mas um nazista a menos no mundo é uma coisa boa, Hannie. Uma coisa muito boa. Quantas vidas você acha que salvaram naquele dia, hein? Vocês destruíram a porra de uma central elétrica, são vidas que eles nunca mais vão poder tocar. – Ele beijou minha cabeça. – E a melhor parte é que isso lembra a esses canalhas que eles não estão vencendo. Malditos chucrutes filhos da mãe!

Eu ri e sequei as lágrimas. Ele tirou um lenço do bolso.

– Não é fino como o de Hendrik, mas está limpo. Ou quase.

– Obrigada.

Me sentei por um instante, para me recompor.

– Desde quando você vem fazendo essas coisas? – perguntei.

– Eu? Estou nesse jogo há bastante tempo. Havia muitos fascistas por aqui antes de os alemães chegarem. Já fui até preso.

– Preso?

– Foi logo no início da guerra, eu trabalhava na linha de montagem da Hoogovens – explicou ele. – Eu agitava o pessoal, distribuía jornais clandestinos, coisas desse tipo. Um belo dia, uma tropa de babacas da Gestapo, que agora chamamos de SD, invadiu a fábrica com uma lista de nomes, e Bonekamp era um deles. Não tive como fugir, então fui levado à delegacia em IJmuiden junto com uns vinte encrenqueiros.

Eu não conseguia enxergar direito, mas, de vez em quando, a chama do cigarro iluminava o rosto dele, que sorria ao ser transportado de volta à noite em questão.

– Eles nos jogaram numas celas – contou ele. – Nojentas, imundas. Fiquei lá pelo que pareceu um dia inteiro. Outros caras são presos e nunca voltam. Por fim, eles me arrastaram até uma sala de interrogatório com uns dois canalhas nazistas. Dois idiotas de algum vilarejo da Áustria. Já eram três horas da manhã: o turno dos babacas. Tive sorte. Eles me colocaram lá dentro, algemado, porque eu poderia facilmente acabar com os dois, e começaram a mexer na papelada. Os chucrutes adoram fazer listas de nomes. Eles ficaram nisso durante um tempo e finalmente falaram comigo. "Bonekamp?", disse um deles. Pensei em mentir, mas eu sabia que eles tinham pegado todos os meus dados pessoais na fábrica. Eles adoram esse tipo de coisa. Então eu confirmei.

Jan respirou fundo e continuou:

– "Jaap Bonekamp?", indagou o outro sujeito, erguendo o arquivo para mostrar ao outro idiota. Alguma coisa está errada. Eles começam a suar. "Claro que não", respondi. "Eu sou Jan Bonekamp." Eles tinham o arquivo errado. Havia meia dúzia de Bonekamps naqueles arquivos, mas eles não sabiam disso. – Ele soltou uma risada. – "Jaap é meu primo." Eles ficaram com medo, pode apostar. Suando e gritando um com o outro, sacudindo papéis um na cara do outro. Eles são chucrutes, então pareciam cães latindo. Eu sabia que estavam com os nervos à flor da pele. Aí, gritei de novo com eles: "Me tirem daqui! Essa prisão é ilegal, mal posso esperar para falar com o chefe sobre os dois babacas que nem conseguem ler direito uma simples lista de nomes. Uma lista de nomes! Tirem essa coisa de mim!" E comecei a bater as algemas no encosto da cadeira, fazendo um barulhão. Os dois patetas se olharam, conferiram os papéis uma última vez e me escoltaram para fora da delegacia.

Eu estava fascinada.

– Sério?

– Sim. Mas não acabou aí.

Ele ficava tão lindo quando se empolgava daquele jeito.

– Eles seguiram você? – perguntei.

– Mais ou menos. Assim que eu pisei na rua, corri o mais rápido possível até a casa dos meus pais. Eu ainda morava com eles naquela época. E meu pai disse que era melhor eu me esconder, caso eles percebessem o erro. Aí meu irmão mais novo entrou avisando que a Gestapo estava vindo na nossa direção. Minha mãe me puxou até a cozinha e apontou para o armário embaixo da pia. "Entre aí", mandou ela. Eu não entendi direito, mas obedeci e acabei descobrindo que eles tinham transformado o armário numa espécie de passagem secreta para um espaço apertado embaixo do chão da cozinha. Me espremi para entrar e fui rastejando até um ponto onde conseguiria ficar deitado sob o assoalho.

Jan estava segurando a minha mão quando começou a história. Conforme avançava no relato, apertava cada vez mais.

– Uns cinco segundos depois, a Gestapo deu sua clássica batida à porta da frente: dois ruídos suaves e a porra de uma invasão repentina. Ouvi meus pais discutindo com eles, meu irmão gritando. Fiquei orgulhoso deles, estavam se defendendo. Mas quando os caras quiseram realizar uma busca na casa, não havia nada que pudessem fazer. E, assim, nos 45 minutos seguintes, eles viraram a casa de cabeça para baixo, jogaram prateleiras no chão, atiraram os móveis. Verdadeiros canalhas. Fiquei o tempo todo ali deitado, imóvel, como uma maldita pedra. De vez em quando, um deles passava por cima de mim, e a sujeira das botas caiu dentro dos meus olhos e da boca. Eu nem me mexi.

– E o que você fez? – perguntei.

– Tive que engolir. Nojento, mas quem se importa? Depois de um tempo, eles ficaram entediados e foram embora. Esperamos um pouco, então me arrastei para fora do esconderijo. Fizemos uma festa nos fundos da casa. Foi uma noite bacana.

– Eles não voltaram mais para pegar você?

– Passei uns meses na clandestinidade, visitei meus tios em Haia. Foi lá que conheci Hendrik. Foi quando me juntei à Resistência.

– Nem consigo imaginar o Conselho de Resistência sem você – comentei, com sinceridade.

Ele tinha uma energia especial que fazia com que eu me sentisse segura, como se estivesse disposto a fazer coisas que os outros não fariam. Mesmo que estivesse exagerando na história que tinha acabado de me contar. Eu não me importava. Ele estava do lado certo.

– Escolhi o Conselho de Resistência porque tem reputação de ser violento – disse ele.

– Não são todas assim?

– Nada. Algumas células apenas imprimem jornais. Ou importam e exportam contrabando. A Resistência armada era o que eu queria.

Ele deu um trago no cigarro e o passou para mim.

– Eu não imaginava que estava entrando para o grupo mais violento da Resistência.

– Bettine não mencionou isso? – perguntou ele, sorrindo ao pensar nela. – Bom, ela sabia. E ela sabia que você iria se encaixar. Aqui – disse ele, e me atirou um isqueiro prateado. – Para você.

Senti o peso do objeto, liso de um lado, com ranhuras do outro. Abri a tampa para acender a chama e vi o desenho.

– Ugh! – exclamei. – A Cruz de Ferro.

Jan riu.

– É, bem, peguei o isqueiro de um chucrute.

– Fique com você, então.

– Eu tenho um monte. Espere, me dê aqui rapidinho.

Eu atirei o isqueiro de volta. Ele desembainhou uma pequena adaga afiada do cinto e, depois de alguns movimentos da lâmina, a Cruz de Ferro se soltou e caiu na terra. Ele ergueu o isqueiro como quem ergue uma taça de champanhe.

– Fora, Hitler!

– O mais fora possível – repliquei. – Obrigada.

Ele sorriu e bateu no peito com o punho.

– Que tal um brinde a Bettine Dekker – propôs – por me enviar uma ruiva maluca para treinar?

Jan balançou a cabeça como se estivesse exasperado, e eu me inclinei para lhe dar um soquinho, mas ele agarrou minha mão, levou-a aos lábios e a beijou. Hesitamos. Coloquei minha outra mão em volta do pescoço dele, me ergui até me sentar em seu colo e o beijei outra vez.

Ele se encostou no enorme carvalho atrás de nós e me olhou nos olhos.

– Hannie.

Eu o queria. Tanto.

– Cale a boca – ordenei, empurrando-o contra a árvore e o beijando mais uma vez.

– Hannie? – chamou uma voz.

Era Truus.

## Capítulo 18

Dei um salto antes que Truus pudesse me ver no colo de Jan. Nunca tinha sido flagrada beijando alguém. Era constrangedor. Ainda mais por Truus. Ainda mais com Jan.

– Truus?

Andei na direção da voz dela.

– Espere – disse ela. – Pare. Não venha aqui.

Ela tinha se deparado com o corpo da mulher.

– Não, não venha. A coisa é bem feia.

– Eu já vi – retruquei.

As árvores farfalharam atrás de mim, e Jan apareceu.

– Truus – cumprimentou ele.

Ela olhou para ele como se fosse a Medusa.

– Há outro corpo – informei. – De um homem. Está bem ali.

– Nas mesmas condições? – perguntou ela.

Assenti. Eu estava ansiosa para conversar com ela sobre o trabalho em IJmuiden antes de me envolver em outra operação. Mal nos conhecíamos, mas tínhamos criado um vínculo. Eu achava que tínhamos, pelo menos.

– Como você nos encontrou?

– Venho aqui para atirar – respondeu ela. – Quando você os encontrou? – indagou, virando-se para Jan.

– Eu que achei os corpos – intervim.

Uma centelha de aprovação atravessou o rosto de Truus.

– Estávamos tentando identificá-los – acrescentei.

– E então, encontraram alguma coisa?

– Nenhum dos dois tem documentos. Achei que talvez fossem judeus. Houve muitos suicídios entre os judeus no início da guerra.

– Verdade – concordou ela, examinando o corpo com atenção. – Mas isso aqui aconteceu há pouco tempo. E você, o que acha? – perguntou, dirigindo-se a Jan.

– Os alemães os executaram. Apenas um casal azarado no lugar errado, na hora errada. Também pode ter sido um namorado ciumento.

– Descobriu mais alguma coisa?

– Bem, as unhas da mulher estão, ahn, pintadas – informou ele. – Unhas feitas. Isso me diz que eles não passam de um casal riquinho que cruzou com as pessoas erradas.

– O que você sabe sobre unhas feitas? – indagou Truus.

– Por quê? Você quer saber se ele é circuncidado também? – disse ele.

– Bom, ele é?

Jan a encarou.

– Já estávamos indo.

Ele mexeu o queixo como fazia sempre que estava irritado. Truus tinha arruinado o momento.

– A munição acabou, Hannie. Vamos embora.

– E esses dois? – perguntou Truus.

– O que tem eles?

O cadáver da mulher estava estendido no chão da floresta bem aos nossos pés.

– Não podemos deixá-los aqui – falei.

– É claro que podemos – disse Jan. – Até onde sabemos, eles podem ser espiões alemães.

– Tudo bem, Jan, pode ir – dispensou Truus. – Podemos cuidar disso.

Jan percebeu que ela estava sendo condescendente, coisa que ele odiava. Ele olhou para mim com aqueles olhos azuis, e sua expressão suavizou um pouco.

– Não tem problema – falei para ele. – Amanhã de manhã nos falamos.

Por mais que eu quisesse que Jan me tirasse da floresta e me levasse para longe daqueles cadáveres, parecia errado simplesmente deixá-los onde estavam. Talvez eles nem fossem espiões alemães.

Jan parecia confuso, mas aborrecido demais para discutir.

– Ok. Vejo você depois.

Jan me deu uma última olhada antes de ir embora, uma última chance para ir com ele.

– Encontro você depois – encerrei.

Ele saiu atropelando os arbustos pela floresta. Pouco depois, tudo ficou silencioso outra vez.

– Mostre-me o outro – pediu Truus. – O homem.

Levei-a até lá. Ela fez quase a mesma coisa que Jan havia feito, inspecionando o corpo em busca de ferimentos e objetos pessoais, verificando o estado do cadáver. Em seguida, fez outra coisa.

– Ajude-me a puxá-lo – pediu, agachando-se ao lado do torso do homem, que estava quase todo encoberto por um tronco caído.

Meu estômago se revirou diante da perspectiva.

– Ele está meio... se decompondo.

– É importante – insistiu ela, me testando.

– Ok – respondi.

Inspirei fundo e prendi a respiração quando me abaixei para puxá-lo pelas botas. Juntas, liberamos metade do cadáver que estava parcialmente soterrado pelo tronco. De alguma forma, ele parecia mais morto do que a árvore caída, a pele branca brilhando feito mármore. Truus caminhou ao redor do corpo, observando. Ela se ajoelhou, ergueu o braço esquerdo e pareceu cutucar a axila do homem. Então baixou-o e remexeu no bolso atrás de uma caixinha de fósforos.

– Levante o braço dele – ordenou.

Senti um gosto ácido no fundo da garganta. A pele do homem, principalmente do lado esquerdo, estava manchada e parecia grudenta, como massa de pão. Eu não queria encostar nele.

Truus ergueu os olhos para mim.

– Hannie. Estou falando sério.

– Ok – respondi, com medo de que ela pensasse menos de mim.

Segurei o pulso esquerdo do homem com as duas mãos e ergui o braço do morto, temendo que se soltasse do resto do corpo. Felizmente, estava mais firme do que imaginei. Mas, ah, Deus, o fedor. Truus manteve o fogo tão perto da axila do homem que achei que ela fosse queimá-lo. Então, senti repulsa ao perceber que ele não sentiria nada.

– Veja isto – disse ela.

Fiz um esforço e olhei para a pele pálida iluminada pela chama do fósforo. Havia uma coisa escrita no lado interno do braço dele.

– O que lhe parece? – perguntou Truus.

– Uma letra, talvez? – respondi. – *V*, eu acho.

Fiz um *V* com os dedos, do jeito que Churchill e as tropas aliadas faziam nas fotografias.

– Talvez ele seja um rebelde. *V* de vitória.

– Ele não é um rebelde – discordou ela. – Olhe aqui.

Eu me inclinei.

– Você está vendo de cabeça para baixo, Hannie.

Uma fina linha horizontal unia os dois traços da letra.

– É um *A*.

– Verdade.

– Pode abaixar o braço.

Tentei largar o braço o mais rápido possível sem profanar o morto. Esfregamos as mãos na terra e nas folhas na tentativa de limpá-las.

– Pode ser a inicial do nome da namorada dele – falei, desejando enfiar as mãos numa bacia com água fervente. – Annabelle. Alice.

– Não – disse Truus. – Ele era da SS.

– O quê?

– Todos eles fazem uma tatuagem com o tipo sanguíneo.

– Ah! – exclamei. – Então ele tem o tipo A?

– Isso. Também pode ser *A* de Adolf – sugeriu Truus. – Rá.

Nenhuma das duas riu.

– E eu sou *O*. De Oversteegen.

Ela ergueu o punho. Os pais de Truus e Freddie tinham se divorciado quando as meninas eram bem pequenas. Hendrik me contou que a mãe registrara as filhas outra vez, com o sobrenome de solteira.

– Bom trabalho, Truus.

Ela deu de ombros.

– Foi você quem percebeu as unhas pintadas.

Eu me virei para ela. Truus riu.

– Até parece que Jan Bonekamp iria notar uma coisa dessas.

Ela conhecia Jan muito bem. E ainda gostava de mim. Achei que meu coração fosse explodir. Será que eu podia ficar com os dois?

– Então o cara era da SS – concluiu Truus. – Mas e ela?

Voltamos para o cadáver dela e o observamos.

– Até que é comum encontrar o cadáver de uma mulher. Mas um homem? Um membro da SS? Um casal?

O rosto da mulher estava virado para o outro lado, o que tornava a cena um pouco menos enervante.

– Os homens podem voltar para casa sozinhos à noite – comentou Truus, olhando na direção em que Jan partiu. – As mulheres precisam andar armadas, e não só em tempos de guerra. – Ela voltou a examinar o corpo. – Se a mulher estivesse sozinha, eu diria que ela foi abusada por alguns soldados.

– Sim – concordei, estremecendo.

Era fácil imaginar. As ruas estavam cheias de alemães frustrados por nem sempre conseguirem sair com as holandesas. Era desconcertante passar por um grupo desses soldados. Eles nos detestavam, mas ao mesmo tempo nos desejavam. Eu demorava o dobro do tempo para chegar em casa, pois dava voltas enormes justamente para evitar interações como essa.

Truus nos levou de volta à clareira para decidir o que fazer. Ela me deu um cigarro, e fumamos feito loucas, tragando profundamente para nos livrarmos do cheiro de morte.

– Quer dizer que vocês dois estavam praticando tiro no meio do escuro? – perguntou ela.

– Bom, teríamos ido embora mais cedo se não tivéssemos encontrado os corpos.

– Ah – murmurou Truus. – Jan ficou contando histórias de guerra? – Ela deu uma risada sem graça.

– Mais ou menos – respondi.

– Ele já contou quantas pessoas ele matou?

– Não.

– Hum. Eu sei que ele tem uma lista.

Truus afastou um galho, abrindo caminho de modo que eu pudesse segui-la através da clareira.

– Você não gosta dele.

Ela riu.

– Jan é um ótimo combatente e é muito corajoso. É que, às vezes, parece que ele vai entrar no apartamento com um escalpo na mão. Para ele, a guerra é um jogo. A lista é o seu placar.

– Bom, ele não matou ninguém na história que me contou hoje.

– Deixe-me adivinhar: ele escondido debaixo do piso da cozinha?

– Sim.

– É uma boa história – disse ela. – Pode até ser verdadeira.

Nós duas rimos.

– Jan deve ter me contado para me dar mais coragem – argumentei.

– Talvez. E é uma história com final feliz. Não há muitas assim hoje em dia.

Truus me ofereceu mais um cigarro.

– E aí, funcionou? – perguntou.

– Acho que me deu alguma esperança.

– Esperança? – replicou ela, com uma entonação que denunciava ceticismo.

– Mesmo que sejamos capturados, não é necessariamente o fim.

– Hum. – Ela ponderou. – A Gestapo prendeu Jaap, sabia? O primo de Jan, aquele que eles estavam procurando. Acabaram encontrando o sujeito e o despacharam num trem para as minas de carvão da Silésia. Ninguém teve mais notícias dele. Ele contou essa parte?

– Não.

Ficamos em silêncio por alguns instantes. Truus se sentou num tronco caído na clareira, e eu fiz o mesmo. O pequeno espaço estava iluminado pelo luar, e eu me sentia grata por qualquer coisa que me livrasse da escuridão.

– Ele estava tentando me explicar como se juntou à Resistência – comentei.

– Hum – murmurou Truus, e então acendeu um novo cigarro no toco do anterior, que já estava se apagando. – As histórias de guerra são assim – disse ela, soprando a fumaça pelo canto da boca, do lado oposto de onde eu estava. – Elas nunca terminam. A não ser que a pessoa que está contando morra. Aí, sim, é o fim.

Ela suavizou o tom de voz. Fiquei quieta, esperando que continuasse.

– Se a história de Jan terminasse onde ele de fato parou, seria uma história engraçada. Se você contar o resto como eu fiz, é uma tragédia. Então, qual é a verdadeira?

Comecei a formular uma resposta, mas ela voltou a falar:

– As duas. Nenhuma. De qualquer forma, a história ainda não acabou, certo? Ainda não sabemos como acaba. Bom, acho que sabemos que fim Jaap levou.

– Fim? – repeti, como uma idiota.

– Quando eu morrer e parar de contar minha versão da história, e quando Jan morrer e parar de contar a dele, aí saberemos como acabou.

– Como você sabe que fim Jaap levou? – perguntei.

Ela remexeu a terra com os pés.

– Ninguém que é colocado num trem volta, Hannie. Todo mundo sabe disso.

Antes de entrar para a Resistência, eu não me sentiria à vontade para fazer uma declaração tão categórica. Sempre fui o tipo de pessoa que tentava ressaltar os pontos positivos quando os prognósticos eram ruins. Havia menos oportunidades para isso durante a guerra.

Truus parou por um instante, revirando alguma coisa na cabeça.

– Eu perguntei sobre as histórias que ele contou porque quero que você saiba... – Ela hesitou, depois suspirou. – Venho fazendo isso há muito tempo. Jan também. Só que nós agimos de formas diferentes.

Truus me olhou na escuridão da noite, com a brasa vermelha do cigarro refletindo em seus olhos.

– Entende?

– Sim – confirmei, mas não estava entendendo nada, só queria que ela continuasse a falar.

– Jan fala da guerra como se fosse o único tentando reagir. Nem tudo é arrogância, é só o jeito como ele encara as coisas. Ele está no centro da saga, e tudo gira em torno dele. A Saga de Jan.

Truus ergueu o cigarro como se fosse uma minúscula tocha viking.

– Pode me dar outro cigarro?

Ela riu e me entregou mais um.

– O que nós fazemos... é como um último recurso. Nada mais pode ser feito. Você entende o que estou falando?

– Acho que sim – respondi, mas não estava.

– Continuamos a combater esses canalhas porque é a única coisa que podemos fazer. Talvez fosse isso que aqueles dois estavam fazendo

– comentou ela, apontando para os corpos que tínhamos encontrado. – Quem sabe?

– O nazista? – perguntei.

Ela deu de ombros.

– Uma coisa que aprendi nesse ramo é que você pode até pensar que tem certeza de alguma coisa. Mas não tem.

Fumei o cigarro e tentei pensar no que dizer. Ela não parecia chateada, de fato. Apenas pensativa. Filosófica. Parecia Philine. Com a autoconfiança de Sonja. E a competência de um herói militar condecorado.

– Ei, Jan contou que o pessoal de IJmuiden acha que somos "maravilhosas" – comentei, me esforçando para soltar uma risada irônica.

Truus permaneceu em silêncio.

Limpei a garganta e esperei por algum comentário. Olhei para ela. Truus expirou lentamente. Como um boxeador se concentrando no canto do ringue. Então, ela se pôs a falar:

– Minha mãe começou esse trabalho anos antes do início da guerra. Foi o que causou a separação dos meus pais. Meu pai precisava de mais atenção do que ela conseguia dar. Do ponto de vista dela, ele precisava era de menos atenção. E aí ele foi embora. Ela continuou com o trabalho. Durante anos, abrigou refugiados. Gente fugindo da Alemanha, da Polônia. Eram na maioria judeus, mas também havia alguns ciganos e até jovens alemães tentando escapar do serviço militar. Quando começou a Ocupação, Hendrik apareceu na casa-barco de mamãe para conversar sobre a Resistência. Ela disse que já tinha gente demais para alimentar. Então, ele viu Freddie e eu atrás dela. Ele se apresentou e pediu a permissão dela para nos recrutar. Eu tinha 16 anos, Freddie, 14.

Tive a impressão de vê-la abrir um sorriso.

– Freddie e eu ficamos animadíssimas – continuou. – E acho que mamãe ficou aliviada de sairmos da barra da saia dela.

Eu mal conseguia imaginar a liberdade que as duas tiveram na infância. Que loucura.

– Tudo isso é novidade para mim – falei. – As armas, tudo.

– Essa parte era novidade para mim também – disse Truus. – Eu nunca tinha pegado numa arma antes da guerra.

Ela olhou para as estrelas.

– Eu nunca tinha estado numa guerra. E tudo é diferente na guerra. Não importa quanta experiência você tenha.

– Você nunca dá um tempo? – perguntei. – De tudo isso?

– Não de fato... ainda que fiquemos muitos dias sem fazer muita coisa, como você já deve ter percebido. – Ela suspirou. – É claro que já pensei em parar.

– Parar? Sair da Resistência?

Eu não conseguia me imaginar fazendo isso, muito menos Truus. Jamais.

– Sim – respondeu ela.

– Por quê?

Eu ouvia umas histórias inacreditáveis envolvendo Truus e Freddie, mas não sabia quanto daquilo era verdade. Alguns pássaros se movimentaram nas árvores, as folhas balançaram. O ar da noite estava agradável. Tranquilo. Esperei que Truus continuasse falando.

– Precisamos fazer alguma coisa com aqueles corpos – comentou ela.

– Você não quer falar do assunto? – indaguei, me sentindo ousada.

– Talvez esta seja a grande diferença entre mim e Jan – disse Truus, com uma risadinha. – Eu nunca quero falar da guerra...

– E essa é a única coisa de que ele quer falar – completei.

– E então? – retrucou Truus, levantando-se.

Ela me estendeu a mão e me ajudou a ficar de pé. Por mais que eu não quisesse pensar nos cadáveres, eu sabia que precisávamos fazer alguma coisa.

– Ou comunicamos às autoridades...

Assim que as palavras saíram da minha boca, olhei para Truus e percebi quão estúpida era a ideia.

– Ou enterramos – completei.

Truus assentiu.

– Sim. Temos que enterrá-los.

Caminhamos até o corpo da mulher e ficamos ali paradas.

– Ainda acho que ela era judia – falei.

– Sim – concordou Truus. – Eu também.

O chão logo abaixo da camada de folhas era barrento, úmido e frio. Sem qualquer ferramenta além das mãos, começamos a cavar.

# Capítulo 19

A VIDA SE DIVIDIU EM DUAS: de um lado, a agitação e o terror das ações da Resistência; de outro, a relativa segurança e a tristeza compartilhada da casa dos meus pais. Eu dormia nos dois lugares, apesar de passar cada vez mais tempo no apartamento. Ali, eu era sempre a novata, andando atrás dos outros e quase sempre fingindo saber o que eu estava fazendo. A vida em casa também era tensa. Assim que eu via os tijolos amarelos da infância, qualquer progresso que eu tivesse feito tentando me convencer de que era uma corajosa combatente da Resistência se dissolvia como os pretzels holandeses de minha mãe mergulhados no chá. Ou como eles se dissolviam antes da guerra, pelo menos.

Não ajudava muito não poder falar sobre o que eu fazia. Se eu pudesse contar a Sonja e Philine alguns dos detalhes mais loucos do meu trabalho – elas teriam ficado impressionadas por terem me confiado uma bomba –, eu poderia unir as duas metades da minha nova vida. Mas eu não podia. No momento em que apertei o gatilho contra Hendrik, eu soube que nunca contaria nada a elas. Até porque não acreditariam. E, mesmo se acreditassem, elas se sentiriam ainda pior por estarem trancadas dentro de casa 24 horas por dia. Além disso, ficariam preocupadas. Sonja e Philine já tinham bastante com o que se preocupar. Sem falar nos meus pais. Todo mundo estava preocupado, de qualquer forma.

– *Mijn kleine vos* – disse meu pai, ao me ver chegar, alguns dias depois de eu e Truus enterrarmos os corpos.

A luz da manhã aquecia o hall de entrada. Minha pequena raposa. Ele afastou meu cabelo da testa.

– Qual dos galinheiros você andou aterrorizando hoje? – perguntou ele. Ele não sabia que eu andava armada.

– Olhe para você – comentou mamãe.

Ela se aproximou e ergueu a barra da minha saia, a que eu vinha usando nas práticas de tiro. Era uma saia de algodão azul-claro que ela havia costurado para mim no ano anterior, feita com um corte de tecido que encontrou no brechó da igreja. Ela esfregou entre os dedos o pedaço do tecido que continha uma mancha escura de óleo da arma. Devo ter limpado as mãos na saia.

– Não conte nada. Não queremos saber.

Meu pai pôs as mãos sobre os ombros dela, tentando evitar que ela perguntasse também. A presença de Philine e Sonja em casa transformava todos nós em membros da Resistência. Eu tinha certeza de que eles inventavam uma história sobre meu trabalho com a qual conseguissem conviver. Que eu só me envolvia em atividades burocráticas, nada muito perigoso. Porque, caso soubessem da verdade, jamais fariam piada sobre o assunto. Meus pais não eram apenas generosos. Eram corajosos. Poucos dias depois da chegada de Sonja e Philine, meu pai me puxou num canto pedindo que parasse de procurar por outro esconderijo para as duas.

– Elas estão tão seguras aqui quanto em qualquer outro lugar – afirmara ele, com um olhar solene que refletia a importância do compromisso.

Cumprimentei os dois com beijinhos no rosto.

– Leve a saia para nossas hóspedes, elas são excelentes lavadeiras – disse meu pai.

– Elas não são empregadas – retruquei.

– Elas vão gostar de ter alguma coisa para fazer – argumentou minha mãe.

Meu pai parecia soturno.

– Elas vão ficar felizes em ver você. Vá lá em cima conferir, raposinha.

Bati à porta de leve enquanto abria uma fresta. Philine estava sentada na cadeira do canto do quarto fazendo crochê. Seu rosto se iluminou quando me viu.

– Hannie! – sussurrou, levantando-se para me abraçar.

Sonja permaneceu imóvel na cama, com as pernas esticadas e um braço cobrindo os olhos, como se estivesse se bronzeando na praia num dia de sol. Só que estava escuro no quarto. Escuro e abafado, com o ar pesado. Meu primeiro impulso foi escancarar a janela e deixar que a brisa fresca do verão entrasse, mas não podíamos fazer nada disso; não podíamos sequer afastar a cortina de tecido azul-escuro, para evitar que algum vizinho desse uma olhada. Não era de surpreender que Sonja ainda estivesse dormindo às onze horas da manhã. Não havia nada para fazer.

– Como vocês estão? – perguntei, sussurrando.

Philine deu de ombros.

– Tudo bem.

Ergui a sobrancelha e acenei na direção de Sonja.

Philine balançou a cabeça.

– Não muito bem.

– Doente?

Philine meneou a cabeça.

– Ela tem andado diferente esses dias. Tem ficado... assim.

Eu me sentei ao lado de Sonja e pus a mão em seu ombro.

– Sonja? Está precisando de alguma coisa?

Um leve gemido. Sem mover o braço dos olhos, ela respondeu:

– Uma passagem de avião para Nova York seria ótimo.

– Vou providenciar.

Sonja não se mexeu.

Philine tentou mudar de assunto.

– Alguma novidade, Hannie?

Não havia nada interessante que eu pudesse compartilhar com elas de modo seguro. Até dentro do esconderijo, a guerra estava interferindo no meu relacionamento com minhas melhores amigas. Suspirei e me concentrei nos temas óbvios.

– Andam dizendo que os alemães estão abalados depois das derrotas na Rússia e no norte da África.

– Sério? – retrucou Philine, um tanto cética. – Quem disse isso?

– *Het Parool* e *De Waarheid* – respondi. *A Senha* e *A Verdade*.

– É claro que os jornais da Resistência vão afirmar isso – contestou Philine.

Ela também estava mais desanimada do que o normal.

– Bom, é o que dizem.

– Ótimo – murmurou Sonja, sem sair da cama. – Porque, se essa guerra se prolongar até o próximo verão, não vou dar conta.

– Ainda faltam meses para o verão – replicou Philine. – Isso tem que acabar até lá.

Dava para perceber que ela não tinha refletido muito antes de falar aquilo. Ela examinou meu rosto.

– Não é? Como você falou, os alemães estão perdendo.

– Sim, bem...

Eu queria dizer qualquer coisa para animá-las, mas não nutria o mesmo otimismo de Philine.

– Não tenho nenhuma informação secreta, mas de fato eles sofreram algumas derrotas importantes, é verdade.

– É isso? – disse Sonja. – Isso é o máximo que você pode nos contar?

– Já faz três anos – comentou Philine, para ninguém em particular.

– E daí? – retrucou Sonja.

– Só estou dizendo. Não deve durar muito mais do que isso.

– O que você acha? – perguntou Sonja, olhando para mim. – Quanto tempo a guerra ainda deve durar?

Essa era uma questão que costumávamos evitar, mas Sonja não se importava mais com certas convenções sociais.

– Bom... Philine tem razão – concordei. – Quero dizer, a guerra não pode durar para sempre. Nada dura.

Sonja bufou.

– Já está durando.

– Sonja! – protestou Philine. – Olha o risco que os Schafts estão correndo...

– Desculpa – disse Sonja, num tom mais ameno. – Vocês têm sido maravilhosos. Só que não posso ficar trancada aqui pelo resto da vida. É sério. Não vou passar 1944 inteiro dentro deste quarto minúsculo. – Ela me encarou. – Sem querer ofender.

Apenas poucos meses haviam se passado, mas eu não quis discutir com ela.

– Vai acabar – disse uma voz.

Nós nos viramos e lá estava mamãe, com o rosto corado de cansaço por causa do eterno trabalho doméstico: varrer, esfregar, descascar, cortar, bater, lavar, torcer, cozinhar com o que não tem, o dia inteiro, todos os dias. As mãos estavam tão vermelhas quanto o rosto, ressecadas por causa da água fria do tanque.

– Quando você menos esperar, tudo isso vai acabar – afirmou ela, olhando em volta para o quarto entulhado com os parcos pertences das três jovens mulheres: echarpes de seda penduradas no pequeno espelho manchado e meias-calças secando no encosto da cadeira. – É assim que são as coisas. Você pensa que nunca vai acabar e então, bum, já era. Foi assim na última vez. Na Grande Guerra.

Ela sorriu, mas foi um sorriso tão fraco quanto o café falso que fingíamos degustar. Algumas pessoas tristemente começaram a chamar essa guerra de Segunda Guerra Mundial. Elas estavam em situação pior do que a nossa, já que ainda éramos jovens. Atravessaram a Grande Guerra fazendo promessas de que aquilo jamais voltaria a acontecer. Durante algum tempo, elas mantiveram a esperança.

– Agora, vamos – convocou mamãe, restabelecendo a ordem.

Observei enquanto ela trocava a tristeza de seu semblante por um tipo de determinação serena.

– Saiam da cama, mocinhas, e se aprontem. Está quase na hora do almoço.

Ela levaria a bandeja com os pratos, pois não poderiam correr o risco de serem vistas por algum vizinho pela janela da cozinha.

– Vou ajudá-la – falei.

Quando descemos a escada, ela se virou para mim.

– Vá logo – ordenou. – Você já tem muito trabalho.

Fiquei em choque. Era a primeira vez que ela não me criticava por negligenciar as obrigações domésticas: passar os lençóis, alvejar as roupas brancas, colher os nabos. Trabalho de verdade.

– O que houve, mamãe?

– Houve uma batida policial aqui, na praça Grote Market – contou ela. – Encurralaram uns rapazes... judeus, alguns ciganos... diante de Deus e da catedral, você acredita? – Seu rosto ardia de revolta. – Isso não é... – Ela respirou fundo e expirou devagar, tentando se acalmar. – Isso não é certo.

Papai estava na soleira da porta, observando.

Minha mãe era tão loura, tinha os olhos tão azuis e a pele tão clara que era quase translúcida. O rosto era cor de mármore; as rugas da testa pálida emolduravam as finas madeixas cacheadas brancas, grisalhas, platinadas. O que eu via era uma mulher velha. Envelhecida antes do tempo, mas velha mesmo assim. Ela tinha 53 anos.

Minha mãe afastou um cacho de cabelo do meu rosto.

– Seja... – tentou dizer.

– Seja gentil, atenciosa e corajosa – interveio meu pai, avançando na nossa direção e completando a frase inevitável.

Era o que mamãe sempre dizia a Annie e a mim quando saíamos para a escola de manhã.

– Tenha cuidado – disse ela. – Estou incluindo essa parte agora.

– Terei.

Ela ficou na ponta dos pés e me beijou na testa. Eu era apenas alguns centímetros mais alta. O aroma materno invadiu meu corpo e me trouxe uma forte sensação de aconchego e proteção. Havia anos que eu não sentia aquilo.

– Está gostando do trabalho, não está?

Minha mãe era tão sensata que nunca soube fazer uma piada ou uma provocação, mas, naquele instante, percebi certa malícia em seu sorriso dúbio. Enquanto conversávamos, o piso de madeira rangia, fazendo barulho no pequeno saguão. Foi quando percebi como aquele espaço era desconfortável, não só porque estava abarrotado de casacos pendurados, sapatos espalhados, mais um amontoado de coisas que trazíamos da rua e ficava jogado na mesa de mogno encostada na parede, manchada e herdada de alguma avó, mas também porque era onde todos os cumprimentos e despedidas aconteciam, o que era difícil para mamãe. Nós nunca nos acertávamos: se eu chegasse de braços abertos para um abraço forte, ela recuava; contudo, se eu entrasse e lhe desse um beijinho rápido, ela se sentia magoada, como se eu a estivesse evitando por algum motivo. Minha mãe tinha a tendência de dizer as coisas mais importantes justo quando eu estava saindo de casa, sem tempo para retrucar ou discutir. Eu achava essa mania particularmente irritante, mas passei a fazer a mesma coisa. Nós nos despedíamos com um medo inconsciente do que poderia ser dito. Mas naquele momento ela estava sorrindo.

– Sim, estou mesmo – respondi.

Meu pai sorriu.

– Você ainda lê Gandhi?

– Papai...

Eu e meu pai tivemos longos debates na hora do jantar sobre se os protestos e as greves de fome de Gandhi teriam o poder de derrotar um exército de verdade. Eu sempre defendia Gandhi.

– Não a provoque, Pieter – disse mamãe, e então riu.

Ela era obrigada a testemunhar os debates.

– Sim, eu ainda leio Gandhi – afirmei, o que não era mentira.

Jan vivia me provocando por causa disso. Eu ainda admirava a coragem de Gandhi e seu comprometimento com a causa. Só mudei de ideia quanto ao fato de uma estratégia não violenta funcionar contra os nazistas. Não contei isso ao meu pai, mas ele já devia suspeitar.

– Perguntei por perguntar – comentou ele, com um sorriso. E então me deu um beijo na testa.

Há momentos na vida em que você consegue perceber que está crescendo. Aafje e Pieter Schaft estavam ali, na minha frente, e, pela primeira vez, eu conseguia enxergá-los. Eram meus pais, porém, mais do que isso, eram professores, cuidadores, frequentadores da igreja, seguidores da lei, ativistas, filhos de seus pais, assim como eu era deles. E combatentes. Beijei os dois no rosto.

– Vou me despedir das meninas – falei.

Minha mãe balançou a cabeça.

– É difícil para elas ver você sair. Vá logo.

Aquilo doeu, mas eu sabia que ela estava certa.

– Está bem.

Ela amarrou o avental, um sinal inconfundível de que estava na hora de retomar as tarefas domésticas.

– Não se preocupe demais com elas. Vou mantê-las ocupadas.

Eu quase a abracei, mas o gesto estragaria nosso ritual de despedida; a parte emotiva da interação já havia passado.

– Agora, vá – ordenou ela, abrindo a porta alguns centímetros para que eu pudesse me esgueirar, como fazíamos agora. – Vamos ficar bem. Temos vocês lá fora para nos proteger, certo?

Ela piscou para mim. Pareceu que eu tinha recebido uma condecoração por bravura.

# Capítulo 20

Tínhamos encontrado os corpos numa segunda-feira à noite. Depois de alguns dias em casa, retornei ao apartamento da Resistência.

– Hannie.

Truus acenou com a cabeça e sorriu, então deu uma espiada lá fora para conferir se eu estava sozinha.

– Está tudo bem? – perguntei.

– Sim – murmurou Truus, sem muita convicção. – Ninguém teve notícias de Jan desde aquela noite na floresta. Você falou com ele?

– Eu falei – anunciou Hendrik, entrando na sala principal. – Acabei de vê-lo com Brasser.

Jan Brasser era outro comandante. Exercia a mesma função de Hendrik em Zaandam, a cidade vizinha.

– Ele pretende aparecer na sexta-feira? – perguntou Truus.

Eu me sentei à mesa de jantar. Tínhamos deixado um cantinho livre para jogar cartas em meio ao caos de jornais clandestinos, pontas de cigarro e xícaras sujas. Comentei com ela que Jan falara da eliminação iminente de Kohl.

– Pode ser, não é? – retrucou uma jovem sentada à direita de Truus.

Era uma adolescente magra e bonitinha, com tranças louras e rosto em formato de coração. Seria ela...?

– Hannie, esta é Freddie – apresentou Truus, mal erguendo os olhos das cartas. – Freddie, Hannie.

Freddie se inclinou sobre a mesa e apertou minha mão com a firmeza de um caixeiro-viajante.

– Prazer em conhecê-la – disse ela.

Apesar do vigoroso aperto de mãos, ela me encarou com certa timidez, como uma menininha. Eu sabia que Freddie tinha apenas 17 anos, mas ela parecia ao mesmo tempo mais jovem e mais velha, uma mistura de estudante gentil e soldado implacável.

– Muito prazer – repliquei, devolvendo o sorriso e o aperto de mãos.

– Vamos lá – incentivou Truus, em sua voz de irmã mais velha. – Estamos no meio da partida. Pegue, Hannie.

Sem embaralhar as cartas, ela me passou as primeiras cinco do topo da pilha.

– Veja se você pegou uma boa mão.

Freddie descartou um dez de copas.

– Estou usando essa como se fosse um cinco.

Só havia 46 cartas, então era tudo uma bagunça. Fazíamos muitas concessões. Truus chamava o jogo de Resistência.

– É bom para treinar – argumentava ela. – Você precisa se convencer o tempo todo de que tem chance de ganhar.

No jogo, o vencedor só era descoberto quando a partida acabava.

– Permitido – falei.

Tudo era permitido.

– Você vai ser uma ótima juíza – disse Hendrik.

– Verdade – comentou Truus. – Ela adora julgar as pessoas.

Eu a chutei por baixo da mesa. Já éramos amigas o suficiente para isso.

– E é violenta. – Ela me chutou de volta. – Ai!

Meu coração se encheu de alegria.

– Ai! – repetiu Truus, irritada dessa vez.

Foi Freddie quem a chutou. Ela riu e me encarou do outro lado da mesa.

– Não se deixe enganar, Hannie, ela não é tão durona quanto pensa.

Truus revirou os olhos. Senti um aperto no peito e precisei segurar a emoção. Eu sentia falta de ter uma irmã.

– Eu queria conversar com vocês sobre sexta-feira – anunciou Hendrik, que estava nos vendo jogar.

– Sobre Kohl? – perguntei.

Truus manteve o olhar fixo nas cartas, esperando que ele continuasse.

– Eu sei que inicialmente seria uma missão sua com Jan. Mas ele não vai poder ir. Pensei que Truus pudesse substituí-lo.

– Na sexta à noite? Amanhã? – indagou Truus.

– Isso mesmo, amanhã à noite.

Ele se virou para mim.

– Caso você e Jan já tenham traçado um plano, talvez você pudesse adaptá-lo para incluir Truus.

Olhei para as irmãs Oversteegen. Truus era mais alta e mais forte do que Freddie, mas as duas tinham o mesmo olhar sereno e relaxado, com as maçãs do rosto lhes conferindo uma aura de gata siamesa. Eu quase conseguia ver as longas caudas oscilando enquanto elas prestavam atenção, captando a mensagem.

– Adaptar? – repeti.

Humm. De acordo com os planos de Jan, fingiríamos ser um casal aos beijos num beco, esperando que Kohl saísse do bar; então, ele surgiria de repente e atiraria em Kohl, enquanto eu lhe daria cobertura. Eu andava bem ansiosa pela parte dos beijos. No entanto, a parceria com Truus em outra missão importante era sedutora de uma maneira diferente. A parte mais difícil seria nos aproximarmos de Kohl o suficiente para matá-lo. Se atirássemos do outro lado da rua, era grande a chance de ele ser apenas ferido, e a gritaria causaria uma comoção na rua silenciosa. Do outro lado da mesa, Truus tinha a sombra de um sorriso. Ela já estava fazendo planos.

– Vamos chamar muita atenção se ficarmos a noite toda na esquina – avisou Truus.

Estávamos estudando o local.

– E se alguém tentar falar conosco bem na hora em que Kohl estiver saindo?

– Talvez Hendrik pudesse ir junto para se passar por nosso irmão? – sugeri, sabendo que era uma ideia idiota. Por que não levar logo um exército?

– Você não precisaria de mim se Hendrik fosse – rebateu Truus.

– Precisamos de um homem para ficar por perto até Kohl sair. Aí ele desapareceria quando Kohl se aproximasse – expliquei.

Tudo soava complicado demais. Os melhores planos eram os mais simples.

– E se uma de nós fingisse ser um homem? – comentou Truus. – Assim, quando Kohl aparecesse, tiraríamos o disfarce e seríamos só duas mulheres.

Ela deu alguns passos em direção à outra extremidade do beco, analisando o lugar.

– Ou poderíamos correr e nos esconder aqui. É uma possibilidade.

– E quem seria quem? – perguntei.

Truus riu.

– Você ficaria ridícula vestida de homem – afirmou ela.

– Não ficaria, não – protestei, mas, no fundo, estava aliviada. Não fazia a menor ideia de como fingir ser um homem. Além disso, Truus era mais alta do que eu. – Mas tudo bem, serei a mulher.

– Você quer dizer a *femme fatale* – disse Truus.

– Você entendeu.

No dia seguinte, percorremos as várias rotas de fuga pela última vez até termos certeza de que conseguiríamos reconhecê-las no meio da noite escura. Todos os postes estariam apagados. Isso tendia a ser uma vantagem para nós, uma vez que conhecíamos a cidade melhor do que os alemães.

– Você entende o que significa ser a mulher aqui, certo? – indagou Truus bem baixinho, um sussurro quase silencioso que adotávamos para discutir os planos na rua. E andávamos bem rápido durante a conversa.

– Como assim? – retruquei.

– É você quem vai agir. – Truus me encarou. – É você quem vai se aproximar de Kohl.

Eu sabia disso.

– Mas você pode me dar cobertura, não é?

– Sim – disse Truus. – Só que estarei no beco.

– Ah.

Andei mais devagar. Truus me puxou da calçada, me livrando do fluxo de pedestres.

– É um bom plano – sussurrou ela. – Mas, Hannie, agora é a hora de decidir se você está pronta para fazer isso. – Ela sorriu. – Se você não quiser, tudo bem. De verdade. Isso não é para qualquer um.

Parei um segundo. Naquela noite seria diferente do pátio ferroviário da central elétrica. Naquela noite eu teria que atirar num homem à queima--roupa. Não parecia real. Eu gostaria de poder conversar com Philine e Sonja... Sonja, que, na última vez, estava deitada na cama e mal se mexia. Perdia a esperança a cada dia que passava.

– Eu dou conta – declarei.

– Tudo certo, então – confirmou ela, me dando um tapinha no ombro. – Depois que a coisa começa, o nervosismo e as dúvidas desaparecem. Esperar é a parte mais difícil. Até lá, tente ignorar seus pensamentos. Não deixe que assumam o controle, apenas concentre-se em si mesma, em suas ações. Esvazie a mente. Você só precisa pensar em uma coisa: cumprir a missão. Então, foque nisso.

– Tudo bem – falei, tentando imaginar o que ela queria dizer com aquilo.

Como um ator substituto que decorou todas as falas e, de repente, tem que subir ao palco para encerrar a noite, eu fui treinada para a ação, mas também me encontrava num estado de descrença e ansiedade.

– Bom – murmurou Truus. – Vejo você às nove.

Empurramos as bicicletas para a rua ensolarada.

– Vou tirar um cochilo, e acho que você deveria fazer a mesma coisa – recomendou ela. – E se não conseguir dormir... pratique um pouco de tiro ao alvo.

Quando voltei para casa naquela tarde, Sonja estava sentada, parecendo um pouco melhor. Estava folheando uma cópia do jornal da Resistência *Het Parool*. Eu a observei vasculhar as páginas em busca de nomes de pessoas presas ou assassinadas. Todas nós sabíamos que aquelas listas eram incompletas.

– Como vai o bonitão de quem você falou? – perguntou Philine.

– Verdade – disse Sonja. – O Homem Louro.

Eu não queria conversar sobre Jan. Eu não o via desde a noite em que encontramos os cadáveres. Talvez ele estivesse constrangido por causa da minha amizade com Truus. Era difícil decifrá-lo, e eu não tinha como entrar em contato com ele. Precisava esperar até ele aparecer outra vez. Dobrei um vestido e o guardei na valise junto com um par de sapatos de salto.

– Os membros da Resistência não são comunistas? – perguntou Philine, me observando. – Achei que eles preferissem mulheres de macacão e botas de trabalho.

– Ele é bonito – admiti, alimentando-as com migalhas. – Mas não posso contar muito mais do que isso, exceto que não existe uma regra de vestimenta, Philine. Não que eu saiba.

– Eu sabia! – exclamou Sonja, pulando na cama. – Ela está apaixonada.

– Sonja – disse Philine, revirando os olhos. Então, olhou para mim. – É verdade?

– Vocês já me viram apaixonada alguma vez? – perguntei.

– Não – disse Sonja. – Mas sempre existe uma primeira vez.

Meu coração bateu mais forte ao ouvir isso. Eu ficaria corada se pensasse muito no assunto.

– Vocês sabem que eu não posso falar disso – retruquei, tentando parecer profissional.

Coloquei um par de brincos e uma bolsinha na valise e a fechei.

– Não vou voltar hoje à noite, provavelmente amanhã. Precisam de alguma coisa da rua? – perguntei, já de saída.

– Sim – respondeu Sonja, usando um lenço bordado com o monograma da família para limpar as pontas dos dedos, sujas da tinta barata do jornal. – Tudo.

As horas seguintes foram longas. Voltei de bicicleta para o apartamento, me tranquei no único quarto com espelho e tentei me aprontar para a noite. Truus entrou.

– Use uma roupa bonita – aconselhou. – E, sabe... – Ela fez um gesto esquisito em torno da cabeça. – Faça alguma coisa no cabelo. Eu vou usar isso – comentou, mostrando uma boina.

Eu ri. O embelezamento era a única área na qual eu tinha mais experiência do que Truus, embora, se comparada a Sonja, Philine e quase qualquer jovem adulta de minha idade, eu não passasse de uma iniciante. Tentei vários penteados, prendendo a parte da frente, depois prendendo tudo ou deixando tudo solto. Decidi usar meu vestido azul-claro favorito, um casaco de lã cinturado e um par de sapatos de fivela de couro envernizado. A última vez que eu tinha usado qualquer uma dessas peças tinha sido numa festa de aniversário, um ano e meio antes, quando o vestido se ajustara perfeitamente às curvas modestas. Naquela noite, porém, ele caía reto pelos quadris feito melindrosa. Até meu sutiã chique estava frouxo, então o deixei na gaveta. Olhei meu reflexo no espelho. Eu parecia mais velha, mais sofisticada. Com as mãos nos ossos salientes do quadril e a discreta silhueta dos mamilos sob o fino tecido azul, eu me senti uma mulher adulta.

Pensei num último detalhe. Peguei o nécessaire que havia trazido de casa e revirei o conteúdo, torcendo para que ainda estivesse lá. Estava. Inclinei-me em direção ao espelho e passei uma camada caprichada de batom vermelho-escuro, removendo o excesso com um lenço. Quanto mais dramaticamente feminina eu ficasse, mais Truus se pareceria com um homem.

– Olha só – disse Hendrik, me examinando da cabeça aos pés. – Você está linda, Hannie.

– Obrigada.

Levei uma das mãos ao pingente de prata no pescoço.

– Isso é da minha mãe – falei, nervosa.

– É lindo – elogiou Hendrik.

Examinei os bolsos para ter certeza de que estava levando tudo de que precisava.

– Munição? – perguntou Hendrik.

– Sim.

– Arma?

– Sim.

Apontei para um copo diante de Hendrik sobre a mesa.

– Posso tomar um gole?

– Por favor.

Era alguma bebida alcoólica fermentada horrorosa. Tomei como se fosse água.

– É bom – falei, sentindo o calor do álcool relaxar ombros e nervos.

– Bem, até que levanta o moral – disse Hendrik.

– Você teve alguma notícia de Jan? – perguntei, a língua mais solta por causa da bebida.

– Nada desde ontem. E você?

– Não. Só estava perguntando.

– Você vai se sair bem – tranquilizou Hendrik. – Truus sabe o que está fazendo.

– Eu sei, eu sei.

Na verdade, eu preferia cumprir a missão ao lado de Truus. Era mais provável que ela seguisse o plano. Peguei as coisas para sair. Eu queria caminhar um pouco antes de me encontrar com Truus, para me acalmar. Caminhar sempre ajudava.

– Bom... – falei para Hendrik. Eu sabia que ninguém se importava muito com despedidas. – Até mais tarde.

– A gente se vê do outro lado.

# Capítulo 21

Era quase meia-noite quando cheguei ao lugar combinado. Um dos pontos de encontro favoritos da Gestapo, o bar organizava festas privadas para os membros da SS depois do toque de recolher. Truus chegou mais cedo e já estava me esperando no beco havia vinte minutos. Enfiei a mão na bolsa para checar a pistola de aço, pesada e fria, um gesto que já estava se tornando um tique nervoso.

– Pare de brincar com isso – disse Truus. – E arrume o cabelo.

Ela soou ríspida, mas não estava com raiva, e sim com medo. E ela baixou a voz para um tom mais grave, tentando soar como um homem que vestia um sobretudo e uma boina de lã sob a qual ela escondera os próprios cachos. Ali estava a pequena Truus se passando por um homem. Ela puxou a boina para a frente a fim de cobrir um pouco mais o rosto. Estava escuro no beco. Precisávamos das sombras para fazer a ilusão funcionar.

Arrumei uma mecha de cabelo que insistia em escapar do meu prendedor de casco de tartaruga.

Era uma noite perigosa. Ainda assim, eu disse a mim mesma, era perigoso por nossa causa.

No beco, respirei fundo. Truus levou um dedo aos lábios pedindo silêncio. Eu era três anos mais velha do que Truus, mas a veterana era ela. Sorri. Ela piscou.

Estava silencioso outra vez.

Minutos depois, a porta do bar se abriu, e um retângulo ofuscante de luz, fumaça de cigarro, risadas e música invadiu a rua deserta. Tínhamos passado por ali algumas vezes, mas apenas Truus entrou no bar. Quando saiu, ela confirmou: era melhor abordar Kohl do lado de fora. A taverna minúscula, com apenas uma saída, era uma armadilha.

Truus espiou da esquina e viu quatro alemães barulhentos abraçados uns aos outros, profundamente bêbados. Eles riram quando tropeçaram no meio-fio e quase caíram.

Truus balançou a cabeça. Kohl não estava entre eles.

Os soldados avançaram cambaleando na nossa direção, e Truus pressionou o corpo contra o meu, conforme havíamos praticado, encostando sua bochecha fria na minha, os braços em volta do meu pescoço: mais um jovem casal se esgueirando pelas sombras para dar uns beijinhos. Um dos soldados assobiou, mas os outros estavam muito distraídos com a própria farra para se importarem conosco. Eles se afastaram aos trancos e barrancos, e suas vozes roucas aos poucos foram sumindo. A pequena rua ficou quieta outra vez. Foi quando percebi que, dez anos antes, eu costumava passar por ali para ir às aulas de piano.

Truus e eu nos separamos e soltamos o ar, aliviadas. Olhamos fundo nos olhos uma da outra, sem precisar falar, pois tínhamos repassado o plano umas cinquenta vezes... não, umas cem vezes: *Tenha paciência*. Tudo só funcionaria se Kohl saísse do bar sozinho.

– Kohl não é diferente de qualquer outro nazista – murmurou ela, enquanto observava os soldados desaparecerem na escuridão. – Ele acha que está de férias, só que armado.

Muitos alemães enxergavam nosso país dessa forma, felizes por visitar uma terra nem tão estrangeira assim, cheia de mulheres louras e de cerveja. Eu endireitei a postura, voltei a mexer no cabelo e apertei o cinto do casaco. Quando passei a mão pela bolsa, Truus fez uma careta, mas então eu peguei um cigarro. Dois. Abri o isqueiro prateado, e ela se inclinou, iluminando o rosto sardento com a chama. Ao longe, o tilintar do sino de um barco no canal soava pelo ar gelado. Fechei a bolsa, e o clique metálico ecoou pelas frias paredes de pedra. Truus se retraiu.

– Calma – sussurrei.

Ela fez uma careta. Não que eu estivesse relaxada. Mas fingir melhorava as coisas.

A porta do bar voltou a se abrir: o clarão e o barulho dos bêbados lá dentro invadiram o silêncio frio da rua estreita. Eu me inclinei para olhar e estremeci.

Lá estava ele, do jeito que tínhamos imaginado. Era pelo menos 15 centímetros mais alto do que nós, por isso teve que se abaixar para passar pela velha porta de madeira. O pesado sobretudo de couro parecia deixá-lo ainda maior. Era um corvo monstruoso saindo de uma gaiolinha, batendo e exibindo as asas. Atrás dele, a porta se fechou com um baque.

Ele estava sozinho. Truus assentiu.

– *Pak die rotzak!* – sibilou ela.

Pegue o desgraçado.

Com as duas mãos, Kohl arrumou o quepe de oficial da SD na cabeça e, então, passou o peso do corpo de um pé para o outro, inalando o ar gelado da noite. Os símbolos prateados das patentes presos no uniforme cintilaram sob a luz fraca. De onde eu estava, tive a impressão de sentir o cheiro que ele exalava: um odor úmido de suor, couro e álcool. Ele era real.

Truus recuou e desapareceu nas sombras. Fiquei sozinha, encostada na parede de tijolos do prédio. Como se estivesse entediada. Mas eu me sentia eletrizada. Eu conseguia ouvir as batidas monótonas da água contra a margem do canal e ver todas as estrelas no céu. Tinha certeza de que nunca mais me sentiria entediada na vida. Na ausência de outras luzes, o brilho da brasa na ponta do cigarro era a coisa mais iluminada ao meu redor. Brilhava como um vaga-lume no frio de novembro: vermelho, quente e inesperado. Passei o bico do sapato pelo chão na entrada do beco, brincando com uma pedrinha. Dei um trago no cigarro e soprei a mistura de fumaça e névoa branca que exalamos no inverno: uma pequena nuvem se materializou no meio da noite.

Com o canto do olho, Kohl viu a nuvem, então girou a cabeça, num movimento ágil e suave; em seguida, virou o corpo na mesma direção. Ele me examinou da cabeça aos pés, como quem avalia um cavalo de corrida e calcula as chances. Era apenas uma jovem. Uma jovem bonita de batom vermelho. Sozinha.

Meus olhos encontraram os dele. Meu coração martelava no peito. Sustentei o olhar por mais alguns segundos... então abaixei a vista, acanhada.

Segundos depois, voltei a erguer o olhar. Kohl continuava me encarando. Ele parou de mexer nos botões prateados do sobretudo e manteve os dedos no debrum. De repente, não estava mais tão sério. Dei um sorrisinho, apenas uma sugestão.

Kohl avançou um passo, a bota preta acertou um paralelepípedo, e ele tropeçou, feito os soldados bêbados que apareceram antes dele. Um bom sinal. Ele ergueu o canto da boca grande de lábios carnudos, ainda úmidos da última bebida... ou, talvez, de desejo. Eu precisava admitir que ele era bonito, apesar do gosto metálico de desprezo que eu sentia no fundo da garganta. Um oficial nazista alto, de mandíbula angulosa e ombros largos – o ideal ariano. Na gola do uniforme engomado, reconheci a delicada insígnia da folha prateada que Truus me instruíra a procurar.

*Pegue o desgraçado.*

– *Guten Abend, Fräulein?*

Boa noite, senhorita? Soou como se fosse uma pergunta. E talvez fosse. Ele não falava holandês, é claro. Não havia por que aprender o idioma do país que eles ocuparam, já que, em breve, tudo faria parte de um único Reich alemão.

Eu falava alemão com certa fluência. Mas não naquela noite. Truus e eu tínhamos mudado essa parte do plano. Eu não queria me envolver numa longa conversa quando sabíamos que ele estaria interessado em outra coisa, e não era bater papo.

– *Goedenavond* – respondi.

Boa noite. Em holandês. Minha voz soou suave e baixa. As palavras pouco importavam, de qualquer forma. Ele estava bêbado, mas o olhar se mantinha firme. Os olhos dele nunca se desviavam dos meus.

Dei um passo atrás, recuando devagar para o abrigo do beco. Kohl inclinou a cabeça como um cachorrinho, então deu uma rápida espiada por sobre os ombros. Não havia ninguém. Ele começou a caminhar com mais convicção.

– *Sind Sie alleine hier, Fräulein?*

Está sozinha aqui, senhorita? As palavras se fundiam umas às outras, escorregadias por causa do uísque. Enquanto falava, dava passos largos e confiantes. Quando pronunciou *Fräulein*, ele estava a poucos centímetros de distância.

*Não se mova.*

Cada músculo do meu corpo implorava para sair dali: *Corra.* Em vez disso, sorri, dei um último trago no cigarro e o atirei na calçada. Na mesma hora, ele pisou com a pesada bota preta, esmigalhando-o por completo. Como um flerte brutal.

Ele sorriu. Deu um tapinha no sobretudo de couro e franziu o cenho.

– *Es tut mir leid, aber ich habe keine mehr.* – Seus cigarros haviam acabado. – *Ich hole mehr drinnen... und vielleicht ein wenig Whiskey?* – ofereceu.

Seu rosto se iluminou diante da ideia: ele voltaria ao bar para pegar mais cigarros... e um pouco de uísque também.

Não. Não era esse o plano.

– Espere.

Estendi o braço e toquei sua mão. A pele dele queimava sob meus dedos frios. Segurei sua mão com firmeza, tentando parar de tremer. Senti o sangue dele circulando nas veias azuis do dorso da mão coberto por pelos finos.

– Não vá – sussurrei.

Minha bolsa continuava debaixo do braço.

– *Ik heb meer.*

Eu tenho outros.

Ele sorriu e assentiu, revirando o bolso em busca de um isqueiro. Estava excitado. Tinha saído sozinho do bar e encontrado uma jovem à sua espera? Que noite de sorte. Mas ele não estava conseguindo encontrar o isqueiro naqueles bolsos enormes, por isso olhou para baixo, pensativo. Onde estava?

Minha mão já estava dentro da bolsa, mas meus dedos tinham se atrapalhado. Eu estava respirando tão rápido que achei que fosse desmaiar. A visão periférica começou a embaçar, e meu campo visual mais parecia um túnel borrado. Me atirei em cima dele, e o cheiro másculo e azedo que eu sentira antes me envolveu feito uma névoa.

– *Mein Liebling* – murmurou ele, suspirando, e eu me contraí.

Pisquei e recuperei o foco, lembrando de Philine e Sonja deitadas na cama de minha infância. Pus a mão em torno do frio cabo de metal, o dedo no gatilho. Sem trava de segurança. Com um único movimento, saquei a pistola e a encostei com força em seu peito largo, como eu havia praticado.

Encarei seus olhos cinzentos, cor de prata manchada. Os dentes da frente eram brancos e brilhantes. Ele não entendeu.

– *Was ist das?* – indagou, franzindo a testa pálida, mas ainda sorrindo.

Como se fosse uma brincadeira.

Não era.

Apertei o gatilho. Meus braços tremeram sob o impacto do recuo, e cambaleei para trás, me afastando dele como se eu é que tivesse sido atingida. Senti a cabeça latejar.

Ele ainda estava de pé.

A expressão dele permaneceu inalterada, seus olhos fixos nos meus. Até que, finalmente, ele baixou a cabeça e examinou o casaco. Estava muito escuro para ver alguma coisa, então ele apalpou o peito em busca de respostas, debatendo-se como peixinhos em torno do ralo, quando seus ombros cederam e se curvaram. Alguma coisa estava errada.

– Atire de novo! – rosnou Truus, encostada na parede atrás de mim.

Dei um passo à frente, e ele me puxou junto ao peito como se desse prosseguimento à ideia inicial: não deveria abraçar a jovem, beijá-la? Não era disso que se tratava? Mas suas pernas se dobraram como as de um boneco murcho, e ele me puxou para baixo junto com ele, suas mãos nos meus ombros, no meu pescoço. Um homem se afogando se agarra a qualquer coisa que flutua. Caí por cima de Kohl, desesperada para me afastar dele, mas ciente de que, como Jan me ensinou, toda oportunidade é válida se você estiver vivo para aproveitá-la. E ele havia me treinado para isso. Pressionei o cano da pequena arma contra as costelas de Kohl como se fosse uma baioneta e puxei o gatilho. Dessa vez, eu estava preparada para o impacto. Ele não.

Kohl tentou respirar, murmurou alguma coisa, pendeu para trás e, com uma pancada violenta, bateu o topo da cabeça cuidadosamente raspada contra o calçamento de pedra. Seu quepe preto brilhante caiu na rua, com a águia prateada e cintilante reluzindo sob a parca luz do ambiente como se tentasse escapar por conta própria. Girou até parar com a viseira enterrada na lama de neve derretida. Truus se apressou em pegar o corpo e arrastá-lo até a escuridão do beco.

– Me ajude! – sibilou.

Agarramos a gola de Kohl e tiramos o corpo do meio da rua. Com os nervos à flor da pele e os ouvidos zumbindo, eu mal conseguia ouvir a voz de Truus. Mas eu sabia o que fazer. Pegamos na lapela do sobretudo de couro e o arrastamos sobre os paralelepípedos. Ele seria descoberto, e nós queríamos que fosse. Para dar o recado. Entretanto, era melhor que isso não acontecesse de imediato. Nós o largamos no fundo do beco com um baque. Como se arrastássemos um móvel.

– Vamos – disse Truus, tomando a minha mão e caminhando em direção à rua para percorrer nossa rota de fuga.

Eu tropecei, recolhi a mão e me virei.

– O que... – Truus começou a falar, então parou.

Corri até Kohl e me posicionei sobre o corpo dele com um sapato elegante de cada lado do pescoço, os braços firmes voltados para baixo. Apontei a pistola para a cabeça e vi os olhos cinzentos, agora revirados como bolas de gude, então movi o cano naquela direção. Como dizia Jan: bem no meio dos olhos, se possível; assim, não tem erro. Atirei. A cabeça balançou e uma névoa cor-de-rosa com cheiro de carne queimada espirrou em mim. Peguei o desgraçado.

Meus pés se mexeram, mas não senti nada; meu peito arfava, a respiração chiando, mas não me importei. Truus me puxou pela mão com mais força, e corremos pelas ruas vazias, escorregando ao dobrar as esquinas no calçamento gelado e liso.

– Depressa! – exclamava ela, sem parar.

A voz de Truus era uma corda me puxando através um grande precipício. Eu alcancei a corda e me juntei a ela do outro lado.

# Capítulo 22

– Mamãe – chamei.

Ela abriu a porta e me puxou para dentro. O hall de entrada não estava mais quente do que as ruas de dezembro do lado de fora. Eu não ia para casa desde a missão de Kohl, uma semana antes. O rosto dela estava sério. Como se soubesse o que eu tinha feito.

– O que houve? – perguntei.

Ela me entregou um pedaço de papel.

– É de Sonja.

Havia alguma coisa escrita na página arrancada de uma revista de cinema, numa propaganda de xampu com espaço livre suficiente para uma breve mensagem:

Caros Sr. e Sra. Schaft e minhas queridas Philine e Hannie,

Sou mais grata do que jamais conseguirei expressar por tudo que fizeram por mim. Vocês se arriscaram muito, e eu agradeço por tanta gentileza. Mas se preciso desaparecer, prefiro que seja quando eu estiver lá fora a ter que ficar aqui esperando, trancada numa caixa. (Desculpa.)

Prometo que vou tomar cuidado. Não se preocupem comigo, vou para os Estados Unidos! Conheço uma pessoa que pode me levar até a Suíça, então vou tentar mandar notícias de lá. Espero reencontrá-los...

Com amor,

Sonja

– Quando foi isso? – indaguei, procurando mais informações no verso, mas havia apenas outro anúncio colorido.

– Alguns dias atrás – disse ela. – Não sabíamos como entrar em contato com você.

Minha respiração se acelerou.

– Onde está Philine?

Minha mãe olhou para cima. Subi as escadas correndo, dois degraus de cada vez, e escancarei a porta do quarto. Lá estava Philine, sentada no lugar de Sonja, na cama, com as mantas sobre os joelhos, lendo. Ela ergueu a vista e caiu no choro quando me viu.

– Ah, Hannie! – exclamou, enquanto eu corria para abraçá-la com força. – Implorei para ela não ir.

– Eu sei.

Sonja ameaçava ir embora desde que tínhamos chegado. Já fazia nove meses. Para Sonja, era como se fossem nove anos.

– Ela estava enlouquecendo – revelou Philine, secando as lágrimas. – Era tão difícil para ela lidar com a incerteza.

Percebi que Philine estava falando de si mesma também.

– Tentei argumentar como era muito melhor ficarmos aqui do que tantos outros que estavam se escondendo em despensas ou palheiros. Ela concordava comigo, mas não adiantou – contou Philine, a voz entrecortada por soluços.

Já tínhamos ouvido várias histórias. Judeus escondidos em porões minúsculos, com permissão para esticar as pernas e usar o banheiro apenas tarde da noite, quando era mais seguro. Havia rumores de uma família numa fazenda em algum lugar no noroeste dos Países Baixos que estava escondendo dezenas de judeus em valas de drenagem e silos de grãos. Certa noite, depois de muita bebida, Hendrik começou a chorar quando nos contou a história de um garoto judeu de Amsterdã, talvez com uns 7 anos, escondido sozinho num quarto depois que o resto da família fora levada embora, sobrevivendo do resto de comida dos vizinhos.

– Eu nunca descobri o nome dele – dissera Hendrik – porque, depois de dez meses sozinho, ele simplesmente parou de falar.

Eram muitas histórias.

– Eu sei, eu sei – murmurei, abraçando Philine.

– É terrível não poder fazer nada. Só ficar aqui, sem ter como ajudar.

– Não é o seu caso – retruquei. – Você está ajudando meus pais, portanto está me ajudando. Como poderíamos seguir em frente sem você, Philine?

Ela me abraçou mais forte.

– Acho que o que você está fazendo aqui é a coisa mais corajosa que uma pessoa pode fazer – falei, e realmente acreditava nisso. – É muito mais difícil ficar parada enquanto o resto do mundo vive um inferno. Se eu entrar em pânico, posso correr lá para fora e gritar.

Eu costumava pensar muito nisso, nas liberdades das quais eu ainda usufruía, ao passo que as meninas tinham que ficar trancadas dentro de casa, sem nem ao menos dar uma caminhada ao ar livre para espairecer.

– O que todos vocês estão fazendo aqui é muito importante.

– Eu sei, seus pais são maravilhosos – disse Philine, arrasada.

– Não só eles! – exclamei, e segurei as mãos dela, tentando convencê-la a acreditar em mim. – Você deixou seu pai e Marie, Sonja deixou a família... Vocês estão fazendo mais do que todos nós.

Philine se retraiu e me encarou com a sobrancelha erguida, como se eu a estivesse provocando.

– Estou falando sério – insisti. – É importante que você...

Parei. Era difícil explicar.

– Permaneça viva? – completou ela, bufando de desgosto. – Essa é a nossa missão?

– Sim, oras!

O espírito de justiça de Jan Bonekamp se apossou de mim enquanto eu tentava fazê-la enxergar com clareza.

– O que os chucrutes querem? Que você desapareça. Então sua missão é justamente esta: não desaparecer. Você aguenta firme, em segurança, e não dá a eles o que eles querem. É nossa missão, minha e dos meus pais, ajudar você a cumprir essa tarefa. É o que todos estamos fazendo, de formas diferentes.

Olhei no fundo dos seus olhos cor de mel, tão inteligentes, tão tristes.

– Talvez sua parte seja a mais difícil. Ficar quieta em meio a tudo isso.

Ela sorriu.

– É difícil. Mas eu sou muito grata. Sonja também era... é.

– Eu sei – concordei.

Hesitei antes de fazer a pergunta seguinte. Eu temia a resposta. Cerca de uma semana antes de ir embora, Sonja recebera notícias de que sua família ainda estava protegida, em Amsterdã, mas ninguém conhecia os detalhes por uma questão de segurança. Não sabíamos nada sobre a família de Philine.

– Teve notícias de seu pai?

Estávamos preocupados com o Sr. Polak. Poucas semanas antes, uma carta dele chegara por meio de contrabando. Ele dizia que estava bem, ainda no apartamento de Amsterdã. Philine havia largado a carta, indignada.

– Papai nunca me conta a verdade porque ele mesmo não consegue enxergar a realidade – protestara ela. Sua voz indicava mais medo do que raiva. – Ele continua achando que será preso se desobedecer à lei e se esconder. Mas ele vai ser preso de qualquer jeito se ficar lá.

Concordei com ela. Já tínhamos conversado sobre isso várias vezes.

Philine balançou a cabeça.

– Não sei de mais nada desde a última carta.

Isso me preocupava. Nos últimos meses, pelo menos um dos bairros judaicos de Amsterdã havia sido completamente "esvaziado". Os alemães se presenteavam com mobília, prataria e outros itens de valor que encontrassem, e o resto era pilhado pelos vizinhos. Na Resistência, sabíamos que isso voltaria a se repetir. Mas eu estava desesperada para fazer com que Philine se sentisse melhor, então tentei pensar em algo reconfortante para falar.

– Vou procurar Sonja – afirmei. – Se ela tiver sido presa, talvez ainda esteja por perto.

– E se eles a enviarem para... – Philine começou a falar, mas a voz falhou, sem conseguir concluir a frase. Estávamos pensando na mesma coisa: *Westerbork*.

– Vou encontrá-la, Philine. Tenho quem me ajude.

– Ok – disse ela, desanimada.

Ela tomou minhas mãos nas dela, um tanto trêmulas.

– Mas, Hannie, o que quer que você faça, por favor, tome cuidado – implorou. – Não posso perder você também.

– Eu vou encontrá-la, e nós duas vamos voltar para casa em segurança. Eu prometo.

– Não – suplicou Philine, com o rosto pálido. – Não diga isso.

Na mesma tarde, pedalando de volta para o apartamento da Resistência, tentei bolar um plano. Eu estava devastada, mas não surpresa. Confinada num quarto sem saber por quanto tempo teria que permanecer lá? Eu poderia ter feito a mesma coisa que Sonja. Eu torcia para que Truus e Hendrik tivessem alguma sugestão sobre onde procurá-la. Entrei no apartamento e, pela primeira vez em duas semanas, encontrei Jan.

– O que houve? – perguntou ele assim que me viu.

Não sorri. Não conseguia. Pensei em perguntar por onde ele tinha andado, mas não parecia importante naquele momento.

– Recebi essa carta – respondi, entregando a página da revista. – Da minha amiga Sonja, a que estava...

– Eu sei quem é Sonja – interrompeu ele.

Aquilo me tocou. Sonja estava viva no pensamento de outra pessoa. Jan pegou a carta, leu, virou o papel em busca de mais detalhes e depois me devolveu.

– Vamos encontrá-la – afirmou. Ele me puxou e me abraçou forte. – Não se preocupe, vamos encontrá-la.

E lá estava ele outra vez, o Jan Bonekamp que eu adorava. Forte, confiante, destemido. Fiquei nas pontas dos pés e lhe dei um beijo de gratidão nos lábios.

– Obrigada, Jan.

Eu não me importava mais por ele ter se mantido afastado por tanto tempo. Ele me beijou de volta com gentileza.

– Vai dar tudo certo, Hannie – sussurrou com carinho. – Vou pedir que uma pessoa verifique em Westerbork.

– O quê?

Segurei o encosto de uma cadeira de madeira para me equilibrar. Não queria acreditar que Sonja pudesse estar lá.

– Westerbork? – repeti, como se não tivesse ouvido bem.

Torci para ter me enganado. Jan desviou o olhar. Ele não precisava dizer outra vez.

Era para Westerbork que todos os judeus holandeses eram enviados. As pessoas que eu vira no pátio meses antes? Estavam em Westerbork. Havia uma estação ferroviária dentro do campo, e diziam que todas as terças-feiras um trem partia para a Polônia, para um campo de trabalhos forçados chamado Auschwitz. Saía de Westerbork lotado de judeus holandeses. No entanto, ao retornar, estava sempre vazio. Como Truus dizia, ninguém que era enviado naqueles trens voltava. Também não sabíamos o que acontecia em Auschwitz – ninguém enviava cartas de lá. Quando as pessoas deixavam Westerbork, simplesmente desapareciam. Eu tinha visto algumas fotografias contrabandeadas de um suposto campo de trabalhos forçados nazista, localizado em algum lugar no leste da Alemanha. Era uma imagem terrível, manchada e desfocada, de quase nada: dois prédios baixos e o que devia ser uma fila de prisioneiros. Pareciam as sombras das pessoas que um dia tinham sido, figuras descarnadas se arrastando, uma atrás da outra.

Não, não Sonja. Estava tudo errado. Sonja deveria estar tomando chocolate quente numa sala refinada em Zurique ou maravilhada diante das luzes da Times Square, em Nova York. Não poderia estar num lugar daqueles. Eu não conseguia imaginar aquilo. Senti falta de ar.

– Hannie? – chamou Jan. – Você está respirando muito rápido. Calma.

Eu estava ofegante. Paralisada de medo. *Sonja não. Sonja não.*

– Venha cá.

Jan me abraçou pela cintura, demonstrando apoio.

– Eu não devia ter trazido Sonja para Haarlem – sussurrei, o estômago revirando ao me lembrar de como tinha sido trabalhoso convencê-la a vir.

Eu tinha contado tantas histórias otimistas sobre como elas estariam seguras, sobre como aquilo tudo logo acabaria. Minha mente parecia um oceano, revolto, profundo e bravio, rugindo, rugindo.

– Eu devia tê-la deixado em casa.

– Hannie. – A voz de Jan soava mais alto agora. – Hannie, ouça. Nós vamos encontrá-la. Eu conheço algumas pessoas... nós vamos encontrá-la.

– Eu vou ajudar – falei, endireitando a postura e respirando fundo. – Eu a conheço melhor, serei capaz de localizá-la. De reconhecê-la.

Jan balançou a cabeça.

– Não é uma missão para você. Você tem um trabalho para fazer aqui. Como a missão de Kohl. – Ele me deu uma leve cutucada expressando respeito. – Precisamos de mais missões desse tipo. Ainda mais agora.

– Não posso, Jan.

Ele franziu o cenho, à beira da irritação.

– Ora, é claro que pode, Hannie! Você acha que todos os dias chegam à tabacaria moças dispostas a fazer o que você e Truus fizeram? Nós precisamos de você.

– Freddie pode cuidar disso – retruquei, me sentindo arrasada.

– *Verdomme.* – Jan suspirou, frustrado. – Quer dizer a Truus que não vai mais ajudá-la?

*Meu Deus, não.*

– Não, eu...

– Você precisa de um minuto para pensar. Tudo bem.

Assenti. A respiração voltou ao normal. Eu me sentei na cadeira bamba e suspirei.

– Você está bem? – perguntou ele.

Fiz que sim.

– Essa é minha garota.

Ele acendeu o fogão e encheu a chaleira.

– Agora me conte tudo que eu deveria saber sobre onde Sonja pode ter ido.

Comecei a falar. Uma hora depois, ele havia me servido uma caneca de chá e anotado toda e qualquer informação que consegui fornecer sobre a vida de Sonja e sua possível localização.

– Vou encontrá-la – disse ele, antes de sair naquela tarde. – Vá para casa. Passe um tempo com sua família.

ACORDEI DE MADRUGADA NUMA DAS CAMAS do apartamento da Resistência. Não fui para casa. A perspectiva de encarar Philine e meus pais sem nada a declarar era dura demais, então passei a noite sozinha. De vez em quando, eu vasculhava a memória em busca de nomes de pessoas ou lugares, qualquer coisa que pudesse fornecer uma pista sobre o paradeiro de Sonja.

"Conheço uma pessoa que pode me levar...", dizia o bilhete.

Quem? Philine e eu não tínhamos a menor ideia.

A aurora chegou, e uma fina faixa de luz avançou pelo teto do quarto. Segui a faixa com o olhar até a outra parede, esperando me deparar com a outra cama vazia. Mas lá estava ele, Jan Bonekamp, adormecido e ainda de casaco, com a gola levantada até as orelhas, no quarto frio. Ele tinha voltado. Me esgueirei para fora das cobertas quentinhas, desamarrei os cadarços das botas dele, deixei-as no chão e o cobri com uma manta áspera de lã. Ele estendeu a mão por debaixo da manta.

– Vem cá – disse ele.

Hesitei. Um calafrio me percorreu. Ergui a manta e me sentei na cama, e ele me puxou para mais perto, me envolvendo com seu corpo como se estivesse me aninhando numa concha.

– Jan. O que aconteceu ontem à noite? Descobriu alguma coisa?

As 24 horas anteriores pareciam um sonho. Um pesadelo.

Ele inspirou fundo, os olhos ainda fechados.

– Não, mas já tem gente procurando. – Ele virou a cabeça e me deu um beijinho na testa. – Vamos encontrá-la.

Ele continuou respirando como antes, talvez acordado, talvez voltando a adormecer. Ele devia ter passado a noite inteira fora.

– Obrigada – sussurrei contra seu peito.

Ele me apertou um pouco mais. A respiração dele na minha nuca fazia cócegas. Senti o hálito de Jan na orelha e na clavícula e, em seguida, seus lábios na minha pele, beijando meu pescoço e meus ombros. Uma ousadia estranha me fez arquear as costas, virar o rosto e beijá-lo, e ele me puxou para mais perto e continuou me beijando. Senti o quadril firme contra o meu. Com uma das mãos, ele me envolveu pela cintura e, com a outra, tocou meus seios; pressionei o corpo ainda mais contra o dele. Não era a ousadia que transformava o momento terno em algo mais significativo, como a maré se avolumando. Era uma sensação à qual eu nunca cedera. Então, eu me entreguei. Desativei o lado da minha mente que queria solucionar todos os problemas, o sofrimento, a violência e o desconhecido. Era melhor estar ali com Jan, não importava o que tinha acontecido ou o que aconteceria no futuro. Eu me rendi ao conforto de me sentir mais próxima de outra pessoa do que jamais me sentira. De me fundir com ele. Fechei os olhos e ouvi sua voz.

– Nós vamos encontrá-la.

Deixei que ele me guiasse.

# Capítulo 23

Verão de 1944

PASSARAM-SE SEMANAS, DEPOIS UM MÊS, até que perdi as esperanças de receber notícias de Sonja. Então uma carta chegou. Tinha sido postada na Bélgica. Na caligrafia sinuosa de Sonja, no verso de um velho recibo de compras, lia-se:

> Queridos,
> Na Bélgica, quase indo a Liège.
> Escrevo mais ao chegar à Suíça.
> Com amor, Sonja

Philine me observou enquanto eu lia o bilhete.

– São boas notícias – falei, virando o papel na tentativa de captar mais alguma pista, do jeito que Philine também devia ter feito.

Ela deu um sorrisinho solidário. Precisávamos acreditar que eram boas notícias.

Mais semanas se passaram. Não ouvimos falar de Sonja.

TENTEI ME DISTRAIR COM MAIS e mais missões da Resistência. Depois de Kohl, presumi que Truus e eu continuaríamos executando ações semelhantes, mas o golpe tinha sido quase bem-sucedido demais. As notícias do assassinato de um oficial de alta patente da SS se espalharam feito fogo pela administração nazista holandesa – ou pelo menos era isso que dizia a rede da Resistência. Como consequência, Truus e eu tivemos que ficar quietas por um tempo.

– Cuidado com a Garota do Cabelo Vermelho – provocava Jan, repercutindo o disse me disse. – Ela seduz com seu sorriso e, então, BAM!

Ele apontava uma arma imaginária e atirava de brincadeira. Eu revirava os olhos, mas me divertia. Hendrik, na verdade, sugeriu que eu usasse um disfarce ou uma peruca para esconder a cor do cabelo. Parecia meio dramático. Logo comecei a sentir falta da emoção do perigo, mas Hendrik insistiu que nos ocupássemos de tarefas menos empolgantes, mas "igualmente importantes", como largar pilhas de jornais clandestinos em locais públicos para que os cidadãos os encontrassem por acaso na manhã seguinte e entregar cartões de racionamento falsificados nas casas dos *onderduikers*. Não parecia importante. Parecia inútil. Era só uma forma de nos manter ocupadas. Que era, conforme me dei conta depois, como Sonja se sentira trancada no quarto. Um mês se passou, depois dois, e nenhuma outra carta chegou.

– Talvez a carta tenha sido interceptada – sugeriu Philine, certa noite. – É fácil a correspondência se perder.

– Pode ser – respondi.

Era possível. Mas nenhuma de nós acreditava nisso. Jan havia me assegurado que todos os seus contatos estavam em alerta para qualquer rastro de Sonja, mas, fora isso, eu estava tão impotente quanto Philine. Como se eu mesma fosse uma *onderduiker*, tive que me acostumar à espera.

Àquela altura, a *Aktion Silbertanne* operava a todo vapor. Havia pouco tempo os alemães tinham selecionado aleatoriamente 25 homens de uma multidão no centro de Amsterdã e os executado, bem ali, diante de centenas de espectadores horrorizados. Após a execução, um *Kommandant* subiu num caixote, fez a saudação nazista e leu uma declaração explicando que aquela era a consequência legal da sabotagem de um depósito de combustível alemão que ocorrera dois dias antes. Era só o começo. As operações contra a Resistência tinham começado.

– Temos que continuar pressionando – dizia Hendrik.

Ninguém discutia. Sabíamos que os alemães continuariam nos matando, quer lutássemos ou não.

Jan pediu que eu o ajudasse a bombardear um cinema no centro de Haarlem, onde os alemães se reuniam para ver seus filmes de propaganda nazista. A operação envolvia levar uma bomba caseira do tamanho de um filhote de cachorro até o Rembrandt Theater, deixá-la num canto escuro e ir embora. Só que a bomba não explodiu; apenas soltou fumaça, disparando o alarme de incêndio, e todo mundo correu para o meio da rua. Jan não ficou zangado, o que foi um alívio, mas eu fiquei furiosa comigo mesma. Desapontada. Nada estava saindo como deveria. Não estávamos fazendo progresso.

E mais semanas se passaram sem sinal de Sonja.

Jan parecia inventar motivos para passarmos mais tempo juntos, fosse praticando tiro ou me guiando em passeios de bicicleta por cidades nos arredores de Haarlem, perto de sua cidade natal. Ele estava tentando me animar ou, pelo menos, me distrair. De fato ajudava. Outras semanas se passaram, e a primavera chegou. Sonja? Não ouvíamos nem mesmo rumores. Eu evitava pensar no que teria acontecido com ela ou, pior, o que poderia estar acontecendo naquele exato momento. Evitava pensar que ela tinha morrido. Quando eu visitava Philine, uma vez por semana, mais ou menos, conversávamos sobre outras coisas, embora não houvesse muito que falar. Meus pais pararam de me perguntar sobre Sonja. Jan não precisava perguntar. Passávamos tanto tempo juntos que ele saberia se eu recebesse alguma notícia.

Eu estava deitada no velho sofá de veludo da sala do apartamento da Resistência lendo um panfleto que os Aliados tinham jogado alguns dias antes. A ilustração mostrava como construir uma sala secreta (ou seja, se você fosse esconder alguém), como se guiar pelas estrelas (ou seja, se estiver fugindo dos alemães no meio da noite) e como carregar uma pessoa "inconsciente ou ferida" (ou seja, morta). Informações úteis. De repente, Jan entrou.

– Aí está você – disse ele, me olhando como se eu fosse louca de ficar ali lendo quando poderia estar fazendo outra coisa. – Anda, vamos.

– Ora, ora.

Eu o tinha visto no dia anterior e não esperava revê-lo até a semana seguinte. Às vezes, ele desaparecia durante dias e, como nunca dava explicações, aprendi a não perguntar.

– Lembra-se de Pieter Faber? – indagou Jan. – O Padeiro Fascista de Heemstede?

Ele pronunciou aquilo como se fosse o título de uma fábula dos Irmãos Grimm. Eu me lembrava. Heemstede era uma cidade ao norte de Haarlem, a uns vinte minutos dali, e reunia luxuosas mansões pertencentes a famílias cujas fortunas eram oriundas de Haarlem e Amsterdã. Algumas eram casas de veraneio, um conceito que só entendi depois de conhecer Sonja.

– Consegui o endereço dele – disse Jan. – Vamos lá.

Faber era um poderoso colaboracionista holandês, um homem de negócios proeminente que durante anos participara de manifestações antidemocráticas. Durante aqueles últimos meses, fiquei sabendo de várias coisas desse tipo ao conversar com Jan e Hendrik, que mantinham uma lista de alvos em potencial. Alguns eram notórios caçadores de judeus conhecidos por todos; outros eram almas anônimas, cuja discrição costumava torná-los alvos mais fáceis. O monstruoso plano de exterminar os judeus holandeses não era apenas um projeto pessoal do *Reichskommissar* Seyss-Inquart ou de nosso velho amigo Kohl, mas, na verdade, uma vasta estratégia burocrática levada a cabo por milhares de agentes espalhados pelo país, desde membros da alta hierarquia da Gestapo até funcionários mais rasos lotados em pequenos conselhos municipais. Havia muitos vilões para perseguirmos. Se o alvo não fosse um chefão, tudo bem. Os peões que mantinham as engrenagens lubrificadas também mereciam nossa retribuição. Todos no Conselho de Resistência concordam com isso.

O Padeiro Fascista de Heemstede, por exemplo, tinha dois filhos adultos que também trabalhavam para a SS. A família Faber delatava vizinhos em benefício próprio e recebia favores especiais de seus soberanos nazistas, como farinha de boa qualidade, de modo que a Faber Bakkerij pudesse permanecer como uma das únicas padarias em funcionamento. Os Fabers já eram insuportáveis antes da guerra, como membros do Movimento Nacional Socialista nos Países Baixos, o partido fascista holandês, mais conhecido pela sigla NSB. Fazia muito tempo que ansiavam pela influência nazista nos Países Baixos.

– O que você pretende fazer quando chegar lá? – perguntei.

Jan sorriu.

– Depende.

Ele usava uma camisa comprida que quase cobria o volume da pistola enfiada na cintura. Devia ter outra no bolso. Jan era famoso por ser corajoso, dramático e ousado. Preferia missões em espaços públicos bem iluminados e cheios de testemunhas; dizia que nosso trabalho impactava duplamente se as pessoas vissem com os próprios olhos. Alguns de seus maiores feitos foram assassinatos que ele perpetrara apenas porque a oportunidade surgira, sem qualquer planejamento. Eu e ele éramos diferentes em muitas coisas, e esse era um desses casos. Como Truus, eu gostava de ensaiar uma missão importante muitas vezes, mesmo se o ensaio ocorresse apenas na minha cabeça. No entanto, depois de fazer quase nada durante semanas, a preferência pela cautela tinha desaparecido.

– Tudo bem – falei.

Eu havia planejado visitar Philine mais tarde naquele dia, mas estava receosa. Ela andava tão pálida e calada, parecia uma flor murchando num quarto escuro. Sempre saía de lá me sentindo pior, não melhor, e suspeitava que a mesma coisa acontecesse com ela. A missão era uma boa desculpa para não ir. Jan pegou meu casaco e me conduziu até a porta.

– Por aqui.

Caminhamos até o meio-fio onde um Peugeot grafite estava estacionado. Ele se inclinou e abriu a porta do passageiro.

– Primeiro as damas.

– O que é isso? – perguntei, sem me mexer.

– Nunca viu um carro? Entre.

– De quem é isso?

Ele bufou, frustrado.

– Entre no carro de uma vez, mulher.

Achei graça e entrei. O interior do automóvel cheirava a poeira quente. Arrastei o dedo pelo painel felpudo e deixei uma listra preta. Jan se sentou no banco do motorista e mexeu em alguma coisa perto do volante; o motor do carro começou a roncar, e uma fina fumaça cinzenta saiu de baixo do capô. Jan arrancou com uma guinada repentina para o meio da rua, corrigiu a manobra e fomos embora.

Eu não andava muito de carro, mas sabia o suficiente para perceber que o

Peugeot estava em péssimo estado. Molas de aço saltavam dos assentos, com tufos do enchimento de pelo de cavalo grudados. Toda pedrinha sobre a qual passávamos retinia na lataria. Cada parada obrigatória se tornava um evento estridente, e o barulho dentro do carro era tão alto que não dava para conversar. Mas quando chegamos aos arredores de Haarlem e ganhamos velocidade às margens das fazendas leiteiras e dos campos de tulipas, a barulheira se tornou um zumbido mais suave, oceânico, então consegui perguntar:

– De onde saiu esse carro, Jan?

– Eu roubei – disse ele, como se a resposta fosse óbvia. – Eu sempre o via estacionado numa transversal perto do correio e nunca saía dali. Deduzi que estava abandonado.

Plausível. Até as pessoas ricas eram incapazes de pagar o alto preço da gasolina.

– E onde você conseguiu gasolina? – indaguei.

– Roubei também – respondeu ele, acenando com a cabeça para o banco de trás.

Atrás do assento do motorista, havia um velho galão de gasolina, pintado no tom verde da Wehrmacht e com a obrigatória suástica na tampa.

– Você não devia andar com isso por aí – aconselhei.

Ele me olhou, surpreso.

– Está preocupada, Professora?

– É arriscado – insisti.

E idiota. Teria sido fácil transferir a gasolina para um reservatório mais discreto. Eu admirava as bravatas de Jan a maior parte do tempo, mas aquilo era loucura. Se fôssemos parados numa barreira alemã, algo bem provável, uma vez que poucos civis circulavam de carro pelas estradas naqueles dias, era quase certo que conseguíssemos explicar o carro. Mas e o galão nazista?

Jan pegou o cantil no bolso, deu um gole, limpou a boca com o dorso da mão e o passou para mim. Eu logo me adaptei aos cigarros e ao álcool: a qualquer hora do dia, alguém os levava para o apartamento da Resistência e nós os compartilhávamos, sabendo que chegaria o dia em que desapareceriam por completo. Cada trago e cada gole eram uma pequena vitória.

– Você dificulta as coisas para qualquer um – disse Jan.

– O quê?

Ele balançou a cabeça, admirado.

– A maioria das garotas já ficaria feliz com o uísque contrabandeado. Você não se impressiona nem se eu aparecer com um submarino.

Eu ri, perplexa. Do que ele estava falando? Eu passava a maior parte do tempo perto dele tentando não parecer uma idiota.

– Você quer me impressionar? – perguntei.

– Qual é, Hannie... – comentou ele, quase irritado.

Eu o encarei, atônita.

– Se você tiver um namorado, tudo bem. Pode me contar.

Ele mantinha os olhos na estrada.

– Não! – respondi.

– Como assim, nunca teve?

Ele me encarou para ver se eu estava brincando.

– Não é da sua conta – retruquei, irritada com o rumo que o interrogatório havia tomado.

Aquela primeira noite depois da fuga de Sonja não tinha sido a última. Quando estávamos perto de outras pessoas, agíamos como bons camaradas, mas, uma vez a sós, nos jogávamos um nos braços do outro, depois nos beijávamos e então avançávamos. Era esporádico, e só acontecia se estivéssemos sozinhos na prática de tiro ou tarde da noite no apartamento, mas era recorrente. Para mim, era um escape quase mágico da natureza brutal de tudo que nos cercava. Quando eu beijava Jan, era o único momento em que minha mente esvaziava. Então é claro que eu não tinha um namorado. Eu era ingênua a ponto de acreditar que, caso tivesse, seria ele. Obviamente não admiti nada disso.

– Você já se apaixonou? – perguntou ele.

– Jan.

– Vamos lá, explodimos um cinema juntos – argumentou ele, rindo.

– Tentamos – corrigi.

– Tentamos – concordou ele. – Então?

Na minha opinião, realizamos coisas mais significativas juntos no escuro do que fracassando na explosão de um cinema. Guardei o comentário para mim mesma.

– Não – respondi. – Acho que não. Não se a outra pessoa tivesse que retribuir o sentimento.

Ele não tirava os olhos da estrada. Passamos quilômetros sem avistar outros veículos; era como dirigir na lua. Parecia que o mundo inteiro – toda a vastidão plana e verde dos campos irrigados, pelo menos – era só nosso.

– Você é estranha, Hannie Schaft. – Ele meneou a cabeça. – Você não percebe? – perguntou, virando-se para mim. – O efeito que causou em todos nós?

– Pare com isso – falei, balançando a cabeça.

Ele estava tentando mudar de assunto.

– Isso que é engraçado em você – disse ele. – Você é inteligente, mas deixa passar as coisas mais óbvias.

– Que coisas óbvias?

– A forma como você faz esse trabalho – continuou ele. – Como se tivesse nascido para isso. Até Truus respeita você, e ela não gosta de ninguém, com exceção de Freddie.

– Isso não é verdade – rebati, lisonjeada.

Ele estava falando sério?

– É tudo verdade.

Senti um calor repentino, abri a janela toda e coloquei a cabeça para fora, o vento batendo nas minhas bochechas. Será que Jan estava me provocando? Ou era o jeito dele de ter uma conversa mais profunda? Eu não fazia ideia. O vento fez meus olhos lacrimejarem. Apertei os olhos e, então, vi. Havia alguma coisa na estrada à nossa frente.

– Ei – falei. – Tem alguma coisa...

– É – concordou ele.

Jan olhou bem à frente, e eu olhei na mesma direção. Era uma barreira alemã.

– Mantenha a calma – disse ele – e deixe que eu falo.

Ele me encarou.

– Arma?

Dei um tapinha na bolsa ao meu lado. Ele diminuiu a velocidade ao nos aproximarmos, e o Peugeot chacoalhou até parar como se o circo tivesse acabado de chegar à cidade.

Jan botou a linda cabeça loura para fora da janela e sorriu para o soldado alemão, tão jovem que nem parecia ter barba ainda. O soldado segurou a desengonçada submetralhadora Sten em posição de alerta e parou de pé no meio da estrada. Havia sacos de areia nas laterais da estrada e canais de irrigação do outro lado. Não tínhamos como escapar, a não ser dando ré. No entanto, outro soldado apareceu atrás do carro.

Atrás do soldado adolescente estava uma caminhonete da Wehrmacht, com uma lona cobrindo a carroceria, estacionada no meio da estrada. Outros dois soldados vieram daquela direção. Aquele devia ser o posto mais monótono de todo o país. Os soldados pareciam satisfeitos com a distração.

– Parem – ordenou o soldado.

Já tínhamos parado. Ele se aproximou do carro e olhou para mim, depois para Jan.

– Destino?

– Heemstede – respondeu Jan.

Estremeci. Por que revelar isso a eles, se existia uma dezena de outras cidades mais distantes? Por que compartilhar uma informação verdadeira com aqueles delinquentes?

O soldado assentiu, inspecionando o veículo. Andou pelo lado de Jan e espiou o banco traseiro. O galão de gasolina. Ele parou. Franziu a testa.

– O que é isso? – perguntou a Jan.

Jan se virou como se não soubesse que havia alguma coisa no banco de trás. Como se aquilo fosse convincente.

– Ah, a gasolina? – retrucou, virando-se para a frente de novo, ainda relaxado e sorridente.

– *Ja*. A gasolina. Propriedade da Wehrmacht, como pode ver.

– Certo – disse Jan. – É dela – esclareceu ele, apontando para mim.

Na sequência, me olhou de um jeito que por pouco não me fez desistir de aderir a qualquer plano que ele tivesse em mente. Por muito pouco. Jan se virou para o soldado outra vez.

– O pai dela é o prefeito. De Heemstede. Ele pediu que ela fosse buscar gasolina, e aqui estamos.

O soldado desviou a atenção de Jan para mim, me avaliando.

*Faça alguma coisa que Sonja faria. Ou Annie.*

Eu endireitei as costas e alisei a saia sobre os joelhos.

– Olá – falei, acenando delicadamente como Sonja fazia, apenas agitando os dedos.

– Seu pai é o prefeito de Heemstede? – perguntou o soldado.

– Isso mesmo – respondi. – Ele já está nos esperando...

– Ok – interrompeu o soldado.

Os dois que estavam atrás dele se aproximaram.

– Qual é o problema? – indagou o de cabelos escuros ao adolescente.

– Nenhum. Eles só estão indo para Heemstede.

Durante o diálogo, o segundo soldado contornou o carro e descobriu o galão de gasolina.

– Você viu isso? – disse ele.

O rosto do jovem ficou vermelho.

– *Ja, ja* – confirmou ele, assentindo. – Mas está tudo certo, já verifiquei.

– Ah, é? – Os dois soldados estavam logo atrás de mim. – E?

– O pai dela é o prefeito – explicou o jovem. – Ela só está levando gasolina para ele. Para o prefeito de Heemstede.

Os colegas pareceram céticos. Eles apontaram para Jan.

– E quem é esse? – perguntou o de cabelos escuros.

– O motorista dela – disse Jan, com um largo sorriso.

Os três soldados o encararam. Não gostaram dele.

– Nessa geringonça? – questionou o soldado, chutando a roda traseira do Peugeot e fazendo a tampa solta da calota tilintar.

– Nós tínhamos um Mercedes – intervim –, mas foi requisitado.

Eles saberiam quem teria feito tal requisição.

Os dois soldados confabularam em voz baixa, cada um tentando convencer o outro. Por fim, o de cabelos escuros falou em voz alta:

– Então qual é o nome do prefeito de Heemstede, soldado?

Jan engoliu em seco, mas eu já estava passando minha identidade falsa para ele, escondida na palma da mão. Sem mexer a cabeça, ele baixou os olhos e logo reergueu o olhar. O braço de Jan descansava na janela aberta. Batendo levemente na lataria, Jan chamou a atenção do jovem soldado, que olhou para ele.

– Elderkamp – murmurou Jan.

– Elderkamp – disse o jovem soldado.

Os dois outros soldados bateram na porta do carona.

– Documentos.

– Só um instante – respondi, posicionando a bolsa de modo que Jan pudesse enfiar a identidade embaixo dela.

Puxei-a de volta e apresentei apenas a identidade. Escondi a bolsa, com a arma dentro, debaixo da minha perna.

Os dois soldados me examinaram, verificaram o documento e se voltaram para mim. Do outro lado, a gola do soldado adolescente estava molhada de suor. O de cabelos escuros se inclinou.

– Mande lembranças ao prefeito Elderkamp – disse, tocando o quepe e me dando uma piscadela.

– Mando, sim – respondi, com simpatia. – Obrigada!

O soldado de cabelos escuros deu duas batidinhas no capô do carro, e nós partimos, contornando a caminhonete da Wehrmacht e em direção a Heemstede. Descansei a cabeça no encosto do banco e soltei o ar, aliviada, furiosa e empolgada.

– Viu só? – disse Jan, olhando por sobre o ombro para os soldados que desapareciam atrás de nós e depois para mim. – Era disso que eu estava falando, Hannie. O que acabou de acontecer. Você foi ótima.

– Eu não precisaria ser, se você fizesse o favor de não dirigir por aí com propriedade roubada dos nazistas – declarei. – Prefeito Elderkamp?

Balancei a cabeça.

– Qual é o nome verdadeiro do prefeito? – perguntei.

– Quem sabe? – retrucou ele, rindo.

Ainda com os olhos na estrada, ele se inclinou e me deu uma leve cotovelada nas costelas.

– Você tem que admitir, esse encontro tornou nosso dia mais interessante.

– Por acaso, isso é um encontro?

– O encontro com os nazistas, quis dizer – explicou Jan, com um sorriso inocente. – Você é que está aí pensando em um encontro comigo.

– Não é um encontro – rebati.

– Não, não é – concordou ele.

– Porque... – comecei, demorando para responder.

– Porque a filha do prefeito – completou ele – jamais teria permissão para namorar o motorista.

– Verdade – respondi. – Por outro lado, meu pai é bem compreensivo. E ele gosta de você.

– Ah, ele me adora. Os pais sempre me adoram.

Eu já tinha pensado no assunto. E eu achava que Jan era atrevido e espalhafatoso demais para o gosto deles. Eles eram pessoas modestas, tranquilas. Como eu era antes. Acendi um cigarro para mim e outro para Jan e entreguei a ele.

– Foi você quem enrolou isso?

Assenti. Ele sorriu.

Estávamos saindo da zona rural e adentrando o subúrbio de Heemstede com seus arvoredos, calçadas impecáveis e floreiras coloridas. Jan dava a impressão de saber para onde ir. Passamos por bairros residenciais, e eu me senti em outro mundo. Chacoalhando pelas ruas arborizadas com amplas casas de cumeeiras largas pontilhando a paisagem, percebi que as famílias holandesas que antes moravam ali – judias? Não judias? Não havia como saber – tinham ido embora, substituídas pela elite nazista. Dava para saber por causa dos Mercedes pretos oficiais diante das garagens. Lá dentro, os novos residentes alemães provavelmente faziam suas refeições na louça roubada, se sentavam nos sofás e dormiam nas camas dos antigos moradores. Assim como acontecia na casa dos Frenks, em Amsterdã.

– Meu pai, o prefeito, deve adorar os nazistas – comentei, enquanto passávamos por uma mansão com uma limusine reluzente estacionada na frente.

– Ele não é um bom prefeito – retrucou Jan. – Sinto muito.

Jan consultou o relógio e diminuiu a velocidade, examinando a rua.

– Aquela barreira nos atrasou. Faber deve aparecer a qualquer momento.

Jan olhou para mim.

– É bem simples. Você sai primeiro, anda até a caixa de correio e atira à queima-roupa, e eu vou atrás. Aí voltamos para o carro e seguimos em frente.

Examinei o campo de visão de Jan. Faber morava na Jan Tooropkade, sua casa era uma das dezenas de casas brancas com telhado de cumeeira escura e paredes alvas de estuque, todas voltadas para a rua pavimentada. Era uma área residencial, então não havia vendedores de jornal gritando ou caminhões de entrega buzinando que pudessem abafar o som de tiros, apenas pessoas conversando e caminhando ao longo do canal, sinetas de bicicleta tilintando aqui e ali e o rangido das pás de madeira de um velho moinho, com o tradicional teto de palha, girando ao vento. Um pouco adiante, havia um dique coberto de grama e o canal Zuider Buiten Spaarne.

O canal, uma movimentada rota de comércio antes da guerra, estava silencioso, a maioria dos barcos escondida por seus proprietários ou confiscada. Os barulhinhos do entorno teriam que bastar para disfarçar os tiros ou qualquer outro ruído produzido por Faber, embora eu duvidasse disso. E isso partindo do pressuposto de que nós o pegaríamos. Partindo do pressuposto de que levaríamos o plano até o fim.

Jan segurou minha mão.

– Pronta?

Fechei os olhos. Uma hora antes, eu estava deitada no sofá do apartamento da Resistência, em segurança. Desde então, tinha sido cúmplice do roubo de um veículo e de um galão de gasolina dos nazistas; assumira uma falsa identidade perante soldados da Wehrmacht e, naquele momento, estava prestes a assassinar o Padeiro Fascista de Heemstede. Abri bem os olhos. Então me lembrei da satisfação que tomou conta de mim ao eliminar Kohl. Todos os meus pensamentos e receios desapareceram.

– Pronta.

– Tem certeza? – Jan parecia apreensivo, mas eu já tinha superado essa fase. – O que é isso? – perguntou ele.

Eu estava amarrando o lenço de cabelo embaixo do queixo.

– Hendrik disse que eu precisava de um disfarce – respondi.

– A Garota do Cabelo Vermelho?

Jan sorriu.

– É o que dizem – respondi, irritada, tentando enfiar todo o cabelo sob o lenço.

– Se você quiser, eu faço isso, e você dirige.

– Eu faço – respondi. Até porque eu não sabia dirigir.

O tom da voz de Jan passou de doce a amargo.

– Faber está ali.

Eu também o vi. A porta da frente estava aberta, e Pieter Faber estava de pé na faixa de sol da entrada. Era um tanto atarracado, como um Mussolini holandês.

– Está vendo o carteiro no fim da rua? – indagou Jan. – Assim que ele largar a correspondência na caixa, Faber vai rebolar até lá para pegar. É quando devemos agir. Ele vai estar distraído.

– Será que ele está armado? – perguntei.

– Ele é um dos canalhas mais odiados dos Países Baixos, então acredito que sim.

Jan molhou os lábios.

– Traidor desgraçado.

– Ele está saindo.

Nós o observamos sair de casa a passos lentos e olhar para os dois lados antes de seguir.

– Ele está nervoso – observei.

– Deveria mesmo.

Jan ligou o carro. O Peugeot retiniu e chacoalhou, mas a Jan Tooropkade era larga, e a passagem de outros veículos nos tornou menos vulneráveis.

– Vou me aproximar devagar, acompanhando o carteiro – revelou Jan. – Assim que ele se afastar e Faber pegar a correspondência, você o aborda.

– Ok.

Faber estava a meio caminho da calçada, tentando coincidir com a chegada do carteiro. Usava um velho suéter marrom, com certeza tricotado pela esposa. Era muito diferente de ver Kohl, com seu sobretudo de couro preto e bafo de bebida. Quanto mais nos aproximávamos de Faber, mais eu tinha a impressão de sentir o cheiro de biscoitos e pães recém-assados. Ele parecia tão bonzinho, mas era tudo disfarce.

O carteiro o cumprimentou com um aceno, um gesto de rotina. Faber pegou as cartas, e o carteiro começou a se afastar. Eu já havia destravado a porta do carro; mantive-a fechada, mas estava pronta para dar o bote. Jan aproximou o carro mais alguns centímetros da frente da casa de Faber. Respirei fundo.

– Pare.

Jan estendeu o braço para me impedir de saltar. Meu pé já estava na calçada.

– Olhe.

Eu estava totalmente concentrada na caixa de correio, esperando o carteiro sair de cena. Mas, quando Jan me segurou, vi um garoto, com cerca de 10 anos, correndo pela calçada atrás de nós e em direção a Faber. De dentro do carro, vimos o filho do vizinho entregar a Faber mais uma carta, que havia sido deixada por engano na casa errada. Faber passou a mão pela cabeça do menino. O amigável padeiro da vizinhança.

– Meu Deus.

Meu coração martelava no peito; nenhum cenário envolvera crianças antes. Olhei para Jan.

– Essa foi por pouco.

Ele assentiu.

– Agora vá.

O braço que antes estava me contendo me empurrou para fora do carro. Surpresa, saltei desajeitada, e Faber percebeu minha presença indiscreta, virando-se para olhar. O menino, ainda bem, tinha voltado correndo para casa. Eu me endireitei e, em cinco passos rápidos, me aproximei de Faber com um largo sorriso no rosto para baixar sua guarda.

– Sr. Faber – cumprimentei. – É Pieter Faber, correto?

Mantive o sorriso generoso.

– *Ja, ja* – confirmou ele, retribuindo o sorriso, com um lampejo de curiosidade no olhar.

– Onde está Sonja? – sibilei.

Não foi nada planejado, mas Sonja era a razão por trás de tudo que eu vinha fazendo. Com a pistola em punho, pressionei o cano contra a barriga proeminente de Faber. Ele não sabia se me abraçava ou se me empurrava. Apertei o gatilho frio da pistola e senti o impacto surdo nele e em mim, pressionando-a contra o corpo dele para que atuasse como um silenciador natural. A boca de Faber se abriu como se ele fosse um peixinho dourado soltando bolhas, e senti no pulso o calor do sangue dele. Ele piscou repetidas vezes e soltou um gemido sufocado.

– Vamos! – gritou Jan, já fora do carro, atrás de Faber.

Eu me afastei, e Faber se virou em direção à voz de Jan.

– Chucrute maldito! – xingou ele, com a mesma voz calma de quando se dirigira ao soldado adolescente na barreira, olhando nos olhos dele.

Então atirou bem no meio do velho suéter marrom. Um jato de sangue jorrou pelas costas de Faber quando o projétil atravessou seu corpo. Em algum ponto da rua, atrás de nós, uma mulher gritou.

– Entre no carro! – ordenou Jan, enquanto nos afastávamos correndo.

Segurei a maçaneta da porta com a mão direita, mas estava escorregadia por causa do sangue. Enquanto eu me atrapalhava, Jan se inclinou sobre o banco do carona e abriu a porta com o carro já em movimento.

– Entre – disse ele, me puxando pelo braço.

Saímos a toda com o carro roncando e se sacudindo. Um pequeno grupo começou a se formar em torno do corpo de Peter Faber, caído inerte no gramado.

– Acho que ele morreu – anunciei, olhando pela janela traseira do carro enquanto saíamos do campo de visão.

Ninguém nos seguiu, embora algumas pessoas tivessem apontado na nossa direção, impotentes. Nenhuma sirene também.

– Ele está morto – declarou Jan. – Já estava morto com o primeiro tiro, só não tinha percebido ainda.

– Aquele garotinho – murmurei.

– Meu Deus, aquela criança.

Jan balançou a cabeça.

– Eu nem tinha visto – revelei. – Se você não tivesse me impedido...

– Está tudo bem, Hannie. Você foi ótima.

Jan dirigiu pelos bairros silenciosos na velocidade normal, mas acelerou assim que nos aproximamos do limite da cidade. Tínhamos nos afastado pouco mais de 3 quilômetros quando, de repente, ele girou o volante para a direita e entramos, cantando pneu, numa estrada rural empoeirada. Jan fez outra manobra brusca e desligou o motor, estacionando atrás de um celeiro desmantelado. O carro estalou e chiou, esfriando.

– Vamos.

Eu o segui para fora do veículo até o celeiro.

– Você fica com a preta. – Ele apontou para duas bicicletas velhas encostadas numa baia. – É mais bacana.

– Obrigada.

As duas estavam igualmente danificadas.

– Vamos voltar pedalando?

– Vai ser um pouco mais silencioso do que aquela lata de sardinha francesa – disse Jan.

Esperto. De bicicleta, nós nos misturaríamos à multidão, em vez de ser o estranho casal num carro velho que atirou em Pieter Faber. Tirei o lenço da cabeça e soltei o cabelo. Eu estava suando por causa do calor do verão e dos resquícios do medo.

– Durante quanto tempo você planejou tudo?

– Alguns dias.

– Por que não me contou?

– Achei que você ficaria menos apreensiva.

Senti vontade de protestar, mas sabia que ele estava certo.

– Sinceramente, eu não tinha certeza de que você toparia fazer isso em cima da hora daquele jeito – admitiu ele, sorrindo. – Mas você topou.

Ele se aproximou e ergueu meu queixo.

– É claro que você topou.

Jan se inclinou como se fosse me beijar, mas parou e olhou no fundo dos meus olhos.

Ele balançou a cabeça. Estávamos tão próximos que eu sentia as batidas do seu coração. Ele soltou um longo e lento suspiro, o primeiro e único sinal evidente de que se sentira apreensivo. Fiquei na ponta dos pés e dei um beijinho na boca dele. Jan riu, e nós nos beijamos em meio ao riso, aliviados por termos completado nossa terrível missão com sucesso e esquecendo o perigo. Ele me envolveu nos braços e pressionou o corpo contra o meu. Por um instante, revivi o abraço assassino que eu dera em Faber, a barriga dele contra a minha. Estremeci e afastei o pensamento me agarrando a Jan com mais força, me enterrando na aspereza de sua barba por fazer, sentindo o calor do suor e a respiração dele, puros como vento e água de chuva.

– Eu te amo.

As palavras pareciam saídas direto do coração, sem cálculo ou prenúncio.

– Eu também te amo, Hannie – devolveu ele imediatamente, me beijando com mais força, como se estivéssemos selando um pacto.

Ergui a parte de trás da camisa de Jan para tocar a pele dele, e ele fez a mesma coisa comigo, delirantes e perdidos um no outro, transformando o horror do que tínhamos acabado de fazer a Faber em pura força vital, com nossos corações movidos a senso de justiça e amor. Sim, amor. Pela primeira vez. Eu sabia que nunca tinha sentido nada parecido.

– Não podemos ficar aqui – murmurou Jan entre um beijo e outro.

– Por muito tempo, não – falei, abrindo o primeiro botão da camisa dele.

Ele suspirou e voltou a me beijar, as mãos enfiadas em meu cabelo. Abri o segundo botão.

– Hannie – disse. – Espere.

– Ninguém vai vir atrás de nós – sussurrei, surpresa diante de sua hesitação.

– Mas, Hannie...

– O quê?

– Hannie.

Seu tom tinha mudado. Ainda carinhoso, mas com uma gravidade diferente.

– Eu preciso lhe contar uma coisa.

Tentei decifrar a expressão em seu rosto, mas não captei nada.

– Hannie – sussurrou ele, quase num suspiro.

Ele me encarou com expectativa, como se estivesse prestes a se ajoelhar e me pedir em casamento.

– Ah, Jan, fale logo – apressei, com uma leve risada.

– Hannie, eu sou casado.

Eu ri de novo.

– Pare com isso.

– E eu tenho uma filha. Uma menina. Ela tem 2 anos.

De alguma forma, consegui me manter de pé. Eu o encarei, sem entender. Mal respirava.

– Eu te amo. Mesmo – enfatizou ele, então pegou a minha mão e a beijou, pressionando-a contra a boca e me puxando para mais perto. – Eu te amo, Hannie, de verdade.

O mundo parou. Eu não era capaz de falar ou pensar, tanto quanto as pás e os ancinhos encostados na parede, testemunhas mudas da tempestade de emoções que nos envolvia.

O ar estava quente e empoeirado, e senti um filete de suor descer pelas costelas. Eu mal respirava. *Respire.*

– Me desculpe – disse Jan, com a voz rouca carregada de emoção. – Eu queria ter contado antes.

– Não tem problema – falei. – Tudo bem.

Ao ouvir as palavras, comecei a me sentir melhor. Respirei fundo e soltei o ar. Minha mente estava clareando.

– Está tudo bem – repeti. – Eu sei.

Jan franziu a testa.

– Sabe?

Não, eu não sabia. Só que, de certa forma, sabia. Eu já suspeitava que havia algo mais no mundo de Jan, entendia que eu e o Conselho de Resistência tínhamos acesso a uma das metades de sua vida, e que ele passava a outra metade... em algum lugar importante. Eu tinha me convencido de que ele vivia ocupado com outros trabalhos, outros grupos da Resistência, mas, no fundo, eu sabia.

Assenti.

Jan estreitou os olhos, tentando me decifrar.

– Como?

– Sabendo – respondi, a voz falhando na última sílaba.

Tossi e limpei a garganta para disfarçar. Eu amava Jan, e nem o impacto da decepção teria o poder de abalar meu sentimento. O que significava o fato de ele ser casado e ter uma filha? Eu não fazia ideia, não queria pensar naquilo. Eu não conseguia. Quando organizei meus pensamentos, outras perguntas surgiram: quem é ela? Onde ela está? Você a ama? Ela o ama? Ela sabe?

– Tudo bem – repeti.

– Ok – disse ele, devagar. – Mas o que isso quer dizer?

Ali estava ele, diante de mim, com seus grandes olhos azuis, sua cara de garoto, as mãos largas que eu adorava sentir na minha pele agora pendendo ao lado do corpo, a postura vulnerável e indefesa. Meu camarada soldado e parceiro. Meu amigo, meu professor. Meu cúmplice mortal. Meu primeiro e único amor.

Nada mais importava.

– Eu te amo, Jan – repeti, desfrutando de cada palavra e do privilégio de dizê-las, de ter alguém por quem sentir aquilo.

Dominada pela emoção, fechei os olhos e o beijei. Beijá-lo era a única coisa que fazia sentido.

Um minuto depois, Jan começou a falar alguma coisa, mas eu sabia que conversar só iria confundir mais, então coloquei o dedo sobre seus lábios em sinal de silêncio.

– Hannie – murmurou ele, com os olhos faiscando.

– Cale a boca, Jan – sussurrei em seu ouvido e o beijei outra vez. – Nada mais importa.

# Capítulo 24

Nos dias que se seguiram ao ataque contra Faber, esperamos por notícias de represálias nazistas, mas nada aconteceu. Eu sabia que deveria ver meus pais e Philine, mas temia a perspectiva de ficar com eles num ambiente apertado, pensando em Sonja, então adiei a visita.

– Hannie – chamou uma voz, e logo depois houve uma batida à porta do quarto que eu usava no apartamento da Resistência.

Era Hendrik. A porta se abriu, e seu rosto bonito espiou o cômodo.

– Jan fez café – avisou. – Junte-se a nós.

Era de manhã cedo, mas o quarto já estava banhado pela luz do verão. Às vezes eu ficava admirada com o fato de a Terra continuar girando e o Sol continuar nascendo, a despeito de tudo que estava acontecendo. Eu me espreguicei e assisti à dança dos feixes de luz nas paredes de gesso.

– Hannie! – Hendrik enfiou a cabeça pela porta outra vez. – Você vem?

– Você não disse que era urgente.

Saí do quarto e me sentei à mesa redonda, onde Hendrik e Jan folheavam as edições mais recentes de vários jornais, incluindo o *Haarlemsche Courant*, o jornal de Haarlem controlado pelos nazistas. Jan o segurava no alto, com olhos atentos.

– *Verwildering!* – exclamou Jan, todo animado, ao me ver. Selvageria.

– O quê?

– *De wilde vrouw* – disse Hendrik, com um sorriso divertido. A mulher selvagem. – Você ficou famosa.

Jan abriu um largo sorriso.

– Hannie, você passou a fazer parte da máquina de propaganda nazista.

– Ele passou os olhos pela matéria, lendo os destaques em voz alta: – "Um membro do partido fascista holandês foi assassinado outra noite... Ainda mais grave é o fato de uma mulher ter cometido esse crime contra a vida... Uma jovem de cabelos vermelhos." – Ele parou e me deu uma piscadinha. – "A singularidade brutal dessa marginal e de seu crime pesará sobre nossa nação por muito tempo."

– Deixe-me ver.

Eu estava constrangida com toda a atenção recebida, mas também secretamente empolgada. *Marginal!* A matéria ocupava o lado esquerdo do jornal, e eu o imaginei sobre a mesa dos simpatizantes dos nazistas que viviam em Haarlem. Fiquei me perguntando quantos dos meus conterrâneos suspeitariam que a pequena Hannie Schaft era a ruiva "selvagem" em questão. Nenhum. Senti um nó na garganta. Eu sabia que Sonja ficaria orgulhosa de mim.

– Lembra-se do que falei em Heemstede? – perguntou Jan, me cutucando. – Sobre a "Garota do Cabelo Vermelho"?

– Bom, eles não me chamam assim aqui.

– Podem muito bem chamar – retrucou Hendrik. – Até porque é como estão te chamando por aí. De qualquer forma, descreveram seu cabelo. Chegou a hora, Hannie – afirmou ele, apontando para minha cabeça.

– Argh – murmurei. – Vou ter que ir ao cabeleireiro?

Eu nunca tinha ido. Era minha mãe quem cortava meu cabelo. Depois, Sonja assumiu a função. Fazia meses que eu não aparava as pontas. E eu nunca tinha pintado ou descolorido.

– Não – disse Hendrik. – É muito caro. Você mesma vai ter que fazer isso.

– Posso raspar para você – sugeriu Jan, com um sorriso. – É bom que evita os piolhos.

– Eu dou um jeito.

– Tudo bem, marginal – provocou Jan. – Mas, falando sério, as notícias são boas. O Padeiro Fascista de Heemstede está morto! – Ele se virou para Hendrik. – Quem é o próximo?

– Ninguém – respondeu Hendrik. – Não até Hannie conseguir um disfarce.

Jan girou nos calcanhares e me encarou, fazendo uma careta.

– Vá logo arrumar esse cabelo, mulher!

Uma hora mais tarde, cheguei à casa dos meus pais e quase atropelei Philine. Um instante se passou até assimilarmos a presença uma da outra: eu usava um lenço de seda para cobrir as tranças e óculos com lentes arranhadas; já Philine estava no andar de baixo, onde nunca deveria estar.

– Hannie!

Ela me reconheceu e me abraçou, jogando seus braços magros ao redor do meu pescoço. Eu a empurrei na direção da escada.

– Ficou maluca? Você tem que voltar para o quarto lá em cima, Philine.

– Está tudo bem – disse ela, trancando a porta, embora um alemão desconfiado pudesse meter o pé na porta sem dificuldade, com ou sem tranca.

– Você faz isso agora? Atende à porta? Bate papo com os vizinhos?

– Não – respondeu Philine. – Eu não converso com os vizinhos. Mas, sim, às vezes eu abro a porta, e só quando tenho certeza de que são seus pais chegando em casa. Ninguém nunca vem aqui, de qualquer forma. Eu vi você da janela da escada, mesmo com esse disfarce ridículo. – Ela suspirou. – Não me olhe com essa cara. Seus pais estão de acordo.

– Estão?

– Bem – ela deu de ombros –, eles toleram. Mas é que eu estava enlouquecendo trancada naquele quarto.

Tirei o lenço e os óculos, me sentindo uma criança que brinca de experimentar fantasias.

– Você não pode mais fazer isso. As coisas estão piorando – informei.

Ela abriu um sorriso.

– Piorando? E os americanos na França?

Alguns dias antes, os Aliados tinham aterrissado nas praias da Normandia, o que renovou as esperanças. Não minhas nem de ninguém da Resistência, mas da população em geral.

– Dá para acreditar? – continuou Philine. – Ah, tomara que eles cheguem aqui logo.

De acordo com os informantes da Resistência, eles não chegariam tão cedo.

– Eu não contaria com isso – retruquei.

O sorriso de Philine desapareceu.

– Me desculpe – acrescentei, depressa. – Eles vão chegar. Mas, por enquanto, você precisa tomar mais cuidado. – Olhei em volta. – Meus pais estão em casa?

Philine balançou a cabeça. Eu a examinei com mais atenção. Todas as suas peças de roupa, do vestido leve de algodão verde-claro às meias brancas com rosas bordadas, tinham sido minhas. Ela baixou os olhos, constrangida, e segurou a saia do vestido.

– Sua mãe disse que não teria problema. – Ela me encarou, preocupada. – Me desculpe.

– Não, tudo bem.

Philine mais parecia o cabide humano de um vestido da década de 1920: elegante, mas poucos quilos acima do que seria considerado alarmante. As bochechas estavam vermelhas por causa da agitação, e o vestido realçava seus olhos cor de mel.

– A roupa ficou bem em você – elogiei.

Eu estava quase tão subnutrida quanto ela. Todos estávamos. Eu tinha linhas finas e rugas no canto dos olhos que, seis meses antes, não existiam. Estávamos todos fora de forma.

– Vamos. Vamos subir. Preciso da sua ajuda.

Todos os pertences de Sonja tinham sido retirados do quarto, com exceção do pequeno estojo de maquiagem e de algumas velhas revistas de cinema empilhadas no chão, perto da cama. As capas outrora brilhantes e extravagantes estavam desbotadas e opacas, como um velho tecido de algodão. Fazia séculos que eu não via um exemplar atualizado na banca de jornal.

– Queria que Sonja estivesse aqui – comentei.

– Alguma notícia dela?

Pensei em contar a Philine todas as possibilidades em que Sonja estaria viva e incapaz de manter contato, mas eu ficava exausta só de pensar. E Philine sabia disso tanto quanto eu.

– Não – respondi.

Ela assentiu.

– Philine, preciso que você pinte meu cabelo.

– Ih – murmurou ela, demonstrando ceticismo. – Agora eu realmente queria que Sonja estivesse aqui.

Deixei o lenço de seda e os óculos sobre a escrivaninha, e ela riu.

– Eu não quis dizer nada antes, mas... você tem que melhorar esse disfarce. Você está horrorosa.

Dei um soquinho no braço dela.

De manhã, Hendrik providenciara o que ele jurava ser tinta de cabelo, armazenada numa garrafa cor de âmbar fedendo a petroquímicos, e largara o vidro na minha mão como se tingir o cabelo fosse mais uma das "responsabilidades especiais" que Deus atribuiu às mulheres. Eu sabia o que fazer, certo?

Fizemos o melhor que pudemos. A pia da cozinha teria sido o lugar mais óbvio para o experimento, mas, apesar das cortinas grossas, havia muitas janelas (e vizinhos) para Philine se arriscar. O banheiro era muito pequeno para nós duas, então acabamos de volta ao quarto. Eu me deitei na cama com a cabeça molhada pendurada na borda; no chão, uma bacia de zinco recolhia a água e o produto químico que escorriam. Philine se sentou num banquinho ao lado da cama e espalhou a substância que mais parecia piche em cada fio do meu cabelo.

– Bom, minhas mãos estão tingidas de preto – disse Philine –, então talvez funcione no seu cabelo também.

– Ande logo – falei. – Estou ficando com frio.

– Estou tentando.

Do meu ponto de vista invertido, com os olhos no mesmo nível do queixo de Philine, eu a enxergava de um jeito estranho. Enquanto ela trabalhava no meu cabelo, eu via os cantos da boca retorcidos e enrugados, a pele esticada em torno da mandíbula, o pescoço pálido. Eu conhecia aquele rosto muito bem, e era reconfortante estar tão perto dela. Philine tinha o cheiro de casa, leite, pão e poeira quente. Como minha mãe. Fiquei olhando a covinha suave no cantinho do maxilar. Vi a sombra de um furinho no lóbulo da orelha.

– Você furou as orelhas? – perguntei, surpresa.

Philine sorriu.

– Eu mesma furei quando tinha 13 anos, mas deixei fechar de novo. Me meti em tanta encrenca.

– Menina travessa.

Ela riu.

– Dá para imaginar? Meu pai ficou absolutamente horrorizado. Parecia o fim do mundo.

– Mas não era – falei, baixinho.

– Não.

Curtimos o momento. Era legal lembrar como as coisas eram antes, quando algo tão bobo quanto furar o lóbulo da orelha era um escândalo. Quando uma nota baixa tinha o poder de arruinar o dia. Quando éramos crianças.

– Você deveria furar de novo – sugeri.

– Talvez, quem sabe – zombou Philine.

– Obrigada por me ajudar com isso.

– De nada – disse ela.

Por mais desagradável que fosse o processo, dava para ver que ela estava feliz por ter alguma coisa útil para fazer.

– Teve que escolher preto? É tão sério.

– Eu não escolhi. Foi o que conseguiram.

– Hum.

Ela começou a enxaguar, espremendo os fios da raiz até as pontas.

– Você deve ter percebido que eu não perguntei por que você está fazendo isso – comentou ela, usando os dedos para desembaraçar gentilmente as mechas úmidas.

– Obrigada.

– Eu sei que todos temos segredos.

Quando assenti, a água preta pingou dos cabelos pendurados.

– Não faça isso! – exclamou Philine, prendendo os fios molhados num rabo de cavalo.

Ela riu e posicionou o dedo indicador debaixo do nariz, em referência à caricatura universalmente conhecida como a de Adolf Hitler.

– *Heil!*

– Jamais! – protestei.

– *Noz zabemos* do rapaz – prosseguiu ela, exagerando o sotaque. – Conte tudo.

Eu suspirei.

– Hannie? – A verdadeira Philine estava de volta. E a curiosidade também. – Vocês ainda se encontram?

Assenti de cabeça para baixo, e ela riu.

– Você está apaixonada.

– Acho que sim – confirmei, me sentindo uma traidora por hesitar. – Sim. Estamos apaixonados.

– Vocês estão apaixonados! – exclamou ela, batendo palmas de leve. – O que ele tem de mais? Você nunca gostou de ninguém na faculdade.

Era verdade.

– Bem, ele não é como os caras da faculdade – respondi. – Não mesmo. Ele é bonito e muito corajoso...

Philine ergueu a sobrancelha, apreensiva. Ela me passou uma toalha, eu enrolei o cabelo nela e me sentei na cama.

– Ele faz eu me sentir outra pessoa. Melhor.

– Bem – disse ela, num tom de voz mais suave –, você realmente é outra pessoa agora. Tão... – Ela gesticulou como faria um mágico. – E não é só o cabelo. Você era muito tímida, mas agora é toda ousada. Parece um soldado.

Eu ri, constrangida, e comecei a me pentear. Era como pentear um esfregão encharcado de melaço.

– Estou falando sério – insistiu Philine. – Estou orgulhosa de você. E feliz por você. Por estar apaixonada.

Senti um aperto no peito, e meus olhos se encheram de lágrimas. Sonja tinha ido embora, e ali estava Philine, definhando, triste e solitária, na minha cama de criança. Se eu tivesse conseguido tirá-la do país, me sentiria uma heroína. Mas não naquele momento. Philine ainda não estava em total segurança, e Sonja... não, elas é que eram as corajosas. Meus pais também. Apenas o fato de abrigar Philine os tornava criminosos. Eu me recompus.

– Ele me ensina muita coisa.

– Aposto que sim.

– Philine!

Nós rimos. Percebi que eu precisava de alguém com quem conversar. E, a julgar pelo rubor no rosto quase sempre pálido de Philine, ela também.

– Tem uma coisa.

– Como assim?

– Ele me contou... – parei, pensando na melhor maneira de falar, na frase menos chocante, mas acabei indo direto ao ponto, como ele havia feito. – Ele é casado. E tem uma filha. Descobri há pouco tempo.

– Ah.

Philine ainda estava interessada no assunto, mas sua cabeça estava a mil. Eu deveria admitir que o relacionamento não tinha acabado? Isso mudaria a forma como ela se sentia a meu respeito? Ela sequer...

– Hannie – disse ela, com um suspiro. – Estamos em guerra.

Ela deu de ombros.

– Sim – respondi, esperançosa.

Philine olhou em volta do quartinho e para a única janela, coberta pelo blecaute.

– Antes disso tudo, talvez minha reação fosse outra. Mas agora... – Ela suspirou outra vez. – Isso importa mesmo?

A tranquilidade de Philine me impressionou. Ela costumava ver tudo preto no branco. A guerra também a transformara. A guerra mudava tudo.

– Bom... – comentei, sem saber o que dizer.

– Tudo que sei – disse Philine, puxando um fio da manta embaixo dela – é que, se eu pudesse sentir o que você está sentindo... por qualquer pessoa... – Ela secou os olhos na manga. – Eu seguiria em frente. Não acredito que ficar sozinha seja nobre ou bom. Se você tiver uma chance no amor...

Ela secou os olhos outra vez.

– Ah, Philine.

Sentei ao lado dela e a abracei. Seu corpo magro, com ossos de passarinho, começou a tremer ao meu toque, e eu chorei também, pela primeira vez desde o desaparecimento de Sonja. Ficamos abraçadas como náufragos agarrados a um colete salva-vidas. As lágrimas eram traiçoeiras, feito uma onda no oceano. Se ela te pegasse, poderia arrastar você até o fundo, para sempre.

– Meninas?

Com uma leve batida no batente da porta, mamãe anunciou sua presença. Tinha a expressão de quem sentia cheiro de coisa podre.

– O que aconteceu com seu cabelo?

– Philine pintou para mim – respondi, me levantando para dar um beijo nela. – Olá, mamãe.

Ela olhou para mim, preocupada.

– Hum.

Ela me virou de um lado para outro, analisando o novo visual de todos os ângulos, então balançou a cabeça e suspirou.

– Se você prefere assim.

– Prefiro.

– Tudo bem. – Ela me cutucou no braço. – Alguma notícia de Sonja?

– Não.

Minha mãe entrou no quarto e se sentou ao lado de Philine, passando um braço pelo ombro dela. Quase chorei diante da ternura do gesto. Meu coração se encheu de gratidão, e eu o senti desabrochar com a mesma sensação deliciosa e dolorida da primeira espreguiçada da manhã, ainda na cama. Eu nunca seria capaz de agradecer tudo que meus pais estavam fazendo por Philine. E por Sonja. E por mim.

– Eu sei que é difícil – disse minha mãe –, mas precisamos acreditar que Sonja está bem. Não há por que pensar que ela não está.

Havia todos os motivos do mundo, mas fiquei calada.

– Vocês só estão preocupadas porque a amam, e ela adora vocês também. Isso não mudou – continuou ela.

– Eu sei – concordei.

Eu tentava conter as lágrimas e separar o pavor sobre o destino de Sonja e o caos emocional em que eu havia mergulhado naquela estranha nova vida: Jan, a guerra, o trabalho na Resistência.

Minha mãe entregou um lenço a Philine, que assoou o nariz.

– O que você achou da roupa de Philine? Estávamos quase sem opções.

– Ficou melhor nela do que em mim – falei, com sinceridade.

– Vamos trabalhar como modelos depois que tudo isso passar – sugeriu Philine, rindo e fungando.

– Não eu. Quero comer tudo que aparecer na minha frente quando a guerra acabar. Vou ser a Rainha Momo no Carnaval.

– Agora vocês estão parecendo as meninas que eu conheço – comentou minha mãe. – Vamos, se organizem. Temos roupa para lavar.

– O que está acontecendo aqui?

Meu pai surgiu na entrada do quarto, alto e robusto como um carvalho, com um sorriso divertido. Vi meu reflexo no espelho da escrivaninha e percebi que meu rosto estava emoldurado por uma linha cor-de-rosa e preta, a pele irritada e oleosa. O couro cabeludo ardia, e eu parecia uma louca. Não era mais a Garota do Cabelo Vermelho.

– *Mijn kleine vos is weg* – afirmou ele. Minha pequena raposa já era.

– Olá, papai.

Dei-lhe um beijo na bochecha.

Ele franziu o nariz ao sentir o cheiro da tinta.

– Olá, querida. Está se divertindo?

Assenti.

– Ficou sabendo que os americanos desembarcaram no litoral da França? – perguntou ele, olhando fixamente para o meu cabelo.

– Sim – respondi.

Eles estavam na expectativa de que eu tivesse alguma informação privilegiada sobre a tão esperada chegada dos Aliados ao continente, mas eu não tinha. Tampouco pretendia alimentar falsas esperanças... nem a mim mesma.

– Não sei de mais nada.

Meu pai assentiu.

– Bom, eu preciso ir – falei, meio desconcertada, juntando as coisas. – E, pelo amor de Deus, não deixem mais Philine atender à porta.

Ganhei um olhar de reprovação da minha mãe por usar o nome do Senhor em vão. Ah, se ela soubesse...

– Eu não atendi à porta! – protestou Philine.

– Não se preocupe conosco – disse meu pai.

Ele chegou a erguer uma das mãos, mas desistiu de tocar o cabelo recém-pintado.

– *Waar is mijn kleine vos?* – perguntou. Onde está minha pequena raposa?

– *Ik bem er nog, Papa* – respondi. Ainda estou aqui.

Minha mãe se virou, a cabeça baixa.

– Aqui – disse Philine, me entregando o lenço de seda e os óculos. – Não se esqueça disso.

– Pode deixar.

Ela me acompanhou até o andar de baixo e se despediu. Ouvi a batida da porta de carvalho se fechando e o familiar rangido das dobradiças de cobre. Lá de fora, ouvi outro barulho: o espirro de Philine, débil feito um ratinho. Meus olhos se encheram de lágrimas. Anos antes, naquela mesma casa de tijolos, meu pai se sentou ao lado da cama de minha irmã de 12 anos, acariciando suas costas de passarinho enquanto ela se contorcia e tossia. Difteria. Meu pai beijou os ombros trêmulos de Annie e sussurrou:

– *Vier dingen laten zich niet verbergen: vuur, schurft, hoest, en liefde.* Quatro coisas que não se pode esconder: fogo, sarna, tosse e amor.

– Eu não tenho sarna – disse Annie.

– Não – respondeu meu pai. – Mas está sempre tossindo. E eu te amo.

Sequei o rosto e os deixei para trás.

Pedalei pela pequena Van Dortstraat com o cabelo molhado ao vento. As casas de tijolos amarelos, o canal fluindo devagar, tudo igual desde que eu era criança. Reduzi a velocidade no fim da rua para uma mulher atravessar. Ela me viu de relance e, então, se virou para uma segunda olhada: era a Sra. Oosterdijk, que morava a duas casas depois da minha desde que nasci. Ela examinou a morena de óculos, me avaliou dos pés à cabeça, franziu o cenho e seguiu em frente.

Não me reconheceu.

# Capítulo 25

– QUEM É ESSA, MATA HARI? – perguntou Jan, rindo e segurando a porta aberta do apartamento da Resistência. Entrei, e ele deslizou os dedos numa mecha de fios pretos.

– Mata Hari se deu mal – falei, rindo.

Dei uma voltinha para que ele conferisse o visual por inteiro.

– O que acha? Philine me ajudou.

– Ficou linda – elogiou Jan, assentindo. – Você parece uma francesa. Mas sinto falta do cabelo vermelho.

– Ah, graças a Deus – disse Hendrik, espiando da cozinha. – E eu devo concordar, você parece uma parisiense.

– Não quero ser parisiense – retruquei. Eu tinha pensado em Sonja durante todo o trajeto. – Quero voltar para a ação.

– Essa é a garota que eu conheço – disse Hendrik, sorrindo.

– Então, Ragut é o próximo – anunciou Jan.

Jan se referia ao chefe de polícia da cidade de Zaandam, Willem Ragut, um dos colaboracionistas mais mortais do país. Ele mandara levas de judeus holandeses a Westerbork, alguns dos quais eram seus próprios vizinhos. Os alemães o adoravam. Já nós o odiávamos havia bastante tempo, e Freddie tinha passado dias e dias seguindo seus passos e tentando descobrir onde seria mais provável encontrá-lo sozinho.

– Freddie disse que a rotina dele é tão previsível que dá até para acertar o relógio com base nela.

– Ele já é visado há bastante tempo, mas ninguém conseguiu pegá-lo ainda – informou Hendrik.

– Ela está pronta – disse Jan, olhando para mim.

Hendrik tinha me contado que Jan nunca trabalhara bem com alguém.

– Não estou dizendo isso para desestimular vocês – comentou ele, com expressão sombria. – Mas houve outro massacre da *Silbertanne* ontem à noite. Mais de uma dúzia de membros da Resistência foram executados em Amsterdã, do lado de fora de um esconderijo, perto da Oude Kerk.

Eu conhecia um dos abrigos perto da Oude Kerk – Velha Igreja – no bairro mais antigo de Amsterdã, onde as casas se fundiam às paredes do próprio canal. Nos últimos tempos, elas vinham sendo muito úteis para abrigar judeus.

Jan soltou um assobio baixo.

– Mais um motivo.

– Os alemães parecem mais determinados – disse Hendrik. – E mais eficientes. A *Silbertanne* está expandindo o alcance, célula por célula.

– E daí? – retrucou Jan, alternando entre abrir e cerrar os punhos. – Não vamos cancelar nada.

– Há também rumores de que um herói desconhecido tentou assassinar o próprio Hitler ontem à noite na Frente Oriental. Não deu certo, aparentemente. Mas é uma das coisas que deve estar impulsionando essa nova onda de retaliações.

Jan manteve a boca fechada. Detestava receber ordens.

– Talvez seja melhor você discutir o assunto com sua parceira – sugeriu Hendrik.

Jan olhou para mim.

– Vamos fazer isso.

Eu olhei para Hendrik.

– Além disso – comentou Hendrik, limpando a garganta –, acho que descobrimos a identidade do casal que vocês encontraram no Haarlemmerhout. Brasser levantou informações sobre isso também.

– O homem era membro da SS – falei, concluindo o óbvio.

– Sim – confirmou Hendrik.

Jan me olhou, atônito.

– O que foi? – perguntei. – Foi Truus quem deduziu.

– Ah – murmurou ele.

– Brasser disse que um membro do grupo dele ia se encontrar com os dois e providenciar um esconderijo para eles.

– Para o defunto da SS? – interrompeu Jan.

Hendrik ergueu a mão.

– Posso continuar?

Jan se calou.

– O cavalheiro em questão era um membro da SS chamado Bakker. A mulher era uma de nós. Ela transformou Bakker num espião, e ele estava fornecendo todo tipo de informação de inteligência da Operação *Silbertanne*. Tudo indica que os dois foram interceptados pelos alemães antes de chegarem ao ponto de encontro.

– Ah! – exclamei.

O cenário não tinha me ocorrido porque nunca imaginei que um membro da SS pudesse desertar. Nunca ouvira falar disso. Mas, de novo, os jornais da propaganda nazista jamais noticiariam algo do tipo se acontecesse.

– A morte dos dois também foi uma ação da *Silbertanne* – afirmou Hendrik.

– Qual era o nome dela? – indaguei.

– Irma – respondeu Hendrik. – Mas não era seu nome verdadeiro.

Irma vinha exercendo a minha função, ou pelo menos algo parecido. Seduzindo membros da SS em nome da Resistência. Ou talvez tivesse de fato se apaixonado por ele? Era difícil acreditar.

– Por que deixá-los no meio da floresta? – perguntei. – Eles não gostam de pendurar os desertores nos postes ou algo do tipo? Para assustar os demais?

– Eles faziam isso antes, no início da guerra – disse Jan, olhando para Hendrik, com cara de quem acabara de ter uma ideia. – Agora eles escondem... porque há muitos desertores.

Hendrik assentiu.

– Abala o moral da tropa.

– É um bom sinal – comentei. – Estão perdendo a fé na missão.

– Eles que se fodam! – urrou Jan, mas sua voz soou menos amarga, adotando um tom mais arrogante.

Minha teoria deve tê-lo animado um pouco.

– Hannie, você ainda quer fazer o serviço?

A hesitação de Hendrik me preocupava. Quase com certeza haveria represálias devastadoras por causa do assassinato de Ragut... mas eu também acreditava que, no fim das contas, salvaríamos mais vidas do que perderíamos. A eliminação de um homem terrível como ele poderia, na verdade, fazer diferença nos esforços da Resistência. E se existia um assassinato justificável, era o dele. Se parássemos para pensar, desistiríamos das missões, pois sempre haveria vítimas inocentes. Assim como era inevitável cometer erros. Eu esperava não cometer nenhum.

– Sim – respondi. – Vamos em frente.

– Amanhã, então – decretou Jan.

Assenti.

Hendrik nos encarou por um minuto, tentando ler nossa expressão.

– Tudo bem, vão em frente. Talvez um ataque logo depois das execuções em Oude Kerk o pegue de surpresa. Mas vocês precisam ser mais cautelosos do que de costume. Como é chefe de polícia, Ragut anda armado e pode andar com seguranças, então mantenham-se em alerta.

– Sabemos o que fazer – disse Jan, já na porta da frente. – Vamos, Hannie.

– Tudo bem – disse Hendrik, piscando para mim. – Lá vai a Garota do Cabelo Preto.

Na manhã seguinte, acordei antes de Jan. Ao meu lado, na cama estreita, ele dormia profundamente, nu e aquecido. Fiquei observando seu peito largo subir e descer, os pelos louros se banhando na luz fria da manhã a cada inspiração. Estendi a mão para tocá-lo, então parei. De vez em quando, tudo que eu queria era observá-lo e imaginar como as coisas seriam para nós se não houvesse nenhuma guerra, nenhuma Resistência. Será que faríamos coisas normais, como ir ao cinema ou passar um dia na praia? Era difícil imaginar.

– O que você está olhando? – indagou ele, fingindo irritação.

Ele me puxou, e nos beijamos. Jan não era do tipo que ligava para o hálito matinal ou o cabelo desgrenhado. Ele não se incomodava com nada. Eu sabia que ele não perdia tempo imaginando se estávamos juntos só por causa da guerra. Saí da cama e comecei a me vestir.

– Está com pressa? – perguntou ele, desapontado.

– Um pouco – respondi. – Temos muito que fazer hoje.

– Sim – disse ele, bocejando. – Acho que sim.

Pedalamos durante uma hora até Zaandam, e eu usei o tempo para revisar o plano de cabeça. Eu não conhecia a cidade tão bem quanto Jan, mas ele havia desenhado uns mapas para mim. Os velhos e lentos moinhos de vento de Zaandam eram visíveis a quilômetros, antes mesmo de entrarmos na cidade, ao longo de toda a margem do rio. Embora as pás ainda girassem, os moinhos de grãos que elas impulsionavam estavam vazios, mesmo no auge do verão. A guerra não favorecia as colheitas.

Jan mudou de direção e entrou numa tranquila rua residencial nos limites de Zaandam, e eu o segui. Era início da tarde e já estava começando a esquentar.

– Suas bochechas estão rosadas – disse ele.

– As suas também.

– Então, vai ser como da outra vez – disse ele, ignorando o comentário. – Você vai na frente. Eu vou depois. Não olhe para trás, não se vire e não pare. Vou estar logo atrás de você, como no dia em que pegamos Faber.

– E como no dia em que pegamos Hendrik.

Ele sorriu.

– Isso mesmo. Mas não vomite, por favor.

– Combinado. Vamos lá.

– Hannie – chamou Jan. – Não vá tão rápido dessa vez. Não podemos cometer nenhum erro. E temos tempo. – Ele observou a posição do sol e completou: – Um pouco de tempo.

– Não estou com pressa – falei. – Como estou?

Eu estava usando um lenço na cabeça, apesar dos cabelos pretos, e os óculos ficavam estranhos no meu rosto.

– Parece uma assassina – avaliou ele. – Uma assassina bonitinha.

Ele se inclinou e me deu um beijo na bochecha. Uma senhora que passava ao nosso lado estalou a língua em desaprovação, então ele me deu um beijo com mais ímpeto.

– Ok, minha pequena *aanvalshond* – disse, depois que a mulher foi embora. – É hora de soltar a coleira.

Eu era um cão de briga. Visualizei pastores-alemães de patas arqueadas andando de um lado para outro em frente ao quartel-general da Gestapo, no número 99 da Euterpestraat, em Amsterdã. Eu queria enfrentar um deles.

Até então, eu conhecia duas maneiras de matar um nazista: sozinha na escuridão da noite ou numa rua clara e cheia de gente, em plena luz do dia. Na qualidade de primeira atiradora, eu tinha o poder de decisão de cancelar o ataque, caso percebesse algo estranho. Eu estava no controle da situação. Mas o plano original fora elaborado por Jan, desde a rota de fuga até o momento do ataque propriamente dito. Não tive como opinar. Ao dobrar a esquina e me deparar com uma rua mais agitada, freei a bicicleta tão repentinamente que Jan quase bateu em mim.

– *Verdomme*, Hannie. O que houve?

Arranquei os óculos do rosto, as mãos trêmulas.

– Não consigo enxergar – falei. – As lentes estão sujas.

Segurei na barra da saia para limpar as lentes.

– Posso ver? – pediu Jan.

Ele ergueu os óculos contra o sol e, então, com dois movimentos rápidos dos polegares, tirou as lentes da armação e a devolveu para mim.

– E então? Agora você consegue ver.

– Ok – respondi, nervosa demais para discutir.

Coloquei os óculos de novo, um pouco irritada com o "conserto". No momento em que Ragut percebesse a falta das lentes, já estaria morto.

– Não se preocupe tanto, Hannie, sabemos o que fazer.

– Pare de falar meu nome – sibilei.

Ele riu.

– Ande logo, mulher. Já poderíamos ter acabado com isso.

Voltei a pedalar, com as rodas de madeira da bicicleta de Jan matraqueando logo atrás.

Como chefe de polícia, Ragut vivia cercado de subordinados, e até em sua casa havia guardas por todo lado. Depois de conversar com Freddie, Jan decidira aproveitar o burburinho de uma rua movimentada, onde o caos dos passantes encobriria parte da confusão. Ragut estaria saindo de um prédio comercial no centro da cidade onde frequentava reuniões vespertinas regulares. Tínhamos o endereço.

Só que as ruelas de Zaandam eram muito mais estreitas do que eu imaginara. Logo estávamos imersos no meio de um labirinto apertado, entre prédios de dois ou três andares que se erguiam como muralhas em ambos os lados, com poucos becos ou vias laterais como rotas de fuga de última hora. Quanto mais nos aproximávamos do coração da cidade, mais movimentada ela ficava. Grupos de soldados alemães mal-encarados circulavam em todo canto. Talvez tivessem montado uma nova base naquela área. Pensei se Jan tinha levado isso em conta.

Segui costurando por entre soldados e transeuntes como uma agulha atravessando a seda e, quando dei por mim, tinha chegado ao local da ação rápido demais. Pisei no calçamento e parei. O ponto exato onde Ragut deveria surgir ficava a dois quarteirões, mas os dois lados da rua estreita e aglomerada tinham muitas repartições municipais e lojas, além de uma velha igreja de madeira espremida entre os edifícios, como uma memória antiga em meio às construções mais recentes.

– Ei!

Jan parou atrás de mim, encostando o pneu da bicicleta no meu.

– É logo ali – indicou ele. Pelo menos, dessa vez, ele estava sussurrando.

– Eu sei – falei. – Está tão cheio aqui, achei melhor esperar por você.

– Você não pode fazer isso.

Um cachinho louro desalinhado caiu na testa de Jan. Às vezes, a luz incidia sobre seu rosto de um jeito que me obrigava a parar tudo que estivesse fazendo.

– Está me ouvindo, Hannie? Não espere por mim. Não vai funcionar assim.

– Eu sei. Não vou esperar.

– Ótimo.

Pensei em perguntar pela última vez: *Tem certeza? Devemos mesmo fazer isso hoje?* Só que eu não tinha nenhum bom motivo, era só um pressentimento. Se quiséssemos cruzar o caminho de Ragut, tínhamos que estar no local combinado em quatro ou cinco minutos. Apesar da multidão, eu consegui identificar o ponto próximo ao meio-fio onde nos aproximaríamos da calçada, atiraríamos e seguiríamos pedalando pela rua movimentada. Respirei fundo. Coloquei o pé direito no pedal.

Jan agarrou o meu ombro.

– O que é isso?

– O quê?

Era um barulho.

À nossa volta, fregueses, mascates, estudantes e famílias começaram a fazer a mesma coisa, erguendo a cabeça na tentativa de identificar de onde vinha o barulho. No início, mais parecia um chiado alto, como o zumbido de um fio elétrico ou uma frequência de rádio mal sintonizada. Mas o barulho foi aumentando e adquirindo um tom mais grave, como um ronco. Depois, um rugido.

– Bombardeiros – sussurrou Jan.

Todo mundo pensou a mesma coisa, e o medo se espalhou pela multidão feito a marola de uma pedra atirada no lago. O verdadeiro pânico estava prestes a se instalar.

– Vamos – disse ele, me puxando para o meio da rua.

As outras pessoas estavam correndo para as laterais. O caminho ficou livre como uma pista de corrida.

– Não, Jan – falei, mas ele me puxou pelo braço, me apertando como se sua mão fosse uma algema de aço.

O aperto me machucou. E conseguiu minha atenção.

– Continue – ordenou, olhando fundo nos meus olhos como se quisesse confirmar se eu ainda faria o serviço.

– Vamos seguir o plano? – perguntei, chocada.

– Ande! – sibilou ele, e me empurrou para a frente.

Então, eu fui. Por um instante, me senti tão exposta quanto um ator no palco, pedalando sozinha no meio da rua do centro da cidade. Mas Jan estava atrás de mim. Eu não conseguia vê-lo, mas sabia que ele estava lá. E, de repente, percebi que ele tinha razão em dar prosseguimento ao plano. Apesar da falta de cobertura, pedalamos como fantasmas, invisíveis em meio à gritaria dos cidadãos preocupados unicamente em encontrar abrigo debaixo das barracas de frutas, dentro das lojas ou em qualquer lugar onde pudessem se esconder do barulho cada vez mais alto. Não era mais um leão despertando, mas um motor a vapor girando acima das nuvens – ainda não conseguíamos vê-los –, o barulho impossível mas tão familiar da coisa mais pesada do mundo flutuando pelo ar e anunciando aos berros a destruição.

Senti uma pontada na barriga e me perguntei se de alguma forma tinha levado um tiro, até me dar conta de que era apenas cólica. De puro medo. Eu me obriguei a olhar para o ponto combinado e então algo me ocorreu:

Ragut não sairia do prédio naquele momento. Ninguém sairia. Mas, quando me virei para alertar Jan, uma coisa prateada cintilou no meu campo de visão periférica.

Era Ragut. O chefe de polícia Willem Ragut saiu do prédio de uniforme para proteger a população. Senti certo respeito por ele antes de me lembrar de todos os judeus que ele já condenara à morte, além de todos os rebeldes. Maldito Ragut.

Ele era um homem alto com a barriga de barril espremida dentro do uniforme de lã azul-escuro e ostentando no peito uma faixa ridícula, como se fosse uma espécie de ditadorzinho vaidoso e insignificante. Bom, ele era exatamente isso. Ragut ergueu a vista assim que me aproximei, e nossos olhares se cruzaram. Olhos azuis de holandês, azuis como os de Jan, como os de meu pai. Uma jovem pedalando em sua direção, também com olhos azuis de holandesa. Ele ergueu o canto da boca como se fosse sorrir, mesmo em meio ao caos e ao alarido dos motores que, naquele momento, zumbiam tão perto que eu tinha a impressão de que podiam nos tocar com suas barrigas de aço. Sorri de volta, saquei a pistola do bolso direito do casaco, abaixei o eixo do guidão para me projetar na direção dele, senti o aroma da loção pós-barba e do charuto e detectei a mancha de manteiga na lapela devido a um descuido no café da manhã, a brilhantina do cabelo e o cheiro de lã. Os nós dos meus dedos roçaram seu uniforme azul quando enfiei a arma na barriga dele e apertei o gatilho: BAM-BAM. O disparo duplo, como fazia Jan. Dois tiros, e pronto.

Eu me inclinei sobre o eixo do guidão e recolhi a arma depressa, temendo que ele tentasse agarrá-la, e segui pedalando com os aviões bombardeiros ainda urrando lá em cima, as pessoas gritando embaixo. Com todo aquele barulho, será que eu conseguiria ouvir os tiros de Jan? Foi então que ouvi outro disparo e mais um, e finalmente consegui soltar a respiração. Jan alcançara o alvo logo depois de mim. Eu sabia que não podia esperar por ele, mas estava louca para, pelo menos, me virar e dar uma olhada. *Não, siga o plano*. Mantive o olhar cravado na rota de fuga à minha frente. Quando, enfim, entrei numa pequena rua lateral, o ronco dos bombardeiros começou a sumir. Os aviões tinham soltado alguma bomba? Eu não ouvi nenhuma explosão nem senti cheiro de fumaça.

Continuei pedalando, de vez em quando percebendo alguém escondido atrás de uma janela, se perguntando quem era a louca de lenço na cabeça e óculos numa bicicleta durante um bombardeio. Quanto mais eu pedalava, mais silenciosos ficavam os aviões, até que ficou claro que não haveria bombardeio algum. Os aviões seguiram roncando em direção ao mar do Norte e desapareceram. Eu nem sequer sabia a quem pertenciam os aviões: aos alemães, aos americanos? Seriam os britânicos voltando para casa? Fiquei me fazendo perguntas para ocupar a cabeça. Continuei pedalando. Até aquele momento, tudo tinha saído conforme planejado. Os aviões bombardeiros, na verdade, até que ajudaram.

Dentro de dez minutos, no horário combinado, eu estava na zona rural de Zaandam, longe do pandemônio. Já conseguia ver o velho barracão nos limites de uma fazenda, onde deveríamos nos encontrar depois do ataque. Não havia sinal de Jan, mas tudo bem. Tínhamos mais de uma opção para rotas de fuga. Consegui seguir pela mais rápida delas, mas, como Jan estava cuidando da retaguarda e tinha mais chances de ser perseguido, provavelmente escolhera uma rota menos óbvia, do jeito que ele preferia, cheia de curvas bruscas e mais difícil de pedalar.

Abri a porta de madeira do barracão. Estava escuro lá dentro, mas encontrei uma janela com folhas de persiana. Quando a abri, a luz ofuscante da tarde de verão invadiu o breu, me cegando. Assim que meus olhos se adaptaram, identifiquei dois banquinhos de ordenha, uma miscelânea de ferramentas agrícolas e todo tipo de equipamento em vários estados de conservação. Era uma pequena caverna apinhada, mas eu não me demoraria ali. Sentei no chão com um baque e me encostei na parede, me dando conta da exaustão.

Um tilintar de metal soou na estrada de terra. Prendi a respiração e espiei por uma fresta na madeira da porta. Era o fazendeiro dono do lugar. Eu não deveria fazer qualquer contato com ele ou com a família. Então, fiquei observando. Eu gostava de saber quem eram essas pessoas, esses resistentes silenciosos que arriscavam tudo para nos dar abrigo. A julgar pela aparência, ninguém suspeitaria dele. Não passava de um velho carregando com a mão calejada um balde de latão carcomido. Agradeci a ele em silêncio. Ele abriu o portão que dava para o pasto e seguiu caminhando e mancando, talvez um ferimento da guerra anterior.

Eu estava tão preocupada com o fato de Jan vir logo atrás que nem pensei se alguém mais tinha me seguido. Ninguém nos viu? Como isso era possível? Ninguém ouviu os tiros? Os aviões bombardeiros... Balancei a cabeça com a lembrança. Jamais poderíamos ter planejado uma distração melhor ou mais barulhenta. Eu mal podia esperar para contar a história a Hendrik. E a Truus, embora já fizesse um tempo que eu não a via. Fechei os olhos e me permiti algo mais raro do que cubos de açúcar: um instante de satisfação. Eu já conseguia ouvir a voz rouca de Jan em meu ouvido, sussurrando do jeito que ele gostava de fazer sempre que percebia que eu estava meio para baixo: *Muito bem, Professora.* Eu nem lhe daria um soquinho por dizer isso.

*Ragut já era. Ninguém seguiu vocês. Você está em segurança no barracão. Jan vai chegar a qualquer momento.*

*A qualquer momento.*

# Capítulo 26

Ele deveria estar uns dez minutos atrás de mim. Esperei por mais trinta. Então uma hora se passou. A tarde já estava no fim, e o interior do barracão parecia um forno. Fiquei de pé. Precisava encontrá-lo. Provavelmente ele estava me esperando em algum lugar, preocupado. Empurrei a bicicleta até a porta e parei.

A única pessoa com que eu deveria manter contato nas 24 horas seguintes era Jan, a não ser que Hendrik se comunicasse comigo por algum motivo. Esse era o plano. Siga o plano. Era tão mais fácil correr do que ficar parada. Do que esperar. Era insuportável, eu não ia ficar ali sem fazer nada e... Olhei em volta do barracão empoeirado, menor do que a carroceria de um caminhão, mal dava para alguém esticar as pernas e se deitar. Durante mais de um ano, fora esta a vida de Philine e Sonja. Engaioladas, presas, sem nada a fazer além de esperar. Fora esta a vida de todos os outros homens, mulheres e crianças escondidos, enfrentando dias desoladores, dentro de despensas, guarda-roupas e espaços mais entulhados do que aquele. Eu dizia a Philine que era preciso coragem para se sentar e esperar, e acabou que eu não era forte o suficiente. E onde estava Jan? Eu disse a mim mesma que lhe daria mais cinco minutos. Foi então que ouvi.

O barulho suave das rodas da bicicleta esmagando o mato, seguido de batidinhas de leve na porta despencada do barracão. Soltei a respiração. *Até que enfim. Seu desgraçado*. Eu queria matá-lo e beijá-lo ao mesmo tempo.

– Finalmente – falei, tentando disfarçar a preocupação com sarcasmo ao abrir a porta.

– Hannie.

Era uma voz que eu não ouvia fazia um tempo. Truus. Seu sorriso – se é que dava para chamar aquilo de sorriso – formava uma linha reta dos lábios comprimidos.

– Oi – cumprimentou ela.

– Como você me encontrou? – perguntei.

– Hannie... – Truus ficou parada ali, a silhueta magra contra a luz do entardecer. – Eu sinto muito.

– O quê? Por quê?

Ela entrou, trazendo junto uma lufada de ar fresco para dentro do barracão.

– Eu não sei como dizer isso...

Tentei decifrar a expressão de Truus em busca de pistas. Parecia zangada.

– Jan levou um tiro, Hannie. De Ragut.

– Ragut? – Eu ri diante do absurdo. – Não, Truus. Nós o pegamos.

– Sim, mas ele deu um tiro em Jan antes de...

Encarei Truus. Ela não devia estar ali. Não fazia parte do plano. Não havia como ela saber o que estava acontecendo.

– Não, não foi isso que aconteceu – argumentei.

Eu tinha participado da ação. Ela não. No fundo, senti algo se quebrar. Na verdade, eu não tinha visto nada. Ainda assim, eu sabia o que tínhamos feito.

– Nós atiramos nele – repeti.

– Hannie... – A voz dela falhou. – Você não ouviu outros disparos?

– Ouvi, mas foram os que Jan deu – falei, tentando reviver a cena na minha cabeça.

Ela estava certa: eu ouvi dois disparos. Presumi que o segundo atingira Ragut.

– Como você me encontrou? – perguntei outra vez.

– Fui eu que contei para Jan sobre este lugar.

É claro. Truus era a faz-tudo invisível do Conselho de Resistência, sempre providenciando um último detalhe para fazer o plano funcionar. Truus sabia de tudo.

– Conte-me o que você ouviu – pedi.

Ela assentiu.

– Uma pessoa do Conselho de Resistência de Zaandam entrou em contato com Hendrik mais ou menos uma hora atrás para informar o que aconteceu. Hendrik foi procurar Jan e eu saí para encontrar você.

Truus me contou a história, costurada por testemunhas solidárias e por uma rede de informantes da Resistência. Depois que os bombardeiros se afastaram, as pessoas olharam em volta em busca de sinais de destruição e viram dois homens, sendo um deles policial, caídos de costas na calçada. Elas se aproximaram, chamando ajuda médica. Jan, o segundo homem, recobrou a consciência, viu a comoção e fugiu da multidão.

A versão de Truus explicava cada um dos disparos que ouvi durante a fuga. Um tiro seguido de outro. Eu presumira que ambos tinham sido feitos por Jan. No entanto, como explicou Truus, o primeiro partiu de Ragut. Eu já estava longe, então ele atirou em Jan. Jan atirou de volta, mas errou. Um acidente. Poderia acontecer com qualquer um. Até com Jan.

– Onde ele está agora?

Eu já sentia o impacto da resposta, a iminência de uma onda se avolumando.

– Ele foi ferido – disse ela. – É grave.

Minhas pernas oscilaram, e Truus me segurou.

– Estou bem, estou bem – assegurei, me apoiando na parede. – Onde ele está?

– Eu não sei.

– Então ele pode estar vivo?

Truus franziu o cenho.

– É possível. Mas...

Pouco provável. Assim como Sonja. Viva e morta, dependendo do nível de otimismo do dia.

– O ferimento é grave – revelou Truus. – E, se os alemães o encontrarem, será pior.

– Mas ele tomou um tiro. Precisa de um médico. Onde ele está?

– Ele não entrou em contato com nenhum dos médicos da Resistência – informou Truus. – Quando saí, Hendrik estava procurando nos hospitais.

Respirei fundo, tentando me acalmar. Precisávamos encontrá-lo.

– Ok – falei. – Vamos embora.

Chegamos ao apartamento da Resistência em Haarlem, mas o lugar estava vazio. Eu alimentara esperanças de que Jan estivesse lá. Mas até Hendrik tinha desaparecido.

– Espere – disse Truus.

No centro da mesa da sala de jantar, um velho cutelo de cozinha estava cravado no tampo de madeira, prendendo um bilhete sob a lâmina gasta e enferrujada. Nele, na caligrafia elegante de Hendrik, havia uma anotação:

*Hospital Guilhermina – Amsterdã*

Eu conhecia o hospital; ficava a alguns quarteirões da universidade. Nos tempos de estudante, eu costumava ir lá para buscar alguns itens a pedido da enfermeira Dekker. Parecia outra vida. Engoli em seco.

– Não se preocupe, Hannie – disse Truus. – Ainda não sabemos o que aconteceu.

– Não é isso.

Mas era, sim.

– Vamos, podemos pegar o próximo trem.

Truus me passou um lenço, me acompanhou de volta à rua e, não sei como, nos conduziu à estação. De vez em quando, eu sentia o rosto molhado, sem me dar conta de que estava chorando. Truus apertava minha mão. No breve percurso até Amsterdã, comecei a me recompor.

– Eu sei como chegar ao hospital – falei.

# Capítulo 27

Eu não me lembro de muita coisa da viagem de trem. Lembro que qualquer barulho repentino – um tíquete sendo perfurado ou uma janela se fechando – soava como disparos de uma arma de fogo: pá, pá, pá. Voltei à vida enquanto caminhávamos pelas ruas movimentadas de Amsterdã, com Truus me puxando pela mão como se eu fosse uma criança.

O dia mais longo do ano se aproximava, quando a fraca e oblíqua luz do sol se demorava mais do que deveria. O crepúsculo, nem claro nem escuro, pairava sobre a cidade feito ressaca. Eu não ia a Amsterdã havia pelo menos um mês, quando Jan e eu tínhamos procurado por Sonja. Muito pouco tinha mudado. Placas de *Voor Joden Verboden* ainda figuravam nos portões dos parques e nas vitrines das lojas, e não se olhava nos olhos de ninguém. Os bondes não estavam circulando porque não havia combustível nem trilhos – as pessoas arrancaram a madeira para se aquecer, assim como fizeram com os elegantes olmeiros de 100 anos que antes margeavam os canais. Com as férias de verão, as ruas estavam relativamente cheias. A chegada dos Aliados ao sul dos Países Baixos deixou as pessoas esperançosas, e pelas janelas dos prédios de apartamentos era possível ouvir as famílias apreciando a companhia umas das outras. Que diferente. Pilhas de lixo fedido se amontoavam nas esquinas de quase todos os quarteirões. Amsterdã. A linda Amsterdã.

Não tínhamos bicicleta, então corremos. Depois de uns vinte minutos, eu não sabia mais se estava cansada. Quando chegamos perto do hospital, retomamos o ritmo de caminhada. Na esquina da Eerst Helmersstraat, desci do meio-fio, mas Truus me puxou de volta à calçada.

– Espere – pediu ela, avaliando o cruzamento. – Não podemos apenas chegar à recepção e simplesmente perguntar por ele.

Ainda bem que uma de nós estava com a cabeça no lugar.

– Vamos – disse ela, sem soltar minha mão.

Atravessamos a rua e entramos num café com uma janela que dava para o hospital.

– Não tenho dinheiro – avisei.

– Eu tenho.

Nós nos sentamos, e eu me abanei com uma das mãos.

– Um café, por favor – pediu Truus.

O garçom olhou para ela e depois para mim.

– Dois?

– Um só – respondi.

– As mesas são apenas para os clientes, senhorita.

Ele limpou a garganta. Era parecido com o pai de Philine, um pouco nervoso, muito correto. A última notícia que tínhamos tido do Sr. Polak dizia que ele estava se mudando para outro apartamento e que prometia escrever. Fazia semanas que Philine não sabia dele.

– Vou tomar um copo d'água – falei.

Ele limpou a garganta.

– Clientes pagantes.

Truus o encarou com um olhar de desprezo que eu nunca tinha visto. Em seguida, vasculhou o bolso, revirando-o do avesso para ter certeza de que estava vazio. Ninguém no Conselho de Resistência vinha de família rica, mas Truus e Freddie eram, de longe, as mais pobres. Ela conseguiu desenterrar alguns centavos e os depositou sobre a mesa com um tapa metálico.

– Um café e o que isso puder pagar – disse ela.

Ele hesitou.

– Por favor. – A voz falhava. – Faria muita diferença para nós.

Ergui a vista, os olhos vermelhos atrás dos óculos, que Truus tinha insistido para que eu usasse quando saímos do barracão, junto com o lenço na cabeça. Eu sabia que parecia meio louca. O garçom suspirou. Raspou as moedas de cima da mesa e sumiu nos fundos do café.

Truus soltou o ar.

– *Verdomme.*

Ela xingava entre os dentes qualquer um ao nosso redor, dos soldados aos transeuntes exaustos. Tínhamos uma boa visão do hospital e da antiga entrada abobadada. Uma bandeira nazista tremulava ali, é claro.

– Vamos esperar um pouco – sugeriu ela.

Assenti. Não tínhamos plano algum. Ficamos sentadas observando as pessoas entrarem e saírem do hospital no outro lado da rua, enfermeiras uniformizadas e cidadãos comuns cuidando da vida ou visitando alguém lá dentro. Pensar em Jan fazia meu coração se contorcer de dor. *Por favor, deixe-o viver.*

– Parece uma fortaleza – comentou Truus, tentando imaginar uma forma de se esgueirar sem ser notada para dentro do imenso prédio de pedra.

Parecia impossível.

– Foi construído durante as epidemias da Idade Média – falei.

A enfermeira Dekker tinha me contado.

– O hospital?

Assenti.

– Uma epidemia parece algo tranquilo.

Eu ri.

O garçom retornou e nos serviu dois cafés.

– Para mim? – perguntei.

A expressão irritada dele se atenuou um pouco.

– *Het ga je goed* – disse ele, com voz rouca. Fique bem.

– *Bedankt* – agradeci, quase sucumbindo às lágrimas.

Funguei. Ele sorriu e nos deixou em paz. Ainda havia pessoas boas por aí.

Tomamos o café o mais devagar possível. Em certos momentos, Truus parecia prestes a me dizer alguma coisa, mas hesitava e ficava quieta. Eu só tinha perguntas e sabia que ela não tinha respostas, então também me mantive em silêncio.

– Olha – disse ela, afinal.

Ouvimos o lamento de uma ambulância improvisada – um antigo veículo da polícia – vindo da direção oposta rumo à entrada do hospital. Quando diminuiu a velocidade para fazer a curva, eu me esforcei para obter qualquer informação sobre a viatura, mas passou como um borrão pela entrada arqueada e desapareceu no pátio interno. Não consegui identificar o motorista, muito menos o paciente na parte de trás.

– Truus, quem contou a Hendrik que Jan estava aqui?

– Brasser ou um dos caras de Zaandam, provavelmente. Alguém do Conselho de Resistência.

– E como essa pessoa ficou sabendo?

Truus suspirou.

– Você sabe como são as coisas. São rumores. Mas pode ser verdade.

– Por que trazê-lo para Amsterdã? Por que não um hospital em Zaandam ou em Haarlem?

– Se ele estiver nas mãos da polícia, vão querer interrogá-lo, se possível. E todos os oficiais de alta patente da SS estão em Amsterdã.

– Como assim, "se possível"?

Truus limitou-se a me encarar.

– Entendi.

Eles não poderiam interrogar um homem morto. Afastei a ideia. Tomamos o café e mascamos os pedacinhos de raiz de chicória depositados no fundo das xícaras. O garçom não nos importunou mais. Quanto mais tempo passávamos no café, mais previsível se tornava a cena na frente do hospital: pessoas indo e vindo, uma ambulância entrando ou saindo, mas nenhuma informação sobre o destino de Jan ou sequer a certeza de estarmos no lugar certo.

– Não podemos ficar aqui a noite inteira – falei. – O café vai fechar daqui a pouco, por causa do toque de recolher.

– Eu sei – concordou Truus. – Só que não sei o que mais podemos fazer.

Ela deslizou a ponta do dedo pela borda da xícara e lambeu o último resquício de café.

– Talvez a gente possa voltar a Haarlem e ver se há algo de novo.

– Não – soltei, sem pensar.

Sair de Amsterdã iria parecer uma rendição, como se não tivéssemos mais qualquer esperança.

– Seria tão terrível assim se fôssemos até a entrada principal e pedíssemos uma informação? Eu poderia me passar pela... irmã dele.

Não a esposa.

– Você não pode ser vista. Nem com o lenço. É arriscado demais.

– Eu tingi o cabelo – argumentei, frustrada.

– Sim, e foi a moça de cabelo preto quem atirou em Ragut, lembra? Provavelmente eles a vinculem à ficha da "Garota do Cabelo Vermelho" no quartel-general da Gestapo.

– Ah – resmunguei. – Eu não sou a única mulher na Resistência. E você?

– É, bem, eu não atirei no chefe de polícia hoje.

– Pode dar certo – insisti.

– Tenha paciência.

Ela me deu um leve chute por baixo da mesa, e eu retribuí, de má vontade. Voltamos a observar o hospital. O prédio em si era tão grande que ocupava quase todo o quarteirão, e a maior parte dele ficava atrás de uma parede de pedras de 2 metros de altura. No canto, havia um portão. Sem guardas.

– Olhe – falei. – Está vendo aquele portãozinho preto no lado de lá? Vi enfermeiras passando por ali. Deve ser uma entrada lateral.

– Eu percebi que há uma entrada de serviço no fim da rua – disse ela, acenando com a cabeça em direção a uma abertura mais larga por onde circulavam caminhões de entrega. – Talvez seja melhor tentar por lá. É menos movimentada.

– Não acho – retruquei. – Quer dizer, com quem parecemos mais: motoristas de entrega ou enfermeiras?

Truus me encarou e sorriu.

– Neste exato momento, você parece uma *babushka* russa maluquinha, uma vovozinha.

– Sério – protestei. – Eu não consigo mais ficar aqui sentada.

– Tudo bem.

Arrumamos nossas coisas. Depois de alguns passos, Truus encontrou uma moeda de 25 centavos na calçada. Um tesouro. Eu já ia dizer que era um bom sinal, mas ela logo se virou, correu de volta até o café e depositou a moeda no pires ao lado da xícara de café, para pagar pelo meu. Ela percebeu que eu estava olhando.

– *Blijf altijd menselijk* – disse, a título de explicação. – É o que a minha mãe sempre diz.

*Blijf altijd menselijk*. Nunca perca a humanidade.

Demos algumas voltas no quarteirão em frente ao hospital, tentando identificar o que poderia nos causar problemas. Um grupo de pessoas, algumas enfermeiras de uniforme e outras de roupas comuns, se aproximou do portão preto. Truus e eu não precisamos combinar nada. Atravessamos a rua correndo juntas e nos aproximamos das últimas pessoas do grupo. Foi fácil. Uma vez lá dentro, o restante do grupo seguiu pelo pátio, enquanto Truus e eu diminuímos o passo e então nos escondemos num recuo raso do velho muro de pedra. Já era um começo. Finalmente podíamos ver o hospital por inteiro: os três andares de janelas iluminadas, umas de consultórios e outras de quartos de pacientes.

– Temos que entrar – sussurrei.

Truus suspirou.

– E depois? Esse lugar é imenso.

A estrutura à nossa frente era a mais iluminada, a área de recepção do hospital. Assim que Truus falou, uma tropa de soldados da Wehrmacht passou marchando pelo corredor do térreo. Os capacetes verdes arredondados serpenteavam feito as escamas de um réptil. Resquícios ácidos do café espumaram no meu estômago.

– Ele deve estar lá dentro – sussurrei. – Olha só a quantidade de soldados.

O nome Jan Bonekamp era conhecido dos alemães, mas nenhum deles tinha uma boa descrição física dele. Capturá-lo vivo seria uma grande vitória para a *Aktion Silbertanne* e para a SS como um todo. Eles o manteriam sob estrita vigilância.

– Há soldados na cidade inteira – murmurou Truus.

Isso também era verdade.

Esperamos mais um minuto. Tudo parecia parte da rotina. Tranquilo. Nenhum soldado à vista.

– Vou até a recepção perguntar por um nome qualquer – sussurrou Truus. – Enquanto eles procuram, tento descobrir se há algo fora do normal acontecendo lá dentro. Vou ver se a SS está na área ou se há outros soldados. Você fica aqui e vigia aquela janela – instruiu ela, apontando para o local por onde os soldados haviam passado. – Se o lugar parecer seguro o suficiente, vou me aproximar da janela e juntar as mãos, como numa prece. É o sinal para você entrar, ok? Só se aproxime se eu der o sinal.

Eu estava ansiosa para entrar com ela. Mas confiava em Truus mais do que em qualquer outra pessoa.

Truus atravessou o pavimento, caminhando sobre o mosaico incrustado bem no meio do pátio, uma representação do antigo Leão Holandês. Enterrei os dedos nas fendas das pedras às minhas costas, me segurando para não ir atrás dela.

Truus chegou ao prédio e levou a mão ao puxador de cobre da grande porta de carvalho.

Alguns metros à sua direita, uma ríspida voz masculina advertiu:

– Pare! Pare! É uma armadilha!

Truus se virou em direção à voz.

– Saia daqui! Corra! – gritou o homem.

Ainda aos berros, ele correu em direção a Truus. Ela recuou, as pessoas no pátio se espalharam, e eu congelei, ao reconhecer o homem que gritava. Era Hendrik, correndo pelo pavimento em seu terno marrom, sacudindo o topete e berrando para Truus o mais alto que conseguia, o mesmo homem que nunca erguera a voz, nem no dia em que eu tentei atirar nele.

Truus não hesitou. Girou nos calcanhares e correu na minha direção, os olhos arregalados e aterrorizados. Então, de dentro das velhas paredes grossas do hospital veio uma trovoada de botas retumbando o ladrilho reluzente: os mesmos soldados que haviam acabado de passar marchando estavam correndo de volta.

Eu não sabia se Truus tinha visto os soldados.

– Vai, vai, vai! – gritou Truus, me agarrando pela manga e me arrastando com ela até o muro que cercava o pátio.

Não vi nenhuma saída, mas o muro estava coberto de trepadeiras, e nós nos enfiamos no meio das plantas em busca de abrigo.

No meio do pátio, Hendrik diminuiu o passo, então se virou para encarar a turba de soldados que continuava saindo pela porta com seus rifles e revólveres em punho. Truus me agarrou pelo pulso, me puxando em direção ao portão. Saímos correndo, e eu me permiti olhar para trás uma vez, para ver se Hendrik estava em nosso encalço. Não estava. Puxei Truus para que ela parasse.

Hendrik estava parado de pé, marcando posição bem no meio do pátio, com uma pequena e inútil pistola preta em cada uma das mãos. Os soldados à frente do pelotão pararam de correr, confusos por ele não estar tentando fugir, criando um engarrafamento de soldados que esbarravam uns nos outros, num efeito dominó. Um deles gritou com Hendrik num alemão tão histérico e gutural, sua voz tão enfurecida, que eu não consegui entender as palavras.

Então, ouvi a inconfundível voz suave de Hendrik erguendo-se acima da dele, com a elegância especial que ele mantinha até num momento como aquele, um instante de puro terror.

– Cavalheiros, cavalheiros – entoou ele. – Qual é... seus malditos canalhas.

A turba rosnou, mas permaneceu imóvel, atrelada a alguma cadeia de comando invisível. Hendrik se posicionou como um pistoleiro, com as duas pernas abertas, ambas as armas apontadas para os soldados, engatilhadas e prontas para disparar. Eu nunca o tinha ouvido xingar, nunca o tinha visto ser violento. Ele era tão corajoso. Estava posto o impasse. Truus e eu assistíamos a tudo, uma agarrada à outra.

Os dois lados se encararam por, no máximo, cinco segundos. Então, por fim, a pesada porta de carvalho voltou a se abrir, e um trio de nazistas mais velhos, de sobretudo e com capacetes reluzentes, correu em direção ao pátio. Mas não para a frente do pelotão. Para a lateral, protegidos da linha de tiro de Hendrik por seus próprios homens.

Hendrik os viu e abriu seu lindo sorriso.

– Covardes – disse ele, com tranquilidade, depois que o barulho foi silenciado.

O pátio estava em silêncio, com exceção do arrastar ocasional dos pés dos soldados. Os três oficiais confabularam rapidamente. Então, um deles falou:

– *Ergebt euch...*

Ele parou, escarrou e cuspiu uma bola de catarro no pavimento.

– *Ergebt euch friedlich* – continuou ele, a voz num tom um pouco mais grave.

Renda-se sem confronto, e nós o deixaremos viver.

– Não consigo ouvir, está muito longe – respondeu Hendrik.

– Se você se render agora, vai poder conversar com seu camarada – falou outra vez o nazista de voz fina.

Hendrik soltou um suspiro de desdém.

– Primeiro, diga o nome dele.

Os três nazistas voltaram a cochichar. Então, um segundo oficial anunciou, com a voz baixa e monótona:

– Jan Bonekamp.

Prendi a respiração. Truus me segurou com mais força e, de alguma forma, eu me mantive de pé.

– Então vocês vão me deixar entrar e falar com ele. E depois? – indagou Hendrik.

Quando terminou de falar, ele deu um passo significativo para a esquerda na tentativa de enquadrar os comandantes na linha de tiro de, pelo menos, uma de suas armas. O grupo de soldados e oficiais se retraiu como se todos fossem um só, um cardume de sardinhas.

– Não atirem – rosnou o oficial.

Ele tomou o cuidado de não se expor, mas esticou o pescoço para tentar ver Hendrik.

– Bonekamp tem cooperado bastante – informou ele. – Talvez você seja um dos camaradas de quem ele nos falou?

– Então não deve ser ele – retrucou Hendrik. – Ele nunca delataria ninguém.

– *Ja?*

Os oficiais se olharam e trocaram um sorriso. O segundo oficial voltou a olhar para Hendrik.

– *Jeder redet.*

Todo mundo fala.

Senti um frio na espinha.

Um burburinho se espalhou entre os soldados e seus comandantes. Hendrik manteve a postura, mas tive a impressão de que seus ombros se curvaram um pouco, feito um boneco de brinquedo sem corda.

Abrigada na sombra próxima ao pátio murado, Truus se virou para mim. Por um instante me perguntei se ela conseguia me ver; eu me sentia fantasmagórica. Minha cabeça flutuava, e os ouvidos zumbiam como acontecia quando eu disparava uma arma. O horror estava estampado no rosto de Truus. No meu também.

– Você vai me obrigar a atirar em seus próprios homens primeiro? – gritou Hendrik, com a voz mais cansada.

– Por favor, meu amigo – disse o oficial –, vamos ajudar um ao outro.

Hendrik balançou a cabeça, perplexo.

– Venha até aqui e repita isso.

O oficial soltou um suspiro.

– Eu não posso...

– Porque você é um maldito... – Hendrik procurou a palavra em alemão para que todos os soldados entendessem. – *Ein Feigling!*

Um covarde. Hendrik sorriu.

Os soldados arregalaram os olhos, e Hendrik agitou a outra arma em direção a eles, provocando-os. O oficial se virou para os soldados e deu um comando silencioso. Os homens então se puseram em formação: a linha de frente de bruços, como numa trincheira, os da segunda fileira de joelhos e o restante em pé, com os rifles apontados por sobre as cabeças dos soldados da frente, até formarem uma sólida barreira de canos de aço. Hendrik continuou provocando a tropa:

– Esses pobres coitados também sabem, não é, rapazes? Apareça, *Kommandant*, pelo menos me mate como um homem. Esse negócio de esperar a oportunidade certa é patético, vocês precisam...

Com todas as armas da formação apontadas para um Hendrik magro, impetuoso, que ainda gritava, o pelotão abriu fogo de uma só vez, uma onda gigantesca para apagar um único fósforo.

O corpo de Hendrik se contorceu numa pirueta grotesca, com os braços se debatendo e o torso magro ondulando sob o impacto dos tiros, até desmoronar sobre o pavimento. Um soldado da infantaria se aproximou de Hendrik e o puxou pela lapela feito um pescador que exibe um peixe premiado. Ele olhou de volta para seus confederados com um largo sorriso e um brilho predatório no olhar: *Nós o pegamos*. O soldado içou o corpo de Hendrik, jogando os braços dele em torno de seu próprio pescoço, como uma mochila nas costas. Nesse momento, vi reluzir o pequeno canivete de Hendrik, com a lâmina prateada atravessando a garganta do soldado. O rosto do jovem empalideceu assim que um jorro de sangue vermelho e brilhante espirrou no ar quente de verão. Ele gemeu e segurou o pescoço que jorrava. Hendrik despencou sobre as pedras como um cobertor pesado e encharcado de sangue, o canivete ainda em punho.

Os soldados enlouqueceram.

Eles se lançaram pelo pátio em direção a Hendrik. Truus me arrastou pelo portão preto rua afora. Enquanto corríamos, ouvimos gritos e disparos. Como na primeira noite, com o oficial Kohl no beco, Truus e eu costuramos as ruas, unidas por um terror mortal. Saímos em disparada rumo à estação de trem, a única rota de fuga da cidade. Tivemos que ir embora. Correndo, vi Truus olhar para trás, verificando se estávamos sendo seguidas. Eu não tinha mais autoconfiança suficiente para tanto. Mantive os olhos fixos na jaqueta azul de Truus e me concentrei em tentar não tropeçar. Perto da estação, diminuímos o ritmo, com medo de chamar a atenção. Mais uma vez, Truus me guiou pela mão, e avançamos o mais rápido possível ao longo da plataforma. Ficamos ali, ofegantes, sem falar, sem pensar. Apenas respirando.

O trem chegou, poucos minutos depois. O vagão estava quase vazio, e nos sentamos uma de frente para a outra, no lado com vista para a cidade. Quando o trem começou a avançar sobre os trilhos, nós nos encaramos. Havia muito a ser dito, mas não poderíamos conversar ali, de qualquer forma. As poucas luzes oscilantes de Amsterdã ficaram para trás. Meus pensamentos se alternavam entre o caos e o vazio. Fechei os olhos. Alguns minutos se passaram.

– Ei – disse Truus, dando um tapinha na minha perna. – Está acordada?

Assenti, os olhos ainda fechados.

– É que...

Abri um olho e a encarei.

– O quê?

– Se eles souberem seu nome... – sussurrou.

Pisquei, arregalando os olhos. Truus não precisava falar mais nada; bastava ler em seu rosto.

– Eles irão lá em casa – falei.

– Seus pais.

– E Philine.

Examinei a escuridão lá fora, em busca de algum ponto de referência, torcendo para que o trem avançasse mais rápido.

– Temos que chegar lá primeiro.

Truus apertou minha mão. Comecei a calcular todas as consequências da descoberta de meu nome pela SS.

– Ele pode ter informado seu nome também. E o de Freddie – sugeri.

Truus assentiu, com uma expressão sombria.

– Quando chegarmos a Haarlem, vou para a casa da minha mãe, e você para a de seus pais. Podemos nos encontrar depois, no esconderijo perto do mercado do centro.

– Ok.

A fadiga se converteu numa eletricidade esfuziante correndo pelas minhas veias. Desesperada para chegar logo, eu balançava as pernas e tamborilava os dedos. Lembrei-me de Hendrik morto, encharcado de sangue. Afastei a imagem da mente. *Anda. Anda. Anda.*

– Não faça nada idiota. – Truus me olhou com ar severo. – Espero que você esteja no esconderijo muito antes do amanhecer.

– Ok – repeti, mal ouvindo.

Eu conhecia o lugar ao qual ela se referia.

– Espere por mim a dois quarteirões, no lado oeste – instruiu ela. – Só por garantia.

Olhei para ela, confusa.

– Quem sabe o que mais ele contou? – comentou Truus, dando de ombros.

Balancei a cabeça, em desaprovação.

– Não suporto a ideia de deixar Hendrik lá.

Ela secou os olhos, e eu pus o braço em torno de seus ombros, sem dizer nada.

Um momento se passou. Estávamos pensando na mesma coisa.

– Talvez Jan ainda esteja vivo – disse Truus. – No hospital.

– Eu sei – falei. – E ainda dando com a língua nos dentes.

# Capítulo 28

O trem ainda nem tinha parado quando Truus e eu saltamos na plataforma e seguimos em direções opostas. Se eu fosse direto, a casa de meus pais ficaria a uns dez minutos da estação, mas preferi dar uma volta mais longa e segura e prosseguir por becos e pátios mais escondidos. Pulei uma cerca e escalei o telhado de uma casa, a fim de ter uma vista melhor da rua. Embora já estivesse anoitecendo, o verão deixava tudo ainda claro, e eu precisava tomar cuidado para não ser vista.

Me deitei na superfície áspera do telhado de colmo. A princípio, não vi nada suspeito. Nada de sirenes ou luzes intermitentes. Saltei para o chão e comecei a correr pelos becos, ziguezagueando até a casa de meus pais. Os três teriam que sair de lá da forma mais rápida e silenciosa possível. Poderiam ficar comigo e com Truus no esconderijo, pelo menos por uma noite. Depois, elaboraríamos um plano.

Corri pelos vãos entre as casas e encontrei uma passagem escondida que ligava a residência dos Dubbelmans à estufa no quintal da Sra. Snel, vizinha dos meus pais. Espiei através do vidro manchado e por sobre a cerca, de onde dava para ver a janela da nossa cozinha. Na estufa, alguma criatura rastejante roçou meu pé, e eu dei um pulo. *Cuidado*. Espiei outra vez. Vi a quietude familiar da minha vizinhança sossegada, a mesma quietude que eu conhecia desde que nasci.

Então, escutei um trovão.

A vários quarteirões de distância e então mais perto, uma fila sinuosa de pesados caminhões militares avançou roncando pelo grande bulevar e, em seguida, virou na minha rua. Não ouvi sirenes, buzinas nem gritos de ordem. Não ainda. Os caminhões seguiram e, assim que dois deles dobraram à direita e entraram na rua perpendicular à minha, eu me esgueirei para fora da estufa, avancei em direção ao portão do jardim da Sra. Snel e entrei no quintal de casa. Os caminhões estavam a minutos de distância. Corri para a porta da cozinha e, assim que encostei na maçaneta, ouvi gritos lá dentro. Me encostei na parede da casa e me arrastei até a janela da cozinha.

Minha mãe estava de costas para mim, no vão que separava a cozinha da sala, olhando para a porta da frente. Bati com a unha na janela para chamar sua atenção. Ela ouviu e olhou em volta, balançando o longo cabelo louro-prateado. Ela só o soltava assim na hora de dormir, para escová-lo. Parecia uma mulher mais jovem. Vi minha irmã Annie em seu rosto.

Bati de novo. Ela se virou para a cozinha e olhou para a janela sobre a pia. *Estou aqui, mamãe. Estou aqui.* Eu sabia que não podia chamar em voz alta, embora quisesse muito fazê-lo. *Aqui.* TAP-TAP. *Por favor.* Ela puxou meu pai pela manga da camisa e, logo depois, houve uma forte batida na porta da frente, e toda a casa estremeceu. Ele a puxou para si e a abraçou forte.

– *Aufmachen!* – rosnou uma voz alemã do lado de fora.

Abram imediatamente!

*Não abra. Não abra.* Se eles não abrissem, os soldados arrombariam, mas isso me daria mais alguns segundos para criar um cenário que pusesse meus pais em segurança. Eu poderia entrar na casa e me jogar na frente deles, como Hendrik; eu poderia dar a volta em torno da casa e talvez atirar em um ou dois antes de eu mesma levar um tiro; eu poderia chamar a atenção deles para o quintal; eu poderia... Droga. Nenhum desses planos permitiria que meus pais escapassem.

– *Aufmachen!* – repetiu a voz, seguida de uma explosão de gritos de ordem.

Meus pais continuaram juntos a alguns metros da porta, abraçados.

– Só um minuto, só um minuto – disse meu pai, recuando alguns centímetros com minha mãe. – Só um minuto.

*Isso, caminhem para a cozinha e fujam comigo. Por favor.*

Eu estava quase com a mão na maçaneta quando vi a porta da frente se espatifar, desfazendo-se em ripas de madeira sob o impacto implacável de um longo aríete; os soldados passaram correndo pela porta destruída e se espalharam por toda a sala. Seus capacetes escuros reluziam como uma nuvem de insetos dos *Einsatzgruppen*, os esquadrões da morte nazistas, e, nos uniformes verde-acinzentados, os raios da insígnia da SS cintilavam. Eles se agruparam em torno de meus pais, encurralando-os com seus corpos, gritos e armas, até que ouvi um ganido agudo. Minha mãe. Um barulho que eu nunca tinha ouvido.

Os capacetes se chocavam uns contra os outros e batiam em cada canto da velha mobília enquanto separavam meu pai da minha mãe, arrastando-os em direções opostas, quatro soldados com cada um. O espelho do saguão se espatifou, esmigalhado sob as solas das botas, metralhadoras vasculharam cada superfície, espalhando pratos, toalhinhas, copos e livros pela sala.

Um oficial nazista alto com uma máscara de gás pendurada no cinto estava de pé na soleira da porta da frente, monitorando o caos. Ele se aproximou, pegou meu pai pelo braço e gritou com ele, então ordenou que seus homens fossem para o andar de cima.

O andar de cima não.

Philine.

Com a mão na maçaneta da porta dos fundos, parei. A casa inteira se sacudia sob o peso das botas barulhentas dos soldados, e o ar estava impregnado com seus gritos e rosnados, gotas de saliva se espalhavam enquanto eles lutavam entre si pela proximidade com os prisioneiros. Uma mesa foi arrastada e estalou, os homens grunhiam num delírio de destruição, com movimentos bruscos e agitados, provavelmente turbinados pelas pílulas brancas de metanfetamina que os alemães tomavam para matar com mais vigor.

Através da janela, tive um breve vislumbre de minha mãe, sentada no sofá com a cabeça entre as mãos, chorando, o cabelo comprido emaranhado grudado no rosto. Os soldados a mantinham sob a mira dos rifles enquanto meu pai estava cercado no hall de entrada, ainda bradando pelos direitos humanos, mas, na maior parte do tempo, apenas gritando.

– Aafje! Aafje! – chamava ele, mas se minha mãe o ouvia, não dava para saber.

Mais soldados invadiram a casa e o jardim, começando a contorná-la pela lateral, mais de duas dúzias deles, armados e exaltados. Eu poderia entrar, mas jamais conseguiria sair. Ouvi o trovejar das botas na escada, a porta do quarto escancarada, gritos, então mais soldados descendo de volta. Não consegui ver Philine. Fiquei na varanda dos fundos, congelada de pavor. Vi de relance o rosto vermelho de raiva de meu pai; a barra surrada da camisola branca da minha mãe arrastando no chão, então uma bota preta de couro pisou nela e rasgou a beirada do velho tecido. Senti o estômago embrulhar e a garganta secar.

Galhos e trepadeiras foram esmagados na lateral da casa: os soldados estavam indo em direção ao quintal. Lancei um último olhar pela janela da cozinha, me arrastei até a cerca e pulei para o quintal da Sra. Snel. Corri em zigue-zague pela vizinhança e voltei para pegar minha bicicleta. Os gritos e a comoção dos acontecimentos no número 60 da Van Dortstraat desvaneciam atrás de mim enquanto eu pedalava, as luzes ainda iluminando as casas escuras da rua. Só então as sirenes começaram a soar. Os alemães queriam que os vizinhos acordassem para ver o que acontecia aos familiares de traidores como Hannie Schaft.

Parei a mais de dois quarteirões do esconderijo. Alguma coisa estava errada. Larguei a bicicleta e me aproximei a pé. A rua estava silenciosa, sem sinal de soldados. Mas a calçada na frente do prédio de apartamentos estava cheia de lixo: montes de roupas, mobília quebrada, louças estilhaçadas. Me abriguei nas sombras e esperei, sem querer me aproximar demais. Depois de cinco minutos ouvi alguma coisa. Um leve ruído de metal contra metal ressoou no fim do quarteirão. Então eu soube: era Truus. O bagageiro da bicicleta dela vivia frouxo; eu conhecia aquele barulho tão bem quanto o tilintar das chaves do meu pai, penduradas no chaveiro, quando ele voltava para casa do trabalho e as colocava no aparador de carvalho perto da porta da frente.

– Ei – chamei, baixinho.

Truus levou a mão ao bolso onde mantinha a arma.

– Sou eu – continuei, incapaz de pensar em algo melhor para dizer.

Dei um passo à frente para ficar visível sob a luz fraca. Ela se aproximou, correndo.

– Como estão seus pais? – perguntou, num sussurro.

– A SS chegou antes de mim.

Ela esperou que eu contasse mais.

– Não sei se eles vão só prendê-los ou...

Engoli em seco, incapaz de pronunciar as palavras.

– Eu sinto muito, Hannie.

Truus pôs o braço sobre meus ombros. Fiquei em silêncio.

– O que aconteceu no esconderijo? – perguntou ela, observando a bagunça na calçada.

– Não faço ideia, acabei de chegar.

– Eles devem ter revirado tudo. – Ela soltou o ar e falou o que nós duas estávamos pensando: – Silbertanne. – Ela hesitou. – E sua amiga Philine?

Balancei a cabeça.

– Não sei. Não consegui vê-la.

– Talvez ela tenha fugido antes de você chegar.

– Talvez.

Eu estava tentando acreditar nisso. Primeiro, Sonja desapareceu, agora, Philine? Senti uma dor no peito, um aperto dolorido. Era difícil respirar.

– Se eles tivessem encontrado Philine lá, teria sido pior para seus pais. É provável que ela tenha fugido antes disso.

– Espero que sim – sussurrei.

– Respire, Hannie.

Eu estava vendo pontos pretos, então apoiei as mãos nos joelhos, fechei os olhos e tentei me recompor. Truus alisou minhas costas, e tentei desacelerar os pensamentos. Só então foi que me ocorreu.

– Ah, Truus – falei. – E sua mãe? E Freddie?

– Elas estão bem – disse ela. – Deveríamos ir para lá.

– Não podemos – respondi. – Cedo ou tarde, eles vão descobrir onde sua mãe mora.

– Duvido – retrucou Truus, com convicção. – Se eles forem procurá-la no endereço registrado, vão dar de cara com um ancoradouro vazio. Mamãe mora numa casa-barco. Hoje cedo, ela levantou a âncora e desceu o canal. Foi avisada de antemão pela rede.

A importância estratégica de se viver numa casa-barco nunca havia passado pela minha cabeça, e olha que eu era holandesa. Os alemães não saberiam onde procurar.

– Não podemos ficar aqui – alertou Truus.

Começamos a circular pela cidade, seguindo a rota sinuosa das ruas mais escuras e desoladas, para evitar sermos vistas. Eu segui Truus e tentei tirar da cabeça tudo que tinha visto nas últimas horas. Hendrik, o querido, elegante e corajoso Hendrik, estava morto. Mas meus pais e Philine ainda estavam vivos, tentei me convencer. Truus, Freddie e a mãe delas ainda estavam vivas. Eu estava viva, embora me sentisse quase morta. E eu esperava que Jan também ainda estivesse vivo no hospital.

Porque eu mesma queria matá-lo.

# Capítulo 29

A CASA-BARCO DAS OVERSTEEGENS estava abrigada numa zona industrial isolada na periferia de Haarlem, num setor que recebe todo tipo de quinquilharia carregada pela água. A embarcação comprida e castigada passaria por abandonada, meio submersa feito um crocodilo nas águas turvas, com a tinta preta descascada e sem brilho. Nenhum nazista interessado em status requisitaria aquela humilde moradia. Estaríamos em segurança ali.

No escuro, Truus me ajudou a atravessar a prancha estreita até o convés.

– Aqui – disse ela, apontando para um banco que margeava a lateral do barco.

Assim que me sentei, desabei. Todos os ossos e músculos do meu corpo começaram a tremer.

Jan.

Eu batia os dentes.

Hendrik. Minha mãe e meu pai.

Segurei no banco com as duas mãos tentando afastar aqueles pensamentos. Era tudo doloroso demais.

– Ah, meu Deus – sussurrei, e um soluço violento e sufocante brotou do meu peito.

Onde estava Philine? E a doce Sonja? As lágrimas se avolumavam e rebentavam, meu nariz escorria, todo o meu rosto se desmanchava diante de tanto horror. Segurei firme no banco, a única coisa estável.

Truus se sentou ao meu lado, esfregando as minhas costas convulsas, mas sem dizer uma palavra, o que foi a melhor coisa que ela poderia ter feito. Eu me virei para ela, e ela envolveu meu corpo trêmulo num abraço silencioso, me segurando calada. Oscilávamos para a frente e para trás. Algum tempo depois, ela conseguiu me arrancar do banco e me levar para dentro, onde me acomodou num beliche e se aninhou ao meu lado, como se eu fosse um bebê que poderia cair da cama se fosse deixada sozinha.

Eu não conseguia parar de chorar. Era difícil respirar, eu estava fungando, então enterrei o rosto no travesseiro mofado e abafei um grito. Depois de um tempo, as lágrimas secaram, e o choro se transformou num gemido baixo. A exaustão começou a me envolver como asas suaves e macias. O esquecimento era uma bênção. O grande vazio, nenhum pensamento sobre os mortos, nenhuma imagem de sangue, armas, marcha, marcha, marcha das botas de couro preto. Eu ainda não estava dormindo, apenas flutuando. Truus massageou minhas costas, acalmando minha respiração até voltar ao normal.

Eu não sentia nada. Mal estava ali. E então eu dormi.

QUANDO ACORDEI NO DIA SEGUINTE, estava sozinha. Deitada na cabine apertada e quente, fiquei olhando o estrado envernizado do beliche acima de mim, acompanhando com os olhos os veios da madeira como se houvesse ali um mistério a ser desvendado. Ouvi o rangido de passos no convés e a melodia suave de vozes abafadas. Fechei os olhos. Todo mundo que eu tinha tentado proteger havia desaparecido da noite para o dia. Uma tristeza esmagadora me deixou sem fôlego.

As irmãs surgiam e sumiam da minha consciência naquele dia: Freddie deixando um copo d'água para mim, Truus gentilmente afastando dos meus olhos meu cabelo embaraçado. Eu dormia, mas, de vez em quando, uma maré de pensamentos assustadores me atingia como um raio e depois recuava como uma onda.

NO SEGUNDO DIA, ACORDEI COM TRUUS sentada ao meu lado na cama.

– Oi – disse ela.

– Oi – murmurei, sentindo a garganta arranhar.

Truus me ajudou a me levantar e a me banhar numa bacia de metal com o auxílio de uma chaleira e me vestiu com roupas limpas. Ela e Freddie encontraram um ovo e o cozinharam para mim, a primeira refeição que fiz em dias. A mãe delas, Trijntje, aparecia de vez em quando, com semblante preocupado, mas, como a minha própria mãe, mantinha-se concentrada nas coisas práticas. Ela pendurou a roupa no convés para secar ao sol, e eu passei uma hora observando minha blusa e minha saia tremularem com a brisa, como se fosse eu mesma pendurada lá fora. Depois de um tempo, Truus me ajudou a descer e a voltar para a cama, o único lugar onde eu queria ficar. Mil horas de sono, era tudo que eu desejava. Isso e um vazio no qual eu pudesse sumir para sempre. Quando ouvi Truus se aproximar mais tarde naquela noite, a voz dela me trouxe de volta do vazio. Apoiei-me nos cotovelos, apertando os olhos.

Ela tocou na minha mão. Com a outra, segurava um cigarro a um braço de distância, mantendo a fumaça longe de mim.

– Eu não deveria fumar aqui embaixo – comentou ela, dando de ombros, mas continuou fumando. – Você está bem?

– Acho que sim – resmunguei.

– Mamãe falou que amanhã temos que ajudar você a se levantar e voltar à ativa. Ela acha, e eu concordo, que é a única maneira de você se sentir melhor.

Soltei um arremedo patético de risada.

– Trabalho? – falei.

Trabalho vai me deixar melhor? O que aquilo significava? Eu não tinha certeza nem se eu era forte o suficiente para segurar uma xícara de chá.

Truus alisou meu cabelo.

– Eu sei como você está se sentindo – disse ela.

A família dela estava intacta. Uma onda de raiva invadiu meus sentidos: e a minha família? Mas o momento passou. Eu não podia ficar chateada com Truus. Esperei que ela começasse a conversar, mas ela se manteve calada. Apenas esticou as pernas ao meu lado, me observando.

– O que foi?

– Foi muito duro o que aconteceu, Hannie.

Truus falou no passado, como se a pior parte tivesse acabado. Ela não percebia que só estava começando?

– Sinto muito.

Assenti. Eu estava muito fraca para discutir. E, sem dúvida, muito fraca para voltar às missões. Talvez eu nunca mais voltasse. Fechei os olhos.

– Hendrik me disse que tinha uma tarefa para mim – contou ela, com uma voz calma e suave, sem ser solicitada a falar. – Envolvendo crianças.

Abri os olhos.

– Eles sempre tentam recrutar Freddie ou eu para uma situação com crianças – continuou ela. – É mais fácil para as crianças lidar com uma mulher, talvez. Menos suspeita. Bom, a missão estava toda planejada, um trabalho conjunto com uma célula de Amsterdã e outra de Dordrecht, que era para onde eu iria, a cerca de 50 quilômetros da fronteira com a Bélgica. Era urgente: doze crianças judias precisavam sair de Amsterdã imediatamente. E não havia mais ninguém para fazer o serviço. Eles disseram que haveria outra pessoa lá para me ajudar, um membro de outra célula da Resistência. Então eu aceitei.

Ela acendeu um cigarro no outro e deu um trago profundo.

– Disseram que eu deveria me vestir como uma enfermeira alemã e fingir que estava levando doze crianças doentes para um hospital no interior. Eles me entregaram um uniforme de verdade, com quepe e tudo. Ganhei até um lenço nazista com uma suástica. Tratei logo de usar para assoar o nariz.

Ensaiei um sorriso, tentando imaginar Truus vestida de enfermeira alemã. Ela continuou:

– Eu me encontrei com elas na Amsterdam Centraal – continuou ela. – Doze crianças. A mais nova era uma garotinha, talvez com 3 anos, de cachinhos castanhos e grandes olhos também castanhos. Um bebê, de fato, mas grandinha o suficiente para andar por aí sozinha, portanto, um perigo. Ela estava de mãos dadas com outra mais velha, chamada Louise, uma magrinha de cabelos castanhos presos numa trança que caía pelas costas. Para ser sincera, eu não tinha muita experiência com crianças. Ainda não tenho. Então, falei para Louise tomar conta de Rosie, a bebê. As crianças achavam que eu era nazista. Eu percebia pelo jeito como elas me olhavam. Sabe aquele jeito das crianças de hoje, aquele ar de adulto triste?

Assenti. Todo mundo percebia isso. Pessoas jovens que já tinham visto e sentido coisas demais.

– Enfim – prosseguiu Truus –, consegui colocar as crianças dentro do trem gritando com elas, do jeito que achei que uma enfermeira nazista faria. O trem começou a andar, mas Rosie estava chorando, o que não era aceitável. Não dava para irritar um passageiro ou chamar a atenção. Quase gritei com a criança outra vez, mas então vi Louise transformar o próprio lencinho numa espécie de boneca, dançando com ela no colo de Rosie para distraí-la.

– Elas eram órfãs? – perguntei. – Onde estavam os pais?

– Eu não fazia a menor ideia – disse Truus. – Quando tinham visto a família pela última vez? Por quanto tempo tinham ficado escondidas? Para onde elas pensavam que estavam indo? Eu não sabia e ninguém nunca me contou. Eu não saberia nem a quem perguntar.

– Você não foi parada ou interrogada?

– Passamos por algumas situações de risco, mas tivemos sorte. Chegamos a um vilarejo perto do rio Reno. Tínhamos que cruzá-lo, e alguém receberia as crianças do outro lado. Tudo que eu tinha era o desenho de um mapa desse vilarejo perto de Dordrecht, com uma trilha que atravessava um campo e acabava na margem do rio. No mapa, o campo era cheio de círculos. Eram as minas. Eu disse às crianças para seguir meus passos à risca. Não mencionei as minas. Encontrei a abertura na cerca feita por outro membro da Resistência. Era larga o suficiente para as crianças, mas depois que consegui passar vi que eu estava sangrando nos braços e nas pernas. Eu não sentia nada. Estava com muito medo do que viria a seguir.

Foi a primeira vez que Truus falava em medo.

– Eu me deitei no chão com as crianças e dei as ordens: "Não pode conversar. Não pode rir. Não pode tossir. Não pode fazer nenhum barulho. E me sigam bem direitinho." A neblina avançou pelo rio e se espalhou pelo campo, por isso, sempre que o holofote passava, tudo se iluminava. Não foi fácil atravessar o restolho no pasto desgastado, as pedras e as terríveis urtigas, mas as crianças foram incríveis. A cada centímetro, eu esperava ouvir um clique metálico ou uma explosão. Mesmo assim, segui as indicações do mapa e, de alguma forma, conseguimos. Eu me arrastei até o rio para ver se ele já estava baixo o suficiente. Honestamente, eu não sabia muito bem o que procurar. Então tomei a decisão de seguir em frente. Eu deveria esperar o sinal de uma lanterna piscando no outro lado. Quando isso acontecesse, os holofotes daquela área seriam desligados por cinco minutos, o que me permitiria colocar as crianças nos barcos e fazer a travessia.

Truus fez uma pausa e deu mais um trago.

– Foi então que me dei conta de que havia dois barcos. Para duas falsas enfermeiras alemãs e doze crianças. Mas é claro que havia apenas uma enfermeira falsa: eu. Nem o menino mais velho era grande o suficiente para conduzir o outro barco sozinho. Para completar, percebi que tínhamos chegado na hora errada. A água ainda não estava tão baixa. E durante todo o tempo escondidos ali, não vi a lanterna, nosso contato, na outra margem. Eu estava quase perdendo o controle sobre as crianças. Se elas começassem a conversar ou a se levantar, poderíamos ser localizados em questão de segundos, levados presos ou abatidos ali mesmo, nas margens do rio. Tínhamos que tentar.

– Meu Deus, Truus! – exclamei.

Pus a mão no ombro dela, mas Truus nem percebeu e continuou a falar, como se estivesse num transe:

– "Entrem no barco", eu disse às crianças, e comecei a erguê-las e a passá-las por cima das bordas do barco. O menino maior, no entanto, recuou, argumentando: "Não cabe todo mundo, deveríamos usar os dois barcos." Respondi que só podíamos usar um. "Ande logo", falei. Ele avançou devagar, de olho no outro barco como se considerasse usá-lo sozinho. Se ele tivesse feito isso, eu não o teria detido. Nem conseguiria. No fim das contas, ele ajudou um menorzinho a subir, me ajudou a empurrar o barco até as águas mais profundas e pegou o segundo par de remos. Com todo mundo ali dentro, o barco ficou superlotado, e a água começou a entrar pelas laterais. Nem tínhamos entrado na correnteza ainda.

Truus respirou fundo.

– O menino pegou os remos e ficou olhando para o rio, esperando o holofote, como um cãozinho desconfiado. No fundo do barco, as crianças se aglomeraram enquanto o menino mais velho e eu começamos a remar. Nas primeiras remadas, os remos rangeram nas forquetas, fazendo um barulho alto e estridente. Era para ser uma travessia silenciosa. Olhei para trás e vi o menino envolvendo o remo no cachecol para tentar abafar o barulho. Brilhante. Amarrei o lenço com a suástica em um dos meus remos e olhei em volta à procura de alguma coisa para amarrar o outro, qualquer coisa. "Me dê isso!", gritei para Louise. Ela estava segurando Rosie no colo como se a menina fosse sua filha, e Rosie, por sua vez, embalava a bonequinha de lenço que Louise tinha feito. "A boneca", sussurrei. Louise não queria me dar, mas entendeu que era urgente. Então, cantarolando, ela falou com Rosie e desvencilhou a "boneca" dos dedos gordinhos da menina, agitou o lenço no ar numa dancinha e o jogou para mim. Rosie choramingou: "Bebê!" Foi a primeira palavra que ouvi sair da boca dela. Ela começou a chorar.

Truus suspirou.

– Desmanchei a boneca para amarrar o lenço em torno do remo. Já estávamos nos afastando do ponto combinado na outra margem, e a água continuou a entrar no barco. O menino mais velho e eu remamos de novo, e o pano enrolado até que funcionou durante umas seis remadas. Na metade do rio, eles saíram do lugar, e os ruídos estridentes recomeçaram. Rosie estava soluçando, e as outras crianças também choravam. Já estávamos navegando águas profundas, a correnteza cada vez mais forte, nos levando rapidamente para longe do nosso destino. Um novo feixe de luz surgiu e reiniciou a varredura.

Prendi a respiração, e Truus continuou contando a história como se eu nem estivesse ali:

– "Abaixem-se", gritei, todos nos abaixamos. Não dava para saber se alguém tinha nos visto, mas logo me reergui e voltei a remar. O menino fez a mesma coisa. A correnteza era forte demais. O que poderíamos fazer? A água fria respingava nas crianças, e dois irmãozinhos começaram a choramingar. "Silêncio!", ordenei. Mas eles não conseguiam parar.

Segurei a mão de Truus. Imaginei-a de uniforme, no barco, com as crianças, encharcada e gritando.

– E então tudo se iluminou. Todos os holofotes se viraram na nossa direção. Éramos um alvo perfeito no meio do rio. A luz cegava, e as crianças ficaram apavoradas. "Abaixem-se, abaixem-se!", gritei. Puxei os remos mais uma vez, deixando de lado o problema óbvio: estávamos remando rumo aos holofotes. O que aconteceria quando alcançássemos a margem? Jamais conseguiríamos voltar. Precisávamos seguir o plano.

Ela fez uma breve pausa.

– Olhei para trás. O menino com os remos tinha se levantado. Estava vestido com o que devia ter sido o casaco do pai, porque estava folgado em seu corpo. Mantinha as mãos firmes nos remos e encarava as luzes. As crianças gritaram. Ele ficou ali como um pequeno santo judeu, envolto por um halo de luz. Então ele gritou para eles. Eu não podia acreditar naquilo.

– O que ele gritou? – perguntei.

Truus deu um sorrisinho.

– "Atirem, seus selvagens malditos!"

Ela fez uma pausa.

– Por um momento, nada aconteceu. De repente, com um ruído que parecia pequenos chicotes cortando o ar, ZUM-ZUM, as balas perfuraram o corpo magro do menino, que se sacudiu fazendo um zigue-zague. Ele se curvou para trás, feito um peixe no anzol, e desapareceu no rio. Eu gritei, mas não poderia alcançá-lo sem comprometer o equilíbrio do barco. E não importava mais. Todas as crianças já estavam gritando, e as balas continuavam cruzando. Poucos segundos depois, o barco virou, e nós todos caímos na água. Quando emergi, vi cabeças, pernas e braços das crianças sendo levadas para longe de mim pela correnteza. Se gritaram, não escutei. Mesmo com a cabeça submersa, eu ouvia os projéteis passando ao meu lado. Tentei nadar em direção às crianças, a qualquer uma delas, mas a primeira menina que agarrei já estava morta, com um buraquinho perfeito na têmpora. Os olhos estavam revirados. Eu a soltei, e a correnteza a levou.

Apertei a mão de Truus.

– Pensei que também tinha levado um tiro, mas não sentia nada. Eu estava sendo levada. Alguns minutos depois, cheguei ao lado do rio de onde tínhamos partido. Eu me levantei, olhei ao redor e voltei para a água, para tentar salvar alguém, qualquer um. Ouvi uma voz. "Mamãe! Mamãe!", gritava uma menina. Talvez fosse Louise. Mas ela estava muito longe de mim, então ouvi a voz cada vez mais fraca, até desaparecer. Agarrei a perna de um menino que passou flutuando perto de mim e o arrastei para a margem. Estava morto. Afogado. Era um dos mais velhos. Entrei no rio e tentei outra vez. Ouvi um gorgolejo e vi o lampejo de algo brilhante, fui até lá e descobri que tinha em minhas mãos a pequena gola de um suéter. Tentei manter a cabeça fora d'água enquanto nadava de volta e depositava a criança na margem. Era Rosie. Ela gorgolejou no fundo da garganta, então eu a arrastei até o limite do campo minado, onde conseguíamos ficar abrigadas, e comecei a mexer em seus braços e a pressionar a barriguinha, tentando fazer com que ela expelisse a água. Atrás de mim, havia luzes, barulho de barco a motor e gritos em alemão. Se ainda houvesse mais crianças no rio, era tarde demais. Eu não poderia voltar. Assim que percebi que Rosie estava viva, eu a coloquei nas costas e engatinhei de volta pelo campo minado seguindo o mesmo caminho, ou era o que eu esperava, me arrastando com as roupas molhadas e congeladas. Se acertássemos uma mina... Bem, para ser bem sincera, eu meio que torci para que isso acontecesse.

Truus olhava fixamente à frente, muito além de onde eu estava.

– Tudo que eu queria era que aquilo acabasse.

Ela respirou fundo.

– No fim das contas, conseguimos atravessar o campo. Empurrei Rosie para o outro lado do arame farpado. A menina estava mancando, mas, por algum milagre, parecia não ter um arranhão sequer. Examinei o corpinho em busca de ferimentos à bala. Corri pela estrada com Rosie no colo. Não sabia o que fazer, até que vi uma casa e fui até lá. *Por favor, sejam nossos aliados*, pensei. *Por favor, não sejam colaboracionistas.* Desabei diante da porta, e um camponês espiou lá de dentro. Eu só pretendia deixar Rosie ali. Mas desmaiei.

– Ah, Truus – murmurei, apertando sua mão.

– Felizmente, o fazendeiro e a esposa estavam do nosso lado. Foram eles que tinham cortado a cerca. Ficaram assustados, pois não deveríamos aparecer na casa deles, mas ajudaram mesmo assim. Passei um ou dois dias por lá, me recuperando. E prometeram encontrar um lugar seguro para Rosie. Então fui embora.

– E aí? – perguntei, ansiosa pelo desfecho.

– Rosie? – Truus balançou a cabeça. – Não sei o que aconteceu com ela.

Ela abriu um sorriso cético de filósofo.

– Às vezes eu penso nela – confessou. – Antes de ir embora, pedi um lenço à mulher e fiz uma boneca nova para ela.

Com o rosto inexpressivo, Truus deu mais um trago no cigarro.

– Depois, decidi largar a Resistência – revelou. – Imaginei que seria desligada, de qualquer jeito. Eu fracassei na missão e salvei apenas uma das doze crianças. Não tinha concluído o serviço. Era óbvio que eu não estava apta para aquilo. Mas, quando voltei a Haarlem, não fui desligada. Contei a Hendrik o que havia acontecido, e ele só ficou... triste. Mesmo assim, falei que sairia do grupo. Ele riu da minha cara.

– Meu Deus, Truus! – exclamei. – Quando foi isso?

– Já faz um tempinho. Em 1941, eu acho.

Fazia três anos.

– Argumentei que estava no meu limite. Só que Hendrik se recusou a me ouvir. Em vez disso, reservou umas missões mais fáceis para mim e Freddie, apenas para nos manter ocupadas.

Truus olhou para a ponta do cigarro, esperando que a brasa queimasse seus dedos. Quando queimou, ela jogou o toco fora, pela escotilha.

– Então eu continuei. Afinal, o que mais eu poderia fazer? – Ela riu. – Os alemães não desistiram. A guerra continuava. A mesma merda continuava. Outras doze crianças judias provavelmente morreram enquanto eu estava tentando salvar meu próprio grupo. Então, sim, eu continuei. Aí descobri uma coisa. Depois daquela noite, nada mais poderia me atingir. Sempre que eu sentia medo ou vontade de desistir, pensava no barco e na água. Porque nada poderia ser pior do que aquilo, mas eu sobrevivi.

Truus se espreguiçou, como se despertasse de um devaneio.

– Rosie também sobreviveu. Assim como você.

Fiquei quieta durante vários minutos, sem saber o que dizer. Nunca pensei que seria possível admirar Truus ainda mais... mas eu admirava. Ela era tão estoica, tão ponderada no dia a dia, mas havia uma guerreira dentro dela.

– Sinto muito, Truus – falei, tomando as mãos dela nas minhas.

Ela as apertou com carinho e, em seguida, deu de ombros.

– Eu tento não pensar no assunto. Aconteceu. E eu não parei. E você também não deveria parar.

Truus me inspecionou com os olhos azuis semicerrados que nunca deixavam escapar nada.

– E então, consegui convencê-la?

Mantive o silêncio. Nenhuma palavra parecia adequada.

– Hannie – disse ela –, foi terrível o que Jan fez com todos nós. Foi errado. Mas você não é a única pessoa a passar... – Truus procurou o termo correto – pela pior coisa que pode acontecer. A pior coisa acaba acontecendo com quem faz esse tipo de serviço por muito tempo. Dessa vez foi com você. Então você não pode parar. Você sabe o que Hendrik diz... dizia, não sabe?

Balancei a cabeça.

– "Não existe vitória na Resistência" – citou ela, imitando a voz macia de locutor de rádio de Hendrik. – Pelo menos não nessa guerra. Não é uma luta justa. Por outro lado, só existe uma maneira de perder e, diferente de qualquer outra coisa nessa porcaria de guerra, é algo que você pode controlar.

Eu a encarei, confusa.

– Não entregue nada a eles.

Ela ficou em silêncio, esperando por uma resposta. Precisei de mais alguns instantes.

– Jan entregou – murmurei.

– Exato.

Pensei em Philine e Sonja e nos meus queridos pais, que tinham confiado em mim, onde quer que estivessem. Maldito Jan Bonekamp.

– Ok – concordei. – Eu não vou parar.

– Não vai.

Suspirei.

– E não vou entregar nada a eles.

Truus sorriu, dessa vez realmente empolgada.

– Ótimo.

Ela esticou os braços, estalou o pescoço e soltou um suspiro.

– Recomeçaremos amanhã.

Parte Três

# O INVERNO DA FOME

1944-1945

Haarlem

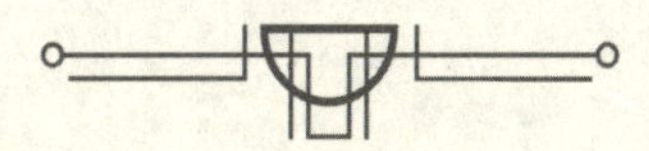

# Capítulo 30

Verão de 1944

Nós dormíamos sob o convés da casa-barco ao som da água batendo no casco durante toda a noite. Cada vez que eu acordava, as lembranças passavam por mim como as imagens borradas de uma paisagem do outro lado da janela do trem. O barulho dos pneus de madeira enquanto eu pedalava para longe da casa dos meus pais. As horas esperando Jan. Meus pais sendo separados pelos canalhas da SS. O fim de tudo. A fila serpenteante dos caminhões verde-acinzentados. Fracasso. Os vizinhos vendo tudo. Desesperança. Philine. Jan Bonekamp. Piorava se eu fechasse os olhos. Sonja. Piorava quando eu tentava pensar em outra coisa. Traição. Maldito Jan Bonekamp. Então eu tentava voltar a dormir.

Na manhã seguinte ao acontecimento, recebemos a notícia através da rede de informantes: Jan estava morto. Assim como o chefe de polícia Ragut. O tiro de Jan matou Ragut, mas Jan foi atingido na lateral do corpo. Ele caiu da bicicleta e tentou correr. Ao que tudo indicava, tentou se abrigar numa casa aleatória, em busca de refúgio, mas as duas velhas irmãs que moravam ali chamaram a polícia. A SS foi junto. Nada de esconderijo sob o assoalho da cozinha desta vez. Eles transportaram Jan de ambulância até o Hospital Guilhermina, em Amsterdã, para ser interrogado pelos figurões, exatamente como Truus suspeitara. Os rumores davam conta de que Jan havia sido torturado, que os nazistas se recusaram a administrar analgésicos e que pioraram o estado dos ferimentos para forçá-lo a falar. Disseram que ele se recusou, de início. Então alguém deu a ele o que chamavam de "soro da verdade" e fizeram uma enfermeira se passar por uma camarada combatente. Então um superior da SS, o oficial Rühl, entrou. O que quer que esse Rühl tenha feito funcionou. Jan entregou tudo: o Conselho de Resistência, o nome de Hendrik, meu nome, talvez até os das irmãs Oversteegen. Todos os nomes, todas as ações, tudo que ele sabia. E então morreu. Foi o que disseram.

Eu me recusei a acreditar naquilo. Tortura? Uma enfermeira traidora? Soro da verdade? Pareciam coisas saídas de histórias em quadrinhos. Depois de mais alguns dias ruminando, mudei de atitude. Não importava que os detalhes fossem precisos; as consequências eram as mesmas. Minha família tinha desaparecido.

Por minha culpa.

Jan havia contribuído, mas nada daquilo teria acontecido se eu não tivesse colocado em perigo todo mundo que me cercava. Eu precisava encontrá-los. Se eu perdesse todos os cinco, Annie, meus pais, Philine e Sonja... eu perderia tudo de mais importante na minha vida. Uma parte do meu coração queria acrescentar um sexto nome à lista, porque eu o tinha perdido também. No entanto, esse cantinho frágil ainda precisava se recuperar.

Fiquei deitada olhando para o teto, ouvindo a água do canal batendo contra o casco do barco. É difícil compreender a traição. É um reconhecimento do absurdo, uma Coisa que Não Pode Acontecer... mas que, de uma hora para outra, acontece. É como se alguém tirasse uma máscara para revelar a mesma pessoa que você sempre conhecera, apenas um pouco mais feia. Alienígena, de repente. Talvez você até desse uma risada num primeiro momento, mas logo o pânico se instalaria.

Eu acreditava que estaria preparada para algo desse tipo. Desde o dia em que os nazistas invadiram, o país inteiro teve que conviver com a traição. A família real holandesa fugiu para a Inglaterra para esperar o fim da guerra. Boa parte dos líderes eleitos optou por cooperar com os nazistas. A amizade entre vizinhos começou a desmoronar quando um passou a delatar o outro. E se a pessoa que você ama trai, a crença na espécie humana começa a se dissolver. Quanto à crença no amor... eu ainda amava Philine, Sonja, meus pais. E, sim, eu ainda amava Jan, mas não havia nada a fazer a respeito, não havia como expressar o que eu sentia. Ele não me pertencia. Fiquei debaixo das cobertas o máximo de tempo possível.

Por volta das nove horas da manhã, Truus bateu à porta da cabine e entrou.

– Hora de se levantar.

Fingi que dormia.

Truus não se deixou enganar.

– Você está com sorte – disse. – Minha mãe estava quase vindo acordar você, mas eu me ofereci para fazer isso. Sou bem mais gentil do que ela.

Fiquei quieta, esperando que ela fosse embora. Alguns minutos se passaram. Ela não foi.

– Hannie. Temos trabalho a cumprir.

– Jan dedurou você e Freddie?

Eu sabia que os rumores chegavam por intermédio da mãe dela.

– Não, até onde sei, não – disse ela. – Mas se isso a faz se sentir melhor, ele entregou até a própria... – Ela fez uma pausa. – Ele contou tudo.

– Você está falando da esposa dele.

Pronunciar aquelas palavras provocou uma dor física, meu coração ficou suspenso no peito, pesado como um tijolo.

– Você sabia.

Truus ergueu uma sobrancelha.

– Ele me contou – confessei.

Truus arregalou os olhos. Estava em choque.

– É confuso, Truus – comentei, balançando a cabeça e me lembrando do que Philine tinha dito. – Estamos no meio de uma guerra.

Truus assentiu.

Deixei escapar um suspiro.

Ela se sentou ao meu lado na cama.

– Eles o torturaram. E ele entregou tudo. Não só você.

– Eu sei – respondi, tentando parecer indiferente.

– Ele amava você – insistiu Truus, com a voz gentil. – Eu conheci Jan há muito tempo. Era visível, ele era diferente com você. – Ela abriu um sorriso. Então o sorriso desapareceu.

– E... – Ela hesitou, empalidecendo por trás das sardas. – Bom, Hannie, de acordo com a fonte da minha mãe, ele chamou por você no hospital.

Ela respirou fundo e esperou a minha reação.

– Quê?!

Meu coração martelava no peito, percebendo o que Truus queria transmitir com a informação.

– Ele chamou por mim?

Tentei pensar, respirar. *Ele chamou por mim no hospital!* E, então: *Ah, meu Deus. Ele chamou meu nome no hospital.* Meu nome. Respirei fundo, tentando me controlar.

– Chamou? – perguntei de novo, feito uma idiota, a determinação se dissolvendo conforme eu tentava conter o luto e o terror dentro de mim. *Ele chamou meu nome.*

– Ele chamou porque amava você, Hannie. Estava sentindo muita dor. Eles mandaram uma enfermeira fingir que era a namorada dele. E funcionou. Quando Jan falou, pensou que estava conversando com você.

Parei de respirar por um momento, completamente atordoada.

– Jan estava morrendo, Hannie. Eles injetaram uma coisa nele, e aí foi só... – Truus soltou um suspiro. – Disseram que ele tomou o soro da verdade. Não estou justificando. Mas Jan pensou que você estava lá e que conversava com você. Foi o que disseram.

– Jan não era bobo – retruquei, tentando não chorar.

Imaginei aquele momento terrível: será que ele poderia ter agido diferente em meio a tanta dor? Mas aquilo era demais para mim. Enterrei a cabeça no lençol e chorei. *Ah, meu Deus, pobre Jan.*

E *Ah, meu Deus, maldito Jan.*

Não se deve conversar com eles. Não se deve entregar nada. É a única regra. Era o que ele sempre me instruíra.

– Eu sei – comentou Truus, com um tom gentil.

Eu não precisava falar em voz alta. Ela compreendia tudo. Tampouco precisava explicar o sofrimento. Mais do que ninguém, Truus entendia.

– Não importa. Não importa agora – concluí.

Balancei a cabeça, tentando me livrar do nó de mentiras que me envolvera no último ano. Jan conviveu com esse nó também. Por um breve instante, me permiti pensar na esposa e na filha: será que elas sabiam que ele tinha morrido? Era angustiante demais. Pus a cabeça entre as mãos e voltei a chorar. Era muita coisa para absorver. Truus apertou meus ombros e deu um beijo no topo da minha cabeça. Parei com meu lamento, respirei fundo e tentei retornar ao momento presente. Ali, agora, no barco. Eu estava viva; ele não. Sim, eu ainda o amava. E sabia que ele tinha me amado também.

– Estou bem – falei.

Truus assentiu.

A porta chacoalhou. Erguemos os olhos e vimos uma versão mais velha de Truus, sardenta e de olhar frio, sorridente e durona. Sequei os olhos e assoei o nariz, esperando não parecer tão patética.

– Chorou o que tinha para chorar? Ótimo. – Os olhos dela cintilavam com ternura. – Levante-se, mocinha. Está na hora de arejar esses lençóis.

Eu conseguia enxergar as duas filhas nela. A personalidade centrada, o pragmatismo. Ela puxou os cobertores, me expondo como se eu fosse um besouro embaixo de uma pedra. Como o besouro, tentei rastejar para debaixo da proteção.

– Não, não – disse ela, me segurando pelo cotovelo e me puxando. – Estamos no meio do verão. Vá lá fora respirar um pouco de ar fresco.

Seu toque me fez sentir saudades da minha mãe.

– Sim, Sra. Oversteegen – respondi.

As duas riram.

– Não sou a diretora da escola – protestou ela. – Me chame de Trijntje.

– Desculpe – falei. – Trijntje.

Ela emanava tanta competência que eu teria seguido qualquer ordem dela. Trijntje pôs as mãos no quadril.

– Freddie está lá no convés, esperando vocês – avisou.

Ela bateu no meu traseiro com um travesseiro de penas.

– Agora, deem o fora daqui. Vão pegar sol.

Passei para a área comum. Quando ia subir a escada, senti a mão de Trijntje em meu braço.

– Sinto muito por sua família e suas amigas, Hannie – disse ela, gentilmente. – Sinto muito mesmo.

Uma onda começou a crescer dentro de mim, e eu soube que, se falasse, cairia no choro outra vez. Eu assenti. Os olhos de Trijntje refletiam uma tenacidade adquirida a duras penas.

– Lembre-se – disse ela, os olhos brilhando com uma perseverança de quem já tinha visto dias piores. – *Waar de wanhoop eindigt, begint de tactiek.*

Onde acaba o desespero, começa a tática.

No convés, meio tonta, eu me sentei entre Truus e Freddie.

– *Waar de wanhoop eindigt, begint de tactiek* – repeti.

As irmãs deram uma risadinha.

– Você andou conversando com mamãe – disse Truus.

Sorri.

– Ela tem mil ditados desse tipo – revelou Freddie.

– Mas todos querem dizer a mesma coisa – completou Truus.

As irmãs trocaram um olhar, concordando em silêncio.

– Não desista – disse Truus.

Freddie pensou um pouco e depois assentiu.

– É basicamente isso. Nunca desista, não importa o que aconteça.

– Esperem aí. Achei que ela vivia dizendo "Nunca perca a humanidade".

– Sim – confirmou Freddie –, mas é a mesma coisa.

A voz de Freddie era tão pura, tão infantil. Ela só tinha 17 anos. Eu estava feliz por termos Freddie conosco. Sabia que Hendrik a respeitava; ela trabalhava nos bastidores como olheira e agente de inteligência, o que era crucial em todas as missões. Freddie era um soldado. E ali estava ela sob o sol de verão, secando os cabelos louros soltos, arqueando as costas como uma gatinha inofensiva. Talvez fosse essa juventude e essa vivacidade que as pessoas viam em mim quando entrei para a Resistência. Eu não apresentava mais nada daquilo.

Truus empurrou uma tábua de pães na nossa direção, com a massa nada apetitosa de sempre, composta por qualquer coisa disponível no centro de distribuição do dia anterior: fatias finas e cinzentas de torrada com sabor de serragem temperadas com manteiga falsa feita de pasta de beterraba, acompanhadas de uma xícara lascada de um chá bege aguado. Estava quente, pelo menos. Eu me sentei no banco e virei o rosto pálido para o sol, como Freddie. O clarão por trás das pálpebras limpou meus pensamentos. Cada vez que o desespero me cercava, a luz do sol o espantava. E aquilo era tudo que eu mais queria: o vazio.

– Seu cabelo está bonito, Hannie – comentou Freddie, com doçura.

– Não, não está – rebati, e todas rimos. Eu parecia uma bruxa. – Pelo amor de Deus, será que eu poderia beber meu chá? – reclamei, com falsa irritação.

– Na verdade, é só água do canal aquecida – revelou Freddie, rindo outra vez.

Fingi cuspir.

– Você já arrumou a minha bicicleta? – perguntou Truus à irmã.

– Sim, está tudo certo. Era só um parafuso frouxo no quadro. – Freddie se virou para mim: – Consertei a sua enquanto você estava descansando. Arrumei a madeira da roda da frente e realinhei os freios.

Havia alguma coisa que essas mulheres Oversteegen não fossem capazes de fazer? Naquele momento, Trijntje surgiu sob o convés e se aproximou, com um sorriso divertido no rosto. Estava feliz por ter as filhas em casa.

– Pegando um solzinho, senhoritas?

Trijntje nunca se sentava. Mesmo que estivesse parada no convés, as mãos se mantinham ocupadas, esticando o varal cheio de roupas que se debatiam feito velas ao vento.

– Vocês três podem descansar hoje, mas voltem logo ao trabalho, hein?

Presumi que estávamos pensando a mesma coisa: Hendrik estava morto; para todos os efeitos, nossa célula também. Quem iria oferecer as missões? Trijntje botou a mão no peitilho da blusa e de lá retirou um pedaço de papel, entregou-o a Truus.

– Esse é o endereço – informou, com um sorriso no rosto.

– De quem? – perguntou Truus.

– De Madame Sieval.

Olhei para Truus e Freddie, mas não dava para ler sua expressão.

– Vai levar um tempinho para chegar lá – avisou Trijntje, arrumando o varal –, então é melhor começar logo. Antes disso, vocês poderiam fazer alguma coisa útil e providenciar umas entregas para mim. Há muita coisa a ser feita.

Truus e Freddie deram um sorriso cúmplice. *Onde acaba o desespero, começa a tática.*

# Capítulo 31

– Ela nunca sai de casa – disse Freddie, balançando a cabeça e se jogando na cadeira à minha frente, na cozinha de pé-direito baixo sob o convés.

Truus e eu estávamos esperando Freddie retornar do último posto de vigilância da famosa Madame Sieval, uma francesa que morava em Haarlem havia anos e que era conhecida por delatar vizinhos e qualquer um que ela suspeitasse ser judeu ou abrigar um judeu. Até onde sabíamos, ela morava sozinha e passava a maior parte do tempo em casa; quando saía, era em horários irregulares, impossíveis de prever.

– Acho que deveríamos encontrar outro alvo – disse Freddie, balançando as tranças louras.

Numa reversão poética, eu me tornara uma espécie de *onderduiker* na casa das Oversteegens, embora eu me recusasse a permanecer engaiolada na casa-barco. Certa noite, nós três roubamos cartões extras de racionamento de um prédio administrativo vazio e os distribuímos entre famílias necessitadas, na maioria pessoas que abrigavam amigos e vizinhos judeus. Em comparação ao que fazíamos no Conselho de Resistência, não era um trabalho muito empolgante, mas Trijntje não dava ouvidos aos nossos lamentos de tédio.

– Isso também é resistência – dizia ela. – E é o que faz a maioria dos combatentes. Você não precisa de armas e bombas para ser uma revolucionária. Cuidar das pessoas é o trabalho mais revolucionário que alguém pode fazer.

Provavelmente foi bom ser forçada a recuar. O choque de ter perdido Jan, meus pais e Philine de uma vez só me deixou anestesiada. Achei que isso tornaria mais fácil realizar as ações violentas, uma vingança direta e clara alimentada pela ira, não mais pelo medo. A guerra fazia sentido quando vista como um simples caso de olho por olho.

No entanto, por mais pura que fosse a visão que eu tinha do trabalho na Resistência, minha mente estava pesada com tanto sofrimento. A única família que me restava eram Truus e Freddie, e eu me vi seguindo as duas por aí atordoada, deprimida e entorpecida. Truus começou a se preocupar.

– O que você acha, Hannie?

Cada vez mais, ela repetia as perguntas, me estimulando a participar de minha própria vida.

– Deveríamos desistir de Sieval?

– Ok – respondi, sem acompanhar muito bem a conversa.

Eu preferia deixar que Truus tomasse as decisões, e então apenas seguia sua liderança. Eu não dispunha de energia para imaginar nada além do passo seguinte: pegar a bolsa, verificar a arma, esconder a arma na bolsa, pedalar até o lugar indicado por Truus. Eu era esse tipo de soldado. Bucha de canhão, alguém dispensável.

– Hannie! – exclamou ela, batendo palmas diante do meu rosto enquanto eu olhava fixamente para o vazio.

– O quê? – perguntei, me retraindo.

– Vamos, isso é sério. O que você achou da avaliação de Freddie?

– Não estou dizendo para desistir de Sieval – disse Freddie, que reconhecia a autoridade da irmã sobre mim. – Mas eu não sei como agir sem invadir a casa dela. E, se vocês invadirem, não sei o que vão encontrar lá dentro.

– Talvez – concordou Truus. – Vamos passar lá hoje e ver por nós mesmas. Tudo bem assim, Hannie?

– Claro – respondi. – Alguém tem um cigarro?

– Você precisa comer alguma coisa – recomendou Truus, que vinha pegando no meu pé por causa da falta de apetite, mas me deu um, mesmo assim.

– Eu estou bem – falei, acendendo o cigarro e tossindo igual a uma foca. Bati no peito até parar de tossir.

– Eu encontro nos cigarros todas as vitaminas necessárias.

Eu ri, mas ninguém se juntou a mim. Vi o sorriso se esvanecer no rosto de Truus.

– O que foi? – perguntei, então segui o olhar dela até Trijntje, em pé no topo da escada com uma carta na mão.

Reconheci o "papel de carta" costumeiro da rede da Resistência: restos reutilizáveis contrabandeados de repartições públicas, o único tipo de papel ainda disponível. As rugas em torno dos olhos azuis de Trijntje estavam desfeitas, e ela não sorria mais.

– Notícias, Hannie – avisou ela, erguendo o bilhete. – De Brasser.

Meus pés me prendiam ao chão feito duas âncoras. Se fossem boas notícias, Trijntje já teria anunciado a novidade. Esperei, imóvel.

– O que é?

Trijntje sorriu, mas era uma réplica sem vida do seu sorriso sempre largo e fácil.

– Seus pais estão vivos, Hannie.

Ouvi as palavras, mas mantive o significado delas a distância, esperando pelo resto da história. Senti os olhos das três mulheres voltados para mim, aguardando uma reação.

– E? – perguntei.

Tinha que haver um *e*. Ou um *mas*.

– Mas eles estão presos em Herzogenbusch – disse ela, devagar. – Até você se entregar.

– Hannie! – exclamou Freddie, correndo em minha direção.

Não entendi o motivo da atitude de Freddie até que, no segundo seguinte, senti seu corpo frágil me segurar. Minhas pernas cederam feito fitas amontoadas no chão.

– Hannie! – repetiu Freddie, me olhando nos olhos.

– Eu estou bem – falei, numa voz aguda e trêmula.

Meus ouvidos começaram a zumbir com a estática, como se eu estivesse perto demais de uma arma que acabara de ser disparada. Ou como se tivesse tomado um tiro. Meus pais estavam vivos... em Herzogenbusch, um campo de concentração nazista, 100 quilômetros ao sul de Haarlem, perto da cidade holandesa de Vught. Eu me sentei onde tinha caído, grata pela solidez das tábuas de madeira, até começar a sentir o sutil movimento da casa-barco flutuando na água... Nada no mundo era fixo ou estável. Meus pais não estavam mortos, e isso era uma boa notícia. Mas eles estavam presos à espera de um resgate.

– Eu sou o resgate – sussurrei, balançando a cabeça.

Em quatro anos de pesadelo, nunca imaginara tal cenário. Todos os resultados possíveis se misturavam em minha cabeça, como finos fios de seda emaranhados e suas pontas desfiadas.

– Hannie? – chamou Truus.

As três mulheres se agruparam ao meu redor, seus rostos contraídos de preocupação.

– Vamos descer. Podemos cuidar da Madame Sieval outro dia.

Ao som da voz de Truus, recobrei o foco. Como uma lanterna na escuridão, o nome Madame Sieval iluminou o caminho à frente. Então, meus pais estavam num campo de concentração? Só havia uma atitude a ser tomada: seguir em frente. A nitidez do pensamento foi a coisa mais próxima de alegria que senti em meses.

– Não, vamos cuidar disso hoje – decidi com firmeza, olhando nos olhos de Truus.

– Tem certeza? – perguntou ela, arqueando as sobrancelhas. – Se você precisar de um tempo...

– Não preciso.

Senti as faces recobrando o calor e a cor, e o tremor nas articulações se esvaiu. Com a ajuda de Freddie, consegui me levantar mais uma vez. Estava tudo muito claro para mim agora.

– Se eu me entregar aos alemães – falei, encarando Trijntje à espera de apoio –, não há garantia de que isso ajudaria meus pais.

Trijntje assentiu.

– Eles podem já estar mortos – concluí. – Quem sabe exatamente quando Brasser escreveu essa carta ou quão sólida era a informação?

Ela fechou os olhos e assentiu de novo. Então, era isso. A única coisa a fazer era seguir em frente. Não importava o que acontecesse.

MADAME SIEVAL MORAVA NA TWIJNDERSLAAN, uma pequena rua entre o Frederikspark e o rio Spaarne, numa área relativamente agitada da cidade. A casa, assim como a de meus pais, era feita de tijolos e conjugada às vizinhas. Isso dificultava a aproximação sem sermos vistas.

– Estacionem as bicicletas aqui – disse Freddie, que passara dias inteiros na rua, vigiando.

Nós a seguimos por uma travessa estreita entre dois prédios de esquina. De lá, conseguíamos ver a porta da frente da residência de Sieval.

– Espero que tenham trazido um livro, porque fica muito entediante daqui em diante – disse Freddie.

– Entendi – comentou Truus.

– Disponha por toda a informação valiosa, aliás – provocou Freddie.

– Obrigada, garota – disse Truus, brincando, e Freddie lhe deu um soquinho no ombro.

O gelo em meu coração derreteu um pouco ao observá-las.

– Ei, eu conheço essa rua – comentou Truus, espiando para fora de nosso esconderijo. – Lembra que eles vendiam gelo ali, Freddie?

– Sim – confirmou a irmã. – Eu lembro que eles cortavam uns blocos imensos de gelo ali na frente, para os grandes hotéis – disse ela, sorrindo. – Uns pedaços saíam voando, e corríamos até lá para pegar e chupar como se fosse bala.

Eu conseguia visualizar a cena. A loja estava fechada, mas eu me lembrava dos fornecedores com as carroças cheias de gelo acondicionado no feno e das pinças de ferro gigantescas que eles usavam para mover cada um dos grandes blocos. Eu bem que ia gostar de comer um daqueles pedaços de gelo, ainda mais num dia quente.

– Meu Deus, Hannie, você está sorrindo – comentou Freddie.

– Estamos recuperando a velha Hannie? – perguntou Truus, com um sorriso gentil no rosto.

Eu sabia que ela estava preocupada comigo.

Dei de ombros. A velha Hannie era uma garota ingênua com certezas demais e que acreditava ter algum controle sobre o que acontecia em sua vida e na vida dos outros. A nova Hannie entendia que o controle era por si só uma ilusão.

– Hannie?

Não me dei conta de que havia desdenhado em voz alta.

– Desculpe – falei.

Truus continuava esperando por uma resposta.

– A velha Hannie? – repeti.

Eu não queria discutir. Era cansativo demais.

– Claro – falei, observando a tinta descascada na placa da loja de gelo, a madeira deformada pelo tempo. – Acho que os restos da velha Hannie estão por aí, em algum lugar.

– Ela seria muito útil – comentou Truus.

Útil era a última coisa que eu me sentia. Mas estava disposta a me fazer presente e sabia que Truus estava tentando ser gentil.

– Eu estou bem, Truus.

Indiquei a casa de Sieval com a cabeça.

– Olhem.

Observamos um homem de meia-idade se aproximar da porta da frente e bater. Usava roupas comuns, nada de uniforme militar ou policial.

– Aquele não é Fake Krist, é?

Fake Krist era um policial local e um fascista fanático mesmo antes da guerra. Ele tinha passado meses em nossa lista de alvos importantes do Conselho de Resistência. Assim que a Ocupação teve início, Krist foi nomeado chefe da Kriminalpolizei, ou Kripo, como era conhecida a polícia criminal nazista da SS. Era, basicamente, a divisão de investigação nazista. Krist era excelente em seu trabalho, famoso pelas prisões em massa de judeus e simpatizantes a eles – chegava a coordenar 25 emboscadas em uma só noite. Ele prendia rabinos corajosos e pastores aliados; prendia mães e filhos apavorados. Todos eram enviados a Westerbork. Ele vinha espalhando o pânico desde que a guerra começara, e cidadãos voluntários como Madame Sieval viabilizavam seu trabalho. Meus dedos apertaram o cabo da pistola, já transferida para o bolso. Krist seria um ótimo nome para riscar na lista.

– Ele não é Fake Krist – disse Freddie, sem se abalar. – Eu já vi Krist. Ele já veio aqui, cercado de seguranças. Aquele ali não é ele.

– Talvez um policial à paisana? – sugeri, apertando a pistola mais uma vez, esperançosa.

– Relaxa, matadora – disse Truus, franzindo o cenho. – Não atiramos em ninguém que não conseguimos identificar.

– Eu sei, eu sei – murmurei.

Eu estava começando a me sentir acordada pela primeira vez em semanas.

– Acho que ele veio entregar alguma coisa – disse Freddie.

Uma brecha se abriu na porta da frente, e o homem enfiou um envelope. A porta se fechou, e o homem desceu a rua de volta.

– A julgar pelas últimas semanas, é possível que esse tenha sido o momento mais animado do dia – disse Freddie. – É sério, essa mulher sabe que está sendo vigiada.

– Todas nós estamos sendo vigiadas – retruquei. – Isso não a torna especial.

– Aí está a velha Hannie! – exclamou Truus.

Não discuti. Tentamos nos acomodar da maneira mais confortável possível no beco, encostadas na parede e fumando. Isso durou algumas horas. Nós três nos revezávamos em passeios pela vizinhança, de olho em qualquer coisa suspeita. Nada. No fim das contas, muito do trabalho da Resistência era assim, aparentemente sem sentido.

– Vou dar uma olhada no beco atrás da casa de Sieval – falei, finalmente. – Talvez ela nem esteja em casa.

As meninas concordaram, e eu dei uma volta enorme no quarteirão. O quintal de Madame Sieval era todo murado, não havia como espioná-la, a não ser que eu entrasse sorrateiramente pelo portão dos fundos, uma opção não muito aconselhável em plena luz do dia. Desci o beco e voltei à Twijnderslaan, algumas casas depois da de Sieval. Era meio da tarde, e eu estava com fome, desanimada e prestes a ir embora. Olhei para o outro lado da rua e tentei atrair o olhar de Truus.

Foi quando a porta do número 46 rangeu. Eu me encostei na casa ao lado e engatilhei a arma dentro do bolso. Voltei a procurar as irmãs: Truus e Freddie também ouviram o barulho e estavam agachadas no beco do outro lado da rua, olhando para mim. Levei o dedo aos lábios em sinal de silêncio ao ouvir a maçaneta de Madame Sieval emitir um clique e começar a girar. Na calçada em frente, Truus se encostou na parede de tijolos ao seu lado e manteve a pistola apontada para o número 46. Mas eu estava a poucos metros do alvo; daria um tiro certeiro. Jan sempre enfatizava durante o treinamento que era melhor matar à queima-roupa. Eu não era uma atiradora de elite, e nossas armas desgastadas nem sempre eram precisas. Ali, contudo, eu estava perto o suficiente. Truus e eu nos encaramos. Ela entendeu.

Era a primeira vez que eu empunhava a arma com intenção de usá-la desde o dia em que Jan e eu atiramos em Ragut. Eu vinha imaginando como seria aquele momento: perderia a coragem? Na verdade, eu já me sentia energizada de uma maneira que não me sentira desde Ragut. Eu não precisava de mais comida ou repouso. Precisava de uma atividade instigante. Tudo ficou para trás, as semanas de indisposição e vazio. Encontrei o foco. Pressionei as costas contra os tijolos frios do prédio e mantive a pistola na lateral do corpo, escondida de qualquer um que por acaso passasse pela rua. Mas não havia ninguém no entorno. As condições eram perfeitas, como dizia Jan. Maldito Jan.

Ouvimos no mesmo instante: o barulho metálico de uma grande tranca de segurança sendo girada na porta do número 46. Em seguida, a própria porta começou a se mexer. Do outro lado da rua, Truus ficou a postos, com Freddie logo atrás dela. Freddie também estava armada, mas, em geral, Truus encorajava a irmã caçula a se ocupar com ações menos violentas, a não ser que fosse estritamente necessário. Jan me contou uma vez, cheio de elogios, que Freddie matara um nazista quando tinha apenas 15 anos.

A porta começou a se abrir devagar, rangendo nas dobradiças. Truus ergueu a arma, mirando; eu fiz a mesma coisa. Atiraríamos de dois ângulos diferentes, cada uma numa das pontas de um triângulo que formávamos com Madame Sieval. Era bom não precisar atirar de uma bicicleta em movimento. Eu me sentia firme, tranquila, pronta para concluir a tarefa.

Vi a mão de uma pessoa na maçaneta. A mão de uma mulher, o braço e o pulso cobertos pelo que parecia ser um casaco de pele – não era uma coisa que se via nas ruas todos os dias. Eu me obriguei a esperar até que o corpo dela ficasse totalmente exposto, para ter um alvo mais nítido e para ter certeza de que ela não estava acompanhada de oficiais de segurança da Kripo. Tentar atacar todos eles seria suicídio.

Um segundo depois, a parte superior do corpo de Madame Sieval emergiu da entrada. Sua cabeça, ostentando um penteado perfeito, girou de um lado para outro, vasculhando a rua silenciosa em busca de perigo. Madame Sieval parecia ter uns 30 e poucos anos, com um rosto fino e comprido, as sobrancelhas pretas arqueadas e as faces brancas de pó. Transferi o peso do corpo para o pé da frente, travando o braço direito em busca de estabilidade e segurando-o com a mão esquerda. *Espere, espere...* Decidi esperar até que o resto do torso se revelasse: um alvo maior. A porta se abriu um pouco mais, emitindo outro guincho nas dobradiças, e eu saltei para fora do esconderijo, correndo na direção dela, braço e pistola numa só linha. Madame Sieval era um alvo ridiculamente fácil naquele casaco de pele, a maldita traidora que enviara dezenas de famílias para a morte quase certa e... e... ela estava de mãos dadas com uma garotinha.

Dei dois passos oscilantes e então recuei como um cavalo assustado por causa do estouro de uma bombinha. Girei a cabeça para encontrar Truus, que também avançara vários passos até o meio da rua, mas eu não tinha certeza se ela conseguia ver a menina do ângulo em que estava. Nos últimos instantes, pouco antes de apertarmos o gatilho, nossos olhares se encontraram e, fixos um no outro, trocaram uma mensagem fundamental e definitiva. Algo além da linguagem. Nós duas nos viramos e corremos em direções opostas, deixando Madame Sieval e sua jovem acompanhante em pé na porta, sem ar.

Corri às cegas, tentando me distanciar do quase desastre, derrapando no calçamento liso sob as solas finas de meus velhos sapatos, escorregando na rua e me apoiando numa das mãos antes de me levantar, sem parar de correr. Uma garotinha? Freddie nunca mencionara crianças. Disparei pelo movimentado bulevar de Kleine Houtweg, me misturando à multidão de transeuntes reunidos na rua principal. Continuei correndo ao longo de vários quarteirões, até ter certeza de que ninguém me seguia. Ao avistar a ponte no rio Spaarne, me dirigi à faixa de terra paralela à água e desapareci embaixo da ponte, me abrigando na margem lamacenta do rio para voltar a respirar. Um caminhão passou roncando lá em cima, o Spaarne salpicou suas águas e senti os pulmões emitirem um ruído esganiçado enquanto o terror atravessava meu corpo banhado de suor gelado. Meu Deus. Uma menininha. Eu ainda conseguia ver a mão gordinha e rosada entrelaçada na de Madame Sieval. Ajoelhei-me na lama e chorei, o corpo sacudido por soluços, o nariz escorrendo, os músculos da barriga se contraindo enquanto eu me curvava, devastada. Um adolescente passou, me olhou com ar preocupado, mas me deixou em paz, e fiquei grata por isso. Eu não era a única a chorar em público naqueles dias.

– Ei!

Ergui os olhos ao ouvir a voz suave. Era Freddie. Um segundo depois, Truus apareceu atrás dela.

– Vocês estão bem? – perguntei.

As duas assentiram, e Truus me passou um lenço.

– Obrigada.

Freddie me deu um tapinha no ombro, e Truus me ajudou a ficar de pé. Ficamos um pouco mais por ali até eu me recompor.

– Bom, você pregou um bom susto em Madame Sieval – disse Truus com um sorriso sem graça. – Mas deu tudo certo. Ninguém nos viu.

Ela me encarou.

– Quem era a menininha? – perguntei.

– Eu não sei – disse Freddie, com certo desespero na voz, como se temesse que não acreditássemos nela. – Eu nunca a vi.

– Tudo bem – falei, afastando uma de suas tranças e apoiando a mão em seu ombro.

De certa forma, a própria Freddie ainda era uma menininha. Truus me deu um cigarro sem que eu precisasse pedir, e eu o aceitei, agradecida. Fumei e compartilhei com ela. Truus deu um trago e o passou para Freddie. Ficamos observando as águas do Spaarne rolarem até o cigarro acabar.

– Bom – disse Truus –, chega de Madame Sieval.

Assenti. Não havia esperanças de surpreendê-la tão cedo. Era uma pena; a ideia de eliminá-la me deixara animada. Suspirei.

– O que foi? – indagou Truus.

– Talvez eu não seja uma "boa" pessoa – comentei –, mas pelo menos consegui não atirar numa criança.

Truus sorriu, compreensiva.

– Não somos nazistas.

– Acho que isso já é alguma coisa – respondi, devolvendo-lhe o lenço. – Obrigada.

Ela o pegou de volta com uma expressão engraçada, pensativa. De pé, alisou o lenço sobre a coxa, depois o dobrou, procurou alguma coisa no bolso, amarrou um cordãozinho em torno do lenço e o entregou a mim.

– Fique com ele. Um presente.

Duas das pontas estavam amarradas formando braços, e um pedaço de cordão foi enrolado formando uma cabeça. Era uma boneca feita à mão. Nunca imaginei que Truus perdesse tempo com coisas fúteis, a não ser com o cigarro. Precisei de um tempinho para entender. Meus olhos se encheram de lágrimas, e eu aninhei a boneca na palma da mão. *Nunca perca a humanidade.*

# Capítulo 32

Fim de 1944

– VOCÊS SÃO GUERRILHEIRAS AGORA – informou Trijntje.

Truus, Freddie e eu ainda nos considerávamos parte do Conselho de Resistência, só que, na verdade, não éramos mais uma célula da organização. Até pensamos em entrar em contato com outro grupo, mas decidimos agir por conta própria. Trijntje tinha conhecimento de várias ações que precisavam do nosso apoio e nos munia de informações sobre alvos potenciais. Atuávamos como membros informais da Resistência oficial.

– Além disso, somos mulheres – comentou Freddie, certa noite.

Estávamos juntas perto do fogão a lenha da casa-barco, vasculhando as roupas velhas da mãe delas para ver se poderiam ser recuperadas ou usadas para remendar outra peça.

– Se entrarmos em outro grupo – continuou ela –, provavelmente vão nos colocar para lavar louça ou tricotar suéteres.

Nenhuma de nós estava disposta a correr esse risco.

– Assim é melhor – disse Truus. – Não recebemos ordens de ninguém. Escolhemos nossas próprias missões e nos mantemos fora de vista.

– E não deduramos nossos amigos – completei.

Àquela altura, eu só confiava nas mulheres que se chamavam Oversteegen.

Conforme as semanas foram passando, comecei a me sentir mais envolvida com o mundo. Esperávamos secretamente que os Aliados nos libertassem perto do Natal. Eles chegaram à fronteira da Bélgica em setembro e, por um breve momento, o país inteiro desenrolou as bandeiras laranja e chegou a dançar nas ruas... mas eram apenas rumores de paz e os nazistas silenciaram toda aquela manifestação no dia seguinte. *Dolle Dinsdag*, foi como chamamos. Terça-feira Louca. Os soldados Aliados pararam no rio Reno e não avançaram mais. Todos nos sentimos meio malucos depois daquilo.

Não ocorreu a ninguém que apenas metade do país seria libertada. Quem habitava a zona ocupada se sentia ainda mais isolado, assistindo aos alemães ao nosso redor fortalecerem suas defesas.

O medo da fome começou a se espalhar pela população feito uma infecção, transformando vizinhos outrora generosos em acumuladores. Com a chegada do frio, víamos cada vez menos gente na rua. As pessoas hibernavam em suas casas e apartamentos, sobrevivendo com a comida racionada e tentando não gastar a energia que não tinham. Certa noite, Trijntje nos surpreendeu com três biscoitos que havia encontrado em algum lugar, e dividimos os biscoitos e uma batata cozida entre nós quatro para o jantar. Para mim, ir dormir com fome meio que funcionava como um combustível. Eu não poderia produzir alimentos para nosso pequeno país, mas poderia continuar matando nazistas. Eu não ligava mais de falar dessa maneira. Como Hendrik gostava de ressaltar, cada nazista morto salvava dezenas de holandeses. Mesmo que fosse apenas um, era o suficiente para eu me sentir bem.

– Até que enfim a cor voltou ao seu rosto – disse Trijntje certa manhã enquanto eu a ajudava a dobrar as roupas. – Você está voltando à vida.

– Temos mais trabalho agora, já que os soldados resolveram tirar férias de inverno – falei.

Depois de intensos confrontos nas praias da Normandia em junho, as forças Aliadas avançaram de modo lento e brutal, abrindo caminho rumo ao norte da Alemanha, durante todo o outono. Eles chamavam essa rota extenuante pelo norte da França, Bélgica e sul dos Países Baixos de Estrada do Inferno. Mas, com o início do inverno, a estrada foi interrompida. A apenas 100 quilômetros ao sul de Amsterdã, eles foram contidos pelo exército nazista, na ponte Arnhem. Os Aliados se viram entrincheirados no frio, encolhidos e arrasados, atirando nos alemães sempre que a oportunidade surgia. Exatamente como nós.

Trijntje era mais piedosa.

– Quem é que consegue lutar nesse frio?

O inverno estava excepcionalmente rigoroso. Ela balançou a cabeça.

– Os alemães vão tornar as coisas mais difíceis para nós.

– Todo mundo sabe que os chucrutes estão com o moral abalado. Hitler quase foi assassinado no verão – argumentei, animada com essa perspectiva. – Talvez eles recuem se transformarmos a vida deles num inferno.

Trijntje me lançou um olhar que combinava um amor maternal e a compreensão sábia de como as coisas de fato funcionavam.

Apenas os jornais da Resistência publicaram a história, e reunimos cada fragmento de informação que encontramos sobre a tentativa de assassinato. A bomba explodiu, mas de alguma forma Hitler saiu ileso. De acordo com as notícias oficiais do Partido Nazista, o atentado nunca aconteceu.

– Bom – disse Trijntje –, você ficou sabendo que o alto comando nazista executou 5 mil civis em retaliação alguns dias atrás?

– Não – respondi.

Cinco mil era um número... insano. Como 5 mil pessoas são assassinadas ao mesmo tempo? Eu só conseguia pensar em terremoto ou erupção de um vulcão. Ou seja, pela força da natureza, não do homem.

– Hum – murmurou Trijntje, os olhos fixados no pano de prato que ela dobrava. – Cinco mil. Eles só queriam uma desculpa, não é? – Ela franziu os lábios em sinal de desgosto. – Você acha que os animais que fizeram isso vão se render de uma hora para outra e torcer para que o melhor aconteça? Eles vão tentar matar até o último cidadão holandês antes de saírem daqui. Pode esperar.

Trijntje raramente permitia que o emocional a dominasse, então seus comentários ásperos me preocuparam. Nenhuma de nós tocava no assunto, mas eu, pelo menos, sempre me perguntava: o que teria acontecido com meus pais e Philine? E Sonja? E, se os alemães se tornassem mais agressivos, como isso os afetaria? Eles já haviam sofrido as consequências?

– Está tudo bem, Hannie? – indagou Trijntje, sorrindo, ao estudar minha expressão. – Vá procurar as meninas e fazer alguma coisa útil. Você vai se sentir melhor.

– Acho que vocês deviam cuidar de Hertz primeiro – recomendou Freddie. – Ele é horrível. E acho que não faz ideia de que é um alvo.

Estávamos caminhando por uma rua deserta perto do antigo apartamento do Conselho de Resistência. Freddie pegou a ponta de um pôster de propaganda nazista colado na parede de tijolos e rasgou uma longa tira. O cartaz se descolou e caiu na calçada. Um ato de resistência.

– Vamos agir hoje à noite – anunciei, olhando para Truus.

– Por quê? Você acha que algum outro grupo pode pegá-lo primeiro? – questionou Truus, rindo.

– Talvez – respondi.

– E se pegarem, qual é o problema? Um nazista a menos.

– Mas poderíamos cuidar disso logo.

Só a ideia já me deixava animada.

– Que tal fazer direito? – retrucou ela, irritada com minha empolgação para pegar em armas, sem falar no apetite por violência. – Você não é a única que está lutando nessa guerra, sabe...

Truus parecia perturbada. Era o mesmo sermão que Hendrik costumava passar em Jan: *Vá com calma*.

– Vou começar a vigília amanhã – disse Freddie.

– Tudo bem – respondemos.

Depois de Freddie passar uma semana à espreita, Truus enfim cedeu.

– Vamos agir hoje à noite – anunciou ela. – Esteja pronta às cinco.

Fiquei empolgada.

Uma hora antes de sair, comecei a montar o visual. Os alemães procuravam pela Garota do Cabelo Vermelho, mas, felizmente, meu cabelo continuava preto. Passei a tomar mais cuidado com os disfarces usados em público, dando atenção não só ao cabelo, mas também às roupas e à maquiagem, escurecendo as sobrancelhas e os cílios com a ajuda da bolsinha de cetim que Sonja esquecera. Eu gostava do processo de transformação, do pó de arroz ao batom vermelho. O vestido azul ainda estava frouxo, mas o coloquei. No baú de bugigangas de Trijntje, encontrei um antiquado par de sapatos de couro envernizado que parecia estar ali desde os anos 1920. Espiando meu reflexo, percebi as manchas de sangue desbotadas no corpete e na saia, mas elas se confundiam com sujeira comum. Ninguém mais se vestia com esmero, e todas as nossas roupas estavam velhas e surradas.

Apesar das incômodas manchas marrons, aquele continuava sendo meu vestido mais bonito.

– Meu Deus, Hannie, você ainda não está pronta?

Truus entrou apressada e ficou observando enquanto eu me maquiava. Eram quase cinco horas. Ela aprovava meu disfarce – exigia, na verdade –, mas não tinha muita paciência para a vaidade. Eu sabia disso e não me importava. A vaidade me deixava mais forte. Pensei na expressão que eu vira uma vez num livro infantil sobre indígenas e caubóis: *pintura de guerra*.

– Quase – respondi, alongando os cílios ruivo-acobreados com o pincel delicado do rímel.

– Vamos nos atrasar. E se nos atrasarmos muito, vamos ter que...

– Truus!

Minha mão tremeu, e eu me esforcei para não piscar. Ainda era iniciante naquilo.

– Me dê um minuto.

– Você está procrastinando – resmungou ela.

– Não estou, não. Talvez esta seja a coisa mais difícil que vou fazer a noite toda.

– É, estou vendo – disse ela, rindo. – Vamos logo.

Eu admirava o pragmatismo de Truus, mas às vezes ela me deixava louca; era tudo preto no branco.

– Veja bem, Truus, podemos morrer esta noite, certo? Então me dê só mais um segundo para fazer isso direito – falei.

Eu não queria tentar explicar o que eu estava fazendo porque ela não entenderia. Finalizei o olho direito e pressionei os cílios para cima com as pontas dos dedos para curvá-los, um truque que aprendi observando Sonja no quarto dela, em Amsterdã.

– Você está ótima – elogiou ela.

– Só ótima? – provoquei, dando uma voltinha para exibir o resultado do meu esforço. – Se eu tiver que morrer hoje à noite, Truus, vou morrer bonita – argumentei, dando uma piscadinha.

O rímel úmido fez a pálpebra grudar, mantendo meu olho fechado.

– Droga.

– Rá! – Truus riu da minha cara. – Não morra agora. Vamos sair em cinco minutos.

TRUUS, FREDDIE E EU PEDALAMOS PELO caminho mais longo para evitar as barreiras policiais e chegamos à rua da casa do oficial Hertz pouco antes do toque de recolher. Já estava escuro, e um vapor branco saía de nossa boca para o ar úmido e gelado. Sentíamos frio o tempo todo, mas pelo menos as pilhas de lixo nas esquinas não cheiravam tão mal.

A vida de Hertz era monótona e previsível. Sabíamos todos os seus passos; eram sempre os mesmos. Ele seguia direto para casa depois do trabalho e voltava para lá de manhã. A única complicação talvez fosse sua namorada holandesa. Às vezes ela ficava na casa dele, às vezes não. Truus e eu demoramos cinco minutos para decidir que atiraríamos nela, caso necessário. Mais uma traidora.

Truus olhou para o outro lado da rua e fez um sinal positivo com a cabeça.

– Área livre. Freddie acabou de dar o sinal.

Procurei Freddie, mas ela era invisível. Nossa arma secreta. Truus e eu começamos a caminhar em direção à casa de alvenaria com telhado duas águas que Hertz havia roubado de alguma família de Haarlem. Combinamos de manter uma conversa amena, feito duas jovens senhoritas comuns, duas amigas pegando um ar fresco antes do toque de recolher.

– É aqui – disse Truus.

Imponente e grandiosa, assim como todas as outras do quarteirão, a casa irradiava algo de ameaçador, uma vez que sabíamos quem estava lá dentro.

– Você fala – ordenou Truus –, já que se deu a todo esse trabalho. – Ela indicou meu rosto maquiado. – Você está bonita. Ele vai gostar.

– Como você sabe? – perguntei.

– Os homens não são assim? – retrucou ela, com razão.

Bati à porta. Não se tratava de uma operação secreta, e esse era um dos pontos fortes do plano. Ninguém esperava que um assassino batesse educadamente à porta da frente. Ouvi uma voz masculina gutural seguida de uma fala feminina mais aguda. Alguém espiou pela janelinha primeiro, então abriu a fechadura, e uma mulher enfiou a cabeça pela fresta.

– *Wie bent u?*

Quem é você?

O som da voz holandesa me deu arrepios. Ela era um mulherão: loura, olhos azuis, seios fartos. Devia ser só um pouco mais velha do que eu. Nossa infância não devia ter sido assim tão diferente. Mesma cidade, mesmo país. Talvez tivéssemos frequentado a mesma escola. Teria ela vibrado no dia em que Hitler ocupou o país? Ou teria sido obrigada a tomar algumas decisões que a levaram a morar com um nazista? Percebi que eu não me importava com isso. Ali estava ela.

– *Wat wilt u?* – insistiu. O que você quer?

A mulher parecia muito bem alimentada. Bochechas redondas e coradas. Os seios fartos preenchiam o suéter macio e limpo, sem furos de traças, marcas de queimadura ou mangas desfiadas. Qualquer resquício de simpatia que eu pudesse sentir por ela evaporou.

– *Ja*, olá – falei com voz clara e vibrante. – Viemos trazer uma mensagem para o oficial Hertz. É sobre o transporte de alimentos vindos da província da Frísia.

Essa era uma fala que usávamos muito nas ações de Resistência. Hendrik dizia que era específica o suficiente para soar legítima, mas vaga o bastante para parecer um mal-entendido. Fiquei esperando por uma resposta.

A loura hesitou, e eu senti um frio na espinha. Ela olhou para Truus e, em seguida, me examinou dos pés à cabeça, fixando o olhar no meu rosto. Não era um olhar de reconhecimento. Estava mais para *Quem é essa mulher bem-vestida querendo falar com meu namorado?*

Ela fungou.

– *Een momentje* – disse, fechando a porta.

Truus me deu uma cotovelada, animada. Até ali, tudo certo. Ouvimos as duas vozes outra vez, agora em alemão.

– O que ele está dizendo? – perguntou Truus.

– Alguma coisa sobre não querer ser incomodado depois do trabalho.

Estávamos prestes a descobrir.

Passos firmes se dirigiram à porta. Que voltou a se abrir. Um homem grande, com cerca de 1,80 metro, com as bochechas murchas de um mastim. Ao nos ver, sua expressão passou da irritação à curiosidade mal-humorada. Fiquei me perguntando se a namorada estava no corredor.

A porta se abriu um pouco mais, e ele teve que recuar um passo para acomodar algo que eu não tinha visto por bastante tempo: uma imensa e redonda barriga. O brilho metálico da fivela do cinto mal era visível sob a pança. Aliás, ele estava limpando migalhas de comida da boca. Nossa comida. Qualquer coisa que eles estivessem comendo ali tinha sido roubada do povo holandês. Fiquei com água na boca, mesmo contra a vontade. Segurei a pistola, ainda enfiada no bolso do casaco.

– *Ja?* – cumprimentou ele, com a voz áspera, como se zombasse. Não era um homem acostumado a ser importunado. – Que mensagem tão importante é essa que preciso interromper o jantar?

Percebi a discreta movimentação de Truus, e, num segundo, nossas duas pistolas estavam na cara dele. Assim que apertei o gatilho, vislumbrei uma centelha de entendimento naqueles olhos aquosos: *Então é assim.*

Atiramos juntas, as duas mirando na cabeça. BAM. BAM.

Eu me abaixei para evitar respingos e corri para pegar a bicicleta. Truus foi em direção à dela. Por um instante, tudo estava calmo, então ouvi um grito:

– Socorro! Alguém! – berrou a mulher.

Truus e eu partimos em direções opostas. A voz da mulher sumiu atrás de nós.

Dez minutos depois, estávamos nas margens do rio Spaarne, nas redondezas. Na escuridão da noite, o rio era silencioso e parecia macio feito seda preta. A única coisa que eu ouvia eram as batidas do meu coração. Me senti tonta, mas isso acontecia muito naqueles dias.

– Vocês estão bem? – perguntou Freddie, espichando a cabeça por trás de uma árvore.

Assentimos.

– Que bom – disse ela, sentando-se na grama úmida.

Freddie apontou para o suéter de Truus, com manchas escuras na costura no ombro. Ela gesticulou para que a irmã as limpasse, mas Truus a ignorou e me encarou. Seria eu uma daquelas pessoas que não se davam conta de um ferimento terrível? Uma vez eu vi um homem assim em Amsterdã, caminhando calmamente pela calçada, enquanto o lado esquerdo de seu escalpo, incluindo a orelha, pendia sobre o ombro como um trapo molhado. O homem parecia não ter consciência daquilo. Truus se aproximou, lambeu a ponta do polegar e o pressionou na covinha acima de meu lábio superior e abaixo do meu nariz, limpando alguma coisa num gesto ao mesmo tempo grosseiro e gentil.

– Bigode de sangue – disse ela. – Está arruinando sua maquiagem. –

Deu um sorrisinho com o canto da boca. – Pronto, agora você está bonita outra vez.

– Obrigada – falei, verificando o batom num espelhinho quebrado. – Truus?

– Sim?

– É imaginação minha ou você gritou "Assassino!" quando nós... sabe...

*Quando nós atiramos nele.*

– Achei que seria uma cortesia. – Ela olhou para o canal, e o sorriso se desfez. – Eu queria que ele soubesse o motivo.

– Ele sabia – disse Freddie.

– Bom, agora a namorada sabe também – comentou Truus.

Não dava para dizer que nós três estávamos exatamente felizes. Mas estávamos satisfeitas. Permanecemos em silêncio, observando o movimento das águas. Todas as árvores que outrora margeavam o canal tinham sido cortadas para servir de lenha e agora a sequência de tocos parecia um caminho de pedras que leva ao mar. A paisagem congelada era bonita mas desolada.

– Hannie? – chamou Freddie, quebrando o silêncio.

– Sim?

– Estou vendo as raízes do seu cabelo. Eu ia avisar hoje mais cedo.

– Ok, vou cuidar disso – respondi.

Era raro eu conferir as raízes do meu cabelo no espelho, então agradeci a informação.

Ficamos ali, pensando, fumando.

– O que vocês acham que vai acontecer – perguntou Freddie, ainda olhando para a água – depois da guerra?

– Desfiles? – sugeriu Truus. – E comida, espero.

– Não, estou falando de nós. O que vai acontecer conosco?

Truus encarou a irmã caçula.

– Como assim?

– Bom, vamos apenas retomar a vida normal? Escola e tudo o mais?

Era tão fácil esquecer que Freddie não tinha sequer terminado o ensino médio.

– Não acho que as coisas vão voltar ao normal – disse Truus. – Mas vai ser bom. Você vai receber uma medalha. Por bravura e lealdade à sua pátria.

Truus deu um tapinha no ombro da irmã.

– Aposto que você vai ser a pessoa mais jovem a receber uma.

– Se eu ganhar, vocês duas também vão, com certeza – retrucou Freddie. – Eles vão organizar um desfile para nós três. As Garotas da Resistência.

– Vamos aparecer ao lado da rainha – disse Truus, com uma risadinha. – Ostentando as medalhas, acenando para os fãs apaixonados.

Freddie riu ao imaginar a cena.

– O que você acha, Hannie?

Truus olhou para mim.

A conversa me deixou desconfortável. Eu não sabia o que dizer. Não me sentia segura para falar.

– A Garota do Cabelo Vermelho! – bradou Freddie, imitando o sussurro de uma ovação. – Você será considerada uma heroína.

Balancei a cabeça.

– Não me diga que, depois disso tudo, você vai voltar para a faculdade e se tornar uma advogada enfadonha – protestou Freddie.

Eu sorri.

– Não, acho que não.

Eu tinha uma resposta para as duas, mas não queria assustar Freddie.

– Uma advogada toda certinha? Talvez não seja mais possível – falei.

Elas riram.

Não contei a elas que, quando eu tentava visualizar a vida no pós-guerra, via as bandeiras e a festa, via a rainha, via até Truus e Freddie. Mas eu nunca estava com elas.

# Capítulo 33

Inverno de 1944

A cozinha de Trijntje tinha dois fogões. Um era o tradicional de ferro fundido que costumava queimar o dia inteiro para aquecer a casa e preparar a comida. Acabou relegado a uma única sessão diária para aquecer a casa-barco, já que carvão e madeira estavam cada vez mais escassos. Esperávamos até o gelo começar a se acumular no lado de dentro das janelas antes de gastar nosso precioso combustível, os pedaços de tábuas retirados dos escombros de prédios demolidos ou que apareciam boiando às margens do canal e deixávamos secando no convés sob o sol fraco do inverno. Para cozinhar, usávamos uma espécie de fogareiro improvisado graças à criatividade de Freddie: uma grande lata que podia ser aquecida com combustível, caso houvesse algum disponível, mas que quase sempre funcionava à base de um monte de velhos livros de contabilidade que tínhamos encontrado num prédio comercial abandonado. Anos de números e equações manuscritas viraram fumaça para aquecer nossas escassas refeições.

– Hum, chocolate quente – disse Truus, inalando o vapor da xícara de água fumegante.

Freddie fechou os olhos e imaginou a bebida também.

– Gostaria de mais um pouco de creme no meu, obrigada – brincou ela, com um sorriso cansado.

Com seu rosto em formato de coração e olhos amendoados, Freddie sempre me lembrava uma pequena ninfa da floresta, ainda mais agora, com o queixo afinado, as maçãs salientes e as bochechas de menina sugadas pela desnutrição. Fantasiar o que gostaríamos de comer ocupava uma boa parte do nosso tempo livre.

– *Poffertjes* – mencionou Truus. – Meu Deus, eu conseguiria comer uma panela inteira.

Lambemos os lábios pensando nas minipanquecas de trigo-sarraceno que costumavam ser vendidas em barracas de comida espalhadas por toda a cidade naquela época do ano, servidas com açúcar e geleia... mas não naquele ano.

– *Pannenkoeken* – sugeri – com maçãs e calda.

As irmãs assentiram vigorosamente, imaginando os finos e delicados crepes.

– Nham – murmurou Freddie, e então foi dominada por um acesso de tosse.

Truus e eu trocamos um olhar por sobre a cabeça abaixada de Freddie, que andava tossindo o tempo todo. Enfim, muita gente andava tossindo.

Diante da pia, Trijntje preparava beterrabas-sacarinas para o jantar, um longo processo que incluía fatiar, picar, ferver e, às vezes, fermentar a raiz branca e dura até obter uma polpa que pudesse, com cebolas e algum tempero, ser considerada comida.

– A fome é o melhor tempero – disse ela.

Minha mãe falava a mesma coisa.

– Poderia ser pior – continuou ela. – Poderiam ser bulbos de tulipas.

– Nem pensar – retrucou Truus, mas ela estava séria.

– Não, é verdade – insistiu a mãe. – A Sra. Hondius me contou que fez um refogado de bulbos de tulipas para o jantar e que, com um pouco de curry, ficou até bom. Mas ela alertou para os bulbos de croco. Fibrosos demais.

Trijntje balançou a cabeça imaginando a "comida" e enfiou o dedo na boca para encaixar um dente de alho ao lado de um molar que vinha lhe causando dores havia semanas. Era uma luta até para encontrar um dente de alho naqueles dias.

Truus, Freddie e eu nos entreolhamos, e Freddie deu de ombros, limpando a boca após o acesso de tosse.

– Ontem vi um garoto comendo grama perto do canal – contou ela.

– Não faça isso – avisou Trijntje. – Dá dor de barriga.

– Não se preocupe, nunca vou passar tanta fome assim.

– Sério, agora – falei, tentando fazer minha parte pelo estado de espírito do grupo, erguendo a caneca quente como quem propõe um brinde. – Qual vai ser nossa próxima tarefa?

Truus apoiou os pés sobre uma cadeira e não parecia ter pressa alguma em avançar com as ações.

– Talvez seja melhor esperar para ver se eles vão fazer as tais batidas do Natal.

As batidas policiais do Natal. Todo tipo de rumor circulava pela rede da Resistência, planos que ficávamos sabendo através de Trijntje. Era tudo coisa da Operação *Silbertanne*: diligências para localizar os "encrenqueiros" (pessoas sem residência fixa, ciganos, homossexuais, qualquer um de quem eles não gostassem), assédios mais abusivos nas barreiras, prisões em massa de *onderduikers* durante as festas de fim de ano. Qual era a diferença entre isso e qualquer outro momento dos quatro anos anteriores? Eu sempre admirei o senso de cautela de Truus, mas não conseguia me importar tanto com as ameaças da *Silbertanne*. Então eles responderiam à nossa violência com a violência deles? Nenhuma novidade. Ter uma missão – alguém para vigiar e abater ou um pacote de cartões de racionamento para entregar a uma família necessitada – ajudava a me distrair da infinita, dolorosa e esmagadora monotonia da fome crônica.

TRUUS ME SACUDIU NA MANHÃ SEGUINTE, antes de o sol nascer.

– Vamos.

Não era hábito dela, ou de qualquer uma de nós, acordar cedo naqueles dias. Ficávamos na cama o máximo de tempo possível, tanto para nos manter aquecidas quanto para poupar energia.

– Aonde estamos indo?

– Levante-se – disse ela. – Vou lhe dar uma carona.

Subi na garupa da bicicleta e abracei a cintura de Truus, apoiando a cabeça em suas costas.

– Acho bom valer a pena – murmurei, tentando limpar as teias da minha mente em meio ao breu matinal do inverno. As manhãs eram escuras naquela época. Tudo era, exceto a neve branca.

Pedalamos por dez minutos antes de parar.

– Lá – disse ela. – Não desça da bicicleta.

Era um típico bairro residencial de Haarlem, com apartamentos e pequenas casas para famílias jovens. Eram mais ou menos seis horas, e as ruas estavam vazias. Os alemães permitiam apenas duas horas diárias de aquecimento a gás, então as pessoas esperavam dentro de casa até o dia ficar um pouco mais quente para saírem. Apesar disso, do outro lado da rua, duas dúzias de pessoas estavam aglomeradas em grupos familiares, tremendo de frio, embrulhadas em casacos e lençóis, diante de uma fileira de oito casinhas. Algumas estavam descalças. Soldados da Wehrmacht as mantinham juntas, com suas longas armas a postos.

– O que está acontecendo?

– Freddie ouviu que talvez houvesse algum tipo de represália hoje de manhã. *Silbertanne*.

Minhas mãos começaram a formigar, e segurei Truus com mais força, dizendo a mim mesma que deveria me manter aquecida. Todo mundo sabia das retaliações. Mas eu nunca tinha testemunhado com meus próprios olhos. Um pânico difuso ecoou em meu cérebro, uma novidade naqueles dias. Só que não havia o que fazer.

Gritos guturais perfuraram o silencioso ar da manhã. Alguns soldados alemães marcharam em direção às oito casinhas e seus moradores expulsos. Os rifles pendiam contra suas costas; em vez de empunhá-los, eles seguravam tochas acesas e latas de querosene. Em questão de segundos, cada uma das casinhas foi incendiada, as chamas alaranjadas invadindo a paisagem cinzenta e as ondas tremeluzentes de calor escapando das estruturas conforme os soldados encharcavam os fundos das casas com mais querosene.

As pessoas amontoadas se aproximaram ainda mais umas das outras, algumas soluçando. As crianças choramingavam. Um comandante gritou e o choro silenciou. Vi um vizinho mais adiante espiar para saber o que estava acontecendo. Assim que viu os soldados, abaixou-se para voltar para dentro. Mas eles já o tinham visto também e marcharam até sua porta, arrastando-o para fora, de meias, a fim de que testemunhasse o espetáculo.

– Malditos – disse Truus.

– Por que esses pobres coitados? – perguntei.

– Nenhuma razão em particular. Totalmente aleatório. Eles só querem fazer alguém pagar.

Truus cuspiu no chão, e seu corpo vibrou de tensão ao meu lado. Aquelas pessoas estavam pagando pelo que havíamos feito. Ou pelo que havíamos tentado fazer. E vínhamos fazendo ao longo daqueles últimos dois anos.

Outro curioso dobrou a esquina e parou ao ver a comoção. Os soldados correram até ele e o posicionaram ao lado do vizinho de meias. Estavam reunindo o maior número possível de testemunhas. Com o cano dos rifles, os soldados separaram os homens e as mulheres. Depois, separaram as crianças das mães. As mulheres começaram a gritar e a reagir, e os soldados as reprimiram com socos e cassetetes. Os homens se esforçaram para acudir suas esposas e filhos, mas os soldados os mantinham sob a mira das armas.

– Coloquem as mulheres na van – ordenou o *Kommandant*.

Os soldados arrastaram as mulheres até a traseira das terríveis vans de transporte, fechando as portas e trancafiando-as lá dentro. Elas pressionavam o rosto contra o vidro das janelinhas, ainda gritando. Os socos barulhentos ressoavam nas laterais do veículo.

– Traga-o aqui – mandou o *Kommandant*, apontando para um homem de cabelos castanhos vestido num pijama de flanela.

Ele parecia ter uns 30 anos. O *Kommandant* se virou para o grupo de crianças, com idades de 2 ou 3 anos até adolescentes.

– Quais desses são seus?

O homem começou a tremer, seu semblante desmoronou.

– Não – disse ele.

– Fale ou vou atirar em todos eles – disse o *Kommandant*, sem alterar a voz.

– Não – repetiu o homem.

As batidas dentro da van se tornaram mais altas, feito a percussão de uma orquestra.

– Não.

– Muito bem – disse o *Kommandant*, que ergueu a pistola com o braço estendido e semicerrou um dos olhos.

– Espere! – berrou o homem, lutando para se livrar dos soldados que o prendiam. – Daniel! Maria! – chamou ele, o som terrível de um pai desesperado.

Um soldado separou duas crianças do grupo. Daniel era um menino esquelético, talvez com 13 anos. Maria parecia ser um pouco mais nova. Ambos tremiam, os dentes batiam sob o ar gelado, os olhos cintilando de medo.

– Fiquem com o pai de vocês – disse o *Kommandant*.

As crianças correram para o lado do pai, chorando. Os soldados o libertaram, e ele abraçou as crianças, ajoelhando-se na calçada para mantê-las mais perto.

Enquanto isso, os soldados começaram a recuar. O calor que vinha das casas em chamas soprava na direção da família, erguendo as roupas finas e os cabelos do trio como se fosse uma brisa de verão. Quando os soldados estavam a alguns passos de distância, o *Kommandant* falou outra vez:

– Atirem!

Os soldados ergueram as armas e atiraram no pai e nos dois filhos, reduzindo-os em segundos a uma pilha de corpos ensanguentados.

Uma onda de fúria sacudiu a van. Os homens na calçada tentaram se libertar, e eu vi um soldado espancar um dos maridos com o cabo do rifle até o rosto do homem ficar vermelho. As outras crianças gritavam e soluçavam.

– Próximo – disse o *Kommandant*.

Um soldado empurrou outro homem à frente. Cada um que se aproximava lutava, tentando decidir o que fazer. Chamar os próprios filhos? O filho de outra pessoa? O som que vinha de dentro da van parecia saído das profundezas do inferno. Não importava o que os homens fizessem; todos seriam assassinados de uma forma ou de outra. Por fim, restavam apenas um homem e duas crianças, um menino com uns 7 anos e uma menina um pouco mais velha. Irmão e irmã. Eles estavam paralisados, congelados, nem choravam mais. Atordoados. O *Kommandant* andou até eles.

– Aquele é seu pai? – perguntou, com a voz mansa.

A menina mais velha fez que sim.

– Tragam-no.

O homem correu para os filhos, o tempo todo de olho no *Kommandant* e nos soldados, apavorado, posicionando o corpo entre as armas e as crianças.

– Shh – disse o *Kommandant* quando o menininho começou a choramingar. – Não chore, pequenino. Preciso que você faça uma coisa muito especial. Você faria?

O garoto estremeceu. A parte interna de suas calças ficou escura com a urina.

– Preciso que você diga ao seu pai e à sua mãe... e à sua irmã, essa grande garota aqui... que eles precisam trabalhar para proteger o país, entendeu? Para mantê-lo livre de vermes, ciganos, judeus, amiguinhos de judeus, rebeldes e qualquer um que ficar no caminho do progresso. Não é tão difícil, é?

O garoto permaneceu em silêncio. Todo mundo permaneceu em silêncio. Até as mães dentro da van.

O *Kommandant* ergueu a vista.

– Essa é a nossa mensagem, ok?

Ele olhou para os dois retardatários na calçada, que haviam sido selecionados como testemunhas. O rosto deles estava molhado de lágrimas e vermelho de raiva.

– Digam isso aos seus amigos – anunciou o *Kommandant*. – Não fomos nós que matamos essas pessoas. Foram os judeus escondidos nos armários. Os amiguinhos de judeus que acham que estes vermes merecem mais do que vocês, holandeses honestos. Os membros da Resistência, covardes que agem nas sombras, foram eles que fizeram isso. Estamos apenas tentando manter a paz.

Ele girou nos calcanhares, voltando-se para o homem e as crianças. Eles tremeram.

– Calma, calma.

Ele enfiou a mão no bolso superior do uniforme e pegou duas balas embrulhadas em papel-celofane, jogando-as para o menino e a menina, que as deixaram cair no chão.

– Desculpe, papai – disse o *Kommandant* para o homem. – Só para as crianças.

Ele acenou para os soldados, e eles retomaram a formação em impecáveis fileiras de três.

– *Auf Wiedersehen* – despediu-se ao entrar na cabine da van, onde as batidas tinham reiniciado. Ele estendeu o braço e fez a saudação. – *Heil Hitler.*

– *Heil Hitler!* – gritaram os soldados.

A van com as mulheres deu partida, sacudindo com o desespero das mães angustiadas. As duas testemunhas correram até o homem e seus filhos, ainda ajoelhados na calçada. Quando a van dobrou a esquina, o menino e a menina pegaram as balas e as enfiaram na boca. Estavam famintos.

– Segure a bicicleta – pediu Truus.

Peguei o guidão, e Truus correu para a lateral de um prédio, vomitando sobre uma pilha de lixo na calçada. Ela permaneceu com o corpo curvado, os cotovelos apoiados nos joelhos, com ânsias, mas sem expelir nada. Não havia comida suficiente em seu estômago para botar para fora. Truus secou a boca na manga e olhou para mim, como se esperasse que eu me juntasse a ela.

No entanto, continuei segurando a bicicleta com as mãos trêmulas, os pensamentos reduzidos a um vazio branco como a neve. Eu estava arrependida do ataque a Hertz? Não. Eu ainda odiava aquele criminoso. Hertz, Faber e Kohl? Não, eu não me arrependia. Eu me sentia culpada por executar um trabalho que causara a morte de pessoas inocentes como aquelas logo ali? Não. E, de certa forma, sim. Era perverso e sem sentido.

Tudo era cruel e sem sentido.

Fiquei olhando as casas consumidas pelo fogo. A rua devia ter sido uma vizinhança bonita e arborizada. Agora, não só todos os imensos ulmeiros, que antes projetavam sombras generosas, foram cortados pela raiz para virar lenha, como várias casas tinham sido destruídas. Provavelmente os judeus viviam ali e, depois que eles desapareceram, seus móveis e todo e qualquer assoalho de madeira, viga, barrote e corrimão foi arrancado para prover algum calor. Como o restante de nós, aquelas casas não sobreviveriam ao inverno. A própria cidade estava morrendo.

– Não devíamos ter vindo – disse Truus.

– Não. Foi bom termos vindo – rebati, as palavras escapando da minha boca como se fossem uma confissão. – Somos a plateia que eles queriam ter.

– Que se fodam! – xingou Truus, manobrando a bicicleta para fora do esconderijo.

– Espere – falei. – Ouça.

Voltamos a ouvir a van que havia desaparecido na esquina. Estava voltando. Recuamos. A van parou diante do homem e das crianças, e uma mulher foi empurrada para fora do veículo. Ela correu para se juntar a eles, soluçando. Agarrou as crianças pelas mãos e começou a correr pela rua, para longe do fogo, com o marido em seu encalço.

O *Kommandant* saltou da van, posicionou-se com as pernas bem abertas e mirou no quarteto cambaleante com a calma de quem está num estande de tiro. BAM. A mãe caiu sobre a calçada. Seus filhos desabaram sobre o corpo, chorando e tentando reanimá-la. O pai também. BAM. O *Kommandant* segurou a pistola com as duas mãos. BAM. BAM. BAM. Nada mais se mexia. O interior da van estava em silêncio. O *Kommandant* acenou para o soldado, voltou para a van e foi embora. As duas testemunhas se apoiaram uma na outra, vendo o veículo desaparecer.

Truus tapava a boca com as mãos.

– Hannie – murmurou ela.

Meus dedos se enrolaram na boneca de lenço que Truus me dera, amarfanhada na palma da mão.

– Truus.

Truus estava pálida como papel. Lágrimas começaram a rolar em seu rosto sardento.

– Não podemos parar, Truus – falei, segurando a mão dela. – Eles não vão.

# Capítulo 34

21 de março de 1945

O MASSACRE DA OPERAÇÃO *SILBERTANNE* pairou sobre nós nos meses seguintes, pesado como um manto de chumbo, justamente como pretendiam os nazistas. Para me animar, Freddie me trouxe uma maçã bichada, descartando os pedaços mais nojentos. Eu não estava exatamente triste. Apenas anestesiada. Até os soldados alemães, sobrevivendo à base da comida roubada dos lançamentos aéreos feitos pelos Aliados, pareciam ter perdido um pouco da ferocidade. Eu ainda pensava no que acontecera com meus pais, Philine e Sonja? Claro que sim. Mas eu estava tão cansada...

Havia boas notícias em outras partes da Europa. Os Aliados adentraram cidades e vilas holandesas ao sul, prendendo e recolhendo os nazistas em camburões. Mas não ali. Ali, a cada dia o ar se tornava mais frio, as rações, menores, e os assassinatos e sequestros, mais numerosos do que no dia anterior. Chamamos tudo isso de Inverno da Fome.

Muitos achavam que a Ocupação acabaria a qualquer momento. Mas o que de fato significaria o fim da guerra? Comida, talvez? Eu não tinha mais energia para pensar nisso.

Freddie e Truus me deram mais uma reprimenda, dizendo que eu precisava me manter ativa, me distrair.

– Tudo bem – respondi. – Faço qualquer coisa. Quem é o alvo?

– Nada de alvo – disse Truus.

Ela não me confiava mais nenhuma missão, não no estado em que eu me encontrava.

– Distribua alguns jornais, que tal?

– Claro.

Assim, na tarde seguinte, pedalei até o local combinado a fim de pegar um lote de jornais clandestinos para distribuir. O bom e velho *De Waarheid. A Verdade*. Enfiei tudo na mochila e segui meu caminho. Eu já tinha feito esse tipo de entrega mil vezes, e Truus tinha razão; era um bom trabalho. Respirei algumas lufadas de ar fresco. Entregas. Como nos velhos tempos, ajudando a enfermeira Dekker. Parecia ter sido um século antes, mas na verdade se passaram menos de três anos.

ESTAVA FRIO LÁ FORA, MAS UM AROMA quase primaveril dava à tarde um frescor acolhedor. Os raios de sol ziguezagueavam por entre os prédios ao longo do canal, mais cálidos, mais intensos do que no dia anterior. Algumas andorinhas cortavam o ar em voos rasantes sobre a superfície da água e traçando novas voltas graciosas no céu. Era um alívio ver que nem toda criatura viva estava desconsolada. Em vez de pedalar, segui empurrando a bicicleta, apenas para vê-las voar.

O canal Jan Gijzen era largo e calmo. Havia poucos barcos passando, mas tudo estava tranquilo e silencioso. Ouvia-se o ronco de caminhões militares. E gaivotas.

Então um cachorro latiu. Não era comum ver cães por aí. Segui o som e vi um pequeno vira-lata preto e branco, desgrenhado como um esfregão, no telhado de uma casa-barco atracada perto da ponte Jan Gijzen. Assim como os pássaros, o cão não sabia que estava no meio de uma guerra.

– *Koest, koest* – disse uma voz feminina. Silêncio, pedia ela.

A porta da cabine fez um rangido. Uma mulher da idade da minha mãe a escancarou e surgiu de costas, arrastando uma cadeira de vime na qual se acomodava outra mulher, mais velha e encarquilhada, talvez mãe da primeira, envolta em mantas caseiras. A filha deu um último puxão na cadeira, passando-a pela porta estreita, e as duas por pouco não acabaram caindo no convés. De alguma forma, a filha aprumou a velha cadeira no último instante e elas ficaram bem, cambaleando e rindo da própria situação. A mulher mais velha ergueu o rosto para o sol minguante como se estivesse emergindo após uma longa hibernação, uma velha ursa-cinzenta. A filha posicionou a mãe de frente para o sol. O cão pulou do telhado da cabine para o convés e, de lá, para o colo da velha, que o envolveu como uma boneca. Ele se contorceu, balançando a cauda. E lambeu o rosto dela.

– Ah, Ralf! – reagiu ela, rindo.

Eu ri. A risada me pegou de surpresa.

Eu estava andando paralelamente à casa-barco, e, ao me ouvirem, mãe e filha acenaram em cumprimento. O cachorrinho latiu para mim, e todas nós rimos. Acenei de volta. Ralf latiu outra vez. A filha desapareceu dentro da cabine. A mãe se recostou em seu trono de vime. Eu não conseguia parar de observá-las, fascinada com a normalidade exótica da cena.

A filha voltou a emergir, dessa vez com duas canecas de chá nas mãos. Teriam sido sempre só os três, mãe, filha e cachorro, ou houvera no passado um marido, um pai, um filho? Como elas sobreviviam à escassez de comida, ao inverno congelante, aos vazamentos no barco?

– Senhorita, cuidado! – alertou alguém.

Eu estava tão concentrada nas duas mulheres que tinha desviado a bicicleta rumo aos sacos de areia na extremidade da rampa que levava à ponte.

– Perdão – falei, me dirigindo às pessoas na fila, à espera de cruzar a barreira policial.

Havia uma em cada ponte agora. Recuei a bicicleta e contornei até o fim da fila, atrás de dezenas de pessoas. Era um processo lento, uma vez que os soldados lá na frente exigiam documentos, fingiam inspecioná-los, faziam algum tipo de comentário rude e autoritário, para só então passar para o próximo cidadão. Ajeitei os óculos falsos no nariz e o lenço na cabeça. *Suspiro*. Eu ainda detestava aguardar em filas.

O cachorro latiu outra vez, e as pessoas no fim da fila viram a filha pegar um graveto e jogá-lo no canal. O cachorrinho subiu no telhado da cabine e se atirou na água, nadando de volta com o graveto entre os dentes, com um sorriso largo que exibia as presas afiadas. Todo mundo na fila riu, e o guarda lá na frente olhou em nossa direção.

A brincadeira continuou: o cão mergulhando na água fria, a mãe e a filha o elogiando a cada retorno, então riam e o afastavam toda vez que ele sacudia o corpo molhado aos pés delas.

– *Was ist los?*

O guarda se afastou de sua posição na barreira e caminhou até o fim da fila para ter uma visão do canal. No barco, as mulheres, indiferentes, continuaram a atirar o graveto. Na fila, ficamos em silêncio. Ouvi o barulho do cãozinho pulando na água outra vez.

Então, vimos o guarda sinalizar para três soldados à toa na ponte. Ele gritou algumas ordens. Os soldados se dirigiram até o meio da ponte e se posicionaram no lado mais próximo da casa-barco. Eles se ajoelharam em sincronia e apoiaram os canos dos rifles sobre a mureta lateral. Ouvi os arquejos das pessoas atrás de mim e percebi o que estava acontecendo.

BAM. BAM. BAM.

Então risada dos soldados.

Estavam atirando contra o cachorro dentro d'água.

BAM. BAM. BAM.

Protestos de raiva e revolta irromperam ao meu redor enquanto assistíamos aos soldados tentarem acertar o cachorrinho que nadava, as balas sibilando rente à cabecinha molhada, emergindo na superfície, os olhos brancos de medo. Gritos se formaram na garganta e logo foram engolidos, a fúria crescente logo reabsorvida pelo corpo. Eu podia senti-la na boca do estômago. Ácida.

Vi as expressões das pessoas ao meu redor contorcidas em repulsa se transformarem em máscaras mudas de raiva. Por fim, um garotinho atrás de mim caiu no choro. A multidão concentrou as emoções nele, mesmo a mãe tentando abafar o barulho, envolvendo o menino em seu casaco para não irritar os alemães. Eles atirariam em qualquer coisa.

Dois homens e um menino no fim da fila desistiram, abandonaram o lugar, afastaram-se da ponte e voltaram pelo caminho de onde vieram. Melhor atravessar em outro ponto ou desistir da travessia. Abandonar a fila era complicado, porque fazia a pessoa parecer suspeita; às vezes, os soldados corriam atrás dos desistentes. Mas eles ignoraram os homens e o menino. A fila suspirou profundamente, uma onda de alívio.

De pé ali, eu sentia cada vez mais dificuldade para respirar. Em cinco anos, a Ocupação tinha conseguido dominar cada aspecto de nossa vida, da comida que consumíamos, passando pelos jornais que líamos, até as aulas que abandonávamos. Ainda assim, o que eu via na fila era o começo do fim. Porque, se os nazistas controlassem também nossa vida interior, ditassem nossos sentimentos, nossas reações humanas à crueldade, à injustiça, à ganância... mesmo que perdessem a guerra, teriam vencido. Estávamos todos ali, fingindo que era normal três homens adultos atirarem contra um cãozinho indefeso...

Não era normal. Não deveria ser.

No barco, a mãe e a filha ainda gritavam para que os soldados parassem, furiosas, o rosto branco de raiva. O guarda no comando se aproximou da margem, e elas ficaram quietas. O cão continuava nadando, suas patinhas na água e o ganido agudo eram os sons mais altos que ouvíamos. Todos olhávamos fixamente para os soldados. Acreditamos que eles tinham terminado o exercício. No entanto, o guarda fez um aceno, e eles voltaram a atirar. Um uivo nítido cortou o ar, e, quando olhamos para baixo, vimos o cachorro nadando, só que mais devagar e em círculos.

– Parem! – ouvi minha própria voz.

As pessoas mais próximas emitiram murmúrios de aprovação, mesmo que instintivamente se afastassem de mim: *Não estamos com ela.*

Os soldados pararam de atirar, e o guarda franziu o cenho. As outras pessoas se reorganizaram na fila. Menos eu. Fiquei parada a alguns passos de distância, observando a filha correr para a margem, caminhar para dentro da água escura e retirar do canal o cachorrinho preto e branco. O animal tremia, encharcado, e parecia um vison, escorregadio e magricela. Um fio de sangue vermelho escorreu pela camisa da mulher, onde ela o abraçou. O cãozinho ganiu e lambeu o rosto da dona, seu corpo inteiro contorcido. A mulher o apertou contra si. A mãe e o filho atrás de mim me puxaram de volta à fila. Eu ia perder o lugar. Quando ergui os olhos foi que a vi, no outro lado da rua, do meu lado da ponte. Truus.

Nossos olhares se cruzaram, e Truus acenou freneticamente, como se já estivesse tentando chamar minha atenção por algum tempo. Levantei a mão, indicando que a estava vendo, e ergui um dedo para avisar que estaria com ela em um minuto. Comecei a manobrar a bicicleta. Afinal, eles não se importaram quando os dois homens e o menino foram embora.

– *Fräulein?*

Era o guarda no comando. Ele caminhou na minha direção, suas feições mais nítidas conforme se aproximava. Devia ser difícil barbear o queixo por causa da covinha. Barba por fazer. Olhos cor de lama. Magro, ombros pontudos e curvados para dentro. Parecia um velho, mas talvez tivesse 24 anos. Minha idade.

– *Entschuldigen Sie, bitte* – falei, com um esforço extra para soar educada em alemão. Com licença, por favor.

Ele pôs uma das mãos na bicicleta.

– *Warten Sie, bitte.* – Pare, por favor. Ele também era educado.

Lancei um olhar para Truus, que ainda me esperava no outro lado da rua. Os olhos dela se estreitaram; ela parecia preocupada, com as mãos nos quadris.

– Não tem problema, estou voltando – informei, abrindo um sorriso para quebrar o gelo.

– *Fräulein.*

Eu o encarei novamente.

– Sim?

– Documentos, por favor.

## Capítulo 35

Eu me perguntei quanto tempo fazia que Truus estava ali, me observando. E por quê.

O guarda segurava o rifle preto tipo bastão que os soldados alemães andavam carregando nos últimos tempos, tão grotesco que parecia o desenho infantil de uma arma; barato, porém mortal, em especial a curta distância. Os oficiais desfilavam perto da guarita, como se achassem que estavam vencendo a guerra pelo simples fato de se manterem naquele posto. Mas os soldados sabiam. Por mais arrasados que estivéssemos, também tínhamos ouvido os rumores. Os Aliados estavam chegando. Finalmente. Dez dias antes, eu tinha cruzado a ponte Jan Gijzen sob o olhar distraído dos soldados, que estavam ocupados demais fofocando.

Não naquela tarde.

– *Guten Abend* – repeti.

Cumprimentá-los em alemão costumava facilitar a interação, mas o guarda magricela não se deixou seduzir. Ele fez um gesto amplo com a arma comprida, ordenando que eu me virasse para que ele pudesse observar meu rosto de todos os ângulos. Ele também virou o rosto: ossos da face pontudos, olhos escuros e expressão de um homem velho que já havia visto de tudo. O que ele via em meu rosto: medo, raiva, fome? Torci para que visse ódio também.

– *Ihre Ausweis, Fräulein* – disse ele, com a voz impassível.

Levei a mão ao bolso do casaco para pegar a identidade. Lembrei a mim mesma de dar uma olhada no documento antes de entregá-lo, caso ele me fizesse perguntas. Eu tinha queimado minha verdadeira identidade dois anos antes, no dia em que entrara para a Resistência.

Mas, quando enfiei a mão no bolso, o documento não estava lá.

– *Mach schon* – disse ele, remexendo os pés dentro das botas desconfortáveis. Rápido.

Isso chamou a atenção de outro soldado, um homem cuja mecha de cabelo oleosa e escura grudada no crânio parecia uma ferida. Ele se aproximou para dar uma olhada.

– *Was ist los?* – perguntou.

O que havia de errado era que eu estava vasculhando todos os meus bolsos e não estava encontrando nada.

– *Warten Sie, bitte* – pedi. Espere, por favor.

Ensebado ergueu uma sobrancelha.

– Você não é alemã – afirmou.

– Não – respondi.

*Mas venho praticando minhas habilidades no idioma com vocês durante os últimos quatro anos, seus desgraçados.*

– Já vou encontrar – falei, pegando a mochila de couro que eu trazia às costas.

– *Halt!* – gritou Ensebado, sacando a pistola.

Cara Pontuda viu e também pegou a sua.

Ergui as mãos, mantendo a calma. Não é porque uma coisa começa mal que vai acabar mal.

– Eu só ia pegar a identidade, como ele pediu – falei.

Cara Pontuda assentiu para que eu prosseguisse a busca, mas, assim que abri a mochila, Ensebado agarrou meu pulso com força.

– Você examina a mochila – ordenou ele, dirigindo-se a Cara Pontuda.

O ar sumiu dos meus pulmões. Engoli em seco, com os joelhos travados.

Parecia que eu estava observando a cena se desenrolar do alto, flutuando feito uma nuvem acima de mim. Havia uma arma na mochila. Se eu levasse uma arma no corpo, evitaria as barreiras. Mas eles já tinham permitido que eu passasse tantas vezes, e sempre corríamos esse risco quando andávamos armados. Como o maldito Jan uma vez me disse: "A arma só funciona se você tiver uma." Ele carregava a pistola consigo todos os dias e dormia com ela embaixo do travesseiro. Ah, Jan que se danasse.

Ensebado pegou minhas duas mãos e as posicionou no guidão da bicicleta.

– Não se mova – ordenou.

Não me mexi. Apoiei-me no guidão para manter o equilíbrio e olhei para o chão. Eu não conseguia ver o que eles viam, apenas sentia meu corpo oscilar para a frente e para trás por causa dos movimentos de Cara Pontuda. Ele abriu a parte da frente da mochila e enfiou a mão lá dentro, vasculhando.

Eu não conseguia respirar. Mas tentei. Truus ainda estaria observando?

– Você é estudante? – perguntou Ensebado, enquanto Cara Pontuda continuava a busca.

Balancei a cabeça.

– Casada?

Balancei a cabeça outra vez. Truus adorava me provocar sobre como eu poderia manter uma conversa com os soldados ao tentar cavar alguma informação. Não naquele momento. Eu estava com vontade de vomitar. Lancei um olhar para trás. Todos que estavam na fila atrás de mim desapareceram, como por um milagre, de volta às ruas da cidade, quando viram que os soldados se distraíram. Eu teria feito a mesma coisa. Graças a Deus era só eu, sem Truus. Mais uma vez, a distância de poucos metros fez toda a diferença. Truus estava em segurança. Respirei fundo. Olhei para Ensebado por trás de meus cílios cobertos de rímel e lambi meus lábios rachados. Talvez eu nunca tenha me sentido tão feia na vida. Meio bruxa, como dizia Truus. Bom, paciência.

– *Wie heiβen Sie?* – perguntei, a voz soou trêmula. Qual é o seu nome?

– *Hält die Klappe!* – sibilou Ensebado, avançando na minha direção.

Me retraí.

*Ok. Vou calar a boca*. Voltei a olhar para o chão. Meu Deus, como eu odiava os nazistas.

– Olhe aqui, jornais – disse Cara pontuda.

Tive a impressão de ouvir uma nota de alívio na voz dele. Apenas jornais.

– Passe para mim – mandou Ensebado, com a voz mais calma.

Um sorriso atravessou seu rosto em forma de triângulo. Pela primeira vez desde que a revista começou, Cara Pontuda relaxou. Ele endireitou a postura.

– *De Waarheid* – disse Ensebado, lendo o nome do jornal.

Significava a mesma coisa em alemão e em holandês: *A Verdade*. Ele pronunciou o título com certa ironia.

Permaneci calada enquanto um suor frio descia pela minha barriga e pelas costas. Comecei a tremer, mas mantive a boca fechada. *Não faça escândalo*, disse a mim mesma. Tarde demais. Eu era o escândalo.

Ensebado agarrou a gola do meu casaco e me puxou tão perto que pude ver os sulcos deixados pelo pente no cabelo besuntado quando ele se penteou de manhã. Reconheci o cheiro doce e rançoso do laboratório de química da escola: formaldeído. Ele pigarreou, como um adulto.

– Maldita. Comunista. Resistência. Escória – sibilou ele, me puxando para mais perto ao pronunciar cada palavra.

Havia algo de podre em sua boca. Um jato quente de saliva me atingiu na bochecha, e eu não tive como limpar. Ele estava esperando uma chance de dizer aquilo a alguém, então repetiu:

– Resistência. Escória.

– Resistência? – perguntou alguém.

Era uma voz nova, menos agressiva.

– *Mal sehen* – disse a voz.

Vamos ver. Um oficial da SS se aproximou vindo do outro lado da ponte. Mais um rosto estreito, dessa vez encolhido sob um quepe militar ridículo de tão grande.

– *Guten Abend* – cumprimentou Chapelão, analisando meus olhos, meu rosto, meu cabelo.

Não tão de perto, eu esperava. A tinta barata estava começando a desbotar, e o ruivo logo se tornaria bem visível. Mas só para quem estivesse de fato atento a isso. Desde o desaparecimento de Philine, Freddie vinha tingindo meu cabelo; alguns dias antes, ela havia se oferecido para me ajudar, mas eu vivia adiando a tarefa, fugindo do procedimento frio e molhado.

– Qual é o seu nome, Senhorita?

Respirei fundo e ouvi o ar retinindo nos meus pulmões.

– Johanna Elderkamp – respondi, mantendo a voz calma.

*Por favor, Deus, faça com que eu esteja carregando apenas a identidade de Elderkamp, não um envelope cheio de documentos falsos e incriminatórios.* Eu costumava ser cautelosa e verificar essas coisas, mas minha cabeça andava confusa, e eu não tinha mais energia para me importar com precauções.

Chapelão deu um passo atrás para me observar melhor.

– O que é tudo isso, então?

Eu estava usando o disfarce, mas qualquer charme natural que eu por acaso tivesse desparecera havia muito. A saia estava folgada no quadril, com um barbante na cintura, e fazia uma semana que eu não tomava banho. O cabelo tingido estava oleoso e amarrado num rabo de cavalo. Eu estava usando óculos feios e falsos.

Dei de ombros, sorrindo.

– Um mal-entendido – falei.

– Ela é da Resistência, senhor – informou Ensebado. – Vou prendê-la.

Chapelão pressionou os lábios finos. Parecia preocupado, não hostil.

– Você a revistou? – perguntou.

– Estava carregando isso – disse Ensebado, apontando para o exemplar do *De Waarheid* jogado no chão.

Chapelão assentiu. Distribuir jornais clandestinos era uma ofensa grave. Mas não era nada comparado a ser flagrada com uma arma. E eles ainda não a tinham encontrado. Poderiam me deixar ir embora.

– Mais alguma coisa? – perguntou ele.

*Não. Por favor.* Eu não conseguia respirar.

– *Nichts Besonderes* – disse Cara Pontuda. Nada de mais.

Chapelão assentiu, e Cara Pontuda enfiou novamente a mão na mochila, retirando os itens um a um e os atirando no chão.

– Lenços, mais jornais, espelho...

No fundo da mochila, estava o cachecol de lã azul e branco que minha mãe tricotou para mim. Enrolada no cachecol estava a pequena pistola preta que Jan me dera muito tempo antes. Carregada, é claro.

– *Bitte, Offizier...* – insisti, dirigindo-me ao oficial. *Por favor.*

– *SS-Sturmbahnführer* Lages – disse ele, me concedendo a graça de informar seu nome. – Willy Lages.

Eu já tinha ouvido falar dele. Willy Lages era famoso, um líder da Operação *Silbertanne*. Senti vontade de apertar aquele pescoço magricela com minhas próprias mãos, de machucá-lo. Em vez disso, dirigi-lhe um olhar que significava: *Vamos lá, meu amigo, nós dois sabemos que isso é ridículo. Vamos lá. Por favor.*

– Para onde vai levá-la? – perguntou ele ao soldado.

Então eu estava sendo presa. Truus ainda estaria assistindo a tudo? Eu sabia que sim, e isso era horrível. Eu conhecia a agonia da impotência.

– Estação Van Gijzen, senhor.

– Leve-a para Ripperdastraat – ordenou ele. – Me espere para o interrogatório.

– Mas se ela é da Resistência...

– Freuler – disse Lages, calmamente.

– Senhor?

A mandíbula de Ensebado/Freuler se contraiu.

– Freuler – repetiu ele.

Os olhos de Freuler se arregalaram.

– Senhor?

– Leve-a para Ripperdastraat.

– Sim, senhor.

Freuler assumiu a posição de sentido e ergueu a mão numa entusiasmada saudação *Heil Hitler*. Cara Pontuda tratou logo de imitar. Ripperdastraat. Os nazistas ocuparam a loja de departamentos de três andares na Ripperdastraat para instalar o quartel-general da *Sicherheitsdienst* em Haarlem: a SD. Ou seja, Operação *Silbertanne*. Esse era o trabalho deles.

Mas poderia ter sido pior. Pelo menos não estavam me levando para Amsterdã. Se eu fosse para Ripperdastraat, poderia dar um jeito de escapar. Eu tinha quase certeza de eles nem tinham uma cadeia de verdade lá. A tensão no pescoço e nos ombros diminuiu um pouco.

– *Vielen Dank* – falei em alemão para Lages, tentando demonstrar gratidão.

Ele me lançou um olhar, sua expressão imperscrutável. Para Freuler, disse:

– Espere por mim.

– Sim, senhor.

Cara Pontuda me agarrou, seus dedos se fechando em torno do meu braço. Uma van preta já estava à espera às margens do canal. Malditas vans. Ele me conduziu, me empurrou para dentro, e as portas de aço se encaixaram com uma batida barulhenta. Fiquei nas pontas dos pés para espiar por uma janelinha, mas só consegui ter uma vista parcial do que acontecia lá fora. Soldados caminhavam de um lado para outro, tentando parecer ocupados, e oficiais confabulavam entre si. Cara Pontuda se gabava por ter prendido um membro da Resistência. Todo mundo estava empolgado. Uma lufada de vento vinda do canal ergueu as bordas de um dos exemplares do *De Waarheid* jogados no chão, e as páginas se abriram, se separaram e saíram voando através da tarde que escurecia.

– *Fang es!* – rosnou Lages.

Os soldados correram para pegar as páginas do jornal, feito crianças perseguindo balões numa festa: desesperados, porém entretidos.

– Meu Deus! – exclamou um deles, tropeçando em alguma coisa no chão e quase caiu no canal.

Minha mochila.

Ele a chutou na direção da água. Soltei a respiração. *Chute-a para dentro do canal*, supliquei em silêncio. Eu já tinha visto soldados alemães jogarem muita coisa em nossos canais: bicicletas roubadas, mochilas de estudantes, uns aos outros. *Chute-a para dentro do canal.* Eu sabia que eles podiam atirar numa pessoa que carregasse jornais da Resistência. Mas uma arma era muito pior.

É claro que eles podiam atirar por qualquer motivo. Ou por nenhum.

*Pare.*

O que pode ser pior do que tomar um tiro? Meu estômago se revirou, e eu me obriguei a não pensar na resposta. No apartamento da Resistência, não conversávamos muito sobre tortura. Mas falávamos o bastante para saber do que se tratava.

*Chute a mochila para dentro do canal. Chute.*

O motor da van despertou, e as paredes de aço estremeceram.

*Chute-a para dentro do canal. Por favor, por favor, por favor.*

As pontas dos meus dedos se agarraram às bordas afiadas da janelinha, o estreito retângulo da rua lá fora se distanciando conforme nos movíamos. A van parou, e vi Lages caminhar de volta ao posto policial. Ótimo. *Volte a tocar o terror de sempre, seu canalha.*

Então Lages parou e olhou na direção do soldado que havia tropeçado.

– *Was ist das?* – perguntou.

– Senhor?

Lages acenou para a mochila aos pés do soldado.

– Leve isso também – ordenou, enquanto o outro recolhia minha mochila. – Coloque na van.

O soldado saiu do meu campo de visão, e ouvi a porta do passageiro abrir e fechar. O motorista engatou a marcha e deu a partida.

Foi quando voltei a vê-la, finalmente. Ela estava de pé encostada num prédio a um quarteirão de distância da ponte, observando tudo. Truus. Seu rosto exausto e sardento mantinha a expressão indiferente da Resistência, mas eu conhecia aquele rosto melhor do que o meu próprio. Sua expressão confirmava o que eu já suspeitava. Afundei no chão da van, agarrando-me a uma saliência na parede de metal enquanto nos sacudíamos sobre paralelepípedos, tijolos e mais pontes a caminho do interrogatório. Aquilo estava acontecendo de verdade. Eu tinha passado os últimos anos imaginando o que aconteceria se fosse presa em flagrante, denunciada ou detida, e fantasiei milhares de formas de negar as acusações, desviar a atenção e providenciar uma fuga. Mas nunca pensei que seria presa por algo tão... insignificante. Passar com exemplares do *De Waarheid* numa barreira de rotina? Que idiota. Obriguei-me a respirar fundo, fechar os olhos e esvaziar a mente. Foco. No resto da Europa, os alemães estavam recuando, desesperados. Não demoraria até que isso acontecesse em Haarlem. Eu poderia esperar.

EU COMETI UM ERRO. Me aproximei de uma barreira como se soubesse como as coisas se desenrolariam. Saí andando por aí cheia de petulância, distraída, assim como Jan. Bom, Jan que se ferrasse e eu que me ferrasse.

Fui presa. Sempre existira essa possibilidade. E eu sabia por quê.

– *De Waarheid* – sussurrei para ninguém.

*A Verdade.*

Parte Quatro

# AS DUNAS

Março – Abril de 1945

Haarlem, Amsterdã, Bloemendaal

# Capítulo 36

Estou sentada nesta salinha há uma ou duas horas, talvez há apenas dez minutos. Pelo menos não estou mais na van. Devemos estar num porão próximo à caldeira, pois consigo ouvir um chiado distante, além de batidas nas imediações. Espero que seja uma caldeira.

Três soldados me conduziram até aqui e me deixaram nesta cadeira de metal, com as mãos algemadas para trás, diante de uma escrivaninha de madeira. Dois deles foram embora, e o terceiro permanece de pé ao lado da porta, com uma daquelas armas compridas apoiadas no ombro. Ele está fumando um cigarro feito à mão, e eu observo as espirais de fumaça que sobem e desaparecem no ar.

Tento imaginar se Truus sabe onde estou. Ela deve achar que estou em Amsterdã, no quartel-general da SS. Freddie vai investigar. Elas vão descobrir onde estou e... é isso. Sendo bem realista, elas não vão conseguir me tirar daqui. Isso nunca foi possível.

Por outro lado, os Aliados já chegaram à cidade de Colônia – eles estão na Alemanha, caramba. Planos para o pós-guerra estão sendo traçados. Se eu fosse alemã, me preocuparia mais com isso do que com a Resistência holandesa. Seja como for, não tento mais entender o que se passa na cabeça deles.

– *Heil Hitler!* – diz o soldado, jogando o cigarro no chão e fazendo a saudação.

A porta se abre e o oficial da SS entra, aquele da ponte, carregando uma pilha de documentos e pastas de arquivo. Chapelão. Willy Lages.

– *Heil Hitler!* – cumprimenta ele, dando uma olhada no cigarro que arde no piso de linóleo verde.

Lages acena com a cabeça. O soldado recolhe o cigarro e volta a fumar. Em seguida, ele se vira para mim e sorri.

– *Heil Hitler* – diz.

Fico calada.

– Ok, ok.

Ele então deposita a papelada sobre a mesa e se encosta ali, me observando com curiosidade. Está descontraído, quase amigável. Decido assumir a mesma atitude.

– O senhor poderia me ajudar com isso aqui? – peço, me referindo às algemas.

Ele hesita, e eu leio sua expressão. Surpresa, desconfiança, perplexidade. Ele acena para o soldado, que se aproxima e abre as algemas.

– Obrigada – digo, com um tom casual.

Me reposiciono na cadeira com um cruzar de pernas feminino e tento imaginar que pareço bonita, embora eu saiba que não. De qualquer maneira, posso atuar. Metade da minha mente está descontrolada de pânico, a outra metade raciocina de forma lenta, tentando tomar decisões lógicas.

Ele tira o quepe imenso e o deposita sobre a mesa, passando a mão pela cabeça quase careca. Está na casa dos 40 anos. Um pouco de cabelo escuro ainda cobre parte do escalpo, e as sobrancelhas também são escuras. Até os olhos são escuros, parecem botões pretos. O nariz termina numa ponta curvada para baixo; os dentes são tortos. Ele não foi contratado por causa da boa aparência.

– Eu sou o *SS-Sturmbahnführer* Lages – diz ele, caso eu tenha me esquecido.

Eles adoram ostentar seus longos títulos idiotas. Ele se inclina e me toca na bochecha. O dedo frio gentilmente ergue meu queixo para que eu o encare.

– Podemos ser amigos, não podemos? Você pode me chamar de Willy.

Quero morder a mão dele, quebrar seu braço, pisoteá-lo até a morte. Permaneço em silêncio.

– Preciso fazer algumas perguntas. Assim que terminarmos, e desde que você conte a verdade, podemos continuar amigos. Talvez até trabalhar juntos, que tal?

– Ok – respondo.

*Vá para o inferno*, penso.

– Ótimo – diz ele, e parece genuinamente feliz por um momento. – Então – continua. – Examinamos a mochila. E encontramos sua identidade.

Ele a segura, exibindo.

Dou de ombros. Talvez um soldado de baixa patente tenha vasculhado a mochila e não contou a Lages sobre a arma. Se ele soubesse, isso tudo estaria sendo bem diferente.

– Você está um pouco diferente na foto.

Eu sei. Nunca tive a chance de tirar uma foto com o cabelo preto. Apesar de ser preta e branca, os tons de cinza talvez sugiram outra coisa. Ele pega um estojo prateado do bolso do uniforme de lã e dá batidinhas nele com um cigarro, gesticulando para o soldado em busca de isqueiro. Dá um trago profundo e se apoia na escrivaninha, relaxado, apenas me observando.

– Vamos lá, *Schatz* – diz.

Ah, agora sou sua queridinha.

– Qual é seu verdadeiro nome?

Eu sorrio. Meu verdadeiro nome? Isso não tem nada a ver com a situação. Mas vou deixar que ele continue me chamando de querida. Fico em silêncio.

– Qual é a graça? – diz ele.

Não digo nada. O soldado no canto pigarreia. Meu silêncio é constrangedor.

– Apenas diga seu nome, querida – insiste Lages, com a voz mais fria. – É só o que queremos saber.

– Johanna Elderkamp.

– Não! – grita ele, e desfere um soco na mesa.

Dou um sobressalto, assim como o soldado.

– Nós sabemos quem você é – revela ele, ficando de pé e avançando os três passos que o separam de mim.

Ele inclina o corpo de modo que seu rosto fique bem perto do meu, bochecha com bochecha recém-barbeada. Ele se arrumou antes de vir.

– Não temos capturado muitas moças da Resistência ultimamente – informa. – Não mais. Elas estão em casa cuidando dos bebês, da mãe e do pai. Mas não você, certo?

Permaneço em silêncio. Olho para as mãos pousadas no colo, os dedos entrelaçados como na brincadeira em que Annie e eu entoávamos: *Essa é a igrejinha, essa é sua torrezinha, abre a porta, não tem ninguém...*

– Diga seu nome!

Ele grita na minha cara, agarrando meus ombros. Eu viro o rosto. Quantas vezes vou levar cusparadas desses cretinos hoje? Ele me solta com um safanão e caminha até o outro lado da sala a fim de se recompor. O soldado acende mais um cigarro para ele, que dá dois longos tragos antes de voltar a me encarar. Não sou capaz de seduzi-lo. Mas ele também não arrancou nenhuma informação de mim.

Esse é meu único objetivo: não dizer nada. Não entregar nada. Nem meu nome.

– Gostaria de beber alguma coisa? – pergunta ele, a voz suave outra vez. – Café? Chá? Água?

Não respondo.

– Anton, dois cafés – pede ele ao soldado, que assente e sai.

O oficial Lages volta a se sentar diante de mim, apoiado na mesa. As algemas estão ao lado dele, abertas. Fico imaginando uma situação. Sento-me com a postura ereta, mas sem fazer movimentos bruscos. Ele parece confiar em mim, sem razão especial. Cruzo a outra perna. Estamos só nós dois aqui. As pontas dos meus dedos estão formigando, e eu seguro a borda da cadeira, esperando antes de qualquer avanço. Preciso ser esperta.

– Enfim, sós – anuncia ele.

Por mais nojento que seja, Lages não é nem de perto tão horrível quanto muitos outros chucrutes que encontrei. Duvido que vá tentar passar a mão na minha saia, por exemplo. Ele parece mesmo acreditar que temos algum tipo de conexão, que, de alguma maneira, eu sou grata pelo interesse dele em mim.

– A guerra está durando muito, sabe? Achei que a essa altura eu já estaria de volta a Braunschweig. Assim como minha esposa. – Ele me encara. – Sim, eu sou casado. Surpresa?

Por que eu ficaria surpresa? Até onde sei, todo homem nojento encontra alguma tonta com quem se casar. Não digo nada.

– Eu era policial antes da guerra – diz, como se eu quisesse saber mais sobre a vida dele. – Meus três irmãos ainda fazem trabalho braçal, igual ao meu pai. Trabalham duro. Em obras. Eu não. – Ele dá uma batidinha no crânio reluzente. – Eu tinha uma cabeça boa. Passei em primeiro lugar no exame da polícia. Me nomearam oficial e me trouxeram para cá.

– O senhor gosta daqui? – pergunto.

Ele assente. Fica feliz quando eu falo. É como se estivesse chegando a algum lugar.

– É bom. Sinto saudades de casa, claro. Da minha esposa.

– Filhos?

Suas sobrancelhas escuras cedem.

– Não fomos abençoados com filhos. Não ainda.

Imagino sua vida em casa, sozinho com a Sra. Lages. Vejo uma sala apertada e silenciosa.

– Mas nunca se sabe – continua ele, e abre um sorriso, o que o torna mais feio.

– Sim – concordo. *Por favor, Deus, não coloque crianças nesse ambiente horrível.*

– E você? – Ele se vira para mim. – Não é casada? Não tem filhos?

Quase dou uma risada. Eu, mãe? Balanço a cabeça.

– Por que não? – pergunta Lages.

*Porque eu ando muito ocupada tentando atirar na cabeça de todos vocês, seus canalhas, é por isso. Porque se você passa todo o seu tempo odiando as coisas, amaldiçoando as pessoas e planejando assassinatos, não pensa em formas de criar vida. Você se mantém focado em maneiras de acabar com ela. Porque eu nunca tive um namorado de verdade, nunca nesses 24 anos. Nem mesmo Jan Bonekamp.*

Balanço a cabeça, olho para o chão.

– A guerra – menciono. – Sabe como é.

– *Ja, ja.* – Ele assente. – Mas nem um romance de guerra? Uma moça jovem como você?

Talvez ele pense que ainda sou adolescente. As pessoas costumam achar isso.

Balanço a cabeça. Como se eu fosse compartilhar um mínimo detalhe da minha vida com ele.

A porta se abre, e Anton entra carregando uma bandeja de metal. Ele a coloca sobre a escrivaninha.

– Dois cubos de açúcar e creme – diz Lages.

Parece a fala de um filme, totalmente fora da realidade. Não existem mais açúcar e creme.

– E você? – pergunta ele.

– Três de açúcar e creme – respondo, como quem pede uma tiara de diamante.

Então, em choque, vejo Anton começar a preparar nossas xícaras com cubos de açúcar e uma generosa porção do que parece ser creme ou, pelo menos, leite. Incrível. Fiquei com água na boca, como um cão babão. Lages me entrega uma xícara. Quando bebo o primeiro gole do café doce e cremoso, parece que tomei algum tipo de droga milagrosa. Uma onda de prazer atravessa meu corpo, com sabores e texturas. Café de verdade, açúcar de verdade, creme de verdade. Talvez eles não tenham ministrado o "soro da verdade" em Jan. Talvez tenha sido apenas café com creme.

Mas poderia estar envenenado. Paro de beber.

Lages bebe o dele, e nada acontece. Engulo o meu também. Não fui envenenada. Lages ainda precisa de mim.

– Ah, os pequenos prazeres... Mesmo aqui embaixo.

Ele indica as quatro paredes nuas ao nosso redor. Olhar para as paredes parece lembrá-lo da tarefa que deve cumprir.

– Então. Eu sei que você pertence à Resistência e que distribui jornais criminosos.

Não digo nada.

– Não importa – continua ele. – O que quero dizer é que sabemos um pouco um do outro. Deixe-me explicar uma coisa. Em que mês estamos, março? Quase primavera. Eu sou um homem ocupado, não posso perder tempo interrogando toda jovem bonitinha que trazemos para cá. Para quê? Temos terroristas com quem nos preocupar. Acontece que, às vezes, uma moça como você pode nos ajudar a capturar os verdadeiros criminosos. Anton sabe...

Ele olha para Anton, que concorda.

– Podemos fazer um acordo vantajoso para nós dois – insiste ele. – Uma moça feito você pode fornecer pequenas informações como nomes, endereços, talvez alguns planos de que tenha ouvido, até rumores. Aceitamos rumores também. Você nos ajuda, e eu ajudo você a sair daqui. Nenhum dos seus amiguinhos da Resistência vai ficar sabendo que nós conversamos. Você volta para seu mundo e eu para o meu. Juntos, ajudaremos a livrar este pequeno país de seus elementos criminosos nativos, que tal? Juntos.

Não digo nada. No entanto, fico aliviada que ele tenha ido direto ao ponto. A conversa fiada estava me enlouquecendo.

– Anton?

Ele acena, e Anton sai do cômodo. Todos os meus músculos estão tensos. Eu já vinha me preparando para a possibilidade de ser estuprada. Mas Anton não demora e, quando retorna, traz a mochila. É óbvio que ainda há algumas coisas lá dentro. Ele a coloca em cima da mesa e a mochila faz um barulho surdo. Até parece que esses canalhas seriam meticulosos. A combinação de café e açúcar e a consciência de que minha confiável pistola está a apenas alguns centímetros de distância me reanimam. Um arrepio causado pela possibilidade percorre a minha espinha, como um animal selvagem empenhado em fugir da jaula. Meus dedos anseiam por pegar a arma.

– Anton sabe como fazemos as coisas – continua Lages. – Sem muitas perguntas, apenas algumas, e damos por encerrado. Podemos entrar num acordo, *Schatz*?

Ele sorri.

*Claro, querido.* Assumo um olhar neutro. Sem hostilidade, apenas inexpressivo. Se Anton sair do cômodo mais uma vez, eu consigo pegar a arma, atirar em Lages e seguir atirando até a sair do prédio. Eu sei que consigo.

– Terminou o café?

– Obrigada – digo.

No momento em que eu entrego a delicada xícara de porcelana no pires, ele agarra meu pulso e o torce, lançando pelos ares as peças de louça, que se espatifam no chão. Anton está parado como uma estátua, já viu isso acontecer.

Lages se inclina e sussurra no meu ouvido:

– Encontramos a arma.

*Droga.*

Ele se levanta, enfia a mão na mochila e a exibe. Minha arma. O retinir do cabo duro de metal batendo na mesa de madeira é o primeiro som familiar que ouço em horas. Tão pequena e desgastada que parece brinquedo de criança. Não importa. Essa arma matou meia dúzia de nazistas. Pode matar mais.

– Seu. Nome – exige Lages, quase rasgando a pele fina do meu pulso com suas garras.

Sua voz não é mais amigável nem tranquila, tem o tom baixo e grave de uma ordem.

Não respondo.

– Fale a porra do seu nome.

Seu rosto está tão perto do meu que eu me viro para evitar que meus lábios rocem nele. A bochecha pressiona a minha, e ele intensifica a torção no meu pulso. Sinto um músculo tênue do braço esquerdo se soltar e estalar como num choque elétrico, e meus dedos começam a formigar. Travo a mandíbula, fecho os olhos. Não digo nada. Meus olhos ficam marejados.

– Anton – chama ele.

Anton pega meu frágil pulso e o vira, algemando-o ao outro, às minhas costas. Depois empurra minhas mãos para debaixo das pernas, de modo que fico sentada sobre as mãos algemadas e preciso me curvar para não deslocar os braços. Embora eu suspeite que já seja tarde demais para o braço esquerdo.

Os dois me olham de cima.

– Segure-a firme – diz Lages.

Anton posiciona as mãos sobre meus ombros, me mantendo na cadeira, e então Lages me puxa pela orelha, me obrigando a olhar para cima e encarar seus olhos escuros.

– Diga a porra do seu nome.

– Elderkamp – falo entre os dentes.

Ele me esbofeteia. É o primeiro gesto coerente desde que entrei na sala. É assim que as coisas devem se encaminhar, exatamente do jeito que eu imaginara: eu o desafio e ele me bate. Isso faz sentido.

Ele agarra meus cabelos, preparando-se para me bater outra vez. Então ele para.

– Olhe para mim – diz.

Olho para ele meio de lado. Não tenho medo de encarar aqueles olhos de cobra. *Vá se foder*.

Ele esfrega um dedo suado na minha bochecha, removendo uma mancha de rímel. Esfrega o polegar no meu olho, e eu o fecho, o dedo esmagando minha pálpebra.

– Olhe isso – diz ele para Anton, exibindo o dedo manchado de preto.

– *Die Hure* – comenta Anton. Vagabunda.

– Sim – concorda Lages. – Mas não é só a maquiagem. Veja.

Com Anton ainda me segurando na cadeira, sinto os longos dedos de Lages envolverem meu crânio e, por um instante, fico intrigada. O idiota acha que consegue esmagá-lo com as próprias mãos?

Mas não é o que ele está fazendo.

– Veja isso – diz, forçando minha cabeça para baixo, em direção aos joelhos.

Fico encarando o linóleo, os dedos de Lages separando e inspecionando os fios do meu cabelo como faria uma professora rígida catando piolhos. Ele continua a puxar mechas de cabelo de um lado para outro, separando as madeixas.

– É tingido – diz ele. – Com tinta preta.

– *Die Hure* – repete Anton.

*Homens da sua laia precisam de vagabundas.*

– Mais do que isso – conclui Lages, num tom mais alto, quase eufórico. – Ela está disfarçada. E veja.

Com um rápido puxão, ele arranca um tufo de cabelo pela raiz; eu estremeço, imaginando o pedaço de carne ensanguentada que saiu junto. Meu couro cabeludo lateja, de alguma forma asquerosamente úmido e quente.

– Está vendo? Está vendo?

Lages dá um passo para trás, erguendo seu troféu contra a luz.

Anton e eu acompanhamos o olhar dele, desconcertados.

O oficial Lages segura o cabelo contra a luz, usando a unha para raspar resquícios da tinta preta barata. Seu semblante está exultante, iluminado. Ele se aproxima da papelada, larga o tufo de cabelo sobre a mesa e folheia páginas e páginas de anotações burocráticas, todas contendo em seu topo nítidas suásticas pretas, como se fosse um exército de aranhas. Ele lê alguma coisa, volta a me encarar como quem verifica uma informação e, então, retoma a leitura. Anton me segura pelos ombros. Por fim, Lages volta a pegar a mecha de cabelo. Ele a acaricia, alisando-a com os dedos ossudos, sorrindo.

– Você sabe quem temos aqui, Anton? – indaga ele, seu sorrisinho malicioso se transformando num amplo sorriso de satisfação, cheio de dentes manchados. – Essa, acredito eu, é a *Mädchen mit den roten Haaren.*

A Garota do Cabelo Vermelho.

– *Lieber Gott!*

O choque de Anton é genuíno.

Lages solta uma risada e cumprimenta Anton com um tapa nas costas.

– Você acabou de servir café para a Garota do Cabelo Vermelho, *mein Lieber Junge!*

E então ele me olha como se eu fosse a porca vencedora que ele havia engordado para a feira, segurando o tufo de cabelo como um prêmio máximo. Ele parece quase grato. Feliz.

– Sabia que foi o próprio *Herr Führer* quem divulgou a ordem para sua captura? – perguntou ele, radiante.

Como se eu devesse me sentir honrada. E me sinto honrada por ter contribuído para tornar os malditos dias de Hitler um pouquinho mais irritantes.

– Ele diz que você é um mau exemplo para as mulheres do mundo.

Eu sorrio.

– Portanto, Garota do Cabelo Vermelho – continua ele –, me diga seu nome.

Sinto uma gota fria na sobrancelha. Sangue.

– Johanna Elderkamp – respondo.

Espero a bofetada, mas Lages se limita a rir.

– Não, minha pequena vadia da Resistência – diz ele. – Seu nome é Hannie Schaft.

A única coisa que me vem à cabeça é: *Vá se foder, Jan Bonekamp*. Todas as vezes que imaginei esse interrogatório, que o ensaiei mentalmente, eu nunca disse nada, nunca revelei nenhum nome. E é isso que vou fazer. Que se danem. Sim, meu nome é Hannie Schaft. Mas eu posso negar.

– Hoje é... Hoje é...

Ele está genuinamente dominado pelo prazer. Não é possível que eu seja seu primeiro troféu. Mas é o que parece.

– Hoje é um grande dia para o *Reich* – anuncia, olhando para seu subordinado. – E quanto a você, Anton, vou mencionar seu nome no relatório.

– Senhor – diz Anton, sorrindo.

Sustento o olhar de Lages, tentando alcançar o fundo da escuridão daqueles olhos. Sem sucesso.

– Nunca vamos esquecer este dia, não é, Hannie Schaft?

Ele se inclina, e eu sinto seus lábios finos contra minha bochecha. Bato a cabeça contra a dele, e ele cambaleia para trás sobre os calcanhares, os olhos lacrimejantes, rindo.

– Nunca foi beijada, hein?

Lages lança um olhar de pena.

– Não me surpreende. Ela não é tão bonita quanto inventaram por aí, concorda?

Anton dá uma risada.

– Não fique triste, querida – continua Lages. – Todos estamos mais feios esses dias.

Eu cuspo nele, mas é uma cena patética; minha boca está seca como pó. Ele ri e se volta para a papelada. Escreve algumas anotações num formulário e assina com um floreio. Depois, ele se vira para mim.

– Anton irá acompanhá-la.

Ele consulta o relógio e balança a cabeça.

– Estou ansioso para conversar com você amanhã, *Schatz*. Talvez eu consiga aquele beijo.

– *Varken!* – xingo. Porco!

Talvez ele não conheça a palavra em holandês.

Ele franze o cenho. Minha arma continua sobre a mesa. Eu me lanço na direção da pistola, e Anton me agarra pela gola da blusa, me joga no chão e me imobiliza com o joelho nas minhas costas.

– Leve-a – ordena Lages. – Mantenha a moça algemada, não faça nada idiota.

– *Ja* – diz Anton. – Terceiro andar?

– Não – responde Lages, arrumando a papelada e enfiando tudo de volta num envelope de papel pardo estampado com outra suástica. Ele o entrega a Anton.

– Amstelveenseweg – responde ele. – Amsterdã.

# Capítulo 37

Nunca acreditei em destino, mas a sensação que tenho agora, no fundo dessa van, é que a gravidade me puxa em direção à minha sina. De alguma forma, eu sabia que acabaria na Casa de Detenção de Amstelveenseweg.

Todos sabíamos. A prisão de Amstelveenseweg é uma casa dos horrores, ou é o que nós – rebeldes, judeus, cidadãos comuns – ouvimos falar. Salas de tortura. Interrogadores treinados para extrair informação com métodos hediondos demais para sequer cogitar. Eu os cogitei, é claro. Corpos contorcidos durante horas ou dias, até interromper a circulação sanguínea. Espancamentos. Queimaduras com cigarros. E todo instrumento medieval de tortura imaginável.

Fico me perguntando o que Truus está fazendo. Será que já sabe onde estou? Elas acham que vou abrir a boca?

Não vou.

A van para. Estamos no meio da noite agora. O veículo se demora numa espécie de barreira. Ouço as vozes abafadas do motorista falando com alguém lá fora, mas não consigo distinguir o que dizem. Então, a van faz um contorno e avançamos por mais alguns quarteirões. Paramos mais uma vez. Quando me tiram da van, a noite está um completo breu, exceto por uma única lâmpada pendente sobre uma porta à minha frente. O prédio é muito maior do que eu esperava.

– Vamos – diz Anton, me empurrando em direção à luz.

Um soldado está ao lado das portas de metal. O lugar parece uma fortaleza medieval, cercada de altas muralhas de pedra cinza.

– É ela? – O soldado me olha dos pés à cabeça. – Mas o cabelo é preto – argumenta ele, decepcionado.

– É tingido – esclarece Anton, com desdém, como se tivesse sido ele a descobrir o fato. – Uma vadia disfarçada.

– Ela é tão pequena – comenta o outro.

Anton dá de ombros.

– Ela tinha uma arma.

Até onde eu sei, minha pequena pistola ainda está em cima da escrivaninha de madeira, na sala de interrogatório de Haarlem. Parece que deixei um membro para trás.

– Os guardas vão levá-la – diz o soldado, e Anton me empurra em direção a dois outros soldados.

Antes que eles me levem, Anton me dá um tapinha no ombro.

– Só um beijinho, *Mädchen mit den roten Haar*? – pede ele, sorrindo.

– Vá se foder!

Todos os soldados riem.

Eles me conduzem por um labirinto de corredores frios e escadas, recantos, mais escadas e, por fim, uma espécie de passarela voltada para um fosso escuro que deve ser o átrio central da prisão. Espero o guarda abrir minha cela, seu molho de chaves tilintando na calada da noite. Não que estivesse tudo quieto. Uma corrente de ar gelado sobe pela escuridão central, e eu estremeço. Não lembro a última vez que comi. Os guardas me seguram com mais força, como se eu estivesse tentando escapar. Não estou. Não adiantaria.

– Lanterna – diz o guarda com as chaves, e um dos outros a entrega a ele.

Ele liga a lanterna, e um tênue halo nos ilumina no meio da escuridão. De um lado, grossas paredes de pedra cinza-escuras, do outro, um gradil de aço. É uma cela sem barras, feita dos mesmos blocos gigantescos de pedra. Uma porta de metal é o único meio de entrar e sair. Uma janela no alto da porta, acima da minha cabeça, é o único jeito de olhar lá para dentro. O soldado aponta a lanterna para o lado externo da porta, e vejo algo mais: um quadro de giz pendurado num gancho. Ali, está escrita uma palavra no mesmo tipo gótico medieval alemão que eles usavam nas placas *Proibido para judeus*: *Mörderin*.

Assassina.

Isso me deixa orgulhosa. Eles estavam esperando por mim.

Eles me empurram para dentro da cela e levam mais alguns minutos até tirarem as algemas. O cômodo tem quase o mesmo tamanho que a traseira da van. Não há janelas, exceto aquela voltada para o corredor. Uma cama de campanha com um cobertor de lã esfarrapado e um balde de metal num canto. A cela não passa de um lugar para morrer.

Todos os guardas se calam. O lugar é sombrio demais para as bobagens que eles costumam falar para não enlouquecer. Eles me deixam no meio do cubículo e trancam a porta num gesto rápido, sem dizer uma palavra.

Fico parada ali de pé, esperando que os olhos se ajustem à escuridão. Nesse meio-tempo, meus ouvidos assumem o comando, prestando atenção em busca de sons. Consigo ouvir tudo. Uma goteira no corredor. Ratos e camundongos correndo sobre as pedras. Minha própria respiração, o ar entrando e saindo dos pulmões. Uma voz feminina.

– A Garota do Cabelo Vermelho?

Permaneço em silêncio, me perguntando se estou imaginando o sussurro. Então, eu a ouço outra vez. Mais alto.

– É você?

– Quem está aí? – sussurro de volta.

– Uma amiga – diz ela. – *Verzet*.

Resistência.

Caminho até a porta.

– Não – diz ela, ouvindo meus passos. – Aqui. No chão, perto da parede. Siga a minha voz.

Eu obedeço e me aproximo da cama de campanha. Eu a afasto para o lado e sinto uma corrente de ar perto do chão onde um buraco retangular do tamanho de um maço de cigarros cria um canal de ventilação entre as celas. É um ralo. Mas consigo ouvi-la.

– Estou aqui – digo, com vontade de fumar um cigarro.

– Vimos a placa na porta – explica ela, a voz suave, mas empolgada. – Aí as pessoas começaram a falar. É você mesmo? Hannie Schaft?

Depois de três anos na Resistência, ainda fico admirada com o poder dos rumores, a força imbatível das fofocas e como elas se esgueiram através de qualquer coisa, até as paredes das prisões. Faz apenas poucas horas desde que Lages arrancou um tufo do meu cabelo ruivo, em Haarlem, mas os rumores chegam rápido. A notícia chegou aqui antes de mim. Não sei quem é essa mulher, e há uma boa chance de ela ser uma espiã, uma falsa prisioneira que quer me fazer falar. Mas não importa.

Não vou falar. Eu me preparei para isso. Para me reduzir até não haver mais nada para tirar de mim. Comecei na ponte e estou fazendo isso agora. Não sou a Garota do Cabelo Vermelho nem Hannie Schaft, nem mesmo Johanna Elderkamp. Sou apenas mais uma *Mörderin*, presa aqui para encontrar meu destino, ao lado das outras ditas assassinas.

– É você? – insiste ela.

– Por que você está aqui? – pergunto, sussurrando.

A única maneira de não revelar nada a meu respeito é não revelando nada a meu respeito. Nem a uma prisioneira anônima.

– Eu sou médica – diz ela, completando: – Atendia judeus.

– Ah.

– Eles machucaram você? – pergunta ela. – Torturaram?

– Eu estou bem – respondo.

Tento mexer o braço esquerdo e me contorço com a dor que percorre do ombro até o pulso. Enfio a mão no cós da saia, para evitar que o braço se mexa. Ainda dói. Meus pulsos estão ensanguentados por causa das algemas e da pressão de ter me sentado sobre as minhas mãos.

– O que eles fizeram?

– Nada – digo. – Só algumas perguntas.

– Não torturaram você?

Não quero conversar sobre isso.

– Eles torceram meu braço com força e me fizeram sentar sobre as mãos. Eu não chamaria isso de tortura.

Se eu não reconhecer o que fizeram como tortura ou não temer isso, será apenas uma situação desagradável a ser superada.

– Ah! – exclama a prisioneira da outra cela. – Eles devem estar preocupados com você.

– Como assim?

– É assim que eles fazem – esclarece ela. – Se você fugir, eles estão perdidos.

Eu afundo na cama e torço o pulso para alongá-lo. Não quero pensar em como devo estar cheirando. Fecho os olhos e me concentro em desacelerar meus pensamentos. Não vou fugir.

– Ah – murmuro.

– Tania – diz ela. – Meu nome é Tania Rusman.

– Você pode me chamar de M.

– Só M? – indaga ela.

– De *Mörderin.*

Eu sorrio para mim mesma. Até no porão que servia de sala de interrogatório do quartel-general da SD, em Haarlem, eles estavam preocupados com a minha fuga. Até aqui, nessa fortaleza de pedra, eu os deixo nervosos. Ótimo. Estar aqui tornou tudo mais claro. Aperto a boneca de lenço de Truus, enterrada em meu bolso, meu pequeno talismã.

Eles têm medo de mim.

# Capítulo 38

Estou na cela há alguns dias. Consigo ver a luz do sol atravessar a parede de pedra do lado oposto à janela da minha porta, então, ainda que esteja sempre escuro aqui dentro, dá para saber se é dia ou noite.

Estou surpresa. Pensei que eles teriam pressa de me interrogar, considerando a rapidez com que a guerra tem caminhado para um desfecho. Mas aqui todos os guardas ainda parecem acreditar que a Alemanha está mais forte do que nunca. As emissoras de notícias do *Reich* de Hitler não mencionam as vitórias dos Aliados.

Conversei com minha vizinha, a médica Tania, sobre isso no meu segundo dia aqui.

– Eles já perderam, sabe.

– Quem? – perguntou ela.

– Os alemães. Os Aliados já chegaram à Alemanha.

Tania ficou quieta por um instante.

– Então, por que ainda estamos aqui?

– Acho que estão esperando oficializar, tratados a serem assinados.

– Todo mundo está sabendo disso?

Boa pergunta. A decepção por causa da falsa libertação Aliada em setembro de 1944 permanecia viva no coração de cada cidadão holandês. Não queríamos passar por um golpe tão devastador outra vez. Mesmo assim, as notícias da *Radio Oranje* ou das fontes da Resistência eram uma sequência ininterrupta de derrotas alemãs e tropas batendo em retirada.

– O Exército Vermelho está marchando em direção a Berlim – contei a Tania. – Churchill, Roosevelt e Stalin já decidiram como irão dividir a Europa quando tudo acabar.

– Sério?

– Sim.

Normalmente eu tentava não alimentar as esperanças das pessoas acerca dos esforços de guerra, em especial as minhas próprias. Mas eu quis oferecer alguma coisa para aquela mulher tão sofrida.

– Você está aqui há quanto tempo? – perguntei, num sussurro.

– Mais de um ano.

Tentei imaginar aquilo. Não consegui.

– O fim está próximo – falei, tentando pôr fé nas palavras.

Talvez a esperança seja útil por aqui.

– O problema é quando.

– Bom, ninguém está sabendo de nada aqui – disse ela. – Neste lugar, as coisas só pioram.

Além da falta de luz, a cela está imunda. Cheira a suor e excrementos humanos, e o chão e as paredes estão cobertos por uma película granulosa que parece sempre um pouco mofada. A tosse que eu já tinha ao ser presa tem piorado. Toda vez que respiro, sei que estou inalando o veneno deste lugar. Tomo cuidado para não me arranhar em nada enferrujado. A tosse seca e os espirros das outras prisioneiras mostram que não sou a única doente. Então eis minha estratégia: enrolar, enrolar e enrolar, passar o tempo até que seja tarde demais, até que os Aliados cheguem, até que o país, a cidade e essa maldita prisão sejam libertados. A qualquer momento. Só não quero morrer de tuberculose antes que a guerra acabe.

# Capítulo 39

Não andei mais do que alguns passos desde que me trancaram na cela quatro dias atrás, portanto, é um desafio caminhar até a sala de interrogatório, mesmo com a ajuda dos dois guardas que me escoltam. Mas é minha primeira chance de ver a prisão à luz do dia, então, conforme vou andando, tento absorver cada detalhe à vista.

É quando começam os sussurros, as cabeças se virando e os pés se arrastando.

*Hannie. Hannie.*

Os olhos de centenas de prisioneiras me observam de todos os ângulos. Sinto o olhar coletivo sobre mim como se eu estivesse atravessando uma réstia de sol num dia de inverno.

*Hannie. Het meisje met het rode haar.*

A Garota do Cabelo Vermelho.

A morena abatida no interior da cela ergue o punho.

– *Verzet.*

É o que pretendo fazer.

É um alívio ser colocada numa cadeira de madeira nessa salinha inóspita. Em comparação à cela escura, qualquer mudança é bem-vinda. Estamos num escritório com uma mesa, uma estante e algumas coisas emolduradas nas paredes. Há uma espécie de anúncio estampado com a *Reichsadler* dourada, a águia nazista. Uma pintura romântica de um cenário alpino com montanhas, abetos e neve. Um retrato de família: marido, mulher, filho pequeno, todos encarando a câmera sem ideia do que o futuro lhes reserva. Nenhum de nós poderia saber.

– *Heil Hitler* – diz uma voz atrás de mim.

Os dois soldados que me escoltam fazem a saudação.

O homem contorna a cadeira para me dar uma olhada.

– Hum.

Ele se apoia na mesa e me examina da cabeça aos pés, do jeito que minha mãe inspecionaria um peixe no mercado antes de comprá-lo.

– Não é o que eu esperava.

Quase solto uma risada. Ele está na casa dos 30 anos, tem cabelo louro, olhos azuis e uma mandíbula forte que lhe confere um ar de homem de negócios sem graça numa propaganda de maletas.

– Meu nome é Emil Rühl, oficial da *Sicherheitsdienst* – apresenta-se. Ele é alemão. – E você?

Olho para o chão.

– Hannie Schaft, correto?

Ele sorri, como quem reencontra uma velha amiga.

– Você ouviu as vozes... Todo mundo sabe.

Fico em silêncio.

– Vamos lá, Hannie. Não há mais necessidade de fazer esse joguinho. Acabou. Pode relaxar. E tenho certeza de que você precisa descansar, pois tem andado muito ocupada. – Ele faz uma pausa. – Pelo menos, foi o que seu namorado, Jan Bonekamp, me contou.

Uma onda de náusea destrói minha compostura, e eu me curvo... para vomitar. Não quero demonstrar nenhuma reação, mas isso está além da minha força de vontade. Meu estômago está vazio, então eu tusso, engasgada, e aproveito a oportunidade para cuspir no chão deles.

Rühl abre um sorriso e recua um passo, então continua:

– Suponho que seja mais adequado afirmar que ele contou à enfermeira. Você ouviu falar, certo? Bonekamp não quis conversar conosco, não até que trouxéssemos uma enfermeira que fingiu ser você.

Engulo em seco.

– Ela não se parecia muito com você... Não é fácil encontrar uma enfermeira ruiva rapidamente... Mas isso não fez diferença para Bonekamp. Talvez ele já não conseguisse enxergar muito bem àquela altura. É bem possível: ele estava gravemente ferido. De qualquer forma, assim que você... ela... começou a fazer perguntas, ele nos contou tudo.

Ele me observa.

– Você sabia disso?

Travo os dentes. Dói duas vezes mais ter que ouvir o relato da boca de Rühl.

– Ok, tudo bem. Não deve ser fácil ouvir uma coisa dessas.

Rühl se inclina.

– Perdão – diz ele –, mas eu preciso ver isso com meus próprios olhos.

Minhas mãos estão algemadas nas minhas costas, e eu fico imóvel, ali sentada, enquanto Rühl inspeciona a raiz do meu cabelo e arranca alguns fios. Com gentileza, não como Lages fez. Ele os ergue contra a luz.

– Acendam outra lâmpada – ordena para os dois soldados que permanecem ao meu lado.

– Estão todas acesas, senhor.

Ele se inclina em direção à pequena luminária para enxergar melhor.

– Droga. Afinal, de quem é essa espelunca?

– Senhor?

– Leve-a para fora.

Os soldados me erguem pelos braços e me arrastam até a passarela com vista para as celas. Todas as prisioneiras se viram para olhar. O átrio central é coberto por uma claraboia, então a luz natural invade o ambiente. Num movimento desengonçado, os guardas me empurram contra a grade de proteção para pegar um pouco de claridade, e Rühl tenta examinar meu couro cabeludo, esforçando-se para manter uma postura digna. Eu chuto e sacudo a cabeça para dificultar a tarefa deles, e as prisioneiras começam a rir. A princípio, apenas algumas; logo o barulho se alastra na velocidade de um raio até que toda a prisão é invadida pelo som macabro e selvagem das risadas amargas. As risadas das mulheres.

O rosto de Rühl fica vermelho. Sei disso porque ele está bem próximo ao meu. Ele me encara, então recua e se apruma. Os guardas me empurram outra vez contra o gradil. As mulheres vibram.

– Deem um banho nela – ordena Rühl. – Tirem a tinta do cabelo. Depois, tragam-na de volta para mim.

Ele gira nos calcanhares e desaparece no corredor interno; as mulheres continuam a gritar com ele. Quando Rühl some de vista, os gritos mudam.

Passam a entoar meu nome.

*Hannie.*

*Hannie.*

*Hannie.*

Por mais exausta que eu esteja, uma corrente de alegria atravessa meu corpo. Até que enfim cheguei a um lugar onde as rebeldes são mais numerosas do que os nazistas e seus colaboracionistas desgraçados.

Eu amo essas mulheres. E sinto o amor delas por mim.

# Capítulo 40

Os últimos dias têm sido difíceis.

Eles lavaram meu cabelo, o que significou me conduzir a uma ampla área de banho ladrilhada. Havia mulheres trabalhando ali. Enquanto eu me dirigia ao chuveiro, elas me encararam de modo suspeito, até com medo, sussurrando. Mas me deixaram sozinha para que eu me despisse e me lavasse. Fiquei debaixo da água congelante e deixei que me encharcasse, tremendo e observando os piolhos descerem pelo ralo. As mulheres me deram uma espécie de solvente para passar no cabelo. O produto removeu a tinta preta e queimou meu couro cabeludo. A raiz do cabelo, o escalpo e os ombros ficaram repletos de brotoejas vermelhas. Mas a tinta saiu, e eu me senti aliviada. Nunca fui eu mesma com o cabelo preto.

Eles me levaram de volta para uma cela diferente. A solitária fica numa parte mais silenciosa da prisão, igualmente nojenta. Fora a fenda minúscula da janela interna, tudo é escuridão. No início, não liguei; estava tão exausta que dormia o tempo todo. Por quanto tempo, não faço ideia. Acordei tremendo de frio e esmurrei a porta pedindo um cobertor. Ninguém veio. Nenhuma Tania conversou comigo.

Até que alguém apareceu, jogou um cobertor e disse que voltaria em uma hora para um novo interrogatório.

Mais um dia se passou.

A comida é empurrada para dentro duas vezes ao dia: um tipo de sopa aguada de batata e um pão tão farinhento que se desmanchava todo. Eu como tudo. Preciso manter as forças.

Alguém apareceu e me informou que voltariam dentro de seis horas para me levar ao interrogatório. Então, retornaram dez minutos depois e disseram que iríamos naquele instante.

Se eles acham que a desorientação temporal vai me derrubar, podem esperar sentados.

Dessa vez, eles me levam para outro lugar, nada de escritório confortável. É um grande armazém localizado no subsolo, com piso e paredes nuas, uma mesa e algumas cadeiras rústicas. Luminárias de arame pendem das vigas do teto. No meio do cômodo, o chão tem um leve declive que termina num enorme ralo.

Emil Rühl me espera sentado à mesa, sorrindo.

– Muito melhor com o cabelo ruivo – diz ele, aproximando-se.

Estou de pé com as mãos algemadas para trás. Ele avança e fica a centímetros do meu rosto.

– Bom. Vamos começar pelo seu nome.

Fico em silêncio.

Rühl sorri. Ele se vira para os guardas presentes como se fosse contar uma piada, mas de repente se volta e me dá um tapa no rosto. Está usando luvas de couro.

– Nome, por favor.

Permaneço calada. Ele me esbofeteia outra vez. Na outra bochecha.

– Nome.

Silêncio.

– Você se dá conta de que nós sabemos seu nome porque seu amante, Jan Bonekamp, contou, certo? Mesmo assim, precisamos que você mesma diga.

Não digo nada.

PAFT.

– Nome.

Silêncio.

PAFT.

Ele continua até meu rosto ficar dormente. Sinto gosto de sangue. Quase tem gosto de comida. Saboreio.

Irritado, ele se afasta até a parede e a esmurra.

– Aqui – diz ele, dirigindo-se aos guardas. – Tragam-na até aqui.

Eles me levam, e ele empurra meu rosto contra um ponto na parede que fica alguns centímetros abaixo do meu nariz. Dobro um pouco os joelhos para ficar em contato com o ponto.

– Aí – comenta ele, virando-se para os guardas. – Mantenham-na exatamente aí, encostada na parede, até que ela diga o nome. Quando ela falar, me avisem.

Ele bate a porta atrás de si.

Assim que ele sai, fico de pé e tento esticar minhas costas. Um guarda me empurra de volta para baixo, me forçando a dobrar os joelhos.

– Você ouviu – murmura ele. – Fique aí.

Então eu fico, ou tento ficar, por horas. Os músculos das coxas começam a queimar e, em pouco tempo, tenho câimbras. Tento descansar sobre um dos pés, depois sobre o outro. Eles ficam dormentes. Os músculos das costas começam a ter espasmos. E é tudo tão idiota. Manter o nariz grudado na parede, como se eu fosse uma garotinha levada. A raiva me dá forças para suportar mais uma hora ou perto disso. Os guardas ficam entediados, embora se revezem de vez em quando. Em determinado momento, acordo, depois de ter desmaiado no chão. Eles me levantam e me colocam de volta no mesmo lugar. Por fim, depois do que pareceram dias, embora tenham sido horas, eles me arrastam de volta à solitária.

Dou o devido crédito por adotarem um método de tortura que não deixa cicatrizes visíveis. A coisa vai piorar.

# Capítulo 41

Abril de 1945

Hoje eu tive visita.

Os guardas me deixaram sozinha por uma noite. Fiquei deitada numa esteira de palha no chão, massageei as pernas e tentei alongar os músculos das costas e do pescoço. Meu corpo parecia ter sido retorcido num torno. Por fim, a porta se abriu, e dois guardas me levantaram do chão.

– Eu consigo andar – avisei, me desvencilhando das mãos deles.

Os guardas recuaram, surpresos. Fazia dias que eu não falava nada. E eles me permitiram caminhar solta pela prisão.

A mesma coisa aconteceu, como antes. Assim que saí da cela, os sussurros começaram a percorrer a penitenciária, feito água abrindo caminho morro abaixo. Em questão de minutos, o átrio foi inundado por vozes entoando: *Hannie. Hannie. Hannie.* As mulheres batiam nas barras das celas com as canecas ou qualquer outro objeto de metal que conseguissem encontrar. O barulho era tão alto que tive vontade de tapar os ouvidos. Mas apenas sorri e permaneci em silêncio. Isso fez as mulheres gritarem ainda mais alto. Pensar em quanto os alemães devem odiar isso me provoca um breve sopro de alegria.

Eles me levaram para uma sala escura com uma fileira de mesas no fundo. Três jovens estavam de pé contra a parede, parecendo assustadas e desoladas. Quando me viram, algo brilhou em seus olhos. Elas se entreolharam e, sem uma palavra, confirmaram minha identidade. Os guardas me empurraram para formar uma fileira com elas, e todas sorriram e se moveram para abrir espaço para mim. Tínhamos quase a mesma altura. Duas delas tinham cabelos castanho-claros, e uma era loura. Eram prisioneiras, dava para perceber, pois estavam abatidas e sujas. A que estava ao meu lado esticou os dedos até encostar nos meus. Solidariedade.

Então a porta voltou a se abrir, e outra mulher entrou, escoltada por dois guardas. Uma civil. A mulher se destacava não só por ser loura e ter seios fartos, mas por parecer limpa e cheirosa. Era de fora da prisão. Estou aqui há apenas duas semanas, mas tudo que vem de fora já me parece de outro planeta. O lado da sala em que ela se encontrava estava tão escuro que não consegui distinguir suas feições.

– Se uma dessas mulheres for a que atirou em seu noivo, aponte – disse uma voz que reconheci como a de Emil Rühl.

A mulher se posicionou atrás da mesa. Pôs a bolsa e apoiou as mãos sobre o móvel, nos observando com atenção.

– Foi ela – afirmou ela, com a voz trêmula e entrecortada. – Aquela ali.

– Qual, senhorita?

Assim que a mulher se inclinou em direção à luz, eu a reconheci. Era a loura, a namorada holandesa de Hertz, a mulher que não parava de gritar depois que Truus e eu o acertamos na porta de casa dele. Sorri por dentro, ao me lembrar de Truus limpando o bigode de sangue na minha boca. Parecia outra vida. A namorada tinha se maquiado e pintado as unhas. Quando ela se aproximou, a covardia se irradiou dela como se fosse calor. Observei como, de modo inconsciente, ela cutucava uma das mãos e arrancava as cutículas descamadas. A mulher se inclinou tão perto que estava quase me tocando, e eu pude sentir o perfume do pó compacto e ver como se acumulava nas linhas finas em torno da boca e dos olhos.

– Essa aqui – disse ela, com um hálito que cheirava a leite fermentado e fez minha boca salivar. – Mas o cabelo estava diferente.

– Estava tingido de preto – informou Rühl, satisfeito com o andamento da situação.

– Ah – murmurou a loura, então recuou e examinou as outras três jovens da fila. – A amiga dela está aqui?

– Por quê? Você a reconhece também? – perguntou Rühl.

– Não – respondeu a mulher, apontando para mim outra vez. – Só ela.

Precisei de muito controle para não morder e arrancar fora a ponta daquele dedo. Lambi os lábios, e, com um leve tremor, ela recolheu o dedo e as mãos brancas e gorduchas.

Rühl a conduziu de volta à mesa. Senti uma onda de alívio percorrer as outras moças. Olhei para elas, e todas as três olharam para mim, comunicando emoções conflitantes, uma tentativa de me dar apoio ao mesmo tempo que se sentiam gratas por tê-las poupado dessa vez. Eu sorri, e elas retribuíram. Quase todas tinham pelo menos um dente a menos.

– Silêncio! – gritou Rühl, vendo a cena.

Mas não tínhamos falado nada. As três começaram a rir.

– Cale-as! – rugiu o oficial.

Os soldados se aproximaram e as garotas ficaram quietas novamente.

– Ela confessou? – perguntou a loura.

Rühl pigarreou e começou a mexer na papelada.

– Vai confessar, vai confessar. E agora que você fez a identificação – disse ele à loura –, precisa assinar este documento.

– Ela não confessou? – A loura parecia aborrecida. – O que ela lhe contou?

– Não se preocupe com isso, *Fräulein* – disse Rühl. – Por favor, preencha isso aqui.

– Quem ela pensa que é? – indagou a mulher, levantando o tom de voz. Ela voltou a me olhar.

– Por que não conta a eles o que você fez? Você parecia uma pessoa legal quando eu abri a porta e aí...

– Você tem sorte de estar viva, sua vaca amante de nazistas.

Eu não pretendia dizer isso. Escapou.

– O quê?

A namorada reagiu como se eu a tivesse esbofeteado. Ela encarou Rühl.

– Ela está falando comigo?

– Repita o que você disse – ordenou Rühl, me desafiando.

Sorri. As três garotas ao meu lado começaram a rir.

– Calem-se! – gritou ele.

– Você não pode permitir que ela fale comigo desse jeito – argumentou a loura.

Olhei para ela e tudo que vi foram as dezenas de famílias judias e membros da Resistência que o namorado dela enviara aos campos para serem assassinados. Tudo que ela estava usando, dos sapatos de couro ao perfume, fora pago com o dinheiro ganho com a caça a judeus como Sonja e Philine.

– Vá se foder – grunhi.

As garotas resfolegaram.

A loura ofegou, virando-se para Rühl do jeito que os colaboracionistas sempre corriam atrás dos nazistas pedindo ajuda.

– Ela não pode falar isso.

Rühl marchou até a parede e segurou firme no meu queixo.

– Cale. A. Boca.

Ele empurrou minha cabeça para trás. As garotas tomaram um susto. Senti um galo se formar na parte de trás do crânio. Doeu. Mas fiquei satisfeita. A expressão no rosto dele me forneceu tudo que eu podia querer. Ele não arrancou nada de mim. Eu o fiz se sentir um idiota na frente daquelas mulheres. Foi gratificante.

– Levem-nas de volta ao escritório – ordenou Rühl aos guardas. – E coloquem essa aqui – falou, apontando para mim, mas, percebi, ainda evitando me chamar pelo nome – de volta ao isolamento.

Enquanto os guardas me escoltavam para fora da sala, fiz contato visual com a loura. Seus olhos ferveram de raiva diante da insolência. Dei uma piscadela. Ela atirou a bolsa, mas eu me abaixei, e a bolsa acertou o guarda, que tratou logo de recolhê-la do chão encardido.

– Tirem-na daqui! – urrou Rühl.

Quando caminhei rumo à passarela, a prisão mais uma vez irrompeu em gritos de apoio.

# Capítulo 42

Depois daquilo, passei mais de uma semana na solitária. Eles se recusaram a me alimentar em alguns dias, embora seja difícil ter certeza, pois está sempre escuro dentro da cela. Ontem à noite, tive a impressão de ter ouvido alguém, então percebi que era minha própria voz, sussurrando os pensamentos que atravessavam minha mente. Tento limitar esses pensamentos ao básico: comida e água. Para passar o tempo, imagino o banquete que vou degustar depois que tudo acabar. Faisão, batatas assadas, compota de cereja, vinho tinto, pão branco. Uma jarra de leite fresco, manteiga amarelinha derretida num pão quentinho. Sorvete. Chocolate. Um cigarro.

Como perdi quase toda a gordura do corpo, é doloroso ficar deitada ou sentada nessa esteira dura. Se eu me sento, o quadril dói; se me deito, os ombros e os cotovelos doem. Mas ficar de pé requer energia.

– Levante-se, Hannie. Levante-se, querida.

É Hendrik.

– Estou tentando dormir – resmungo.

– Levante-se, levante-se, levante-se – diz ele, com a voz melódica.

– Ai – solto um gemido, me esforçando para ficar sentada.

– Vamos lá – incentiva ele. – Falta pouco.

Usando a parede de apoio, eu me levanto com os joelhos trêmulos.

– Satisfeito?

– Satisfeito – responde ele, e então desaparece.

Hendrik tem me visitado assim nos últimos dias, um anjo elegante que tenta me manter alerta. Só sei que ele não está aqui de verdade porque, caso estivesse, teria me dado um cigarro. Mas ele não pode porque está morto.

Eu adoraria fumar um cigarro.

– Cigarro?

A porta da cela se entreabre, e na abertura que se forma surge um guarda. A brasa reluzente do cigarro aceso é o primeiro sinal de luz que vejo em dias.

Eu tento me levantar, o guarda se aproxima e me passa um cigarro, mas minhas mãos estão tremendo tanto que não consigo segurá-lo. Ele transfere o cigarro aceso da própria boca para a minha de modo que eu consiga fumar. Dou um trago e, por um instante, experimento o êxtase, mas logo começo a tossir tão forte que preciso me sentar outra vez.

– Eles estão vindo dentro de alguns minutos – informa o guarda.

Antes de ele fechar a porta, percebo que transferiram o quadro de giz para esta cela. Ainda tem a mesma palavra: *Assassina.*

Ninguém aparece dentro de minutos, é claro. Passam-se doze horas, talvez um dia inteiro, até que a porta volte a se abrir e dois guardas cheguem para me levar.

– Argh! – exclama um deles.

Sei que meu cheiro está terrível, ainda que eu mesma não consiga mais sentir nada. Não ando usando muito a latrina, pois não tenho comido quase nada, mas a pequena cela abafada fede mesmo assim.

Passamos pela mesma rotina, a procissão através da prisão, a agitação das mulheres, a irritação dos guardas. Pouco antes de me levarem ao subsolo, percebo o olhar de outra prisioneira sendo conduzida. A expressão em seu rosto revela quão chocante deve estar minha aparência. Sei que está péssima, apesar de eu não ver meu reflexo há um mês. Sinto que meu corpo está cedendo. Nos últimos dias, uma lanugem fina apareceu nas minhas bochechas, algo que eu já tinha visto em pessoas famintas. É a derradeira tentativa do corpo para se manter aquecido.

De volta ao subsolo. Emil Rühl está lá, junto com três outros membros da SD – não guardas da prisão.

– Aqui está nossa liderança feminina – anuncia Rühl.

Ele olha para mim como se eu fosse me apresentar. Já decidi que não vou falar nada. Nada de piadinhas, nada de nada. É a maneira mais simples de passar por isso, e estou tomada pela exaustão para fazer qualquer outra coisa. Assim que me sento, sinto minhas pálpebras se fecharem. Na verdade, eu poderia adormecer bem aqui. Eu quero dormir.

– Não, não – diz Rühl, erguendo meu queixo. – Senhores, esta é Hannie Schaft. Até o fim dessa reunião, ela terá admitido isso e muito mais. – Rühl se vira para mim. – Vou deixar você nas mãos deles, querida. Esses rapazes são especialmente treinados em *verschärfte vernehmung*, ok?

Interrogatório aprimorado. Nunca tinha ouvido esses termos. Os "rapazes" – homens de 20 e poucos anos – concordam, mas não sorriem.

– Seja uma boa menina, Hannie. Quanto mais rápido você cooperar, mais rápido tudo vai acabar, e ainda poderemos ser amigos.

Rühl se dirige à porta.

– *Heil Hitler!* – diz ele, fazendo a saudação.

– *Heil Hitler!* – respondem os soldados e os guardas.

Rühl vai embora. Dois guardas permanecem ao meu lado. Os três rapazes da SD estão do outro lado da mesa.

– Vocês podem ir – comenta um deles. – Esperem lá fora.

– Devemos algemá-la? – pergunta um dos guardas.

Estou sentada na cadeira, sem algemas. Não tenho energia para me levantar, muito menos para correr.

– Não, apenas a deixe aí – diz o homem.

Os guardas trocam um olhar e saem do cômodo. A porta se fecha atrás deles.

– Qual é o seu nome? – indaga um dos homens da SD.

Ele é alto, com cabelos pretos brilhosos e sobrancelhas que parecem pinceladas de tinta preta.

Não digo nada.

Sobrancelha assente, e um dos outros homens, o que parece ser o mais jovem dos três, dá a volta na mesa e se aproxima de mim.

– Me dê sua mão.

Não faço nada.

Ele se inclina para me encarar.

– Estou falando com você. Coloque a mão em cima da mesa.

Ergo os olhos para encará-lo e congelo. Nós dois congelamos. Eu conheço esse homem. Esse rapaz.

– Tom – sussurro.

Ele arregala os olhos e dá um passo para trás.

– O que ela disse? – pergunta Sobrancelha.

– Nada – responde Tom.

Continuo olhando para ele. Poderia ser mesmo ele? Tom. Nunca nem soube seu sobrenome, o primeiro rapaz que beijei. Um beijo esquisito, horrível.

– Oi, Tom – sussurro.

Não consigo falar mais alto, senão o faria. *Seu colaboracionista filho da puta.*

– O que ela está dizendo?

Sobrancelha começa a ficar irritado.

– Nada – diz Tom, pegando minha mão direita e a colocando sobre a superfície da mesa quadrada de metal. Parece a mão de um esqueleto, branca e ossuda.

– Você a conhece? – pergunta Sobrancelha, acusatório.

– Ela é louca – responde Tom. – Estou pronto.

O terceiro homem da SD dá a volta na mesa e se aproxima. Tom segura meu braço e pressiona minha mão sobre a mesa. Acena para o terceiro homem, um sujeito sardento mais baixo e mais gordo.

Sardento deposita um pequeno estojo de couro, do tamanho do antebraço de um homem. Ele abre o zíper e o desenrola, parecendo um kit cirúrgico. Com a visão periférica, vejo uma coleção de instrumentos prateados e brilhantes: bisturis, pinças, lupa, tesouras, agulhas.

Fico me sentindo como uma coelha, trêmula e agitada. Não mais exausta, olho para os três homens e me pergunto se, de alguma forma, eu poderia esmurrá-los. Mas é claro que não consigo, e há os dois guardas do lado de fora. Mesmo assim, não sou obrigada a tornar tudo mais fácil para eles, qualquer que seja a situação.

Eu tento me levantar da cadeira, mas, com o braço já sobre o meu, Tom me detém sem esforço. Isso lhe dá confiança, e ele sorri, orgulhoso.

– Algeme-a na cadeira – ordena ele.

– Vamos lá, Tommy – digo, respirando com dificuldade. – Você me conhece.

Sardento o encara, confuso.

– Comece – diz Tom, ainda segurando meu braço contra a mesa.

Quase não apresento resistência. Não tenho forças. Sardento dá de ombros, pega alguns instrumentos prateados do estojo e os dispõe sobre a mesa – tesouras, pinças e um bisturi. Ele olha para Sobrancelha à espera de um sinal. Sobrancelha assente.

Nós três observamos enquanto Sardento posiciona um pino comprido, estreito e afiado na ponta da unha do meu dedo indicador. É uma espécie de picador de gelo em miniatura, mas afiado para outros propósitos. Em seguida, usando uma marreta também em miniatura, ele começa a empurrar a ponta do pino por baixo da unha. Tic, tic, tic.

A dor é insuportável. Ouço um arquejo sair de minha boca e fico sem fôlego, cada célula do meu corpo de repente está concentrada no meu dedo e na sensação excruciante da carne macia sendo rasgada pelo aço afiado. Isso precisa parar imediatamente. Mas não para. Tic, tic, tic. A dor piora, a unha se parte no sentido do comprimento, e o sangue irrompe da base rosada. Se eu olhar, é pior. Viro a cabeça.

Tic, tic, tic.

Ele martela mais três vezes, e a unha rompida se abre como uma porta. Sardento olha para Tom e para Sobrancelha.

O rosto de Tom tem o matiz azulado das louças de Delft. Gotas de suor cobrem o lábio superior dele. Olho para ele, que desvia o olhar. Sobrancelha acena para Sardento, que larga a marretinha e o pino e pega a pinça.

– Qual é o seu nome? – pergunta Sobrancelha.

– Você sabe – sussurro.

Sardento pinça metade da unha e puxa. Dou um grito – não consigo evitar. O sangue jorra do meu dedo. Metade da unha fica jogada ao lado da mão, sobre a mesa. Tom parece que vai desmaiar.

– Qual é o seu nome? – insiste Sobrancelha.

Balanço a cabeça, e Sardento arranca a outra metade. Grito mais uma vez, me contorcendo na cadeira. Sardento e Tom me seguram.

– Fale seu nome, e vamos parar – avisa Sardento, como se eu ainda não tivesse entendido a pergunta.

– Tommy – sussurro.

Ele não se lembra de mim ou do meu nome. Provavelmente beijou um monte de gente nos bailes da faculdade. Eu não.

– Tom – sussurro outra vez.

– O que está acontecendo? – indaga Sobrancelha, inclinando-se sobre a mesa e encarando Tom. – Vocês dois se conhecem?

– Não, ela é maluca – responde Tom.

– Tommy – sussurro outra vez.

Sobrancelha recua.

– Se você a conhece, pode atestar o nome dela. Esta é Hannie Schaft?

Tom olha ao redor buscando ajuda.

– Eu não sei – diz ele. – Como eu deveria saber?

Ele olha para Sardento.

– Vamos para o próximo.

É gratificante. Tom decidiu que é pior admitir que conhece a Assassina do que ser útil na identificação. Eles ainda têm medo de mim. Sardento olha para Sobrancelha, que assente. E eles se encarregam do dedo seguinte. E do seguinte.

Continuo gritando até desmaiar. Eles me estapeiam para me manter acordada. Entre um dedo e outro tento me conectar com Tom. Por que nunca perguntei seu sobrenome? Não sei por quanto tempo aquilo persiste. Minutos? Horas? Por fim, eles me algemam à cadeira. Sardento recolhe o estojo e limpa com um lenço de linho branco cada um dos instrumentos antes de guardá-los. Eles saem sem dizer nada.

– Tchau, Tommy – sussurro.

Ele me ignora.

Os guardas entram e param, assim que cruzam a soleira. Uma única luminária projeta um círculo de luz sobre mim. Estou jogada na cadeira, o queixo apoiado no peito. Estou quase inconsciente, mas acordada o suficiente para sentir minha pulsação nas pontas dos quatro dedos da mão direita. Cada batida é uma agonia, um raio de sensações que corre direto para as pontas em carne viva dos meus dedos. Ouço o gotejar discreto do sangue sobre o piso de cimento.

Em cima da mesa, iluminados como atores sob os holofotes, há oito pedaços esgarçados de unha, como se fossem os chifres de algum animal minúsculo, com as extremidades vermelhas e carnudas nos pontos em que se conectavam à carne. Uma pequena poça de sangue coagulado embaixo deles.

Penso como é engraçado que algo tão pequeno seja tão doloroso.
Talvez não fosse Tom.
A seguir, escuridão. Até que enfim.

# Capítulo 43

MAIS TARDE, NO MESMO DIA, eles se encarregam das unhas da mão esquerda. Dessa vez, desmaio antes que cheguem ao mindinho.

# Capítulo 44

Acordo em uma nova cela. Na verdade, é a cela antiga. Mesmo antes de abrir os olhos, sinto que há pessoas por perto. Apesar das grossas paredes de pedra, ouço o burburinho das mulheres.

– Tania? – chamo.

– Ah, Hannie – murmura ela, como se estivesse esperando há muito tempo para me ouvir falar outra vez. – Você está bem?

Tento falar, mas não sai nada. A boca está seca, parece cheia de areia. Estico o braço para verificar se deixaram uma garrafa d'água na cela, mas, ao fazê-lo, a dor causticante das pontas dos dedos ensanguentadas me domina, me deixando completamente consciente.

– Ai...

– O que eles fizeram com você? – pergunta Tania.

Preciso de alguns momentos para me recompor antes de conseguir falar. Isso me dá tempo de pensar nas respostas. O que quer que eu diga a Tania será repassado adiante, através de sussurros.

– Estou bem – respondo. – Não entreguei nada.

Ouço o que parece ser um leve aplauso.

– Hannie, nós amamos você – sussurra Tania, logo se interrompendo, dominada pela tosse. Ela se recompõe. – Seja forte.

– Eu também amo vocês.

Minha voz é quase inaudível.

– *Vuur, schurft, hoest, en liefde* – digo.

– O que é isso? – sussurra Tania.

Fogo, sarna, tosse e amor.

Mais tarde naquele dia, a porta da cela se abre, e os guardas me arrancam de lá outra vez. Eles me largam no chão da enfermaria, no mesmo lugar em que tomei banho semanas antes.

– Limpem-na – diz um dos guardas.

As assistentes me cercam, me erguem e me colocam numa maca. Desmaio e recobro a consciência enquanto elas me tocam, me cutucam, me limpam com esponjas e pedaços de pano. Parece gentil demais para ser verdade. Quando acordo, a gentileza acaba.

– Está bom, vamos.

Com os braços apoiados no pescoço dos guardas, eles me levam para fora.

O lado de fora. Pela primeira vez em um mês, talvez. Aperto os olhos diante da claridade do sol, o calor é quase doloroso. Quando entramos no pátio central, as vozes do ambiente e outros barulhos silenciam. Através de olhos marejados, consigo ver um espaço livre na parede de tijolos. Os guardas me arrastam até lá. De cada um dos lados, dúzias de prisioneiras estão de pé, observando. Estão imundas e magras como gravetos, e dão as mãos e sussurram entre si enquanto passo por elas. Ouço o nome "Hannie Schaft" aqui e ali. De vez em quando alguém sibila: "*Verzet*."

Resista, resista. É o que pretendo fazer. Ainda é meu único plano. Não entregar nada a eles.

– Fique aí, encostada na parede – ordena o guarda, me empurrando.

Eu sei o que é isso porque já vi nos filmes. Uma execução. Uma linha de tiro. Sinto o calor dos tijolos vermelhos às minhas costas. Ergo a mão para tirar uma mecha de cabelo dos olhos, e todo o pátio fica em silêncio. Minha mão. As assistentes da enfermaria enrolaram as pontas dos meus dedos em gazes, mas o sangue já encharcou tudo, e a palma da mão direita está coberta de rios de sangue que descem pelo braço e mancham a manga da blusa que um dia foi branca. Abaixo a mão e sinto mais uma vez minha pulsação nas pontas dos dedos, que doem terrivelmente. Na tentativa de interromper aquele latejar, retiro o lenço do bolso da saia e pressiono a mão direita num punho cerrado. Não é apenas um lenço, porém. É a boneca. Deformada, amassada, encardida e manchada, mas ainda é a bonequinha de tecido que Truus me deu. Os guardas permitiram que eu ficasse com ela quando me revistaram; afinal de contas, é só um lenço surrado. Os nós das extremidades já se desmancharam, o barbante do pescoço também. Não passa de um trapo velho. Mas não é nada disso. É Truus, Freddie, Hendrik, até Jan. São meus pais, Philine, Sonja. É Rosie. Truus fez uma boneca para ela, e ela sobreviveu. Truus fez uma boneca para mim... e ainda estou aqui. Não desisti. O lenço já passou do branco encardido para o vermelho-vivo, brilhante.

– De pé! – grita o guarda mais uma vez.

Eu endireito a coluna. Já acostumada com a luz do sol da tarde, vejo as prisioneiras de pé atrás dos guardas, as expressões ansiosas, emocionadas. E, bem à minha frente, meia dúzia de soldados da Wehrmacht uniformizados, em alerta, num semicírculo, com os rifles pendurados no ombro.

– *Achtung!* – anuncia uma voz.

É Rühl. Os soldados assumem posição de sentido.

– *Heil Hitler!* – saúda ele.

– *Heil Hitler!* – repetem os soldados, fazendo a saudação.

– Hannie Schaft – diz Rühl, a voz ressoando pelo pátio. – Nós lhe demos várias oportunidades. Esta é sua última chance. Sabemos que você é uma criminosa que tenta destruir as esperanças e os sonhos de cidadãos holandeses esforçados. Ferindo, até matando, cidadãos inocentes. Alguns, inclusive, são seus conterrâneos. Sim, é verdade.

Ele olha ao redor, como se esperasse que as prisioneiras o apoiassem. Todas permanecem em silêncio.

– Tudo que queremos é que você admita quem você é e o que fez. Não é pedir muito. Veja bem, é o que precisamos fazer se quisermos servir à causa da justiça. Devemos ter certeza de que não estamos punindo a pessoa errada. Seria injusto. O Terceiro Reich é um regime de leis, Srta. Schaft. Ninguém está acima da lei.

– Emil – menciono. – Parece francês.

Rühl me encara, furioso com a insolência.

– O que quer dizer, Srta. Schaft?

Não tenho forças para repetir.

– Bom, tem algo mais a dizer? É sua última chance.

Ergo a cabeça. Os soldados olham através de mim, não me encaram.

Os rostos não passam de máscaras de carne. Mais do que qualquer coisa, parecem constipados. Isso me faz sorrir.

– É isso – afirma Rühl, e então ele se dirige aos soldados: – *Achtung!*

Eles batem os calcanhares.

– Apontar!

Os soldados erguem os rifles até os ombros, todos apontados para mim. Meus intestinos vazios se contorcem. Se eu não tivesse tão desidratada, faria xixi. As prisioneiras levam as mãos à boca, aos olhos, aos ouvidos. Ouço alguém chorar. Me concentro na respiração. Mal consigo sorver o ar, mas é o suficiente para me lembrar de que ainda estou viva. De que não entreguei nada. Nem meu nome.

– Alfred? – diz Rühl.

CLIQUE.

Silêncio.

Pés se arrastando. Arquejos.

Abro os olhos. No meio da linha de tiro, há um homem com uma grande câmera portátil. CLIQUE. Ele tira mais uma foto.

– Para os arquivos – informa Rühl, me encarando com um sorriso doentio.

Eu o encaro de volta.

– Na próxima vez, os disparos serão das armas – anuncia ele.

Eu sorrio. Aperto a boneca de Rosie. Gotas de sangue caem sobre as pedras aos meus pés.

As mulheres vibram.

# Capítulo 45

15 de abril de 1945

NÃO FAÇO A MENOR IDEIA de que horas são ou até que dia é hoje. Aninho a boneca de pano suja junto ao peito e ouço os sons que se propagam e atravessam minha janela. Às vezes ouço vindo da rua o retinir vibrante, tão familiar, da sineta de uma bicicleta. A menos de 100 metros de distância, do outro lado dos muros, as pessoas caminham livremente. É uma questão de centímetros, de poucos metros. Mesmo assim, sei que estou do lado certo.

A porta se abre, e os guardas deixam uma bandeja de comida.

– Coma rápido, vamos levá-la para fora.

Enfio na boca uma porção de alguma coisa marrom e pegajosa, e eles me conduzem pela prisão mais uma vez. As prisioneiras se agitam. Estou cansada demais para demonstrar reconhecimento. Logo estou no interior silencioso do prédio, tão afastado das prisioneiras que, não fosse pelas barras nas janelas, pareceria um escritório normal. Meu velho amigo, Emil Rühl, está sentado a uma grande mesa de madeira. Eles me acomodam numa cadeira acolchoada, no lado oposto. É a coisa mais macia que sinto em muito tempo. Talvez na vida toda. Não estou acostumada a nada confortável.

– Olhe só para você – diz ele, balançando a cabeça. Parece triste de verdade. – Espere.

Ele se inclina e vasculha a gaveta. Há dois guardas me escoltando, mas nenhum deles se preocupa com a possibilidade de eu pular e atacar Rühl. Mal tenho forças para sequer imaginar isso.

– Aqui – diz ele, me entregando um espelho redondo, com moldura e cabo de ébano.

Pego o espelho, sem jeito, os dedos envoltos em gaze – percebo a repulsa dele ao vê-los – e o posiciono diante do rosto.

Demoro um momento.

Até que eu a reconheço. A imagem me encara do espelho. Um ser humano, é a primeira coisa em que penso quando vejo meu reflexo. A fome apagou não apenas os traços suaves e a personalidade, mas até o gênero. Eu poderia ser homem ou mulher. Eu poderia ser jovem ou velha. Sou um rosto em cima de um corpo, e ainda estou viva para olhar para mim mesma. Sinto orgulho disso.

– Que dia é hoje? – pergunto, com um fiapo de voz.

Tento alisar meu cabelo sem brilho.

Rühl quase cai da cadeira. Ele nunca tinha me ouvido dizer mais do que algumas poucas palavras.

– O que você disse?

– A data.

Estou tão cansada.

Ele consulta o calendário em cima da mesa, um dos muitos itens feitos sob encomenda na sala decorada com uma suástica gritante. Elas sempre chamam minha atenção.

– Quinze de abril – responde ele, com o dedo sobre o quadradinho da página, como se eu duvidasse dele.

No entanto, não estou mais pensando em Emil Rühl. Se é mesmo dia 15 de abril, devo estar aqui há mais de um mês.

Por que a guerra não terminou? Onde estão os Aliados? Eles estão lá fora, em algum lugar, perdidos como meus pais, Sonja e Philine.

Estico o pescoço na tentativa de olhar para fora da janela e ver a rua de Amsterdã lá embaixo, mas é o ângulo errado. Tudo que vejo é o céu. O céu é azul. Um pássaro passa voando pela janela – um pardal – e se vai. O pardal no salão. No nono ano, fiz uma apresentação sobre isso. Um pardal voa na tempestade escura e entra no grande salão real, iluminado e quente, e então voa de volta para a escuridão e para o frio. E assim é a vida do homem, um breve período de luz entre a inexistência e a escuridão da morte. Bom, pelo menos foi o que escrevi.

– ... que lhe importa mais? – indaga Rühl.

Perdi a primeira parte. Os pensamentos divagam.

– O quê?

Rühl resmunga. Eu o ofendi. O que quer que vejamos a partir da perspectiva limitada de nosso breve tempo na Terra, voando em torno do salão iluminado, não revela nada sobre o que vem antes ou depois.

– Do que você está falando? – pergunta Rühl, me observando com o cenho franzido.

– Nada.

Eu não tinha me dado conta de que estava falando em voz alta. No céu azul, tento imaginar uma frota de aviões da RAF, a Força Aérea Real britânica, cortando o ar, anunciando o fim de tudo isso. *Bombardeiem*, penso. *Arrasem essa prisão. Bombardeiem até a mim*. Mas não há nenhum avião no céu. Apenas pássaros.

– Eu estava lá com Jan Bonekamp, sabe? – comenta Rühl. – No hospital.

Eu o encaro. Quero saber mais, mas me recuso a perguntar.

Ele não se contém.

– Ele não foi logo abrindo a boca. Longe disso.

Ele hesita para examinar minha reação. Se tenho alguma, não há nada que eu possa fazer para esconder. Mas acredito que estou exausta demais para expressar emoções.

– Na verdade – continua ele –, foi só depois que levamos uma enfermeira jovem e bonita que o Sr. Bonekamp falou alguma coisa.

Rühl sorri, faz um aceno para os soldados. Os homens entendem. Ele sorri como se fosse o proprietário orgulhoso de um cavalo de corrida campeão.

– Vá se foder! – urro.

Um dos soldados tosse, e o rosto de Rühl fica vermelho.

– Escute aqui, sua vadia, eu poderia ter matado você semanas atrás. Muitos aqui teriam preferido. Achei de verdade que poderíamos trabalhar juntos. Ajudar um ao outro. Mas você não me ajudou em nada.

Eu apenas o observo falar. Minha mente se volta para o pardal, na liberdade de voar. Em seguida, penso em Jan. Eles acham que estou surpresa? Não sei que reação eles querem que eu esboce. Honrada? Horrorizada? Devastada? Já superei tudo isso.

– Você tem mais um dia para pensar no assunto. É sua última chance, Hannie. Não parta o coração de seus pais, ok?

Ergo a vista.

– Ah, sim, eles estão vivos. Por enquanto.

Meu coração dispara no peito com tanta força que chega a doer. Meus pais estão vivos? E Philine? Quero perguntar, mas seria inútil.

– Não é tarde demais para fazer a coisa certa. Como seu querido Bonekamp.

Meu querido Bonekamp. Eu o amei, de verdade. Eu estava apaixonada... É a mesma coisa? Acredito que ele me amou. Do jeito que ele amava muitas outras coisas. Com certo desleixo.

– Como? – Rühl me encara.

Não falei em voz alta, acho que não. *Não parta o coração de seus pais. Eles estão vivos. Talvez. Talvez se eu... Não. Não seja idiota, Hannie. Ele está mentindo.*

Um pouco antes de escurecer, olho para o céu azul atrás de Rühl e espero ver o pardal mais uma vez.

– Hannie, Hannie, você está aí?

Está tão escuro que deve ser noite. Talvez dias tenham se passado, talvez horas. Não sei. A voz de Tania se esgueira pelo ralo num volume tão baixinho que mal consigo ouvir.

– Hannie?

– Tania – sussurro.

– Você está bem?

Hoje eles me levaram ao subsolo, mantiveram minhas mãos algemadas para trás e amarraram as algemas numa corda presa a um gancho no teto; em seguida, alguém começou a puxar a corda atrás de mim, erguendo meus braços cada vez mais alto até deslocar meus ombros; logo depois, meus cotovelos quebraram.

De volta à cela, me lembro de sentir uma dor excruciante quando encaixaram os ossos de volta. Meus ombros estão inchados e cheios de hematomas. Todos os meus dedos estão enrolados em gaze, com exceção dos dedões. Olho para eles, rosados e saudáveis na extremidade dos braços, e acho incrível que uma parte do corpo funcione tão bem, enquanto, a centímetros dali, outras partes, as pontas dos outros dedos, apodrecem e murcham. Não entreguei nada a eles. Nem o meu nome.

– Eu estou bem – digo a Tania. – Estou bem.

# Capítulo 46

17 de abril de 1945

– VAMOS.

Os guardas me põem de pé. Sou arrastada pela prisão, pendurada nos braços dos guardas feito musgo pendendo de uma árvore. A agitação das prisioneiras esta manhã está apavorante. O que começa com brados – *Hannie!* – se transforma em sussurros e gritos raivosos e de escárnio, vaias direcionadas aos guardas, objetos atirados enquanto passamos. Elas acham que estou morta. Não me lembro da última vez que comi ou bebi alguma coisa. Mas não estou morta. Ainda estou viva.

Então, uma jovem se inclina por entre as barras da cela adiante. Ela estende o braço e toca a ponta da manga da minha blusa. A unha dela alcança o tecido, e nossos olhares se cruzam.

– Hannie Schaft? – pergunta ela.

Os guardas me afastam, mas eu me viro para vê-la.

– Shh – sibilo.

Ela grita o mais alto que consegue:

– *Lang leve Hannie Schaft!*

Vida longa a Hannie Schaft.

As prisioneiras vão à loucura. Os gritos invadem a prisão como uma enxurrada, arrastando tudo pelo caminho.

*Lang leve Hannie Schaft!*

*Lang leve Hannie Schaft!*

*Lang leve Hannie Schaft!*

Toda a fortaleza de pedra ecoa o alarido das prisioneiras que lamentam, gritam seu ódio por esses canalhas nazistas e clamam pela vida, e eu amo essas mulheres. E, no momento em que sou arrastada para fora, jogo a cabeça para trás e dou um berro. Nenhuma palavra, apenas sons tão primitivos que me assustam. Como um animal ferido, que é o que sou. Elas gritam de volta. Eu amo essas mulheres.

Ofegante, sou jogada na traseira de uma van. Minha velha amiga, a van preta. Eles adoram jogar mulheres aqui dentro. Através da janelinha entre a traseira e a cabine, vejo um motorista louro atrás do volante, junto com outro soldado anônimo. Emil Rühl aparece. É claro que Rühl está aqui, ele não iria perder o momento. Atrás dele vem um homem alto e grande, com um rosto comprido de toupeira: é meu outro velho amigo, *SS-Sturmbahnführer* Willy Lages, da ponte Jan Gijzen. Ele e Rühl trocam um *Heil Hitler*, conversam por um instante, se saúdam outra vez, e então Lages entra na van. Rühl fica para trás. O motor ruge, as rodas se movimentam, e eu vejo os muros de pedra da Casa de Detenção Amstelveenseweg ficarem pequenos pela janela minúscula. E, então, desmaio.

Acordo no meio de uma cidade. Pela janela, vejo prédios altos e ouço pessoas conversando lá fora. A porta do passageiro se abre, e um novo homem se junta a nós. Atrás dele, vejo a placa vermelha e branca da Bakkerij Vink Haarlem. Eu gostava de comprar torta de maçã nessa padaria. Por que estamos em Haarlem? Não é possível que estejam me levando para casa.

Estão me levando para casa?

Truus. O que Truus está fazendo agora?

Por que estamos em Haarlem?

Então, as portas traseiras da van se abrem, e o homem novo olha para dentro, me vê jogada no canto e taca alguma coisa ao meu lado. Ele fecha e tranca as portas com um estrondo metálico.

É uma pá.

NÃO ESTÃO ME LEVANDO PARA CASA.

Dormi no trajeto entre Amsterdã e Haarlem. Eu cairia se tentasse correr para algum lugar, mas, pela primeira vez em semanas, sinto a mente desperta e em alerta. A van segue seu caminho, o barulho do motor e dos pneus na estrada esburacada mistura tudo num rugido indefinido. É bom para pensar.

Não estão me levando para casa.

Não estamos mais na cidade. A van só para de vez em quando, ao passar por cruzamentos. Há pouco barulho lá fora. Me arrasto até a janela e vejo campos, alguns cultivados, outros não. Isso me faz lembrar os piqueniques com Truus e Freddie.

Truus, Freddie e Trijntje. As Oversteegens estão vivas.

Meus pais? Vivos, decido manter as esperanças.

Philine e Sonja? Vivas, decido manter as esperanças.

Hendrik morreu. Como herói.

Jan morreu. Jan... Fecho os olhos ao pensar em Jan, e meu coração balança. É o que sempre acontece quando lembro como ele me fez sentir. Acolho a dor da saudade; é tudo que me resta. A única coisa pior do que sentir essa dor seria não sentir absolutamente nada.

Logo estarei morta.

Talvez a pequena Rosie esteja viva. Ela ainda é tão jovem. Eu me sinto tão velha... ter 24 anos é ser velha? Talvez não, só que não sou mais jovem.

O céu azul lá fora é o mesmo céu azul fora da janela de Rühl. Porque é o mesmo céu. Posso ver a prisão. Ouço a voz de Tania pelo ralo. Sinto nos ossos os gritos de apoio das prisioneiras. Sinto o tecido da manga se rasgando quando a jovem mulher me toca. *Hannie?*

Pela primeira vez desde que tudo aconteceu, penso na primeira pessoa que matei. O oficial Kohl, no beco. Eu tinha medo de pensar nele. Agora, quero pensar. Todos nós morremos. Mas eu fiz algo útil naquela noite.

Ainda posso ser útil.

Ainda posso resistir.

A van sacode, e eu deslizo no chão estriado de metal. A porta traseira se abre.

– Saia.

Alguém pega a pá.

Eu me arrasto para fora da van. De início, tudo que vejo ao redor são arbustos espinhentos, mais altos do que eu. Os outros dois homens dão a volta no veículo. *SS-Sturmbahnführer* Lages acena para o homem da pá.

– Vamos – diz o novo homem, me puxando pelo cotovelo.

Eu me encolho com seu toque e sigo caminhando à frente dele. O homem me deixa ir. Não faço ideia de onde estamos nem para onde vamos.

E, de repente, eu sei. Meus pés estão descalços, saio da região dos arbustos e piso num caminho de areia. Há areia por todo lado, macia e aquecida pelo sol. Vim aqui com Jan, uma vez. Estamos nas dunas de areia gigantes das praias do Mar do Norte. Sinto falta da arma. Tropeço, e Lages grita comigo.

– Continue andando – diz ele. – Siga a trilha.

Eu sigo. Não é fácil. A areia é escorregadia, e eu estou fraca. O calor glorioso do sol e a brisa do oceano são inebriantes, como uma droga. Eu poderia sofrer uma overdose a qualquer momento.

Eu caio.

– Levante-se.

Eu me levanto. Dou alguns passos. Volto a cair. Começo a rir.

– Cale-se e siga andando.

Eu tento, mas não consigo parar de rir, uma risada fraca e vazia que mais se parece com o uivo do vento. Vejo Annie observando tudo isso e rindo também. É absurdo. Como foi que cheguei aqui, nas dunas, faminta, desafiadora? Como foi que ela chegou?

– Annie? – eu chamo.

– Oi, Joaninha.

O lindo sorriso de minha irmã. Annie ainda tem 12 anos. Eu não tenho idade. O tempo se desenrola diante dos meus olhos. Eu sinto. O tempo desacelera, se arrasta, depois dá saltos, avança. Não é uma flecha. É um redemoinho.

Então ouço alguma coisa, talvez um inseto ou quem sabe um pardal, zumbindo perto do meu ouvido. Um BUM distante. Caí outra vez. Tento me levantar e sinto uma coisa no ouvido, passo a mão. Quente, pegajoso. Eu me levanto e olho para minha mão, pintada de vermelho. Vejo escorrer pelo ombro esquerdo. Sangue vermelho. Tento alcançar a boneca no bolso. Quando pego o lenço, armas são apontadas.

– Não é nada, é só um lenço – diz um deles.

Eu o pressiono contra a cabeça ensanguentada. De alguma forma, Truus ainda está aqui. Me ajudando, como sempre fez. Me ajudando a não perder a humanidade.

O homem da pá abaixa a arma. Parece assustado. Com o quê?

Ah. O sangue. Minha mão está vermelha e pingando. Ele não é muito bom de mira.

Annie e eu rimos. Não estão me levando para casa, estão? Annie sorri para mim. Ela sempre teve o sorriso mais lindo. Todo mundo dizia isso depois que ela morreu. Ela era parecida com mamãe.

Eu me viro para olhar os três homens de pé atrás de mim, alinhados numa fileira, como meninos brincando de atirar. Por que estou sentada na areia? *Resista*. Eu me obrigo a ficar de pé, cambaleando. Esses homens idiotas e suas armas. Estão apavorados por causa de alguma coisa.

– Eu atiro melhor do que vocês – digo.

É verdade.

Lages rosna e aponta a arma, a saliva saltando para fora da boca. Está gritando alguma coisa. Não consigo ouvir sua voz. Os dedos se contraem no gatilho.

Não tenho medo. Eu os desafio. Não entreguei nada a eles. Nem mesmo o meu nome.

Um estrondo, como um trovão.

BUM.

A boneca manchada de sangue cai esvoaçante sobre a areia.

Dois pardais voam. Uma abelha.

Não entreguei nada.

O som do oceano.

Céu.

Nem mesmo o meu nome.

# Posfácio

HANNIE SCHAFT FOI LEVADA da Casa de Detenção de Amstelveenseweg no dia 17 de abril de 1945 até as dunas perto de Bloemendaal, a cerca de 20 quilômetros de Amsterdã. De acordo com seus captores, ela foi forçada a caminhar à frente deles enquanto era conduzida até o meio das dunas. Então, o soldado alemão Mattheus Schmitz lhe deu um tiro pelas costas. A bala atingiu a cabeça dela de raspão e a derrubou na areia. Ela se levantou, se virou para encarar os carrascos e gritou: "Eu atiro melhor do que vocês!" Nesse momento, o colaboracionista holandês e policial Maarten Kuiper ergueu a metralhadora na direção dela e desferiu o tiro fatal. (Muito do que sabemos sobre os últimos momentos de Hannie foi relatado por Kuiper, que foi interrogado depois da guerra.) Eles a enterraram numa cova rasa nas dunas, onde muitos membros da Resistência foram deixados sem qualquer sinalização, na esperança de que fossem esquecidos.

Treze dias depois, em 30 de abril, Adolf Hitler se suicidou na Alemanha. Uma semana mais tarde, o Terceiro Reich alemão se rendeu incondicionalmente às Forças Aliadas. Em 5 de maio, os Países Baixos finalmente foram libertados. Nos meses que se seguiram, centenas de corpos de membros da Resistência assassinados foram retirados das dunas. Hannie foi enterrada num caixão coberto com a bandeira holandesa no National Cemetery of Honor, em 27 de novembro, numa cerimônia à qual compareceram a rainha Guilhermina e centenas de pessoas. Entre os 422 combatentes encontrados nas dunas, Hannie Schaft era a única mulher.

Além dos assassinatos confirmados de seis oficiais nazistas alemães e colaboracionistas holandeses, Hannie (e Truus e Freddie) transportou armas perigosas pelo país, quase sempre de bicicleta. Com Jan Bonekamp, invadiu o prédio da Prefeitura de Krommenie, confiscando documentos úteis à Resistência, além de um importante depósito químico em Amsterdã. Em 1944, Hannie, usando o codinome Johanna Elderkamp, conseguiu se infiltrar numa base de foguetes alemães V-1 e V-2 na costa holandesa, um complexo altamente restrito de onde partiam ataques que vinham devastando o sul da Inglaterra. Hannie desenhou mapas detalhados que foram repassados à Força Aérea Real britânica (RAF). Em resposta, a RAF enviou trezentos bombardeiros aéreos que conseguiram destruir as instalações de lançamento. Pouco antes de sua captura, Hannie e Truus se recusaram a explodir uma loja de departamentos em Amsterdã sob o argumento de que muitos civis poderiam se ferir. Elas também tiveram a oportunidade de sequestrar os filhos do *Reichskommissar* Arthur Seyss-Inquart, uma missão que ambas recusaram. "Não somos como os nazistas", disse Hannie à época. "Nós da Resistência não matamos crianças." Nenhum dos dois planos foi executado.

Logo após sua morte, Hannie Schaft foi celebrada como o "Símbolo da Resistência" pela rainha Guilhermina e postumamente condecorada com a Cruz da Resistência Holandesa. O comandante supremo dos Aliados, o general Dwight D. Eisenhower, prestou uma homenagem póstuma a Schaft com a Medalha da Liberdade Americana. No entanto, no começo da Guerra Fria, as conexões de Hannie com o Conselho de Resistência, considerado comunista, levaram o governo holandês a proibir quaisquer memoriais em seu nome. Em 1951, com a ajuda das Forças Armadas e de tanques militares, o governo dispersou 10 mil visitantes que homenageavam Hannie em seu túmulo. Depois da queda da União Soviética, no início dos anos 1990, sua reputação foi aos poucos restaurada.

Atualmente, na lápide de Hannie Schaft, no Cemitério dos Heróis, está escrito:

*Jannetje Johanna Schaft*
*16 de setembro de 1920 – 17 de abril de 1945*
*Zij diende*
[Combatente]

Os pais de Hannie, **Aafje Talea (Vrijer) Schaft** e **Pieter Schaft**, foram enviados ao campo de concentração de Herzogenbusch, perto da cidade de Vught, nos Países Baixos, e lá permaneceram até pouco tempo antes do fim da guerra, quando receberam permissão para voltar para casa, em Haarlem. Quando a paz foi celebrada, em 5 de maio de 1945, os pais de Hannie presumiram que ela seria libertada da prisão. Em 21 de maio, foram informados da execução da filha, apesar do acordo feito semanas antes entre alemães e Aliados para cancelar todas as execuções. Os Schafts continuaram morando em Haarlem depois da guerra.

**Philine Rosa Polak Lachman** (1921-2018) sobreviveu à guerra graças à ajuda da amiga da família, **Marie Korts**, uma alemã que imigrou para Amsterdã depois da Primeira Guerra Mundial e trabalhou como governanta na casa dos Polaks durante toda a infância de Philine. (A mãe de Philine nunca se recuperou inteiramente da pandemia de gripe espanhola, em 1919, e sucumbiu à tuberculose em 1923, quando Philine tinha 2 anos.) Marie odiava o regime nazista e fez contato com Philine por meio da rede da Resistência, que a resgatara na casa dos Schafts na noite em que os pais de Hannie foram presos. (Isso levanta a questão: por que os Schafts ficaram? Talvez tenham permanecido em casa por acreditarem que estavam seguros, já que não ocultavam mais nenhum *onderduiker*, mas isso é algo difícil de afirmar.) Philine foi levada de volta a Amsterdã, onde passou o Inverno da Fome tentando sobreviver num abrigo construído em 1667, sem eletricidade e sem aquecimento. "Pensei em me jogar no canal", disse ela mais tarde. "A morte nos acompanhava o tempo todo. Não existia futuro." Marie Korts mais uma vez veio em seu socorro, abrigando Philine na própria casa.

No dia da libertação, em 5 de maio, Philine estava tão fraca que mal conseguiu celebrar. "Estávamos com fome, fracos e exaustos. Não posso dizer que fiquei emocionada; eu estava abalada demais. A maioria das pessoas estava." Além disso, Philine sentiu medo de reencontrar os velhos vizinhos, os que não eram judeus. "Achei que fossem dizer: 'Aí estão esses malditos judeus outra vez. Por que não foram todos mortos?' Talvez eles pensassem assim", recordava-se ela. "Porque, depois de ouvir tantas vezes que você é *Untermensch* [em alemão, "sub-humano"], é como se uma parte disso ficasse enraizada." Usando a calça e a camisa de seu pai desaparecido, uma vez que suas próprias roupas tinham se acabado, Philine se aventurou a sair em público pela primeira vez em três anos. Na Dam Platz, a bandeira com a suástica tinha sido removida e "havia tropas aliadas, tropas canadenses na praça. Ao primeiro soldado Aliado que vi, pedi um autógrafo em minha carteira de identidade, e ele era de Winnipeg. Eu nunca tinha visto um soldado Aliado, e nós os recebemos com grande alegria."

A alegria de Philine desapareceu assim que ela tentou reencontrar Hannie, depois de finalmente entrar em contato com Truus. (Antes mesmo de ser presa, Hannie contou para ela sobre as queridas amigas Truus e Freddie, e vice-versa. Truus, Freddie e Philine mantiveram contato ao longo de toda a vida por meio da Fundação Nacional Holandesa Hannie Schaft.) "Truus e eu passamos o primeiro dia livre após a guerra em pé diante da prisão em Amsterdã, com tulipas vermelhas", recordou-se ela, "esperando recebê-la quando ela saísse. Mas Hannie não estava mais lá".

Logo em seguida, Philine também descobriu que seu pai, **David Polak** (1885-1943) tinha sido assassinado no campo de concentração de Sobibor, na Polônia, pouco tempo depois de ela ter fugido para morar com os Schafts. Outros doze membros da família estendida dos Polaks também foram mortos em campos de concentração.

Philine decidiu emigrar para os Estados Unidos a fim de se reencontrar com o irmão, Jaap Polak (que mais tarde adotou o nome Jack Vanderpol), no Walter Reed General Hospital, em Washington D.C. Ele escapara dos Países Baixos antes da guerra, se alistara no Exército americano e se ferira gravemente na Batalha das Ardenas, na Bélgica. Em Washington, Philine conheceu o também sobrevivente do Holocausto Erwin J. Lachman, nascido em Berlim, na Alemanha. Os dois se casaram e tiveram dois filhos.

Philine manteve o compromisso com os ideais de direitos humanos e justiça que compartilhava com Hannie. Ela atuou como conselheira-geral na Organização das Nações Unidas (ONU) e, mais tarde, trabalhou para o Fundo Monetário Internacional (FMI), onde se tornou a primeira mulher no alto escalão da hierarquia do órgão, ocupando o cargo de conselheira-geral assistente. Graças aos esforços de Philine, em 1992, Marie Korts foi agraciada pelo Memorial do Holocausto Yad Vashem, em Israel, com o título de Justa entre as Nações, concedido a gentios que arriscaram a vida para salvar judeus. Depois da guerra, Marie permaneceu em Amsterdã, e Philine a visitou muitas vezes ao longo da vida.

Embora Philine não comentasse muito sobre a experiência vivida nos tempos de guerra, mais tarde ela sentiu necessidade de compartilhar o que havia acontecido, em especial por causa dos negacionistas do Holocausto. "Antes da guerra, eu não gostava de política", disse ela numa entrevista, "por causa do meu pai [que não gostava]. Depois, descobri que não poderia ser apolítica, porque foi a política que nos matou". Philine concedeu longos relatos orais históricos à Fundação Shoah e fez um pronunciamento nas celebrações em homenagem ao sexagésimo aniversário da morte de Hannie Schaft, em Haarlem, em 2005. Nos últimos anos de vida, em seu aniversário, Philine costumava dizer: "Eles tentaram tanto me matar, mas ainda estou aqui!"

Em 2017, aos 96 anos, Philine fez uma reflexão sobre a própria vida. "Tentei viver a vida 'Tikkum Olam'", escreveu. "Isso significa 'tornar o mundo melhor'. É a única coisa em hebraico que conheço! Para mim, isso significou tentar jamais dizer algo que pudesse causar sofrimento a outra pessoa ou gerar prejuízo mental ou material a alguém." Mesmo na casa dos 90, a experiência pessoal de Philine na guerra permanecia vívida e visceral: "É claro que tive que usar uma estrela amarela", recordou-se ela. "É uma coisa que, depois de usar pela primeira vez, você nunca mais consegue tirar."

Philine R. Lachman morreu aos 97 anos em Maryland, em 2018, na companhia amorosa dos filhos e netos.

**Sonja Antoinette Frenk** (1920-1943) não fugiu para os Estados Unidos. Ela foi traída e descoberta em Lyon, na França, e então capturada e enviada ao campo de concentração de Auschwitz, na Polônia ocupada. Foi assassinada em 23 de novembro de 1943. Logo depois que Sonja saiu de Amsterdã com Hannie Schaft, seu pai, Willem Frenk (1891-1943), morreu em Sobibor, assim com o pai de Philine. A mãe de Sonja, Esther Engelina Blok Frenk (1891-1980), sobreviveu à guerra e se casou outra vez.

Depois de testemunhar a captura de Hannie na ponte Jan Gijzen, em 21 de março de 1945, **Truus Menger-Oversteegen** (1923-2016) manteve as esperanças de que Hannie ainda estaria viva. Fontes da Resistência lhe indicaram a Casa de Detenção de Amstelveenseweg, em Amsterdã. Truus foi até a prisão, mais uma vez disfarçada de enfermeira alemã, pedindo uma visita a Hannie Schaft. Verificando a lista de prisioneiras, o guarda mostrou a Truus que o nome "J. Schaft" havia sido riscado, o que indicava execução. Truus desmaiou ao ouvir a notícia, caindo no chão... e dois revólveres deslizaram de seu bolso. Por sorte, ela logo recobrou a consciência, e ninguém descobriu as armas. Esperando que Hannie tivesse apenas sido transferida, Truus continuou a acreditar que a amiga estava viva. Assim como Philine, ela se lembrava do dia em que foram a Amstelveenseweg depois da libertação. As duas viram cada uma das prisioneiras surgir e reencontrar a família até que ninguém mais saiu. Ela e Philine deram o buquê de tulipas vermelhas à última mulher que deixou a prisão.

Depois da guerra, Truus se casou com Pieter Menger, um colega da Resistência que ela conheceu quando receberam a missão de explodir uma represa. Os dois tiveram quatro filhos, batizando a primogênita de Hannie. Truus se tornou uma artista, escultora e ativista dos direitos humanos internacionalmente reconhecida, atuando na luta contra o racismo, o sexismo e todas as formas de injustiça. Ela se envolveu no movimento antiapartheid na década de 1980 e trabalhou junto ao Congresso Nacional Africano e seus líderes, Nelson Mandela e Oliver Tambo. Fundou um orfanato para crianças portadoras de deficiências em Soweto, na África do Sul. Em 1967, foi agraciada com o título de Justa entre as Nações, pelo Memorial do Holocausto Yad Vashem, em Israel. Em seu aniversário de 75 anos, foi condecorada pela rainha Beatriz como oficial da Ordem de Orange-Nassau, por sua honra e bravura.

As experiências na guerra definiram a vida de Truus. Tanto ela quanto Freddie sofreram com pesadelos e depressão nas décadas que se seguiram. "Sou uma pessoa traumatizada", revelou, numa entrevista. Mas ela encontrou formas de seguir em frente: por meio da arte, do ativismo e da visita a centenas de escolas para conversar com as crianças sobre os perigos da intolerância. "Eu pergunto às crianças o que elas teriam feito", disse. "As respostas costumam ser comoventes." Numa das escolas, perguntaram-lhe se, depois de tudo que tinha visto, ela ainda era capaz de acreditar em Deus. "Eu não fui criada num ambiente religioso, então é melhor perguntar se ainda acredito na humanidade", respondeu ela. "Eu acredito na bondade do homem." Em 1996, Truus criou a Fundação Hannie Schaft e permaneceu uma ativista contra o fascismo e a injustiça até a morte, em 2016, aos 92 anos.

**Freddie Nanda Dekker-Oversteegen** (6 de setembro de 1925-5 de setembro de 2018) se casou com Jan Dekker e teve três filhos, retomando a vida civil depois da guerra. Assim como a irmã, Freddie vivia assombrada com as memórias da Resistência, que deixaram ambas com traumas psicológicos pelo resto da vida. Setenta anos após o fim da guerra, as irmãs Oversteegen finalmente foram agraciadas com a medalha da Cruz de Mobilização de Guerra, por seus serviços na Resistência holandesa. Numa entrevista concedida em seus últimos anos de vida, perguntaram-lhe quantos nazistas ela havia matado. Freddie se recusou a responder. "Não vou dizer em quantas pessoas atirei", disse ela. "Eu era um soldado. Uma criança-soldado, mas ainda assim um soldado. Nunca pergunte a um soldado em quantas pessoas ele atirou." Freddie atuou na direção da Fundação Hannie Schaft e manteve o compromisso com as causas antifascistas até a morte, em 2018.

**Johannes (Jan) Lambertus Bonekamp** (19 de maio de 1914-21 de junho de 1944) era lembrado pelos companheiros da Resistência, incluindo Hannie, Truus e Freddie, como um grande herói. Ele se tornou um membro da Resistência em 1943, após organizar uma greve na siderúrgica Hoogovens, onde trabalhava. Bonekamp era conhecido entre os colegas pela dedicação à causa, bem como por sua coragem e ousadia. Cometeu assassinatos, sabotagens e qualquer outra missão que lhe fosse atribuída, incluindo uma ousada, mas fadada ao fracasso, tentativa de libertar prisioneiros políticos da infame prisão Weteringschans, em Amsterdã, onde Anne Frank e sua família ficariam encarcerados mais tarde. Depois de ser atingido durante o assassinato de Ragut, no qual atuou ao lado de Hannie, Jan foi levado ao hospital sob custódia alemã. De acordo com o *Kriminalsekretär* nazista Emil Rühl, que o interrogou, Jan estava à beira da morte, sofrendo com dores excruciantes, quando os nazistas o convenceram de que eram amigos da Resistência e que repassariam qualquer mensagem a seus companheiros. E foi assim que Jan entregou o nome e o endereço de Hannie Schaft, entre outros. Jan deixou mulher e filha.

Depois da guerra, os restos mortais de Jan foram recuperados, e as irmãs Oversteegen solicitaram que ele fosse enterrado no Cemitério Nacional da Honra, ao lado de Hannie. Mas os Bonekamps decidiram enterrá-lo num jazigo da família, no cemitério Westerbegraafplaats, em IJmuiden, cidade natal de Jan, onde ocorre uma cerimônia anual em sua memória, organizada pela Jan Bonekamp Society. Dois monumentos, um para Jan e outro para Hannie, foram erguidos no centro de Zaandam, no exato local onde Ragut foi atacado. Ao longo dos anos, Truus e Freddie regularmente faziam um tributo à coragem de Jan na celebração anual da libertação holandesa, no dia 5 de maio.

Hannie ficou devastada com a morte de Jan. "Vou tentar recuperar o pouco que sobrou de mim. Mas talvez isso nem seja mais possível", escreveu ela numa carta, alguns meses depois. "Não pensem mal de meu amigo [Jan]; ele se comportou lindamente. Seria ótimo se existissem mais pessoas como ele. Jan foi um dos melhores homens que conheci. Lembrem-se disso."

**Willy Paul Franz Lages** (1901-1971) foi o chefe alemão (*SS-Sturmbahnführer*) da *Sicherheitsdienst* (SD) em Amsterdã durante a Segunda Guerra Mundial. Foi também o diretor do Zentralstelle für Jüdische Auswanderung (Escritório Central de Emigração Judaica), o departamento nazista responsável por deportar judeus holandeses para campos de concentração fora do país. Nessa função, autorizou a deportação e o assassinato de dezenas de milhares de judeus holandeses, incluindo Anne Frank e os familiares dela.

Willy Lages foi preso depois da guerra e acusado de crimes contra a humanidade, que incluíram o assassinato de centenas de cidadãos holandeses. Ele foi julgado em Nuremberg e condenado à prisão perpétua. Em 1966, doente, foi solto por questões humanitárias e recebeu permissão para voltar à Alemanha Ocidental. Recebeu tratamento médico e morreu em 1971.

**Emil Rühl** (1904-?) foi o *Kriminalsekretär* (secretário criminalista sênior) da Gestapo em Amsterdã, durante o regime de ocupação nazista. Rühl foi julgado e condenado pela participação em execuções ilegais, assassinatos cometidos como parte da Operação *Silbertanne* contra membros da Resistência, coordenados por ele, bem como pelos maus-tratos aos prisioneiros sob sua guarda e pela tortura de judeus holandeses. Também ficou conhecido por torturar prisioneiros franceses com técnicas de afogamento. Rühl foi condenado a 18 anos de prisão, mas libertado em 1956, após cumprir sete.

**Maarten Kuiper** (1898-1948), o homem que deu o tiro fatal em Hannie Schaft, era um policial holandês e, antes da Ocupação, membro do fascista

Movimento Nacional Socialista Holandês (NSB). Sob o regime nazista, Kuiper se filiou à *Sicherheitsdienst* (SD) e se tornou um infame "caçador de judeus", recebendo 8 florins (cerca de 20 dólares, na época) em troca de cada judeu que denunciasse. Kuiper participou da Operação *Silbertanne* e, assim como Willy Lages, esteve diretamente envolvido na prisão e na deportação de Anne Frank e a família dela, em 1944. Kuiper foi preso e julgado por assassinato e crimes contra a humanidade. Foi considerado culpado por enviar centenas de judeus holandeses para a morte em campos de concentração, bem como pelo assassinato direto de 17 judeus e membros da Resistência. Foi executado no Fort Bijlmer, nos Países Baixos, em 30 de agosto de 1948.

Antes de Adolf Hitler se suicidar, em abril de 1945, ele promoveu **Arthur Seyss-Inquart** ao posto de *Reichsminister* das Relações Internacionais, substituindo Joachim von Ribbentrop. Seyss-Inquart tentou escapar da Justiça, provavelmente seguindo para a América do Sul, como muitos de seus colegas nazistas. No entanto, só conseguiu chegar até Hamburgo, na Alemanha, onde foi barrado, em 7 de maio de 1945.

Foi um soldado dos Aliados chamado **Norman Miller**, um jovem membro da infantaria dos Fuzileiros Reais Escoceses, responsável pelo controle do tráfego do dia, que, numa vistoria de rotina, reconheceu o então recém-nomeado ministro do Terceiro Reich. Miller (originalmente Norbert Müller) era um judeu alemão, nascido em Nuremberg, em 1924, que tinha sido enviado à Inglaterra por questões de segurança, como parte do programa britânico Kindertransport (através do qual 10 mil crianças judias foram evacuadas da Europa ocupada). Miller era órfão; toda sua família – o pai, Sebald, a mãe, Laura, e a irmã Susanne – foram mortos no campo de concentração Jungfernhof, na Letônia, em 26 de março de 1942. Assim que reconheceu Seyss-Inquart, Norman Miller deu voz de prisão, garantindo que ele respondesse na Justiça por seus crimes, no Tribunal Militar Internacional.

Arthur Seyss-Inquart encarou o tribunal de Nuremberg em 1946, denunciado por conspiração para o cometimento de crimes contra a paz; planejamento, instigação e promoção de guerras de agressão; crimes de guerra; e crimes contra a humanidade. Durante o julgamento, Seyss-Inquart insistiu que mantinha a "consciência tranquila", apesar do genocídio e da fome que infligira à população holandesa. Ele demonstrou profundo ressentimento diante da rendição forçada.

Em dezembro de 1944, o comandante supremo Dwight D. Eisenhower e a Força Expedicionária Aliada (SHAEF) demonstraram intensa preocupação com os "holandeses famintos", que sobreviviam com menos de mil calorias diárias. O general Eisenhower advertiu Seyss-Inquart que, a fim de evitar "a morte por fome numa escala considerável [...] por razões meramente humanitárias, alguma coisa deveria ser feita o mais rápido possível". O *Reichsminister* ignorou o alerta. Muitas tropas do exército alemão começaram a fugir. Voltando para a Alemanha, encetaram a política da terra-arrasada, roubando e destruindo recursos alimentícios holandeses durante a retirada, uma situação que se prolongou por meses.

Em 23 de abril de 1945, Eisenhower enviou uma mensagem aos militares alemães afirmando que eles eram "diretamente responsáveis" pelas "pessoas famintas dos Países Baixos [...] e se [Seyss-Inquart] falhar em cumprir com as claras obrigações humanitárias, ele e cada membro responsável de seu comando serão considerados por mim violadores das leis de guerra e deverão enfrentar as consequências inevitáveis de seus atos". Historiadores estimam que aproximadamente 20 mil civis holandeses morreram em consequência da inanição enfrentada no Inverno da Fome (1944-1945).

Apesar de tudo, Seyss-Inquart nada fez.

Por fim, no dia do suicídio de Adolf Hitler, em 30 de abril de 1945, o chefe do Estado-Maior, o tenente-general Walter Bedell Smith, furioso por ser forçado a negociar a distribuição emergencial de comida com "um dos piores criminosos de guerra", se reuniu com Seyss-Inquart. Relembrando ao *Reichsminister* que a guerra logo acabaria, ele falou sem rodeios: "Não podemos aceitar a libertação de cadáveres."

Relutante, Seyss-Inquart concordou em abrir algumas linhas de abastecimento que permitissem a entrada de comida.

– Seja como for – disse um Smith enojado –, você vai pagar por isso.

– Isso vai acabar comigo – respondeu com ironia Seyss-Inquart.

– Vai mesmo – concordou Smith.

Arthur Seyss-Inquart foi considerado culpado por crimes de guerra e crimes contra a humanidade e foi enforcado na prisão de Nuremberg, em 16 de outubro de 1946, aos 54 anos.

# Nota da Autora

Embora Hannie Schaft tenha morrido antes do fim da guerra, muitos de seus companheiros da Resistência sobreviveram. Eles asseguraram que o legado dela não fosse esquecido, registrando as próprias memórias e dando testemunhos nos tribunais e entrevistas ao longo da vida. Há, contudo, uma lacuna nesses registros: a voz da própria Hannie Schaft. Hannie escreveu apenas algumas cartas e nunca se pronunciava, pois proteger a identidade era crucial para o trabalho na Resistência. O que resta da voz de Hannie são as conversas relembradas por amigos e familiares, além de cerca de uma dezena de fotografias e das memórias dos carrascos nazistas, os últimos a vê-la com vida.

Por essa razão, optei por contar essa história verdadeira usando alguns dos recursos da ficção na recriação de conversas e monólogos que ressaltam a humanidade de sua história. Alguns nomes foram alterados e alguns personagens e cenas são criações baseadas em mais de uma pessoa ou história real. Todos os personagens principais em *A garota do cabelo vermelho* são inspirados em indivíduos reais, com exceção da enfermeira Bettine Dekker e de Hendrik Oostdijk. A enfermeira Dekker foi inspirada em inúmeras mulheres de várias organizações de saúde e assistência infantil holandesas cuja combinação de compaixão, planejamento estratégico e a mais pura coragem salvou a vida de milhares de cidadãos judeus, em especial crianças, durante a Segunda Guerra Mundial. Já o personagem Hendrik Oostdijk baseia-se em muitos holandeses valentes que enfrentaram os alemães para proteger seus conterrâneos, sacrificando a vida no combate ao nazismo em seu país. O nome do líder da verdadeira célula do Conselho de Resistência em Haarlem era Frans van der Wiel, e foi ele quem recrutou Truus e Freddie como combatentes da Resistência quando elas tinham apenas 16 e 14 anos, respectivamente (ele recebeu permissão da mãe, Trijntje). Frans van der Wiel sobreviveu à guerra.

Sou profundamente grata aos funcionários e recursos das seguintes instituições holandesas pela ajuda durante as pesquisas para este livro: Nationaal Archief (Arquivos Nacionais); NIOD Institute for War, Holocaust and Genocide Studies; Casa & Museu Anne Frank; Verzetsmuseum (Museu da Resistência); Hollandsche Schouwburg National Holocaust Memorial; Jewish Historical Museum of Amsterdam; e Museum of Haarlem.

Outras fontes de pesquisa foram consultadas nos Arquivos Nacionais do Reino Unido; no Imperial War Museum de Londres; no Royal Welch Fusiliers Archive do Wrexham Museum, no País de Gales; na Nuremberg Trials Collection da Faculdade de Direito em Yale; no Shoah Foundation Visual Archive da Universidade da Carolina do Sul; no Holocaust Memorial Museum dos Estados Unidos; e no Yad Vashem World Holocaust Remembrance Center, em Israel.

Aos interessados em aprofundar as leituras sobre a experiência holandesa durante a Segunda Guerra Mundial, há muitos excelentes relatos de primeira mão. Truus Menger-Oversteegen escreveu uma autobiografia maravilhosa chamada *Not Then Not Now Not Ever*, que foi indispensável para minha pesquisa. *O Diário de Anne Frank* é bastante conhecido, mas outras memórias biográficas importantes incluem *An Interrupted Life: The Diaries: 1941-1943* e *Letters from Westerbork*, de Etty Hillesum; *Edith's Book: The True Story of How One Young Girl Survived the War*, de Edith Velmans; e *Steal a Pencil for Me: Love Letters from Camp Bergen-Belsen and Westerbork*, de Ina Soep e Jaap Polak (sem parentesco com Philine) – todos relatos pessoais comoventes sobre a vida nos Países Baixos durante a Ocupação nazista. *Five Years of Occupation: The Resistance of the Dutch against Hitler Terrorism and Nazi Robbery*, de J. J. Boolen, foi publicado por uma editora da Resistência antes do fim da guerra e fornece relatos detalhados das atrocidades nazistas. Para outras recomendações de leitura sobre a história dos Países Baixos durante a Segunda Guerra Mundial, visite buzzyjackson.com.

Tive muita sorte por ser recebida pelas famílias de Truus e Freddie Oversteegen, pela família de Philine Polak-Lachman e por parentes de holandeses sobreviventes da Segunda Guerra Mundial em Haarlem e nos Estados Unidos. Sou profundamente grata por confiarem a mim suas memórias, e espero ter conseguido capturar nestas páginas ao menos parte da força e da coragem extraordinárias e da integridade moral inabalável de Hannie, Philine, Sonja, Truus, Freddie e Trijntje, que me inspiraram a contar suas histórias. Elas são minhas heroínas.

# Agradecimentos

ESCOLAS, RUAS E PRÊMIOS FORAM BATIZADOS em homenagem a Hannie Schaft nos Países Baixos, mas até o inverno de 2016, quando visitei o Verzetsmuseum, o Museu da Resistência, em Amsterdã, eu nunca tinha ouvido falar dela. Desde então, muitos colegas e amigos me ajudaram a entender a vida de Hannie e a história mais abrangente da experiência holandesa durante a Segunda Guerra Mundial, e agradeço por tanta sabedoria e generosidade.

Gostaria de agradecer às seguintes pessoas em Amsterdã, Haarlem e Zaandam pela ajuda durante a pesquisa em torno da história de Hannie: em primeiro lugar, Dawn Skorczsewski, que me apresentou a Hannie e à história do Holocausto holandês, e Jan-Erik Dubbelman, Erik Gerritsma, Dienke G. Hondius, Katinka Kenter, Lewis Kirshner, Diederik Oostdijk, Greet e Luuk Plekker, Esther Shaya, Bettine Siertsema, Frances Walker, Matt, Emma e Lucy Lynch e Star.

Graças ao Programa Edith Wharton Writers-in-Residence, tive a sorte de escrever parte deste livro em The Mount (a antiga casa da escritora Edith Wharton, hoje museu e centro histórico, em Lenox, MA). Serei sempre grata a Jackson Kirshner, Ruth Baum Jackson Hall, Jon A. Jackson, Devin Jackson, Keith Hall, Ben Kirshne, Delight e Paul Dodyk, os Kiryks, os Schulzes, os Kirshners, os Merscherys, os Lewons, Gary Morris, Michelle Theall, Amy Thompson, Hannah Nordhaus, Radha Marcum, Haven Iverson, Rachel Odell Walker, Rachel Weaver, Teri Carlson, Dianna Chiow, Heather Havrilesky, Stephanie Kelsey, Sarah Sentilles, e Edith e Hester Velmans, assim como a Gav Bell e Drea Knufken pelo apoio a este livro desde o início.

Este livro não teria sido escrito sem a visão das mulheres extraordinárias da Friedrich Agency: as verdadeiras forças benevolentes da natureza Molly Friedrich e Lucy Carson, além de Hannah Brattesani, Heather Carr e Marin Takikawa. Estendo a gratidão às sábias conselheiras Hilary Zaitz Michael e Nicole Weinroth, da agência William Morris Endeavor.

Ao meu companheiro da Equipe Hannie na Editora Dutton, Michael Joseph, e a toda a equipe da Penguim Random House: Jason Booher, Claire Bowron, Lexy Cassola, Patricia Clark, Mary Beth Constant, Alice Dalrymple, Caspian Dennis, Feico Deutekom, Maxine Hitchcock, Kaitlin Kall, Chris Lin, John Parsley, Emily Van Blanken, Amanda Walker e, acima de tudo, aos meus editores generosos e brilhantes, Jillian Taylor e Maya Ziv: sou muito grata a vocês por acreditarem em Hannie e pelo apoio incrivelmente gentil. Obrigada por terem sido o exército secreto por trás deste livro.

A Benjamin Whitmer, meu conselheiro em todos os temas artísticos e balísticos: obrigada pela fornalha e pela pá.

Por fim, um sincero agradecimento a Tessa Lachman, Katinka Kenter e às famílias de Truus e Freddie Oversteegen e de Philine Polak-Lachman. É uma honra dar um testemunho de suas vidas extraordinárias. Nesse espírito, gostaria de dar à indomável Trijntje Oversteegen, mãe de Truus e Freddie, a palavra final:

*Blijf menselijk.*

Nunca perca a humanidade.

— Buzzy Jackson

# Notas

*Epígrafes*

**"Passei cinco anos ao lado dela na sala de aula":** entrevista de Cornelius Mol a Ton Kors, Arquivo 248-A2452 – Schaft, Hannie, NIOD Institute for War, Holocaust and Genocide Studies, Amsterdã.

**"Tenho muito respeito pelos pacifistas":** Hannie Schaft, "People I Admire", Arquivo 248-A2452 – Schaft, Hannie, NIOD Institute for War, Holocaust, and Genocide Studies, Amsterdã, 1935.

**"Estávamos prestes a fundar uma espécie de exército secreto":** Freddie Oversteegen em Noor Spanjer, "This 90-Year-Old Lady Seduced and Killed Nazis as a Teenager", Vice, 11 de maio de 2016, https://www.vice.com/en/article/dp5a8y/teenager-nazi-armed-resistence-netherlands-876.

*Capítulo 24*

**"um integrante do Movimento Nacional Socialista":** "Savagery", Haarlemsche Courant, 15 de junho de 1944, 2, mantido nos North Holland Archives, https://nha.courant.nu/issue/HC/1944-06-15/edition/2/page/2?query=.

*Posfácio*

**"Eu atiro melhor do que vocês":** entrevistas e notas de Ton Kors, Arquivo 248-A2452- Schaft, Hannie, NIOD Institute for War, Holocaust, and Genocide Studies, Amsterdã.

**"Não somos como os nazistas":** Hannie Schaft, em Truus Menger, *Not Then Not Now Not Ever*, tradução de Rita Gircour (Amsterdam: Nederland Tolerant – Max Drukker Foundation, 1998), 178.

**"Pensei em me jogar no canal":** diversas citações de Philine Lachman em "Oral History Interview with Philine Lachman-Polak", concedida em 22 de janeiro de 1995, número de acesso 1995.A.0577, número de registro RG-50.179.0001, The Jeff and Toby Herr Oral History Archive, USC Shoah Archive, e Holocaust Memorial Museum dos Estados Unidos, em Washington, D.C., https://collections.ushmm.org/search/catalog/irn512184.

**"Sou uma pessoa traumatizada":** Truus Menger-Oversteegen, entrevista a Natascha van Weezel e Anet Bleich, "Interview Truus Menger", 7 de agosto de 2013, *Natascha's Wondere Wereld*, https://nataschavanweezel.blospot.com/search?q=truus.

**"Não vou dizer em quantas pessoas atirei":** Freddie (Oversteegen) Dekker em Sophie Poldermans, "The Remarkable Story of Three Teenage Girls Who Seduced and Killed Traitors During WWII", revista *Bust*, verão de 2021, https://bust.com/feminism/198335-teenage-nazi-killers.html.

**"Vou tentar recuperar o pouco que sobrou de mim.":** Hannie Schaft em Sophie Poldermans, *Seducing and Killing Nazis: Hannie, Truus and Freddie: Dutch Resistance Heroines of WWII*, tradução de Gallagher Translations (SWW Press, 2019), 72.

**"Foi um soldado dos Aliados, chamado Norman Miller":** "'Sixth' Men on the Air", *The Flash* (Anglesey and Cernarvon, Wales), número 3, 10 de dezembro de 1945, The Royal Welch Fusiliers.

**"a fim de evitar 'a morte por fome numa escala considerável'":** Dwight D. Eisenhower, Walter Bedell Smith e Arthur Seyss-Inquart citado em Harry L. Coles e Albert K. Weinberg, "Piecemeal Liberation of the Netherlands Amid Serious Civilian Distress", em *Civil Affairs: Soldiers Become Governors* (Washington, D.C.: Center of Military History United States Army, 1964), 831-834.

## CONHEÇA OUTRO LIVRO DA EDITORA ARQUEIRO

### *O Rouxinol*
Kristin Hannah

França, 1939: Vianne Mauriac se despede do marido, que ruma para o front. Ela não acredita que os nazistas invadirão o país, mas logo chegam tanques, soldados em marcha e aviões que despejam bombas sobre inocentes.

Quando o país é tomado, um oficial das tropas de Hitler requisita a casa de Vianne, e ela e a filha são forçadas a conviver com o inimigo. Todos os seus movimentos passam a ser vigiados, e Vianne é obrigada a colaborar com os invasores para manter sua família viva.

Isabelle, irmã de Vianne, é uma jovem que leva a vida com furor e paixão. Enquanto muitos fogem dos terrores da guerra, ela se apaixona por um guerrilheiro e decide se juntar à Resistência, arriscando a vida para salvar os outros e libertar seu país.

Seguindo a trajetória das irmãs e revelando um lado esquecido da História, *O Rouxinol* é uma narrativa sensível que celebra o espírito humano e a força das mulheres que travaram batalhas longe do front.

Separadas pelas circunstâncias e divergentes em seus ideais, elas têm um tortuoso destino em comum: proteger aqueles que amam em meio à devastação da guerra – e talvez pagar um preço inimaginável por isso.